NÍNIVE
Y EL CRUCERO DE LA MUERTE

Francisco Rengifo

Nínive y el crucero de la muerte por Francisco Rengifo Gómez

©2023 Todos los derechos de esta edición en español, reservados para Asociación Editorial Buena Semilla bajo su sello Editorial Desafío según contrato con Francisco Rengifo.

Prohibida la reproducción total o parcial, digital, por internet, sistemas de impresión, fotocopias, audiovisuales, grabaciones o cualquier otro medio, menos citas breves, sin permiso por escrito del editor.

A menos que se indique lo contrario, todo texto bíblico es tomado de la Santa Biblia, versión Reina Valera 1960. Las cursivas en el texto bíblico se emplean solamente para hacer énfasis. El uso de la paráfrasis es recurrente como herramienta del lenguaje literario.

Nínive y el crucero de la muerte es una historia de ficción, inspirada en personas, eventos y lugares reales. Los demás elementos de la novela, con excepción de los textos bíblicos y referencias bibliográficas, son producto de la imaginación del autor.

Publicado y distribuido por Editorial Desafío
Cra.28 A# 64A-34, Bogotá-Colombia
Tel.: (571) 601-6300100
Email: contacto@editorialdesafio.com
www.editorialdesafio.com
www.libreriadesafio.com

Contacto autor: frarengifo@gmail.com
          Instagram: @frarengifo

Categoría: ficción / novela contemporánea

ISBN: 978-958-737-232-8
Impreso en Colombia
Printed in Colombia

*Temiendo por sus vidas, los desesperados marineros pedían ayuda
a sus dioses y lanzaban la carga por la borda para aligerar el
barco. Todo esto sucedía mientras Jonás dormía profundamente en
la bodega del barco, así que el capitán bajó a buscarlo. «¿Cómo
puedes dormir en medio de esta situación? —le gritó—. ¡Levántate
y ora a tu dios! Quizá nos preste atención y nos perdone la vida».*
(Jonás 1:5-6, NTV)

CONTENIDO

1
Capítulo
NANSHI

Kat sintió compasión con solo contemplar la angustia de aquella joven de su misma edad, pero con bronceado perfecto, cortesía de un sol que aún abrazaba por igual a ricos y pobres.

- *¡Hermosa*, ven p´acá, que tengo algo solo pa ti!

Su primera reacción, como la del resto de alegres veraneantes, fue ignorar a esa vendedora ambulante. Pero Katherine Jenkins Libreros (o Kat, como le decía Johana), acostumbraba mirar a los ojos a todas las personas. Se detuvo en pleno puente para abordar el *Nanshi*, crucero por el que habían llegado a suplicar con lágrimas y pataletas sus compañeras de graduación.

Recordó la gigantesca manada de antílopes atrapados por una red que no lograban liberarse, hasta que despertó llorando en la madrugada, solo para darse cuenta de que no estaba en su casa. En ese momento se quedó mirando al techo, escuchando el aire acondicionado del hotel y los suaves ronquidos de Johana, preguntándose qué podía significar aquel sueño.

Ahora, ante la insistencia de la vendedora ambulante, hacía la conexión. Volvió a sentir cómo su espíritu era abrazado por la única Presencia capaz de darle paz y a la vez incomodarla: *"Antes que nacieras, te había escogido…".*

- ¡Por aquí, *hermosa*! -rogó de nuevo la intrusa, que había logrado colarse entre la multitud de vendedores ambulantes, burlando a la tripulación. No ofrecía nada; ni collares, ni dulces, ni adivinarle la suerte. Solo suplicaba atención. La llamaba "hermosa", cuando su propia belleza no tenía nada que envidiarle. Sin embargo, en los cortos años que ambas se habían convertido en señoritas, la realidad ya había zanjado un considerable abismo entre la dos.

- Te debo parecer una *salvaje*, ya sé. Pero óyeme: cuando subas a ese barco, no voy a desaparecer.

Encima la atrevida no sabía hablar sin impregnarlo todo de misterio.

- Lo que sea que ofrezcas, no me interesa. ¿Por qué me hablas como si me conocieras?

- Eres de un colegio *prístino*. De la capital, por tu acento. ¡Uh! "Saint Johnas" dice la remera de ese profe que está abordando. Tus papás debieron pagar un billete largo para subirte a ese crucero. No tengas miedo, niña, que no te voy a robá. Soy una *sobreviviente*, no una *salvaje*. ¡Un minuto!

Era una mirada de animalito asustado, de esas que resulta imposible ignorar. Kat ya la había visto antes, en los habitantes de la calle que claman por una moneda, en los ancianos, los enfermos, en sus propios compañeros cuando se metían al baño para esconder sus lágrimas porque sus padres se estaban separando. En el espejo, cuando contemplaba su prometedora imagen, mientras se preguntaba por qué algunos la consideraban un fenómeno, burlándose cruelmente.

"Ve con ella. Anda, proclama mi mensaje".

"¿Qué mensaje?"-pensó Kat, aturdida por el calor y la inesperada revelación.

"No tengas miedo. Entra en la ciudad. Entonces sabrás lo que tienes que hacer.

"¿Ciudad? ¿Cuál ciudad?".

"Nínive".

A Kat le costaba reconocer que había cedido el control de su vida, y que no podía aspirar a tener todas las respuestas. Humildad exótica en medio de un mundo rendido a los pies de los futurólogos, expertos en pronosticar catástrofes y el final del planeta con el calentamiento global, sin dar mayores pistas sobre cómo frenar la arrogancia del ser humano. Las personas se acostumbraron a deambular en medio del terrorismo y las redes sociales se convirtieron en la principal arma de destrucción masiva. Una acusación infundada de inmediato era respaldada con millones de adhesiones; una buena reputación, pulverizada en cuestión de segundos. El temor a las críticas se erigió como la gran plaga del tercer milenio y la pureza se extravió, igual que el jardín donde alguna vez los niños imaginaron a los unicornios.

Por ese entonces el mundo había quedado reducido a tres grandes grupos de personas; los *prístinos*, los *ilustrados*, y los *sobrevivientes*. De un cuarto grupo, llamados con desprecio *salvajes* o "la escoria que se niega a encajar", ninguno de los primeros quería saber nada.

La tecnología seleccionaba la especie. Si el individuo era de "buena cuna" tenía asegurada una tableta y portal digitales con datos de por vida antes de venir al mundo. Con el registro de nacimiento se asignaba una *selfish*, contraseña maestra que el niño tenía derecho a usar durante sus primeros cinco años, bajo la vigilancia de un tutor. Un "pasaporte universal" que autorizaba la navegación ilimitada por el ciberespacio y servía de documento de identificación para una nueva era, personal e intransferible.

Los *prístinos*, como su nombre lo sugiere, se habían adueñado de todo concepto relacionado con la inalterable pureza de las buenas costumbres y, de paso, la moral y la religión. Cansados de la ineficacia del sistema de justicia imperante, implementaron sus propios tribunales en las redes sociales. Criticaban a los *ilustrados* por su mente mundana y atea, pero en el fondo envidiaban su estilo de vida confortable, despreocupado y feliz.

Kat se preguntaba frecuentemente en qué momento el gozo de vivir se convirtió en patrimonio ajeno y lo espiritual había sido reemplazado por un código de ritualismos vacíos. ¿Cómo habían permitido revivir de sus cenizas al Ave Fénix de la Inquisición?

Los *ilustrados*, por su parte, se atribuían el derecho a pensar libremente. Llegaron a convertirse en la cofradía intelectual de los nuevos tiempos. No hacían alarde de ser dueños de la verdad absoluta, porque su comunidad aceptaba la posibilidad de que existieran muchas verdades. Al haberle cedido la moralidad y todas sus consecuencias a los *prístinos*, adoptaron como su propio estandarte el placer de la existencia terrena y se apropiaron de la reflexión profunda sobre la condición humana, enredo que a los *prístinos* ni les iba ni les venía, porque su atención estaba centrada en aspiraciones más sublimes.

Los *sobrevivientes* no tenían tiempo ni para Dios ni para filosofar. Su vida era una lucha constante por conseguir el pan diario y pagar cuentas. El poco tiempo libre trataban de dedicarlo a su familia, revisar las tareas de sus hijos, surtir su lonchera y acompañarlos a todos lados. No podían darse el lujo de perderlos de vista, y menos en tiempos así, cuando los niños eran la moneda de pago más preciada y los *salvajes* siempre estaban al acecho.

Los *salvajes*, era lo que quedaba. La franja residual. Por circunstancias de la vida, no habían nacido en un hogar *prístino*, ni en uno *ilustrado*. Abrieron los ojos en la oscuridad e hicieron de ella su aliada. Sin pretensiones. Sin esperanzas. Soñaban solo con inmortalizar sus hazañas criminales, para ser recordados como algo más que bestias sin corazón.

¡Último llamado para abordar!, tronó desde los parlantes del flamante *Nanshi* una voz agringada en pésimo español, seguida por una sirena. Kat se estremeció ante la sola posibilidad de perder la embarcación al notar que sus alborotados compañeros pasaban corriendo a su lado, a punto de atropellarla. Atravesaban el puente, sin determinar a la "vendedora", entre animadas carcajadas, *selfies*, y conversaciones a gritos, con la misma emoción del niño que destapa en navidad un costoso juguete y a poco de estrenarlo se comporta como si hubiera sido suyo toda la vida.

-¡Anda, niña! Conozco estos cruceros. No se van a ir sin ti. ¡Por favor, confía en mí!

Kat la contempló, indecisa. Detrás del áspero acento costeño de la chica, que hacía auténticas contorsiones para que no la vieran los empleados del barco, había una desconcertante persuasión. Como si toda esperanza se le escapara si perdía a Kat en las entrañas del *Nanshi*.

En un mundo con tantos derechos y cada vez menos responsabilidades, los *salvajes* se habían habituado al rechazo. Nacer, crecer y morir. Silvestres. Ni esperaban cambiar a nadie ni que los cambiaran a ellos. La piedad era asunto del pasado. Solo algunos *prístinos* se preocupaban por ayudarlos, pero un caso así era considerado exótico. Inadecuado.

Eran muy pocos los jóvenes *prístinos* que se atrevían a aventurarse a los mares desconocidos de la *Fuente de Gracia*. Menos aun los que llegaban a penetrar sus secretos. Y los que lo intentaban, preferían mantenerlo oculto, porque aquel libro tenía vida propia. Quienes se metían con él, parecían quedar marcados con un sello indeleble, insondable, delata-rostros. Quien bebía de aquella *Fuente*, se tornaba consciente de que las órdenes podían cambiar en cualquier momento y que su mente solo debía procurar mantener izadas y bien desplegadas las velas del corazón.

Kat Libreros era de esa clase de jóvenes. Por eso la chica que la detuvo antes de abordar el *Nanshi*, le pareció mucho más que una *salvaje*. Desabotonó la cartera de colores vivos que llevaba colgada al hombro. Un billete era el pasaje para aliviar su conciencia. Pero la voz que parecía provenir de su espíritu insistió: *"No la estás escuchando. Recuerda: antes que nacieras, ya te había apartado"*.

Empezó a asustarse. Solo imaginaba cosas incoherentes cuando le patinaba el "coco" por una baja de azúcar y debía cerrar los ojos; *tra-la-la, tra-la-la*, para no dejarse arrastrar por el vals de sus recurrentes vértigos. Entonces recordó que había leído esas mismas palabras antes del amanecer, como era su costumbre. Ello explicaba que la declaración de un antiguo profeta en la *Fuente de Gracia* pareciese cobrar vida. Prestarle atención a esa desconocida era lo último que recomendarían sus padres si estuvieran ahí.

- ¡Qué haces ahí! - reclamó Johana deteniéndose a su lado, con su morral naranja más grande que ella, como si fuera a escalar el Everest. Tenía la cara embadurnada de bronceador y aun así su piel lechosa llena de pecas comenzaba a insolarse. Le sorprendió que esta vez Kat no la regañara por eso, pues solía fijarse en esos detalles, como una hermana. De hecho, era la única de sus compañeras que le dirigía la palabra. - ¿Escuchaste lo que dije, Kat? Si no te apuras, vamos a quedar en la última mesa para la fiesta de bienvenida. ¡Dicen que el brindis lo hará Tato Alighieri!

Al pronunciar el nombre de la joven estrella de la música *prístina*, a Johana Redondo le brillaron los ojos. Sabía mejor que nadie lo remota que era su opción de componer y grabar una canción con Tato Alighieri, pero tenía el mismo derecho a soñar el codiciado premio que cualquier joven *prístino* en ese crucero. Aunque solo supiera tocar unos acordes y su voz no fuera la más afinada, tenía la ventaja de seguir siendo una niña, con fe suficiente para creer en los milagros.

A la mayoría de los chicos les tenía sin cuidado el dichoso concurso. Lo consideraban otro intento poco ingenioso de sus maestros de meterles la típica cucharada de "jarabe espiritual". Poco les importaba si algunos padres de familia sin dinero se endeudaron para pagar la excursión. Unos, por los beneficios espirituales prometidos, otros para no quedar en evidencia en medio de una comunidad identificada más por su alto poder adquisitivo.

Estar en ese crucero era pertenecer a la *élite*, a los *bendecidos*, con acceso al evento más *cool* del momento. No se publicaba otra cosa en las redes sociales de los alumnos de último año del Saint Johnas. Los padres de familia que tenían problemas con sus hijos esperaban que esos días de "música sana" y enseñanza *prístina* ilimitada a cargo del famoso líder juvenil, lograran influir sobre ellos al punto de recibirlos milagrosamente cambiados. ¿Qué mejor que dejarle a Tato Alighieri la tarea que no habían logrado hacer bien en casa?

Aunque varias chicas se tomaban la competencia muy en serio y algunas ya se perfilaban como favoritas, Joha confiaba en que Kat, con esa vena poética suya, podía llevarse el premio. Era el tiquete dorado para acercarse más a Tato. "*¡Ah, si esa lenta de Kat no fuera tan contemplativa!*".

- Voy en un minuto, Joha…quiero tomar fotos del barco- justificó Kat, notando que la vendedora se escurría ocultándose tras la baranda del puente. "¡Esta sabe bien con quién tratar!".

- Que sea un minuto. Si dejas que Sofía Aguilar nos tome la delantera, vamos a perder puntos.

"*Sofía Aguilar*". Cierto, la pesada esa existía. Sus padres debían haberla llamado "*Aguijón* Aguilar". Era de esas chicas que le hacían cuestionarse sobre la equidad del Gran Autor. Fisonómicamente, de belleza inobjetable. Bendecida con un bosque de pino por ojos que desarmaban al que fuera, mientras su cabello rubio caía sobre sus hombros como comercial de champú. Cada vez que se reía todo ocurría en cámara lenta, cuadro a cuadro, bajo un sol cómplice que le concedía la iluminación ideal. Ni hablar de su figura espigada y armoniosa, con tantas curvas que Kat se preguntaba si ella no sería igual de prepotente de haber recibido el mismo equipamiento.

Hasta ahí, el asunto era llevable. En especial para los chicos, que daban a Sofía la puntuación de "diosa". Pero, por si fuera poco, Sofía era dueña de una potente voz y una facilidad absurda para componer canciones que de inmediato sus compañeros convertían en éxitos en las redes sociales.

Pronto la *joven prodigio* se empezó a consagrar como *youtuber*, esparciendo cada mañana su lluvia de escarcha bendita sobre los ciber-mortales con solo contar a la webcam los pensamientos con que despertaba, y que la sentaban frente al piano para expresar su fina sensibilidad. A sus padres, el patriarca Ezequiel Aguilar y su esposa Abigail, se les henchía el pecho hablando de su sabiduría con los jóvenes. Era la líder *prístina* ejemplar y vivía para que el mundo lo supiera.

Entre los privilegios que le ofrecía su liderazgo estaba herir, si se lo proponía, a cualquiera que la fastidiara. Como Kat, por ejemplo. Le molestaba que fuera tan retraída. Sobre todo desde que oyó sobre sus visiones y que era una asidua lectora de la *Fuente de Gracia*. "Es igual de perdedora que sus padres, se congrega en una comunidad muy pequeña donde nunca pasa nada"-pensaba.

Siendo niñas, un día le sorprendió encontrar a Kat con la guitarra japonesa que con esfuerzo le obsequiaron sus padres, alejada del bullicio del recreo, practicando sus primeros acordes.

- Ah, te gusta la música. Sigue intentando, pero no sueñes con ser una de nosotras. Serás, por mucho, una loquita jugando a la artista, dando lástima y haciendo reír al mundo entero.

Aquel recuerdo aún hería a Kat, aunque ya no le quitara el sueño. De hecho, no sabía por qué Sofía Aguilar le caía tan gorda, si la había perdonado incontables veces, como lo enseñaba el *Maestro*. Incluso podía pasarle su belleza y actitud petulante, si no fuera porque, entre sus múltiples posesiones, Sofía contaba con algo que Kat nunca podría tener: a Mateo Sarracino.

Cuando los veía atravesando felices el patio principal o los sorprendía en lugares solitarios dando rienda suelta a salvajes besos, estorbados solo por sus frenillos, Kat no podía evitar pensar cuándo llegaría su turno de enamorarse. Los envidiaba, y al mismo tiempo le preocupaba que, al desenfrenado ritmo que llevaban su asunto Sofía y Mateo, las cosas no terminaran bien. Kat, en el fondo, se alegraba por Mateo, aunque su felicidad la produjera una chica con la que ni podía pensar en compararse. Tal vez la lectura del "libro vivo" sí la estaba deschavetando.

- Kata, ¿me estás oyendo? No es hora de ponerse a soñar despierta, ¡sino de actuar!

- Te dije que ya voy, Joha –disimuló Kat–. Consigue un buen lugar… ¡Anda!

Joha revoleó los ojos y continuó abordando. "Esta lunática. Con razón solo me tiene a mi"

- ¿Qué puedo hacer por ti? – se dirigió Kat a la intrusa, incapaz de desentenderse de ella.

La vendedora ambulante se sacó de la blusa un pequeño sobre de manila, extrajo la impresión de varias fotos, al parecer tomadas desde una webcam, y las puso frente a Kat. Su primera reacción fue violentarse al reconocer a la que posaba descaradamente, semidesnuda. "¡Qué broma de mal gusto es esta!".

- ¡Por qué tienes fotos de Sofía! -reaccionó indignada- ¿…*Quién eres*?

Tras digerirlo unos segundos contempló la posibilidad de que no fuera un montaje. Que su insoportable archienemiga sí se hubiese tomado aquellas "*selfies*". Kat se ruborizó. Nunca había visto a Sofía así, y por más que la detestara, no le produjo ninguna satisfacción ver expuesto algo tan íntimo y sagrado como lo era el templo de su cuerpo para una *prístina*.

- Así que la conoces. *Ta bueno*, eso facilita las cosas. Muñeca, dile a la muy *prístina* hija del patriarca Aguilar que si su padre no deja una tula negra con mil millones de pesos hoy a las doce de la noche en el tanque de agua abandonado de Nínive, esas fotos y otros videítos que tu amiguita le envió a "alguien" se van a hacer más públicos que el himno nacional.

Hablaba como si hubiera vivido cien años y dominaba su libreto a la perfección.

- Esto va en serio, niña -advirtió-. Con el Cymarrón no se juega. Cometan el error de tratarlo como un *salvaje* y se van a encontrar con la mente más *ilustrada*.

- ¿Con *quién*? ¿Me pides que entregue el mensaje de alguien que acosa y chantajea por internet?

- Él lo ve y lo sabe todo, hermosa. Sabe que estamos hablando aquí. Cualquier tontería que intente la muñeca exhibicionista de tu amiguita, la va a pagar caro. ¿Estamos? Hazme caso, *prístina*, te ves hasta buena gente. No avisen a la policía. O él la hará sufrir.

Su expresión se tornó sombría, melancólica. Kat la vio alejarse, sin poder respirar. Lo que al principio creyó una conexión divina, se transformaba súbitamente en pesadilla. De pronto no era capaz de ver a la insoportable Sofía como un fastidioso pedazo de carne sin corazón. Solo era un pobre antílope más, atrapado en la red de otro sueño revelado. Supo que si no decía nada en ese momento, su única oportunidad se perdería para siempre. "Un solo tiro, Kat, ¡no lo pienses más!".

- *¡Antes de que nacieras, estabas en sus planes!* -gritó, sobre la multitud-. ¡Él ya te amaba, Nawal!

La "vendedora" se detuvo por segundos que se hicieron eternos. Iracunda, caminó de regreso hacia Kat impelida por una rabia atizada desde fuera de este mundo.

- ¡Quién te dijo mi nombre!

- Yo…no sé -respondió Kat, asustada. ¿Cómo había logrado acertar con un nombre tan poco común? Incluso si se hubiera llamado

Claudia, Ana, o María, las probabilidades de adivinar seguían siendo ínfimas. Kat entendió que aquel regalo no podía desaprovecharse.

- ¿Finalmente tengo tu atención?

- ¡Cállate, *prístina*! ¡Tú limítate a llevar el mensaje!

Nawal ahora se veía urgida por salir de ahí como fuera. Tal vez la policía estaba mejor enterada de lo que pensaba y había tejido una red de información con los jóvenes turistas.

- ¡No importa lo que te hayan hecho, Él nunca te abandonará! -insistió Kat.

No la dejes ir.

- ¿Crees que puedes engañarme, con tus trucos *prístinos?* ¡Cuidado, hermosa, que en Nínive también se juega rudo! He conocido a los peores hechiceros y adivinos de Puerto Idilio. Todos protegen al Cymarrón. Tu adivinación de niñita rica le da risa.

- ¿Conoces también al Autor de la Vida? ¿Al Señor de *todo*?

- ¡Entrega las fotos! - sentenció Nawal, incómoda por haber revelado su turbación.

- ¿Por qué yo? ¿Por qué no le das el mensaje a Sofía?

Desde el centro histórico el reloj de la torre envió nueve remotas campanadas, igual que en los días que sobrevivía a los piratas. Hora de zarpar. Los pocos pasajeros que faltaban por abordar el *Nanshi* cruzaban el puente muy apurados. Kat decidió jugárselo todo.

- Estabas desesperada por llegar hasta mí. Podías haberle dado el sobre a cualquiera.

- Solo tú me escuchabas, solo tú lo observabas todo, en lugar de actuar como un robot.

- Me eligió, ¿cierto? Me cree incapaz de avergonzar a Sofía.

- Ya te lo dije. El Cymarrón lo sabe todo. Es real. No como tu *Gran Autor.*

- Si quieres cooperación, háblame de Nínive. Y de por qué le temes tanto a ese Cymarrón.

- ¡Quién te dijo que le temo, atrevida! *Nawal* es nombre de princesa.

- ¿Por qué vives entonces como esclava?

- ¡Es un alias! ¡Ay, no lo puedo creer! ¡Las *prístinas* son tan babosas como dicen!

- Ahora escúchame tú -exigió Kat con una autoridad que le sorprendió a ella misma- Sofía no es exactamente mi amiga, pero algo me dice que tú puedes ayudarla. Nawal, conozco a su familia, son gente influyente. Van a buscar debajo de cada piedra hasta encontrar y castigar a los responsables. Lo único que puedo prometer... es no abandonarte.

Se había aventurado por los inestables nervios de aquella tenebrosa desconocida. Podía sentir el sudor surcando su espalda. Cortaba el alambre equivocado y todo explotaría.

- ¿Abandonarme? ¡Ja!... ¿A mí? Pero ¿quién te crees?

- ¡Quieres huir! Desde hace tiempo. Pero cuando llega el momento de ejecutar el plan, el miedo se apodera de ti. Al final, prefieres refugiarte en la falsa seguridad que infunde sentirte parte de "algo", de una familia, por espantosa que sea. En el fondo sabes que hay más reservado para ti, Nawal. No estás loca. ¡Hay más!

Su piel tostada no le sirvió esta vez para disimular que palidecía. A Kat, en cambio, se le enrojecía la cara bajo presión y detestaba delatarse así, pero había llegado demasiado lejos.

-¿Ves el nombre de ese crucero, Nawal? Tal vez no lo sepas, pero *Nanshi*, es el nombre que le daban los acadios a la diosa-pez. Creían que Nanshi, era hija de Ea, la diosa del agua dulce. Y que Dagón era el dios mitad hombre, mitad, pez. Hace cientos de años, unos marineros a punto de naufragar, echaron por la borda a un profeta desobediente que les dijo que él mismo era la razón de su infortunio. Cuando lo arrojaron y la tormenta se calmó, entendieron que había un solo Autor de la Vida al que obedecen las olas. Y los dioses.

- ¡No estoy pa escuchar cuentos! Cuenta tú conque el Cymarrón nos está vigilando.

- Entonces conversemos donde no pueda vernos. Junto al hotel de enfrente, el de la galería artesanal. Tú dijiste que tengo tiempo.

¡Puedo ayudarte a escapar! Y a Sofía. Sé cómo.

"¿Qué estás diciendo, Kat? Entrega esas fotos y disfruta: ¡Te están vengando!".

La galería se encontraba a pocos metros del muelle. Había visitado aquel laberinto plagado de chucherías la noche anterior, en compañía de Joha. En aquel momento fue divertido.

- Tienes exactamente veinte minutos, antes de que levanten el puente. Tal vez menos. Espero que sepas lo que haces, o perderás tu elegante crucero, a tu amiga la de las fotos, y ambas moriremos.

- Si el profeta del que te hablo lo hubiera "perdido", se habría evitado muchos problemas.

"Pero ese no es tu caso. Si no subes a ese barco y entregas el sobre, ese extorsionista es capaz de destruir a Sofía y de paso culpar a Nawal"- analizó Kat, así que caminó de prisa en dirección a la galería, tanto como podía cargando su maleta, su carterita y su fiel guitarra.

- ¿Cómo sabes tanto de un estúpido barco? - renegó Nawal, vigilando, paranoica.

- La verdad, no me acuerdo.

Mientras se alejaba del muelle, al compás de las olas reventando en las rocas, su mente recordó las palabras del que le habló de Nanshi, pero nunca pudo conocer el mar.

"Si llego a la excursión, Kat, prométeme que lo primero que haremos será ir a la playa".

Javi.

Era el menor del curso. En edad y en tamaño. Murió de un fulminante cáncer pancreático en sexto grado. Así logró evadir el acoso escolar para siempre. Nadie se explicaba por qué se fue tan pronto, si era un chico excelente, estudioso como ninguno de la *Fuente de Gracia*. Kat le tenía especial aprecio. Le molestaban las conversaciones de algunos adultos que creían tener una explicación para su muerte: falta de fe de sus padres, de rezo, castigo divino, alguna transgresión oculta tal vez, etc. Para ciertas personas morirse de cáncer era una señal del abandono del Creador, nada más.

Años después la fe de Javi la alcanzaba hasta Puerto Idilio, sin esfuerzo. Una semilla de fe lanzada al aire sostenía el hilo invisible de una esperanza. Para Sofía. Para Nawal. Para Kat.

Quince minutos parecían insuficientes para lo que Kat tenía en mente. No tenía intención de arrojarse del barco, como hicieron con el viejo profeta.

"Antes que nacieras, te escogí a ti, Katherine".

Como en la parábola del *Buen Pristino* había postergado sus planes, con la esperanza de rescatar al menos un antílope de la red. Su pesadilla, de repente, cobró sentido. Sintió que el Gran Autor la abrazaba con su presencia, rodeándola con sus brazos, como un padre a su hija, arrancándole del alma un sincero y enamorado: "¡Abba!". *

Los demás estudiantes, entre ellos Sofía, ajenos a lo que ocurría en tierra firme, se despedían del puerto celebrando como locos desde cubierta, como si no pensaran regresar.

Con Kat, de una forma insospechada, estaba Javi cumpliendo su deseo. Conociendo el mar.

*****

---

* *"Papá"* en arameo. Término empleado en el N.T: Marcos. 14:36, Romanos 8: 15 y Gálatas 4:6. (N. del A.)

2

Capítulo

MATEO

—¿**D**ónde está Katherine?-escuchó Joha a sus espaldas, reconociendo de inmediato el tonito insolente de Sofía, lo último que necesitaba. Como si llevara dentro un infalible radar, "doña perfecta" advirtió que la mejor amiga de Kat no apartaba los ojos del puente.

- Ya viene –respondió Joha, disimulando su estrés.-No te ilusiones: Kat estará a bordo, y con la mejor canción que Tato Alighieri haya escuchado en toda su vida. Lo lamento por ti.

- ¡No me digas, estoy temblando!... ¿Qué miras tanto? No habrán venido tus papitos hasta Puerto Idilio solo para despedir el crucero.

- ¡Son capaces, Sofi! -rio Pau, "la imitadora", acercándose con la *super-fit* de Lu y con Tania, "la reinita", hija de los dueños de *Caprice*, una cadena internacional de ropa juvenil. Todas eufóricas y con ganas de pasar un buen rato a costa de Joha.

- Nadie te preguntó a ti, Paula.

Joha comenzaba a sentirse agobiada por la superioridad numérica de Sofía y sus secuaces.

- ¡Ay, pero déjame tomarte una foto, quiero subirla a mi muro! ¡A mis amigos les fascinará saber cómo usar discretamente el protector solar para lograr un bronceado que encandile!

Sofía soltó la carcajada y automáticamente sus amigas se rieron con más ganas.

23

- Permiso, tengo que desempacar- gruñó Joha, tratando de escabullirse, pero tropezó con el hombro de la fortachona de Lu y su mirada de gánster.

Las encerronas de sutil matoneo eran frecuentes, por más que el colegio se declarara *prístino*. Pero esta vez Joha no se sentía con ganas de *ser* el entretenimiento. Comenzaba a preocuparle Kat, así que logró colarse por un espacio que dejaron las gorilas.

- Déjala, Lu- dijo Paula. ¿No ves que en ese "trasteo" tiene guardados sus ositos de peluche?

Sofía no celebró el chiste. Su aire ausente revelaba que su mundo no era tan perfecto.

- ¿Alguna de ustedes ha visto a Mateo?

- Si no lo sabes, tú, Sofi-contestó Paula, ávida de más diversión. A Sofía le dieron ganas de castigar su impertinencia, pero ya estaba haciendo un papelón al no saber dónde estaba su novio, así que se largó con la mirada clavada en el celular, redactando un furioso chat a Mateo, mientras dejaba atrás a sus tres escuderas, que se miraron con socarrona sonrisa.

En su mundo la debilidad era inaceptable. Por suerte para ella, Lu y Paula reconocían que no debía ser fácil tener que transmitir en vivo toda su vida: *"En verdad, ¡muero por esta película, demasiado alucinante!"."¡Lo juro: amo este postre!"*. Su gesto de deleite mientras emitía sus veredictos despertaba tal admiración entre los hombres, que se dio cuenta que podía explotarlo más y multiplicar el número de "me gusta" por arte de magia.

- ¿En serio será feliz?-solía quejarse Joha mientras miraba sus videos. "¿Nadie le habrá dicho que por sacar *"selfies"* hasta de sus estornudos, ni siquiera está viviendo?".

"Eso no lo sabemos, ni tú ni yo" –le respondía Kat, sin dejar de hacer sus tareas.

***

Mateo sintió las ráfagas de mensajes de texto haciendo vibrar su teléfono. Estaba seguro de quién las enviaba, pero andaba ocupado en la barrita de café de la galería artesanal, entablando conversación con una finlandesa que parecía diez años mayor que él.

Por alguna razón los tipos como Mateo, a fuerza de actitud, lograban interesar al sexo opuesto, así fuera exagerando historias alrededor de sí mismos, que, tras ser repetidas en la parte trasera de los buses escolares, construían una reputación, ganaban el respeto.

En el caso de Mateo, complicó más su vida su primo Rafico, un tipo simpático y parrandero que se jactaba de no ser *prístino*. Envidiaba en silencio su estilo de vida, sobre todo cuando se acostaba con las chicas, sin alardes, tan fácilmente como se tomaba un refresco. Aparte de que nunca lo partía un rayo, su primo lo miraba con lástima por sus ideas sobre la fe y esperar hasta el matrimonio. Se le volvió un reto tener una aventura tipo "Rafico".

Hasta que, para sorpresa suya y de todos, Mateo conquistó a Sofía, quien obviamente no calificaba para *ese* tipo de aventura. Olvidó el asunto por un tiempo, tratando de convertirse en un *prístino* a la altura de Sofía, hasta que comenzó a conocerla. Eso lo confundió más, porque en el fondo, Mateo luchaba por ser congruente con sus creencias, y aún le costaba olvidar un doloroso incidente que le tocó vivir con su primo, justo en Puerto Idilio.

Estaban en noveno grado (dos años atrás), pasando unas vacaciones. Después de tomarse varias copas de ron en un quiosco de techo de paja junto a la playa, Rafico embaucó con su vacía pero hilarante conversación a una simpática lugareña de bikini rojo y piel tostada. Fumaba y hablaba con risueño desparpajo, sin inhibiciones, como si supiera muy bien de qué se trataba la vida, a pesar de su delgada contextura, capaz de llevar los vestidos de baño que sólo usan los maniquís y borran la sonrisa a las señoras cuando van de compras.

Mateo la estudió mientras su precoz primo hacía su exhibición casi ritual de macho alfa, repartiendo tragos como una máquina, sin dejar que los vasos se desocuparan. La entonada belleza se reía como si no conociera otra cosa que su libertad. Se divertía escuchando las tonterías de Rafico mientras jugaba con sus risos, bautizados apenas por el sol y el agua marina. Dicen que en la costa las chicas se desarrollan más rápido. Esta seguramente no había cumplido los catorce. Algunas pecas poblaban sus sienes y la parte superior de sus mejillas, concediéndole una gracia difícil de criticar. La coronaba la alegría de la juventud y no tenía nada que envidiar a una reina de belleza de la aristocracia de Puerto Idilio. Mateo presentía que detrás de aquellos ojos color miel pasaba mucho más y le hubiera gustado preguntarle si, a pesar de fumar, creía en el Gran Autor, aunque solo fuera por ver qué respondía, pero en los ojos de su primo pudo leer que ya habían hecho planes, merced a algún tipo de comunicación invisible que para él seguía siendo un misterio. A partir del siguiente día y durante el resto de las vacaciones, no la volvieron a ver.

Solo unos meses después, Mateo tuvo que volver a Puerto Idilio porque su madre inauguraba una exposición de pintura en la ciudad. Terminado el evento dejó el hotel donde se alojaba con sus padres para comprar algunas bebidas. Cuando caminaba frente al quiosco de techo de paja, quedó frío al reconocer a la chica. Lucía demacrada. Envejecida. Notó con tristeza sus movimientos erráticos. Hablaba sola. Sus pasos vacilantes y su mirada perdida evidenciaban que estaba bajo el efecto de alguna sustancia. Ni siquiera había pasado un año y ya parecía habitante de la calle. Quiso acercársele y hablarle, pero no tuvo el valor.

Por un momento su mente se distrajo mientras halagaba a la finlandesa, preguntándose qué la hacía tan diferente de la chica de la playa. Se preguntó por qué estaba ahí y no con Sofía. ¿Qué hacía que los hombres a su edad se comportaran como unos completos idiotas?

Técnicamente no estaba traicionando los principios *prístinos*, pues, aunque saliera con Sofía, no estaban casados. Si Mateo Sarracino tenía un don, era envolver con su conversación. Era casi imposible no quererlo. Y para Kat, era imposible no amarlo.

Su cerebro ataba cabos rápidamente. No se enredaba pensando en lo que ignoraba sino que se apalancaba hábilmente sobre lo que le resultaba familiar. Cuando la sonrisa de la finesa, quien tampoco parecía dominar el inglés, ya se volvía reiterativa y no pasaban de ser más que un par de turistas que coincidieron en Puerto Idilio, Mateo encontró la conexión. Tan obnubilado estaba, que ni le pasó por la mente que una turista de un país tan lejano pudiera encontrarse en Puerto Idilio con un propósito que no fuera abordar el *Nanshi*.

- ¿Te gusta la música de Tato Alighieri? Tu cara lo dice. A mí tampoco. Que nos convenza.

- ¿A quién?

- "*¿A quién*"? -sonrió vacilante Mateo. Cruceros vacacionales sobran. ¡Este lo tiene a él!

Como la finesa no conocía el contenido del crucero, se esmeró por hacerle un resumen en inglés mientras ella se esforzaba por seguir su relato. Dándose cuenta, uno de los turistas escandinavos con camiseta de una universidad de Helsinki se acomodó en medio de ellos, asintiendo con aire antipático y hostil. Por su tamaño, Mateo no vio que Kat y Nawal entraban al lugar a espaldas suyas, apoderándose de una mesa sin perder tiempo.

Kat rogaba volver a oír la voz del Gran Autor, confirmándole cómo ayudar a la enigmática mensajera de Cymarrón, sin saber que allí mismo respiraba su amor imposible desde niña. La anécdota hubiera ido directo a su diario, cuyas páginas incluían relatos fantásticos sobre Mateo y ella, historias inspiradas en la ochentera serie detectivesca "Los muchachos Hardy", o en "Nancy Drew", donde ambos (ella Nancy, él Frank), eran protagonistas y lograban desentrañar juntos un misterio imposible de resolver, para quedar al final a punto de besarse. Un efímero roce de labios, largamente esperado, soñado antes de cada episodio.

Pero Mateo ni la vio entrar, por disimular ante el vikingo que no tenía malas intenciones con su novia. Kat sí reconoció su voz. Sin dejar de prestar atención a Nawal, lo buscó, de reojo. ¿Cómo evitarlo, cuando en su universo la ley de la gravedad existía para mantener atraídos y a la vez separados sus cuerpos? La densa situación en la que estaba envuelta no le permitía embelesarse con él. Aun así su mente disparaba: "¿Qué espera para abordar? ¿Y esa rubia de dónde salió? ¿Se reiría él igual si Sofía estuviera aquí?". La voz de Nawal la trajo de vuelta, haciéndole desear estar en su casa, viendo un episodio de "Nancy Drew".

-¡Hey, el tiempo corre, *prístina*! Tienes cinco minutos para convencerme y tomar tu barco.

- De acuerdo, voy a ser directa. Tú mencionaste que ese tal Cymarrón tiene el apoyo de grandes hechiceros, que lo sabe todo. Pero ¿y qué si te dijera que todo es solo un espejismo, que estás atrapada en una gran mentira? Complicada, me doy cuenta, pero no indestructible.

Esta vez Nawal no la recriminó. Era como si Kat hubiese removido alguna vieja esperanza, que emergió en su bello rostro, ya arrugado y golpeado por la vida. Aquella persistente ricachona, cuya candidez lograba cuestionar sus prejuicios contra los *prístinos*, se merecía una respuesta contundente, que desnudara la ingenuidad de su idealismo. Pero en ese instante vio por una ventana la calva de un musculoso cincuentón, entre azul y vino tinto, acercándose a la galería. Recordó que el horror vivía hasta en la agradable brisa matinal.

- Me están buscando –dijo, sin poder ocultar su temor-. Ya sabe que algo anda mal. Por favor, entrega el sobre, sálvate y de paso sálvame a mí.

Kat observó al rústico lugareño que se aproximaba a paso resuelto. Vestía una desteñida camisa a cuadros con las mangas recortadas a la altura del hombro, jeans raídos y tenis de colores. Su rostro curtido, y un elaborado tatuaje en el brazo derecho la intimidaron.

- ¿Ese quién es?

Nawal ya la había agarrado de la mano y buscaba frenéticamente la salida trasera. Kat sintió un latigazo al desgarrarse un músculo de su brazo exigido con el súbito esfuerzo.

- ¡Pero qué te pasa! ¡A dónde me llevas!

- No hagas preguntas.

Lograron salir justo cuando el enigmático recién llegado irrumpió en la galería haciendo crujir las tablas del piso, mientras inspeccionaba a la clientela. Mateo alcanzó a ver cómo una joven de rostro familiar se llevaba a… "¿Por qué ese *fenómeno* no está con Johana?".

- ¿Katherine?

La escandinava se volvió sobre su hombro para mirar lo que distrajo a Mateo. No había nadie, aparte del gigante, que se puso a revisar los baños. Nawal y Kat, entre tanto, rodeaban la casa y los locales vecinos, corriendo de regreso al muelle.

- Es tu última oportunidad. Subirás al barco, entregarás el sobre y nunca me volverás a ver.

- ¿Es por el hombre que entró a la galería? ¿Él es el Cymarrón?

El estruendo de la bocina del *Nanshi* anunció su partida. Los pasajeros, inclinados sobre las barandas, se despedían levantando los brazos y enviando besos. No era el caso de los excursionistas del Saint Johnas, quienes ya se habían despedido de sus familiares en el aeropuerto de la capital, un día antes de tomar el avión que los llevó hasta Puerto Idilio, y ahora se divertían imitando las cursilerías de los turistas. El puente de acceso estaba vacío y dos impecables miembros de la tribulación cerraban el acceso al crucero.

- ¿Ese hombre te hará daño si no entrego el sobre?

-Me matará- respondió Nawal, mirándola fijamente. O era una gran actriz o…

- ¡Es solo un ciberacosador! ¡Un vulgar extorsionista! ¿Por qué no vamos con la policía?

- ¡Si quieres ayudar a tu amiga, estúpida obstinada, súbete ya a ese barco! ¡Ahora!

- Ni siquiera he registrado mi equipaje-recordó asustada Kat, mirando hacia el puente. El *Nanshi* había iniciado sus protocolos para dejar el puerto. Había perdido el crucero.

- ¡No lo puedo creer! -gritó Nawal al constatar su fracaso, zapateando iracunda una sandalia sobre el hirviente asfalto. La puerta de acceso al lujoso crucero se levantó y la mensajera elegida estaba en tierra. Kat tendría dificultades para explicarlo. A sus padres, a Joha….

Ya no conocería a Tato Alighieri.

- Nawal, tranquila. Mira, aún podemos comunicarnos con Sofía. Sólo tengo que marcarle a mi amiga Joha. Al final, ¿qué diferencia hay entre darle este sobre personalmente a Sofía y que tu jefe le diga lo que quiere través de un correo electrónico? ¿Acaso no es un hacker?

- ¡No era así como tenía que pasar! ¡Sus instrucciones eran precisas!

Al decir eso se pegó demasiado a Kat, asegurándose de que echara una mirada a la pistola que tenía oculta bajo la blusa, entre sus desgastados pantalones cortos de jean.

- Ahora vas a tener que venir conmigo.

Kat sintió un escalofrío. Había pedido en sus plegarias no ser indiferente frente a los violentos días preparatorios del Gran Conflicto. Ahora no tenía forma de evadirlos. Nawal detuvo un diminuto taxi al tiempo que la puerta principal de la galería artesanal se abrió de súbito. Mateo corrió hacia el puente, con la mirada en el crucero, que ya levaba anclas.

- ¡Oigan, esperen…! ¡Maldición, esto no me puede estar pasando!

Todo esfuerzo era inútil. Por confiarse en que su inoportuna conquista abordaría igual que él, ahora se había quedado sin crucero. "Mis padres me van a sermonear hasta desintegrarme. Eso sin mencionar a Sofía… *¿Qué le voy a decir?*".

Su despiste le sirvió para ser testigo de un extraño suceso. Kat discutía acaloradamente con esa inquietante desconocida, justo en plena avenida que conducía a la ciudad turística. Vio cuando el taxi se detuvo y ellas subieron de prisa. Confirmó que algo raro pasaba cuando el tipo que había entrado a la galería la abandonó al trote hasta alcanzar una carcacha beige con la pintura corroída y manchada por el salitre del mar. El atlético viejo se subió, encendió el motor y salió tras el taxi, gruñendo y rezongando maldiciones.

Mateo nunca tuvo una conversación con Kat que durara más de veinte segundos, pero esta vez despertó en él un instinto protector. "Solidaridad institucional", solían llamarle. Si alguien de su colegio, así fuera el eslabón más débil, estaba en problemas, los códigos de la hombría dictaban que los mayores debían protegerlo, y más si era una mujer.

Miró el barco, ya en movimiento, y el taxi en el que se alejaba su compañera de clase, cuyo destino, en otras circunstancias, le hubiera importado menos que cortarse las uñas.

"¡Total, perdí el crucero! ¿Qué se supone que haga ahora: invitar a salir a la finlandesa?".

Tiempo de sobra tenía, pero después de asegurarse de que la delirante de Katherine estaba bien.

No supo qué clase de extraordinaria euforia se había apoderado de él, pero no lo pensó dos veces. Se acercó al encargado de rentar a los turistas un lote de pequeñas motos, le pagó el depósito sin esperar el vuelto, subió a la primera que encontró y se arrojó por la avenida a la máxima velocidad que le daba el desgastado aparatejo, en persecución del taxi.

Definitivamente algo no estaba bien.

Lo supo por la extraña frase que tenía atravesada en su cabeza. Vieja y olvidada frase, era vergonzoso admitirlo. La había memorizado para alguna sesión de clausura del colegio, cuando tenía seis o siete años. La dijo alguno de los profetas, no recordaba cuál. *"Deja pasar la oportunidad de hacer el bien y lo lamentarás"*. Algo así. Nunca fue bueno en eso.

En un loco instante todo había pasado a segundo plano. Sofía. Sus padres. El barco. Las explicaciones que tendría que dar por haberse quedado en tierra. El tonto concurso. El tonto Tato Alighieri. Nadie tenía tan claro como Mateo que el apelativo *prístino*, a él solo le servía como una conveniente fachada. Más allá de eso, era totalmente inútil. Inservible.

Y mientras la brisa le golpeaba el rostro, recordó su absurdo sueño de la noche anterior, en el que se había visto a sí mismo como uno de muchos antílopes atrapados en una red.

***

3
CAPÍTULO
SOFÍA

Tato Alighieri no tardó en meterse al bolsillo a la jauría de jóvenes *prístinos* enloquecidos por vivir intensamente. Después de abrir con su éxito: "*Demente bajo la luz*", logró amansarlos con magistral oficio. Antes que se dieran cuenta ya los exhortaba con su estilo encantador e irreverente, sin sermones, reduciendo todo a una conversación entre dos.

"Me puedo ver en sus ojos, brillantes de entusiasmo. Yo también he estado ahí. Pensé igual: *Libre por fin.* En la mitad del mar, lejos de mis padres, compartiendo mi fastidiada vida con mis amigos, pero sin vigilancia, puedo escribir mi propia aventura, concretar algún romance acariciado en sueños, pero que la presión de grupo nunca dejó nacer".

Tímidas risas femeninas afloraron, cortando el silencio que Tato había logrado imponer en el engalanado auditorio. Sabía conectar con los jóvenes, tanto los pacíficos como los mundanales y estridentes que abordaron dispuestos a ponerlo todo de cabeza. "Sí, también hablo con ustedes, hombres, los que no vinieron esperando encontrar entre las pasajeras de otros grupos turísticos a la mujer de su vida, sino a la que califica como *buen plan*".

En medio de risotadas y silbatinas, Tato les expuso sin rodeos su *gran desafío*, el concurso de composición y canto que al final de la travesía permitiría a un afortunado escribir y cantar una canción con él. Las chicas lo escuchaban encantadas, con la cabeza inclinada y una sonrisa entumecida. Algunas tomaban apuntes, resueltas a sacar ventaja. Incluso los que se creían demasiado hombres para algo tan cursi, prestaban atención sin demostrarlo, tratando de aprender de su don para hacer mirar a una chica con ojos de ternero degollado.

¡Lo hacía parecer todo tan fácil!

"El concurso tiene una sola regla, sí, calma, ya sé que a ninguno de ustedes le gusta esa palabra, llamémoslo: *regalo*. La canción ganadora debe tener *eso*, un regalo, de su corazón para los jóvenes del mundo. ¿Han oído el dicho: *Una persona no es lo que habla sino lo que hace*? Bueno, la canción ganadora deberá decirnos: "¿Cómo puede un joven convertirse en un árbol lleno de *fruto*? ¿Cuál es la canción que alegra a su Maestro?"".

Todas las miradas estaban fijas en él, atentas al más pequeño movimiento. Tato no hablaba con la *Fuente de Gracia* en la mano ni recitaba sus versos, pero detrás de sus preguntas había un conocimiento apetecible, que aumentaba su atractivo, lo hacía diferente. Pocos *prístinos* hablaban con tanta pasión como él. Quizás el mundo no fuera un lugar tan frío y sin amor de existir *diez Tatos*. Pero la mayoría de los jóvenes veían al músico solo como un ídolo más, capaz de romper con sus éxitos la marca de reproducciones en las plataformas digitales, de vivir como estrella, de comprar lo que quisiera. Vivía de gira por el mundo, sin rendirle cuentas a nadie, con un ejército de fans recibiéndolo en cada aeropuerto. Una vida envidiable para muchos de los que estaban ahí. Era la parte que más los convencía de él.

Solamente dos estudiantes del prestigioso colegio *prístino* parecían más pendientes de otra cosa. Johana Redondo chateaba a todo lo que daban sus dedos con cara de angustia. Intrigada ante esa mortificante imagen, Sofía se levantó de su lugar en primera fila del gran salón, desconcertando a sus amigas. Con toda parsimonia fue a sentarse con Joha, a quien halló tan concentrada en su teléfono móvil que casi le provoca un infarto.

- ¿Dónde está Kat?

-No sé- dijo Joha-. Le estoy escribiendo. Quería tomar unas fotos antes de abordar.

Sofía no se tranquilizó con la explicación.

- ¿Fotos? Nuestra querida Kat: siempre una caja de sorpresas. ¿No te parece raro que se pierda las instrucciones del concurso (que ni en sueños ganará) por tomar unas tontas *fotos*?

- Debe estar en el baño. Esta mañana se quejó de no haber dormido bien.

Ni Joha se creía eso, pero necesitaba deshacerse de esa pesada, por más que tuviera razón.

- Por Kat no te preocupes- se aventuró, desafiante-. Te hará morder el polvo en el concurso. Y cuando una total desconocida deje en ridículo tus ínfulas de sobrevalorada youtuber, tu peor pesadilla se hará realidad. ¿Quién sabe? Tal vez hasta te quite a Mateo cuando se dé cuenta de lo que está hecha cada una. O, como diría Tato: del *fruto* de cada una.

Joha sabía que había llegado demasiado lejos. Entrecerró los ojos preparándose para la retaliación. Estaba garantizada para más tarde, quizás mientras durmiera en su camarote y las gorilas de Sofía le cayeran encima para darle una tunda. Los ojos de Sofía arrojaban llamas de ira y Joha podía verlas, como *Sky-girl* la bella extraterrestre mutante con poderes psíquicos de su serie favorita. Lograba atravesar hasta esa mirada infranqueable y detectar su inseguridad. Tal vez el par de tórtolos habían discutido y eso explicaba su ofuscación.

- Ilusa estúpida- se limitó a insultarla Sofía entre dientes, advirtiendo que Paula, Lu y Tania la vigilaban desde su mesa. Ante ellas tenía que disimular la ira de no saber dónde andaba Mateo, en lugar de estar con ella. Sin conceder a Joha un ápice de importancia, volvió a su mesa, recobrando la compostura, como correspondía a la reina regente.

- ¿Y Mateo? -le susurró Pau, convencida de que Joha le había soltado algo.

- En el baño-respondió Sofía fijando de nuevo sus ojos en Tato, como si no le aburriera su enseñanza y la cuestión de su novio no la consumiera. Mateo era lo único en su vida de lo que no podía presumir un absoluto control. Bueno, Mateo y *lo otro*. Pero eran cosas distintas. Mateo no sabía nada de *aquello* y no se enteraría nunca. Solo sobre su cadáver.

Lejos estaba de imaginar que su novio nunca abordó el *Nanshi*. Y que la razón era Kat.

Habían pasado diez minutos desde que el taxi en el que viajaban ella y la misteriosa desconocida se detuvo ante un viejo edificio gris de cinco pisos en estado de total abandono, con las cajas de aire acondicionado burdamente empotradas en la fachada trasera. Podía tratarse de un hotelucho de mala muerte enquistado en el sector más opulento de la icónica ciudad, en plena Boca Cemento. Porque si no, ¿qué tenía Kat que hacer ahí?

Lo que más nervioso ponía a Mateo era que el intimidante moreno entre azul y vino tinto de la carcacha fumadora hubiera seguido a las chicas hasta el edificio, que dejara tirado el carro al frente y entrase como si fuera el dueño. ¿Y si a Kat le habían tendido una trampa? ¿Si estaba en manos de malandros y por eso no subió al crucero? Algunos compañeros de curso le habían contado casi con emoción que tratantes de personas los merodearon para ofrecerles servicios sexuales. *"En los últimos tiempos los niños serán la mejor moneda de pago"*-repetían sus profesores. "Tal vez falte mucho para que lleguen los últimos tiempos". Los *salvajes* eran una plaga distante de su mundo. ¿Por qué tenía que pensar lo peor?

Consideró todos los escenarios. El viejo gorila se mantenía en forma, no tenía ninguna posibilidad contra él; si algo malo sucedía en ese edificio lo mejor era avisar cuanto antes a la policía. La idea de marcharse abandonando a la más débil de su curso le impedía doblegarse ante el inclemente sol. "¿Y si Kat denunció a alguno de esos *salvajes* y se lo echó encima?". ¿Y si estaba en peligro en ese preciso instante?

Bajó de la moto y se dirigió hacia la entrada del siniestro edificio, sintiendo que le temblaban las piernas. "¿Qué estás haciendo, imbécil? Conoces a ese fenómeno de Katherine Jenkins Libreros. Es una especie de Quijote con falda. Una mística, de esas que le dan mal nombre a los *prístinos*. Habrá resuelto vender su pasaje para repartirlo entre los pobres y evitar el matoneo que la esperaba a bordo del crucero".

En medio de la confusión y del ruidoso tráfico de la avenida San Martel, el cosquilleo en sus bolsillos le indicó que una oleada de chats bombardeaba su teléfono. Odiaba el exasperante zumbido, pero había dejado activa esa función, para estar más alerta, porque andaba en plan de conquista. Revisó. Eran 25. Decidió leer primero los últimos.

"*¿Dónde te metiste*? /Esto ya empezó en serio/ ¿Con quién andas? / ¿Ya estás *bebiendo*?".

No alcanzó a replicar ni una palabra, porque el intimidante negro salió del edificio. Mientras subía a su carcacha reparó en la presencia de Mateo. Se hizo el atolondrado que hablaba con su novia por teléfono. Gracias a eso pudo ver más de cerca el tatuaje que el gigante tenía en el brazo; una anciana, rodeada de ángeles y animales salvajes típicos de la costa. Cada vez más gente se tatuaba, incluso algunos *prístinos*, pero esta imagen lo remitió a las peores historias de hechicería y magia negra de las que había escuchado.

- Sí, mi amor, aquí, esperando taxi, pero nada…

El siniestro personaje se subió al carro sin perder de vista a Mateo, encendió el motor y poco después desapareció entre el tráfico de la San Martel. Sintiendo que era el momento indicado, Mateo corrió hacia la puerta del edificio, la cual se abrió providencialmente empujada por un anciano moreno de cachucha desteñida, con manchas como planetas por todo su cuerpo marchito que delataban una larga historia, separada del presente por una distancia sideral. Llevaba con dignidad su penosa delgadez, ojos desorbitados, cara chupada, de varios días sin afeitar y prematura vejez, camisa roja de flores, camiseta interior crema por el uso, con una mancha reciente de café o chocolate y, a pesar del calor, un blazer raído y arrugado. Mateo no sabía si el que miraba tanto a la gente era él, o su abuelo el paisajista Rodrigo Garay, escrutando todo con los ojos de su alma.

- Disculpe -le dijo, antes que el viejo echara llave a la puerta para irse-. Vengo de muy lejos, a visitar un par de amigas, pero olvidé el número del apartamento-. Se sintió estúpido al no saber cómo describir a Kat-. Una es del interior, como yo, parece que la vistiera su madre (es muy "de su casa") Muy, muy "blanca". Mejor le hablo de la morena, que es a quien probablemente usted pueda conocer. Es…a ver, como de mi edad, bonita, pelo crespo, pantalones cortos… eh… ¡usa muchas pulseras, collares, fantasías de esas!

La expresión del anciano en su esfuerzo por entender se tornó en decepción. Le resultó claro lo que pasaba. Miró a Mateo de pies a cabeza sintiendo vergüenza por él y por un mundo que lo había dejado atrás, pero se limitó a responder con resignación:

- Pregunte en el 503.

Luego se alejó rengueando y meneando la cabeza, como si supiera todo lo necesario sobre el 503 y las intenciones de Mateo. Su actitud solo alarmó más a Sarracino, quien corrió al ascensor, pero prefirió las escaleras, desconfiando de aquel armatroste del siglo antepasado.

Sintió dolor en los muslos cuando llegó ante la puerta del 503. No sentía tal descarga de temor y adrenalina desde la noche en que su primo, ebrio de las mieles de su desbocada juventud, le sonsacó el carro a su guardaespaldas y, por conducirlo como loco en plena Avenida San Martel, le hizo ver pasar la vida ante sus ojos mientras daban una eterna vuelta de campana. Se salvaron de la cárcel porque sus tíos, los padres de Rafico movieron sus influencias. No sufrieron ni un rasguño, pudiendo estar muertos.

Pero aquel capítulo de triste estupidez ahora pertenecía a un pasado remoto. Para sus compañeros, Mateo, lejos de ser un perdedor, vivía en el centro de la "acción". Y sin embargo, estaba ahí, muy lejos de los *prístinos* placeres que ellos debían estar disfrutando en el *Nanshi*, a la puerta de un tenebroso y sofocante apartamento donde la fetidez de la edificación se mezclaba con los estragos del salitre proveniente del lado hediondo de la bahía, cuyas ráfagas se colaban por el oscuro pasillo. La sola suposición de que al otro lado de la puerta estuviera Kat secuestrada, le revolvió el estómago.

De pronto le costó verla como un rostro anónimo, con domicilio en el fracaso. La imaginó como una desagradable oruga que, de la misma manera que él, en un pasado remoto, estaría viviendo su propio proceso de transformación y aceptación social, para luego, tal vez algún día, abandonar aquel torpe caparazón que la envolvía, convertida en una mariposa de belleza irrefutable, capaz de dejar boquiabiertos para siempre a sus crueles detractores.

Oprimió el pegajoso botón del timbre, convenciéndose de que nada que pasase detrás de esa puerta podía ser tan amenazante o estar privado de una sencilla explicación.

Se escucharon voces femeninas hablando en susurro, seguidas de un breve silencio. Mateo se sintió observado por el visor. La puerta se abrió súbitamente y Kat lo contempló con sus grandes ojos abiertos, entre la incredulidad y el asombro. Mateo nunca los había detallado. Notó la majestuosidad del universo en un iris café verdoso, la contenida agitación de Kat y las pequeñas gotas de sudor deslizándose por sus mejillas hacia el cuello y los hombros, dando un raro aspecto de madurez e insubordinación a su cabello de tímida estudiante, casi siempre brillante, bien peinado y organizado por una hebillita.

La inesperada imagen de cuerpo entero de Kat en tal inusual situación lo remitió más a una provocativa cita a ciegas que a un tonto rescate. Hizo que se le engatillara en la lengua el chiste rápido con el que solía restarle importancia a cualquier situación. Ella lo abrazó instintivamente, conteniendo las ganas de llorar. Fue un abrazo conmovedor, sentido, de hermana que no ve a su hermano en años. Corto, porque Kat, aliviada, recuperó su recato.

- ¿Qué haces aquí?

- Lo mismo digo yo, Libreros. ¿No tenías que tomar un barco?

- Tampoco tú lo tomaste.

"Libreros". Sus compañeros de clase solían llamarla por su segundo apellido cuando necesitaban algo de ella y les convenía acortar distancias, pero que Mateo lo pronunciara, era como oír la voz del Altísimo resucitándola. Miraba a Mateo entre feliz y asombrada, cual niña perdida en una infernal multitud que por fin era devuelta a los brazos de su madre.

-Bueno, tuve algunas complicaciones. Estaba en la galería cuando vi que corrías detrás de un taxi con esa loba… esa "tipa". Mira, no te ofendas, pero me pareció, sí, algo sospechoso. Solo dime que estás bien, que la conoces y asunto arreglado.

"Me siguió hasta acá. Estaba con esa rubia y se fijó en mí". "¡Se preocupó!".

Le parecía injusto alegrarse, inapropiado, considerando la gravedad de lo que ocurría.

- Yo estoy bien. La que tiene problemas, bueno, tengo que contarte algo un poco triste. ¡Me alegra tanto verte, no sabía qué hacer! Por favor, pasa, tienes que conocer a... ¡Nawal!

Creyó que estaba justo detrás de ella. Entonces se dio cuenta de que la rústica puerta del baño, única división de aquel aparta-estudio de mala muerte, estaba cerrada.

- ¡Nawal!

Mateo contempló con curiosidad a esa que siempre había creído tan distinta a él, hablando resuelta a alguien en el baño. Se apoyaba en aquella madera casi podrida, doblando una de sus rodillas. La pierna contraria en rígida elongación, sostenía todo el peso de su cuerpo. Las monótonas rodillas de alumnas en uniforme con las que le había tocado crecer no tenían nada que ver con estas, en apurado tránsito a las de una mujer, y aun así, de arquitectura misteriosamente magistral, donde se articulaban armónicamente huesos, músculos y tendones presumiendo tener la respuesta exacta a un cruel problema de física: Ayudaban a que el primoroso vestido corto color naranja (algo atrevido para ella) en el que seguro había metido la mano su madre, en lugar de aburrir, la adornara con un sutil encanto, inesperado, aún para su fértil imaginación. Era la cándida imagen de una joven modelo a merced del pintor. Lo exasperó volver a recordar a su abuelo sentado ante el caballete arrebatándole el alma a todo; a su padre, haciendo lo mismo con su madre y con él, solo que de una manera mucho más vulgar y despiadada. Se preguntó si estaría destinado a ser escritor y a no culparse algún día por detenerse a observar tantas tonterías.

El deprimente apartamento, impregnado de cigarrillo y ron, no hacía honor a la modelo. Era de una habitación, cama doble, dos toscas mesas de noche con ceniceros, grandes espejos, minibar auxiliar para las botellas de varios licores, restos de arroz chino en platos desechables y una nevera desconectada que parecía antigüedad. En un rincón se cubría de polvo un ventilador. Las paredes estaban pintadas de rojo y las baldosas del piso ostentaban diseños baratos. En definitiva, un lugar vulgar ajeno a Kat, al menos a la que creía conocer.

- ¡Nawal, abre, aquí está él! ¡Como te dije, va a facilitar las cosas!

El silencio se hizo interminable. En este punto, cualquier cosa podía salir mal.

- ¡Nawal! ¿…Estás bien?

Intentó entrar, pero tenía seguro. Mateo la apartó para intentar empujar la puerta. Cuando empezaba a comprobar que la vieja estructura daría más pelea de lo calculado, descubrió un cortaúñas debajo de la cama. Ambos pasaron por alto el sudor de las manos del otro mientras hurgaban en la cerradura, cada vez más nerviosos por el silencio tras la puerta, turnándose la punta metálica a lo largo de varias maniobras fallidas. A punto de rendirse, incómodos de tanto contacto físico con un viejo conocido, la puerta, vencida, se abrió sola.

El baño tenía una ventana abierta, vecina a la escalera metálica de emergencia, por la que la misteriosa Nawal se había escabullido sin despedirse, dejando apenas la suave brisa, que hacía flotar una primorosa cortinita bordada, tan absurda y ajena a ese sitio como ellos.

***

Constanza Libreros de Jenkins no había tenido paz las últimas horas. Orar le ayudó. Michael le había pedido que dejara de enviarle mensajitos de texto a Kat cada cinco minutos y había en ello algo de razón que le ardía. "La vas a echar a perder" -le decía. "Deja que Papá la cuide, Él sabe cómo hacerlo, claro, si le cedemos el control".

- ¡Qué injusto eres!

"Sigue molesto con ella". Ya conocía ese tono de víctima. Pero su paciencia se agotaba y así era casi imposible sostener su acuerdo tácito de convivencia pacífica.

- Es nuestra hija- protestó Constanza, necesitando con desespero que Michael exteriorizara su preocupación. A esa hora Kat ya tenía que haberse comunicado. Michael no recordaba en qué momento se desvanecieron los días felices. Antes que naciera Pablo oraban juntos, metían en una canasta unos huevos, papas, panes duros de la tienda de la esquina, y tendían un mantel en cualquier potrero de la sabana. No existía mejor parque de diversiones.

- Tiene mucho en qué pensar -respondió por fin, mientras afinaba las cuerdas metálicas de su guitarra. Comenzó a entonar un viejo canto espiritual que le hizo evocar su juventud en Carolina del Sur, pero que, a diferencia de entonces, estaba impregnado de una melancolía inextirpable, como si en algún momento del viaje juntos hubiese contraído un virus mortal.

- ¿No te importa? ¿Y si necesita algo?

- ¡Llama a Joha!

- ¡Ya lo intenté y no me contesta!

- Entonces a Roberto. Si su director de curso no sabe dar razón de ella empezaremos a preocuparnos. ¿Tan malo es que trate de no entrar en pánico?

- A veces te desconozco, Michael Jenkins -concluyó derrotada Constanza, para luego ir a sentarse en la cama de su hija a hacer las mil y una llamadas a las que toda madre está dispuesta cuando el corazón le empieza a galopar, dejándole intuir algún peligro.

Era solo cuando las cosas salían mal que muchos *prístinos* "de dientes para afuera" empezaban a pellizcarse. No así Constanza. Por encima de los reglamentos y sofisticadas modas que su comunidad hubiera incorporado a su credo, confiaba en un Dios que amaba a sus hijos en todo tiempo y no se conformaba con verla actuar como robot espiritual.

Con mayor razón en un momento que el mundo parecía desmoronarse y entrar sin previo aviso en los últimos días, como estaba escrito en la *Fuente de Gracia*. O, como solían llamarlos algunos fanáticos locos a los que poca atención se prestaba: *"Días de tibieza"*.

***

Mateo no sabía callarse cuando hablaba con una mujer. Había aprendido a tomar la iniciativa, como su primo. Así demostraba fuerza. Con mayor razón tratándose de Kat, quien se hallaba en la base de la pirámide social y no hacía méritos para abandonarla.

Hasta que la historia que salió de sus labios, alguna vez infantiles, implosionó en segundos toda su confianza. Tuvo que sentarse en la cama doble de ese cuarto que le repugnaba tanto, mientas Kat vigilaba su reacción, expectante. Si alguien entrara por error y viera sus caras, podía pensar que esos niños "madurados biches" jugaban a vivir como *salvajes*.

- Estás loca-reaccionó al fin, sintiendo que volvía por él una vieja conocida: su inseguridad.

- Tengo la evidencia-confirmó Kat con calma. Le mostró el arrugado sobre con las fotos.

Él las sacó con aire de superioridad. Hasta que la verdad lo aterrizó. Revisó una y otra vez. Sin duda la "modelo" era Sofía. Por su cara, Kat supo que la quería más de lo que pensaba.

Le dio rabia quedar expuesto así, como si fuera el último en entender un chiste cruel: que otros conocían mejor a Sofía. Eso quemaba por dentro. Kat sintió su vergüenza como propia. Sabía cuál era su lugar respecto a Mateo Sarracino, pero ya estaba muy involucrada, así que decidió poner pie en su territorio, procurando no revelar cuánto le importaba.

- Perdón por lo que voy a preguntar: esas fotos… ¿se las tomó para ti?

En el turbulento silencio, encontró fácilmente la respuesta.

- A lo mejor pensaba enviártelas-especuló, compasiva-. Pero alguien las encontró primero y ahora la extorsiona. Se hace llamar Cymarrón. Parece que es un delincuente local.

- ¡Cómo sabes todo eso!

- Me lo dijo Nawal.

- ¿La que se evaporó por la ventana del baño?

- La viste con tus propios ojos. ¿De dónde crees que saqué este sobre? ¡Nawal me lo dio! ¿Quieres dejar de mirarme como si fuera tu enemiga? ¡Me conoces desde que nos tenían que sonar los mocos! ¡Cayó en manos de un hacker, Mateo! Ni tú ni yo tenemos la culpa.

- Un tipo fornido con tatuajes las siguió hasta acá. ¿Es ese el tal *Cymarrón*? ¿Te lastimó?

- Me alegra que vieras a Román, para que me creas. No me hizo daño. Pero él...

- No me digas-reprochó irónico- *También desapareció.*

- ¡No es el Cymarrón! Es un agente de inteligencia de la policía local, o algo así nos dijo. Vigilan a los turistas para detectar si son contactados por gente que ofrece...*servicios sexuales*, supongo. Estuvo aquí solo unos minutos, haciéndonos preguntas.

- Perfecto. Le habrás contado todo.

Kat bajó la cabeza, avergonzada.

Mateo empezaba a ofuscarse. Había llegado a Puerto Idilio con planes bien distintos, mucho más placenteros. Terminar con Sofía siempre era una posibilidad, pero nunca creyó tener que tomar la decisión y ahora solo podía pensar en cómo decírselo para hacerla sufrir.

- Kat, tengo suficientes líos. ¿Le contaste que por esa vendedora perdimos el crucero?

"*Me llamó Kat*, no Katherine. Me dijo *Kat*".

- Tú ya lo habías perdido. Por estar hablando con esa finlandesa. ¿Vas a culparme ahora?

Mateo se cruzó de brazos, cada vez más intrigado con esa que siempre había ignorado.

- Ahora no estoy muy seguro de quién trabaja en el servicio de inteligencia.

Kat se sonrojó. A menos que se explicara rápido estaba quedando como una tonta.

- Le conté al agente *una parte* de lo que me pasó, pero no que Nawal me diera el sobre.

- ¿Qué cosa?

-Escúchame, sé que te va a sonar raro, pero Nawal quiere abandonar todo esto.

- ¡Te pudo haber dicho muchas cosas! ¡Eso no significa que debas creerle!

-¡Por eso se escapó! Sabe que si la policía la identifica, terminará en la cárcel. Si es que el Cymarrón no la mata antes por haber colaborado confiándome lo que pasa.

- ¡Qué inocente eres!

- Tenía un arma, Mateo. Pudo usarla. Contra el tipo o contra mí. Pero no lo hizo. ¿Por qué?

- Kat, ¡Katherine!: No tenemos nada que hacer en este motel de mala muerte. Y nuestro despiste no es nada comparado con lo que se le viene a Sofía. La del problema es ella.

- Lo sé, imagino lo que debes sentir. Pero créeme… ¡Nawal se veía tan necesitada!

- ¿Qué me importa esa…?

Kat intentó ponerse en su lugar. Detrás de ese cerebro privilegiado, capaz de llevar a escena personajes que la hacían soñar, de ese tórax forrado por más huesos que carne, de esa barba que se insinuaba pobremente bajo sus patillas pero que él se halaba hacia la quijada como si fuera un anciano sabio, de esa piel de niño metido a hombre, extrañamente inmune al acné, de los hoyuelos que se formaban en su mejillas, de su barbilla partida, cabía otro tipo de heridas. "También es vulnerable". Todos los dioses terminan derrumbándose. Todos.

- Somos *prístinos*, Mateo. ¿Ya olvidaste lo que eso significa?

Lo último que necesitaba era un sermón. Y menos de ella.

- Nos movemos, lo aceptes o no, en un mundo que se viene abajo, sepultando a muchos bajo sus escombros. Hoy es Sofía. Debes creerme: Mientras abordaba, *Abba* me habló.

- Kat: nunca me he metido con tus locuras místicas, pero necesito que me cuentes, sin omitir palabra, qué dijo el policía. ¿Por qué no se llevó estas fotos como evidencia?

-Les tomó fotos con su celular, y también al mensaje escrito al respaldo. Dijo que se iba por refuerzos y que regresaba pronto, que no nos moviéramos de aquí.

-Instrucción que tu nueva amiguita entendió a la perfección.

- Ya te expliqué: ella me miró como rogándome que no la delatara. No pude hacerlo.

- Eres increíble, te preocupas por proteger a quienes ni conoces cuando tú misma…

- ¡Yo qué! - La ofendió hasta lo más profundo saber que él la considerara una desvalida.

- En fin, entonces… ¿cómo te las arreglaste para justificar la existencia de esas fotos?

- Nawal le dijo al agente que alguien más puso el sobre en el bolsillo exterior de mi maleta sin que yo me diera cuenta. Román me aconsejó dárselo a Sofía, sin hablar con la policía.

- ¿Por qué te pediría algo así? -dijo Mateo frunciendo el ceño-. No tiene sentido.

- Nos contó que en este momento hay una unidad especial haciendo seguimiento al Cymarrón. Si el extorsionista descubre que lo están rastreando, es capaz de publicar las fotos y videos antes de desaparecer. Eso sin contar lo que puede hacerle a Nawal.

Mateo estaba harto de aquel cuarto nauseabundo. No podía abandonar a Sofía, aunque quisiera decirle hasta de qué se iba a morir. Si por él fuera regresaría en el primer vuelo.

- ¡Y yo pensando que te habían secuestrado! No, ahora déjame hablar a mí: todavía no me convence nada lo de esa tal Nawal. ¿Por qué te trajo a este lugar?

- Como ves, no solo lleva recados para un ciberacosador. Este es uno de los horribles "niditos de amor" donde atiende a sus clientes. Cuando intenté explicar al agente que había venido con Nawal por voluntad propia (lo cual es verdad) lo tomó en otro sentido.

Kat buscando malas compañías. Toda una historia.

- Extraño sentido del deber. Si creyó que estabas aquí como cliente, ¿no debía haberte llevado a una estación de policía por ser menor de edad y detener a esa hamponcita *salvaje*?

- ¡Por un momento pensé que terminaría así, pero ella decidió jugársela y contar conmigo para atrapar al tipo que quiere destruir a tu novia! ¿Te parece insignificante eso?

Kat nunca le había levantado la voz así. Sintió hervir su sangre, coloreándole la cara. Hubiera preferido que le pasara con… *¡sus padres!*

- ¿Ahora qué tienes? ¡La tierra llamando a Kat!

- Lo que dijiste es cierto, solo soy una menor de edad-. De pronto ya no se veía tan segura.

- Eres y *pareces*. Tal vez si te arreglaras *tú sola*, podrías verte un poco mayor. Dame acá ese sobre. Cuando el policía regrese le exigiré que borre las fotos que tomó y le diré que yo me encargo de resolver esto. Luego te dejo en el hotel. Llama a tu casa, arregla tu rollo.¡Sh! Está decidido. Gracias por tus buenas intenciones, pero este es un asunto bastante privado.

Kat ni siquiera tuvo tiempo de asimilar bien el desaire. En parte Mateo tenía razón.

- Es cierto… ¿por qué no me llevó con él a la estación" –admitió, mortificada-. Al menos pudo contactar a mis papás, ¿no? Es muy raro que no hiciera ninguna de las dos cosas.

- No me pongas más nervioso, ¿quieres? Tampoco me hace muy feliz que digamos esta pocilga, pero si el policía te dijo que lo esperaras aquí, eso vamos a hacer.

- ¡No! - dijo Kat, agarrándolo del brazo. Ante su sorpresa, Kat retiró sus manos, pudorosa.

- Anoche tuve un sueño. Casi nunca recuerdo lo que sueño al día siguiente, pero este lo sigo viendo, como si acabara de pasar… ¡Tenemos que irnos de aquí! ¡Ahora!

- Kat, ya me metiste en esto. De acuerdo, hay que resolverlo, pero no estoy de humor para tus *visiones*. Lo único que vamos a hacer en este momento, es tomar el toro por los cuernos.

Mateo volvió a mirar la pantalla de su teléfono. No había querido leer los mensajes de Sofía, pero no podía ocultarse por más tiempo.

Tampoco quería.

- ¡Me va a oír esa maldita!

- Mateo, por favor, no la juzgues, hay muchas cosas que todavía no sabemos.

Pero él aprovechó el impulso de su furia para marcar. Enseguida colgó con impotencia. Kat lo miró haciendo suyo su dolor. *"De verdad la quiere"*. "Qué diera yo por importarle así a alguien. Por ser la causa del descontrol, de un apasionado desvarío, de la locura".

"Eres el ser más egoísta del planeta, Kat Jenkins. Y te haces llamar *prístina*. Tú también eres responsable de que las palabras hayan perdido su sentido original, para disfrazarse de engaño y de muerte. Los milagros aún existen ¿Puedes dejar de pensar en ti misma?".

- Lo único que creo es que estás completamente loca, Kat, y que no corremos ningún peligro aquí, pero no soporto más este olor. Vámonos, llamo a Sofía por el camino.

Kat lo miró aliviada. Sin importar lo que hubiera causado el súbito cambio de opinión de Mateo, dio gracias íntimamente por poder dejar ese espantoso lugar.

Ignoraba que Mateo también había recordado su sueño en ese momento, y que la imagen de Kat acercándose a él, cubierta de sangre y empuñando un cuchillo, lo hizo desear volver a su hotel, para alejarse de ella de una buena vez. Manejaría su problema solo, sin espectadores. *Sin Kat*, que tenía esa facultad de hacerle sentir vergüenza sin motivo.

***

- ¿Dónde diablos estás?

Lo dijo a media voz, porque a pesar de la juvenil algarabía que se había tomado la piscina del nivel superior del *Nanshi*, Pau, Lu y Tania estaban tendidas a su lado en sillas de lona, embadurnadas de bronceador, en los bikinis que habían pasado horas escogiendo por los centros comerciales. Solo para que al final nada les gustara y Tania acabara convenciendo a su padre de regalarles vestidos de la última colección de *Caprice* que ni siquiera había lanzado al mercado. Para ellas, ese era el modo de cerrar una buena negociación padre-hija.

Se hacían las imperturbables, como estatuas milenarias, conscientes de que acaparaban las furtivas miradas de los muchachos, y que tarde o temprano el revuelo de gritos, chapuzones y risas terminaría cerrando su círculo en torno a ellas, como danza de insectos en la noche.

La respuesta de Mateo la hizo abandonar abruptamente su cómoda posición. Se sentó, tensionada, haciendo que Pau volviera la cabeza y la vigilara tras sus lentes de sol.

- Ahora vuelvo -se limitó a decirles, con parsimonia-. Se me olvidó algo.

El asunto se tornó más misterioso cuando Sofía, en el afán de cubrirse rápido con su salida de baño tropezó con su toalla. La youtuber por poco se va de cabeza a la piscina.

- ¡Cuidado! - advirtió Tania- Cuando vayas a hacer algo así, avísame para grabarte, jaja.

Sofía siguió su camino hacia los ascensores, como si hubiera recibido una noticia fatal.

- ¿Qué le pasa?- se quejó Lu, apoyándose en sus tonificados antebrazos.

- Creo que esa relación no pasa de este viaje- vaticinó Pau, con una sonrisa socarrona, disfrutando el esplendoroso sol casi tanto como el aroma a dolor ajeno.

***

- ¿Estás sola? - quiso asegurarse Mateo con el teléfono pegado al oído mientras abandonaba junto a Kat la sórdida habitación, con olor a transgresión y comida trasnochada.

- En mi camarote-respondió parcamente Sofía al otro lado de la línea.

Kat y Mateo alcanzaron la puerta del edificio, aliviados de no ver a Román por ningún lado. Ella lo siguió casi al trote hasta el lugar donde había estacionado la moto. Aunque se moría por oír la conversación, intentó mostrarse discreta. Cuando sintieron que se habían alejado lo suficiente, bajo la sombra de las palmeras de un barrio residencial, Mateo le cantó a Sofía, sin anestesia, que sabía lo de las fotos.

Empezó una larga disertación. Kat intentaba adivinar lo que ella decía, tratando de armar el rompecabezas. ¿Cómo se defendería?

- ¡Así que lo sabías y no me lo habías dicho!

- A mí no me levantes la voz, que esto es igual de difícil para mí… ¡Es el precio de ser figura pública! En estos tiempos abunda la basura así, que cree que puede chantajearte.

- Pues acabo de ver a un mensajero de "la basura", como la llamas, y van muy en serio.

- ¿Qué? -Sofía quedó sin aliento. La evidencia encarnada continuaba desnudándola.

- ¡Si de verdad se las enviaste a alguien, necesito saberlo, Sofi! ¡Quiero la verdad!

- ¡No fui yo! ¡Es un fotomontaje, van tras del dinero! ¿Qué te dijo esa persona? ¿Quién es?

- Necesito que me escuches con atención: Estamos en tierra.

- ¿Qué? ¿Cómo te pudo pasar algo tan…?

- ¡Déjame terminar, no estás en condiciones de exigir un mundo perfecto!

- ¿Cómo es eso de que "estamos?". ¿Tú y quién más?

Mateo miró a la incómoda respuesta, ofuscado por tener que rendir cuentas también.

- Kat.

- ¿Cuál Kat…? ¿*Jenkins*? Con razón no había vuelto a verla. ¡No me digas! ¡Apuesto a que todo fue culpa de esa lerda! ¿En qué problema se metió?

- Ella no es el problema y tampoco soy yo el que tiene que dar las explicaciones aquí.

Kat nunca había disfrutado tanto una pelea de novios. Se sintió culpable. Miraba a su alrededor continuamente temiendo que los encontrara Román o la gente del Cymarrón (si no eran la misma cosa). "Ya deben saber que dejamos ese cuarto horrible"-pensó. Anhelaba volver a escuchar a *Abba* y ahora no estaba muy segura de cómo interpretar su silencio.

Mientras Mateo hablaba por teléfono con Sofía caminaron hasta el Museo de Arte Moderno de Puerto Idilio, el primero de los edificios que anunciaba la ciudad antigua, construida siguiendo la misma línea arquitectónica de las murallas y el centro. Le hizo señas a Kat para que entraran y a ella le pareció un buen lugar para perderse con él, aunque no tuviera visitantes todavía. Había sido acondicionado en sus dos pisos con remodelaciones vanguardistas, para albergar obras extravagantes de arte conceptual. Pero al nieto del académico maestro Garay poco parecía importarle. Solo buscaba privacidad y aire acondicionado. Subieron al café de la terraza. Mateo se sentó en la primera mesa y continuó con su tensa conversación, como si nada. Kat se retiró con recato hacia la barra. Considerando lo mal que la debía estar pasando, ¿qué de malo había en invitar a Mateo a un refresco y un croissant? Un simple acto de bondad, sin ninguna doble intención. Al revisar su billetera se dio cuenta de cuán profusamente sudaba, del morado que había dejado Nawal en su brazo cuando la haló y de lo absurdo de la situación que la tenía vagando por Puerto Idilio con su cartera, su equipaje y su guitarra al hombro, junto a su amor platónico desde que tenía uso de razón, hoy en el cuerpo de un hombre. Lo cual era un decir, porque ambos parecían una pareja de "pollos" *sobrevivientes* escapados de su casa, que decidieron recorrer el mundo como autoestopistas. La encargada del café debió pensar algo así, por la forma de escanear a Kat con la mirada, como si se viera en su propio espejo, treinta años atrás, reviviendo alguna locura de su pasado incapaz de confesar públicamente.

- Músicos- se anticipó, amarga-. Tendrán que guerreársela. El centro histórico está repleto.

- Somos excursionistas, de la capital, precisó incómoda Kat-. Sólo queremos tomar algo.

- ¡Kat! -llamó Mateo desde la mesa.

"¿Para qué podían necesitarla esos dos?"

- Ahora regreso- dijo a la encargada, que torció la boca sospechando que la pareja se largaría sin ordenar nada. Mateo le señaló a Kat la silla frente a él, con irritada parsimonia.

- Sofía quiere que seas testigo de esta conversación.

Acudió como si la llamaran al tablero. Mateo pidió café frappé para dos a fin de quitarse de encima a la encargada, que se retiró a prepararlos. Mateo activó el botón de altavoz.

- Te está oyendo-dijo.

- Hola Sofía- saludó Kat, tímidamente.

- Hola- respondió la voz, seca-. Lo primero, "lerda" es que algún desgraciado me hackeó. Ahora pretende filtrar fotos de una...*de otra persona*, pero con mi cara.

- Ahorrémonos esto-interrumpió Mateo-. Quiero saber para quién te tomaste esas fotos.

- ¿Estás dudando de mí?

- ¡Acéptalo, son tuyas! Negarlo no te va a llevar a ningún lado.

Se hizo un silencio. Las miradas de Kat y Mateo se encontraron. Frank Hardy no lo hubiera hecho mejor. Kat se sintió orgullosa, aunque él no fuera nada suyo. Sofía no pudo soportar más la presión. Optó por mostrarse digna. La estrategia de "aquí no pasa nada".

- Por favor, Mateo, ningún *ilustrado* o *sobreviviente* se escandalizaría al verlas. Solo los *prístinos*. De eso se trata. Quieren desprestigiarme, y de paso poner a mis padres en mi contra. Porque soy una figura pública. Creo que merezco algo de consideración.

- ¡Quiero saber para quién te las tomaste! El tipo con el que me estás engañando.

- ¡Me niego a tener esta conversación delante de la insulsa! Ya me imagino cómo se estará divirtiendo a costa mía la fanática poniendo cara de delirio místico, juzgándome a placer.

- Sofía- intervino Kat, sin resentirse- Sólo quiero ayudar, en lo que a mí respecta no tienes por qué temer. Tienes ese concepto porque no me conoces, pero créeme, estoy de tu lado.

- ¿Ah sí? ¿Entonces explícame por qué perdieron el crucero los dos?

- Creo que tienes problemas mucho más reales de qué preocuparte-subrayó Mateo. Kat se sintió poco halagada de clasificar como problema "irreal" en la vida de Mateo, pero ¿qué esperaba? Sofía trató de recobrar la compostura, entendiendo que solo hacía el ridículo.

- Es cierto -capituló-. Ocupémonos de los problemas reales entonces. En primer lugar, no salgo con nadie más. Me enredé como cualquier tonta inexperta en un vulgar caso de "sexting", con un tipo que conocí por internet y me ofreció modelar en Estados Unidos. Poco después descubrí que se trataba de un perfil falso. Lo típico: empezó pidiendo fotos inocentes. Luego salió con que había clientes interesados en mí pero que necesitaban ver un poco más. Cuando quise parar, ya había hackeado mi *selfis* y empezó a extorsionarme.

- ¿Por qué no me dijiste?

- Las primeras sumas las pude manejar. Le pedí dinero a mis abuelos diciéndoles que era para mis proyectos musicales. Hasta ahora lo sobrellevo sin que mis padres se enteren. Pero ¡mil millones! Imposible ocultar esto indefinidamente. Si las fotos se divulgan, es mi fin.

Mateo se llevó las manos a la cabeza. La humillación había llegado para quedarse.

- Fue una imprudencia-intercedió Kat-. El que los *prístinos* no hagamos cosas así, no significa que no podamos. Seamos sinceros, somos capaces de lo peor. *Todos.*

- ¡*Los prístinos*! ¡No me hagas reír, *lerda*! ¡Vivimos en un mundo irreal, los tres lo sabemos! Vigilados por padres que juegan a tener el control de sus hijos, como si no supiéramos que ellos no son precisamente un modelo de perfección. Nos enseñan el juego de la mutua complacencia, en un mundo de hipocresía. Hasta que somos las víctimas. Sí, Mateo, en lugar de echarme en cara tu orgullo de macho herido ¿no se te ocurre que esta amenaza que no me deja en paz puede enfermarme? ¿Y si estuviera en la lista de los que caen en ansiedad, o depresión? Otros, por menos, decidieron acabar con todo, en un intento desesperado por vengarse. Como si fuera posible castigar al mundo que los rechazó, sin más consuelo que imaginar a sus victimarios, llorando y rasgándose las vestiduras por ellos.

La voz le temblaba. Era demasiado descriptiva como para ignorar que ella misma acarició esos pensamientos. Que también podía sufrir. Con Sofía Aguilar era difícil saberlo.

- Sofía, el pastor Aguilar también es tu papá-recordó Kat- ¿Por qué no le cuentas la verdad?

Esta vez Sofía no reaccionó con la agresividad que acostumbraba. Su pausa dejó ver que había tocado una fibra sensible, oculta en alguna parte tras ese corazón de piedra.

-Tú no lo conoces, ilusa. La comunidad que gravita a su alrededor espera una familia modelo. Si esto se sabe, voy a afectar su ministerio, y el mío. No puede, ¡no debe saberse!

- ¿Y el perdón? - insistió Kat-. ¿No habla del perdón la *Fuente de Gracia*? ¿Acaso no vino el *Deseado de las Naciones* para abrazarnos y pagar el precio de nuestros pecados? ¿Qué los hace tan diferentes de los míos? ¿No puede una historia de debilidad convertirse en otra aún más poderosa, una historia de redención, que inspire a los que se sienten como tú?

- Para ti es fácil decirlo, Jenkins-replicó Sofía con desdén-. No tienes nada que perder. No has levantado un ejército de seguidores en redes sociales que permanecen más atentos a lo que tú haces que a sus propias vidas. Dicen que gano almas como no tengo idea, y todo gracias a que soy una *prístina* ejemplar. Apenas esto se sepa, me destrozarán sin piedad.

- Lo siento, pero no encuentro solución más eficaz en la *Fuente* que la confesión y el arrepentimiento. Recuerda, *Él* está de tu lado. Será difícil al comienzo, me figuro, pero saldrás fortalecida. Si en realidad quieres vivir, debes avisar a la policía. Y, obviamente, a tus padres. Mientras el enemigo tenga la sartén por el mango, no tienes cómo ganar.

Sofía comenzó a sollozar.

- ¡Ustedes están en tierra firme! ¡Yo no puedo hacer nada desde aquí!

- ¡Y qué más quieres! Si estamos aquí, es porque Kat tuvo la valentía de retener a la mensajera del ciberacosador. Incluso acabamos metidos en su inmunda cueva mientras ella trataba de convencer a la ramera de delatar al hampón. Para tu tranquilidad, el que Kat creyó un policía al comienzo, parece solo otro miembro de la banda. Gracias a que nos escapamos lo estamos contando. ¡Andan armados, Sofía, esto ya no es un simple juego!

Kat aún no creía que todo aquello estuviese pasando. Que la palabra "valiente" saliera de los labios de Mateo para describirla. Antes de que pudiera procesarlo, en medio de su sorpresa por todo lo que oía que estaba pasando en tierra, Sofía volvió a ser la de siempre.

- Contéstame algo, "lerda", sé que te morías por estar en este crucero. ¿Por qué lo perdiste?

- ¿Perdón?

- No te hagas la imbécil. Mi desgracia te llegó servida en bandeja de plata. Sé por qué te quedaste. *Por Mateo*. Darías la vida por llegar a salir con alguien *como él*.

Las miradas de ambos se encontraron. En el caso de él, tratando de hallar la confesión de una niñita ingenua que se sabía totalmente fuera de su alcance. En el caso de ella, mordiéndose el alma para no delatar lo que sentía. Uno de los dos debía salir a explicar lo absurdo de aquella suposición. Pero el incómodo silencio lo rompió un cuarto jugador.

- Sofía, ¿puedo ponerte en espera? -suplicó Kat, avergonzada de que su teléfono sonara-. Me está entrando una llamada que no reconozco. Puede que venga del barco. ¿Hola...?

- ¿Katherine Jenkins? - preguntó una voz que tampoco logró identificar.

Sonaba juvenil y aterciopelada. Kat pensó en el encargado de los préstamos en la biblioteca del colegio, pero no estaba atrasada con la devolución de ningún libro.

- ¿Quién llama?

-Por ahora, tu más sincero admirador.

Tono suave, ritmo pausado para hablar. Parecían de universitario, y ella conocía pocos.

- ¿Con quién hablo?

- Tú puedes llamarme Cymarrón.

*****

4
CAPÍTULO
CYMARRÓN

Kat activó de inmediato el altavoz del teléfono para que Mateo pudiera escuchar.

- Te felicito, lograste despertar mi curiosidad. Querías hablar conmigo. Aquí me tienes.

Mateo se asomó discretamente por la baranda de la terraza, temiendo que los hubieran encontrado. Afuera no había nada sospechoso. Ni un indicio de Román o de su carcacha.

- ¿Quién le dio mi número? - protestó Kat haciéndose la valiente, buscando en Mateo alguna luz que le indicara qué hacer. Lucía igual de asustado que ella, o más.

- Pero Katiuska, ¡íbamos tan bien! En este punto esperaba una pregunta más interesante.

"Katiuska".

Además de saber su nombre había tenido tiempo para entretenerse con sus variaciones. Cuando lo pronunciaba parecía querer acariciarlo, moldearlo, internarse en él para comprender sus más impenetrables secretos. Su voz pausada y refinado sarcasmo difícilmente encajaban en la imagen de *salvaje* que se había formado de él. ¿Era su impresión o el extorsionista la trataba como si la respetara?

-De acuerdo. Si es tan buen hacker, ¿no podía haberle enviado a Sofía el mensaje a través de su correo electrónico, por chat o algo así? ¿Por qué necesitaba una emisaria?

- Esa es la Kat que ansiaba oír. ¡Porque no hago lo mismo que los demás hackers! La mayoría viven tan ocupados con sus códigos que olvidan la lógica elemental. A nadie más se le ocurrió que una chica responsable y seria como tú haría entrar en razón a nuestra gran estrella. Con lo que no contaba era con tu fascinante capacidad para enredarlo todo.

- Ya que Nawal le ha dado su informe sobre mí, incluido mi número de teléfono…

- Mi pequeña Katiuska -interrumpió Cymarrón, sin perder la calma- sé más de ti de lo que imagina tu cándida mente. Aun así, admito que has logrado captar mi atención.

- Ese no es mi nombre. ¡Y no soy nada suyo, así que en adelante le pido que…!

Mateo le hizo señas para que se calmara. Tenía razón. Entre más hablara el criminal, mejor.

- Mire… le advierto que se metió con la persona equivocada. Si publica esas fotos y videos, Sofía hará que lo encuentren. No está tan sola como cree, son gente muy influyente.

- ¡Qué dulce, viniendo de ti! ¿Algo más? –Parecía encontrarlo todo divertido.

- Sí. Por favor, no le haga daño a Nawal. Hizo su trabajo. Fui yo la que quise convencerla.

- Asombroso. Continúa. Me interesa esa parte. ¿De qué querías convencerla?

No mostraba ningún apuro, considerando que ellos habían estado "con la policía" solo unos minutos antes. O Nawal le había ocultado lo de su encuentro con Román, o como ella misma decía, él lo sabía todo. Abruptamente, Mateo se apoderó del teléfono.

- Oiga, ya sabemos que el hampón que mandó a vigilarnos no es policía. ¡Deje en paz a Sofía! ¿Entiende con quién se está metiendo? Si sube esas imágenes, lo van a encontrar.

-Ya veo -se rio la voz - ¡Katiuska, el "gallito" que tanto admiras me puso a temblar!

"¿Que tanto admiras? ¿Cómo averiguó eso?".

- Apuesto a que solo es así de valiente detrás del teléfono, pero comprendo que el egoísta no quiera compartir a su novia, así que voy a simular no haber oído ese insulto.

- ¡Escúcheme, maldito infeliz…!

- En adelante, solo hablaremos tú y yo, Katiuska -dijo Cymarrón-. ¿Está claro?

Kat recuperó el teléfono. La rabia había nublado a Mateo y así era más vulnerable.

- ¡Cymarrón, espere! De acuerdo, hablemos, pero por favor, no publique esos archivos.

Pausa larga. Pareció exhalar una bocanada de humo mientras se recostaba en su silla.

- Eres una criatura fascinante, ¿no te lo han dicho? Durante tu corta y desgraciada vida los demás no han hecho otra cosa que ignorarte, menospreciando tus capacidades. ¿Por qué habrías de ayudar ahora a la responsable de buena parte de esa tortura y a su noviecito?

- De eso quisiera hablar con usted, si me diera la oportunidad.

Mateo clavó en Kat una mirada de reproche y movió la cabeza oponiéndose.

- ¿Ah, sí? Muy bien, si eso quieres, hablaremos. ¿Es todo?

- No. Tengo un trato. Si logro convencerlo -y lo haré-, dejará en paz a Sofía. Sin pagar.

- Interesante. ¿Y si no?

No había pensado en esa posibilidad. Kat no supo qué responder.

- Sabes a qué me dedico, ¿cierto? Mi negocio no es muy popular entre los *prístinos*. Cuesta imaginar que tengas algo para ofrecer que me haga feliz. En tus términos, claro.

- No tiene que ver con religión. Lo prometo.

Kat sintió escalofríos de solo imaginar la clase de términos que resultarían satisfactorios para el criminal. Revoloteaba cada vez más cerca de la flama. Aun así, le costaba callarse.

- Eso de hacer las cosas por puro altruismo ya no existe en este mundo, Katiuska. ¡Admite que te cansaste de la mentira e hipocresía *prístinos. ¡Tú d*eseas vivir! Saborear tu libertad.

- ¿La "libertad" de Nawal?

- Sí, la libertad de Nawal. Veo que te atrae. Admítelo.

- ¿Entonces acepta mi propuesta? - contraatacó Kat, tratando de no dejarse acorralar.

- Acepto-sentenció Cymarrón-. Tienes tres días con sus noches para convencerme de borrar los archivos de tu *querida* Sofía. Si lo logras, no volverá a saber de mí; te doy mi palabra. Pero si hablas con la policía (estupidez que espero no cometas), ella deseará haber sufrido solo lo que le tenía reservado hasta ahora. Entonces te odiará de verdad, por interponerte.

Sintió la boca reseca. ¿Se había vuelto loca? ¡Ella no era Nancy Drew! Tropezó con los ojos de Mateo, debatiéndose entre el miedo y el asombro. Cymarrón los trajo de vuelta.

- Tú y yo conversaremos, claro. Pero primero tendrás que descifrar un pequeño *acertijo*.

- Por favor, Cymarrón. Tenemos padres. ¿Espera que logremos ocultarles *esto*?

- ¿Qué pasa, Katiuska, ¿vas a rendirte sin haber empezado? A cualquier niño le gusta jugar. Pensando como adulto no podrás encontrar mi puerta, ni abrir sus cuatro cerraduras.

- "*¿Cuatro cerraduras?*" Mire, no entiendo. ¿Por qué no simplemente…?

- ¡Relájate! Apaga el interruptor de ese dedo acusador que instalaron en tu mente, quítate la máscara *prístina* y deja de sentirte culpable. Entonces, *entenderás*.

- ¡Usted qué sabe de mí, o de lo que puedo estar sintiendo!

"Él no puede saberlo todo, como aseguraba Nawal". "¡No dejes que penetre en tu mente!".

- ¡Suficiente! -se impuso Cymarrón- Si no sigues las instrucciones del juego, será la "noble" Sofia quien lo lamente. La respuesta a mi acertijo es la contraseña, la llave maestra para llegar a mí. Aquí va: *"Tres cosas me son ocultas, ni siquiera sé la cuarta…"*

Kat se apresuró a copiar sobre una servilleta.

-*"…El rastro del águila en el aire, el rastro de la serpiente sobre la peña, el rastro de la nave en medio del mar y el rastro del hombre en la doncella".*

- ¿Lo tienes? - preguntó Mateo, mientras Kat garabateaba tan rápido como podía. A medida que lo hacía la estremeció descubrir que aquella pesadilla le recodaba un lugar conocido.

- Espere, esas frases…no son suyas. Las he leído antes.

- Entonces no me equivoqué al elegirte. ¡Cómo voy a disfrutar esto! Suerte, *Katiuska.*

Fue lo último que dijo antes de colgar. Se infiltraba en las mentes jóvenes. Las obsesionaba. Dejaba un rastro de migas de pan envenenado para asegurarse de que sus víctimas encontraran el camino hacia lo profundo del oscuro bosque de su alma. Luego desaparecía.

Cuando Kat y Mateo le contaron todo sobre la llamada que los había interrumpido, Sofía, sin perder su dignidad, les dijo: "Si me expone, destruye mi vida"-. Enseguida colgó y se metió al baño de su camarote, donde lloró entre gritos de impotencia. Ahora resultaba que su escape de ese lago de fuego, tan incierto como su futuro, dependía de Kat Jenkins.

***

Tan pronto se sintió con fuerzas para salir del baño, luego de borrarse la zozobra de la cara, Sofía cayó en cuenta de que en ningún momento mostró preocupación por el bienestar de su novio ni el de su inesperada aliada, la última persona en la que hubiera pensado para pedirle ayuda en su hora de desgracia. Le mortificó su propia indolencia, no sentir remordimiento por ellos, su misión en tierra, de éxito tan improbable.

Le parecía vergonzoso que Kat intentara algo bueno por ella sin esperar nada a cambio. "¡Hasta tiene un plan!". O por lo menos eso le había dicho al tal Cymarrón. Si aquel "plan" funcionaba (algo ya difícil de creer), le debería un favor. Un panorama mortificante. Agradeció que la que se quedara en tierra no fuera Pau. Ni Tania, ni Lu. Conociéndolas, no desaprovecharían la oportunidad de coquetear con su novio. Al menos por ese lado podía sentirse tranquila. Mateo no estaba con alguien que calificara como "tentación".

En cuanto a las fotos y videos, tarde o temprano él lo entendería. Los hombres olvidan esas cosas. El mundo avanzaba a tal velocidad, que su error podía pasar inadvertido entre tantos escándalos. Para nadie era secreto que los jóvenes *prístinos* hacían las mismas cosas que los *sobrevivientes* o *salvajes* de su edad, aunque fuera por mantener su fachada religiosa. No podían culpar a las *prístinas* por encender un poco la llama en la que ansiaban consumirse.

Se arregló lo mejor que pudo, abandonó su camarote y buscó una mesa libre en cubierta para tomarse un café bien cargado. Sorprendía el hervidero de actividad encendido por Tato. Sus compañeros de curso, desplegados por todo el *Nanshi*, ensayaban en pequeños grupos los coros y estrofas de sus nacientes composiciones con una disciplina y entusiasmo que envidiarían sus profesores, envueltos en un ambiente de risas, acordes de guitarra y despreocupada camaradería. Parecía que guardasen el secreto más preciado del mundo, con una complicidad que Sofía envidió, deseando tener el poder de hacer lo mismo con su vida.

- ¿Puedo sentarme? - preguntó una voz a sus espaldas. Su primera reacción fue de fastidio. Por su creciente popularidad, se estaba acostumbrando a lidiar con el atrevimiento de tipos aburridos que se le acercaban a flirtear, con intenciones fácilmente predecibles.

La cara le cambió al ver que quien la contemplaba, con ancha sonrisa, era Tato Alighieri.

***

Joha se había propuesto encontrar un lugar inspirador cerca a la proa, apartada del ruido, donde pudiera vencer la ansiedad y encontrar algo digno qué mostrarle a Kat, claro, cuando apareciera. Su única amiga le había enviado un mensaje de texto para tranquilizarla, explicándole que debió resolver un problema "administrativo" que retrasó su abordaje.

Miró otra vez su reloj. Era raro que a esas alturas Kat siguiera en un absurdo papeleo y que ni se hubiese acercado al camarote para desempacar. Emprendió preocupada el camino hacia los ascensores y le preguntó a uno de los impecables camareros que sostenía una bandeja con dos cafés helados, si podía indicarle cómo llegar a las oficinas de la gerencia.

Casi no escuchó lo que el miembro de la tripulación respondía. Se distrajo al ver que quienes esperaban los cafés eran Sofía Aguilar y Tato Alighieri, trenzados en una alegre discusión. Sintió rabia. Y, sí, ¿por qué no?: envidia. ¿De qué servía participar en una competencia *prístina* donde los resultados se amañaban, igual que en el mundo *ilustrado*?

Llamada entrante de Kat. El regaño se le quedó engatillado en la lengua y se transformó en devastación a medida que escuchaba el embrollo en el que se había metido su amiga.

- ¡No puedes hacer eso, Kat! ¡Avisa a la policía! ¡Deja que esa engreída reciba lo que se merece! ¡Está aquí, muy oronda, tomando café con Tato Alighieri mientras nosotras…!

-Joha… ¡Joha! *Ella ya sabe.* Siento no estar ahí. Tendrás que componer la canción tú sola.

- ¡Ah, eso sí que no! ¿Y dejarle el camino libre mientras tú le compones la vida?

Kat suspiró al otro lado de la línea. Se escuchaba muy estresada. Demasiado.

- Si vivo para contar la historia, intentamos hacer la canción por videollamada. Tú busca a Nassim, dile que no abordé porque me sentí enferma, antes que llame a mis padres.

- ¿No les has dicho aún? ¿No dice la *Fuente de Gracia* que debes obedecerles?

- ¡Qué quieres que haga! ¡Si el Gran Autor no me quería en ese barco iba a sacarme como fuera! No te preocupes, pienso seguir en comunicación, pero es preciso evitar todo ruido.

- ¡Te chiflaste! Era cuestión de tiempo. Todo el que se la pasa con la nariz metida en ese libro termina así. ¡Son tratantes de personas, Kat! ¡Abusadores! ¿Y si te agarran?

- Tuve un sueño. Sé que voy a estar bien.

- ¿Por qué hablas tan suave? ¿Tienes a esos tipos cerca? ¿Estás en peligro ahora?

- Lo estaré, si no cumplo con mi deber. Tranquila, volvimos al hotel, acabamos de llegar.

- "¿Volvimos?"

- Con Mateo.

Joha se quedó viendo a Sofía Aguilar. Una sonrisa vengativa afloró en sus labios mientras Kat, aprovechando que Mateo se fue a devolver la moto, le relataba las absurdas y a la vez fabulosas circunstancias que los tenían trabajando del mismo bando. Era lo más cerca que Kat había estado de él. Ni siquiera en sus pijamadas de películas romanticonas, y confesiones "de ojo encharcado", las dos amigas habían concebido una cita tan fantástica.

***

La recepcionista los miró con desconfianza, como a un par de niños que se comieron la merienda antes del recreo. Solo unas horas atrás habían firmado la salida del hotel, igual que sus compañeros de excursión, para luego tomar el transporte que los llevaría hasta el muelle. Ahora casualmente los dos estaban de vuelta y él solicitaba una habitación.

- Dos- aclaró Kat sonrojándose, sin dar más explicaciones.

Mateo se volvió hacia ella, recriminándola en voz baja, como si con ello hiciera desaparecer a la elegante recepcionista, mientras la morenaza continuaba indagándolos en silencio, con su instinto maternal alerta, abanicando sus párpados en tonos azules y escarchados, como las aves tropicales de los jardines, trenzadas en alegre conversación.

- Pero entonces tú pagas la tuya.

- Ya te dije, Mateo. Mis papás no me dieron tanto dinero. Quisiera tener una tarjeta de crédito amparada, igual que tú, pero no estamos en la mejor situación.

Mateo comenzaba a impacientarse. No era la clase de aventura con la que soñaba. Si pudiera habría elegido a la finlandesa. Incluso a Sofía. Pero ¡Kat! ...era tan…¡Kat!

- ¡Tú me metiste en esto, Jenkins! Puedo justificar unas noches extra, pero ¿dos cuartos?

En eso tenía razón. Al menos era claro, por su actitud, que no tenía de qué preocuparse.

- De acuerdo. Pero en camas separadas. Si no es así, tú duermes en el piso. Y me respetas.

La recepcionista los contemplaba boquiabierta. Lo único que movía era un chicle, enganchada con la escena. Mateo volvió a enfrentarla, pretendiendo seguir en control.

- Una - anunció, con suficiencia.

Mientras Mateo llenaba un nuevo registro, Kat se dejó atrapar por el sonido del noticiero del mediodía en la pantalla del recibidor. Al escuchar el nombre de la ciudad donde se encontraban se acercó al televisor. Un pareja mayor de huéspedes extranjeros recién bañados y en bermudas también observaba con horror la noticia. La presentadora hablaba de dos jovencitas asesinadas en un barrio marginal de Puerto Idilio, al parecer ultimadas por una banda de tratantes de personas. Kat observó entre lágrimas la escena de esos cuerpos infantiles con los rostros cubiertos de manera improvisada, un par de números más para añadir a las cifras sobre abusos, ahora en pantalla. "Pasó en esta misma ciudad". "En la que llaman *La Meca* del turismo". "A pocas calles de distancia". Aun así, pareciera que se tratara de dos ciudades. Donde ocurrió el asesinato la ley la imponían los *salvajes*. Los autores del crimen no habían sido capturados y se describía un complejo operativo para encontrarlos. La periodista entrevistaba a testigos, a las autoridades y a dos parejas de compungidos padres, muertos en vida a causa del dolor. Pensó en los suyos. No solían encender la televisión. Les interesaría si supiesen en lo que su hija se estaba metiendo. Lloró también por ellos, por su impotencia para ayudarlos, deseando equivocarse, porque intuía que su matrimonio parecía un auto sin conductor, avanzando hacia un precipicio. *"Y ahora me impides abordar. ¿Qué quieres de nosotros, Abba?"*.

Una voz terrenal la hizo brincar. Mateo sintió pena de ese manojo de nervios.

- Aquí está tu llave, ¿qué pasa en el mundo? ¿Algo se compara con nuestra desgracia?

- ¿Siempre fuiste así? -preguntó Kat, alejándose de la pantalla para que Mateo no se quedara a ver el resto del informe-. Tengo recuerdos tuyos tan diferentes…

- ¿Ah, sí? Por favor, refréscame la memoria, a ver si el pasado nos soluciona la vida.

- Ninguno en especial, no sé, de cuando jugábamos rondas, en primaria…no me hagas caso.

A Mateo le parecía surrealista. Incapaz de amenazarlo con un puñal, como en su sueño, aunque las personas aparentemente inofensivas terminaran envueltas en crímenes así.

- ¿Por qué estás aquí, Katherine? – fue lo que atinó a decir. - ¿Qué me impide dejarte aquí y llamar a la policía? ¿Y si Sofía necesita esa lección del Gran Autor? ¿Vas a impedírselo?

- ¡Estás hablando de tu novia! Es nuestra compañera. Casi hemos pasado más tiempo de nuestras vidas con ella, en el mismo salón, que con nuestros padres. Sabes lo que va a pasar cuando esas fotos y videos empiecen a propagarse por internet. No habrá piedad para Sofía.

Mateo bajó la cabeza, rehuyendo su mirada.

- Te sientes traicionado, lo sé, y no ha sido muy amable conmigo, pero confía en nosotros.

- ¿Y si decidiera romper con ella?

- Ahora no-suplicó Kat con un tono suave y compasivo que lo dejó sin palabras.

- ¿Por qué haces todo esto?

- ¿Recuerdas que te hablé de un sueño? - Kat bajó la voz para que no la escucharan los huéspedes en tránsito-. Ocurrió justo anoche. No me preguntes cómo, pero te incluía.

- No me interesa preguntar por qué aparezco en tus sueños. También tuve una pesadilla contigo y supe que era para olvidar. Con tu permiso, necesito ducharme y pensar bien.

- Dime qué soñaste, ¡por favor!-Kat lo persiguió hasta los ascensores-. Nunca cruzamos más de dos palabras. ¿No es raro todo esto?

- ¡Qué sé yo! Kat, no todo lo que uno sueña es importante! ¡Todavía sueño con gente que no volví a ver en mi vida! ¿Te parece que es razón suficiente para cometer esta locura?

- Mateo, sé que la mayoría de nuestros sueños provienen de nuestra siquis, pero este no puedo olvidarlo. No me mires así. ¿Acaso no has leído el verso: *"Oyes el silbido del viento, aunque ignores de dónde viene y adónde va. Lo mismo pasa con todo el que nace del Espíritu"*? Si fuéramos consistentes con lo que creemos, quizás no nos sorprendería tanto.

Mateo se dejó caer en una silla y se cubrió la cara con las manos. Kat se sentó a su lado.

- Sé que algunos me tildan de loca. Pero no lo estoy. Fue *el Espíritu*. Podía sentir su Presencia cuando Nawal se me acercó. Puso en mí la certeza de que no podía abandonarla.

Mateo descubrió sus ojos, empezando a considerar seriamente lo que había oído sobre ella.

- Tengo que llevar un mensaje al Cymarrón. Todavía no sé qué es, necesito orar...ir a la *Fuente de Gracia*. Algo va a pasar. De acuerdo, aún no lo vemos, ¡pero es necesario creer!

- Sí, nos van a matar, eso si primero no nos vuelven esclavos de por vida. ¿Entiendes de qué hablo? Tus padres te habrán contado lo que hacen los *salvajes* a las *prístinas*.

Kat se estremeció de solo pensarlo. Las imágenes del noticiero regresaron para atormentarla. El *Espíritu* no podía equivocarse. ¿Iba a enviarlos como carne de cañón hacia una muerte segura? Siendo realistas, algo así pasó en los primeros días *prístinos*, mejor conocidos como *los años del martirio*. Recordó el valeroso Camino de su Maestro, y del *apóstol ilustrado*, quien afirmó no estimar su propia vida más que a su Salvador. Debía explicárselo, aunque fuera incapaz de discernir la frontera que separaba su secreta devoción hacia Mateo del misterioso designio profético que se obstinaba en entrecruzar sus caminos.

- Es por esa misma maldad que debo llegar hasta él-dijo, asombrada ante su propia osadía.

- *"¿Debes?"*.

- Ya oíste al Cymarrón. Precisó: *"tres días con sus noches"*. ¿No te dice nada esa medida de tiempo? El *profeta náufrago* recibió la orden de ir a la gigantesca Nínive para anunciar a su rey y a su pueblo que su maldad había subido delante del Gran Autor. El problema del profeta era que se creía demasiado bueno, como si su misión no valiera la pena y el amor del Creador discriminara a las personas. Y allá había muchas. Hombres, mujeres, niños…

- Kat -Mateo notó que sus ojos se cubrían de lágrimas-. Lo mejor es que te vea un médico.

- El Deseado de las Naciones no vino para condenarlos, sino para salvarlos. Incluso a ellos.

- Tú no estás bien. Resolveremos lo de Sofía de otro modo.

Detrás de aquella tierna indulgencia, a Kat le pareció reconocer una antigua treta reptilesca: *"No, Maestro. De ninguna manera permitas que algo así te acontezca"*.

- ¡Basta, no dije nada digno de lástima! Entiendo que en estos tiempos vacíos de auténtica espiritualidad, ser *prístino* ya no signifique nada. Pero aunque me mires como si necesitara un siquiatra, te aseguro que de haber abordado el *Nanshi*, se habría desatado una tempestad.

- Pues hubiera preferido eso. Y que la tripulación te echara al agua, y te tragara un gran pez.

- Tú eres ese pez.

La sonrisa de Mateo retrocedió, replegándose en sus profundidades.

- El Gran Autor te tenía preparado-continuó Kat-. Ahora tengo que orar, clamar y esperar. Cuando me expulses, asegúrate de hacerlo en el lugar y el tiempo correctos.

Mateo ya no sabía si tomar esa declaración en serio o si debía conseguir al médico.

- ¿Estás diciendo que tengo que estar contigo tres días y tres noches?

- A menos que resolvamos antes el enigma.

- Ajá. ¿Y mientras tanto? No pedí llevar un polizón en este viaje. ¿Qué se supone que debo hacer, aparte de aguantarte como si fueras un parásito?

- Creo que la pregunta es qué hizo el *profeta náufrago*. Hasta donde recuerdo, admitió su desobediencia, y que era el único profeta de su pueblo escogido para dar a conocer al Gran Autor. Se supone que todo *prístino* conoce esa historia desde niño.

Kat palpó el número de habitación pirograbado en la rústica madera de la llave que Mateo le había entregado y pidió el ascensor. Un sonriente y enérgico botones les ayudó con su equipaje. Mateo la dejó abrir la puerta de la habitación que exhaló sobre ellos una fresca bocanada de aire y limpieza. Para su sorpresa, Kat se adelantó poniendo un billete en la mano del botones, quien agradeció y se retiró con idéntico ritmo. Hora de fijar unas reglas.

- Me pido el baño primero. Si te tienes que duchar hazlo rápido. No hay tiempo que perder.

Puso en un rincón su guitarra, sacó ropa de su maleta, una carterita con sus implementos de aseo y se encerró en el baño, donde agradeció deshacerse del empapado vestido naranja.

- Claro, sigue. Será como dormir con una hermana fastidiosa-protestó para sí-. ¡Tres días!

Kat sonrió mientras abría la llave de la ducha. Mateo se dejó caer en la cama libre. Le costaba descifrar a la verdadera Kat que, sin aspavientos, iba avasallante por la vida.

***

Joha caminaba por el borde de la piscina, buscando un rincón donde no tuviera que soportar la fastidiosa vista de Sofía coqueteando con Tato, cuando el sutil empujón, ayudado por un pie desnudo que supo cómo hacer el efecto del palo en la rueda entre sus marmóreas piernas, la arrojó de costado al agua. Al ver la guitarra flotando en su forro, un cuaderno con notas desdibujándose, y a su autora chapoteando atolondradamente, sus compañeros se unieron en una sonora carcajada, mientras los hijos de los turistas observaban desde la zona poco profunda, sin entender lo que ocurría, a la espera del desenlace.

Tato y Sofía se levantaron a medias de sus sillas para identificar la causa de la inesperada diversión general, pero nadie vio a la dueña del pie infractor chocando disimulada la mano con Lu, conteniendo la risa, al igual que ella y que Tania, pero fingiendo querer ayudar a la "accidentada". Las tres le tendieron la mano hipócritamente desde el borde de la piscina.

Ajena aún a la humillación pública, Joha solo tenía un pensamiento en mente: mantenerse a flote. Ninguno de los presentes lo notó, porque se supone que todos los jóvenes a esa edad saben nadar y porque Joha, a pesar de estar viviendo una pesadilla, trataba con amor propio de tocar el esquivo fondo con sus pies para librarse de protagonizar la vergonzosa escena.

Pero entre más luchaba por no tragarse aquella agua tibia y asquerosa, más se hundía, ante un público divertido y delirante. Las deformadas risas se confundían con voces e indicaciones incomprensibles. Agotada de patalear y chapotear, sintió que alguien se zambulló a su lado. Pudo percibir su cercanía, los movimientos sincronizados de su nado, nada más, porque se sumergía en la oscuridad, en el vacío de la inconsciencia, de la muerte.

***

Más cerca del otro lado alcanzó a ver la historia de su vida, luchando por retenerla. Vio a sus bisabuelos maternos, Emperatriz y Medardo, papicultores de Cucurunabo, municipio perdido entre las montañas de lo que su profesora de historia llamaba "el altar de la patria", porque en esas tierras se habían peleado las batallas de una libertad que Joha no terminaba de entender. Tal vínculo, en lugar de otorgarle puntos con sus compañeros, la convirtió en blanco de burlas, porque las niñas que se creían de mejor familia ridiculizaban su aspecto albino y cachetes chapeados. El pelo rubio y los ojos verdes obedecían, según la profesora, a un antecesor emparentado con el conquistador *teutón* que se estableció al oriente.

Emperatriz y Medardo tuvieron dos hijos, Jair y Marta, quienes, según las malas lenguas, al ser *semisalvajes* y ver a sus padres empinar el codo y trabajar poco, terminaron trayendo al mundo un niño. Los abuelos calmaban los rumores diciendo que había sido engendrado por un novio de Marta, que apareció en las fiestas del pueblo y luego se esfumó. Al niño le pusieron Harvey. Lejos de ser castigado por el incesto de sus padres-como sus vecinos esperaban con voraz apetito-, Harvey se volvió un gentil y brillante ingeniero agrónomo.

Harvey se enamoró de una trabajadora social vinculada a una compañía eléctrica en expansión que vino de Sabanópolis: María Paulina Vidal. Era de esas practicantes de pocas palabras y un apellido que para los *ilustrados* tampoco significaba mucho, pero consciente del poder de su sonrisa y sensualidad para abrirse puertas. La habían entrenado en la universidad para lograr acuerdos con las comunidades, no necesariamente para comunicarse con las personas. Harvey vino a descubrirlo cuando ya estaba casado con ella y aún no podía creer que pudiera contemplar todos los días su belleza citadina, compleja y educada. Fue ella el sol que lo deslumbró, hizo arder su alma como material inflamable y luego lo dejó hecho cenizas, sin saber hilar una explicación convincente de las que se valía para amansar comunidades campesinas descontentas con el servicio de energía. Aunque Joha no heredó ni la belleza de su madre ni la fortaleza física de su padre, Harvey se dedicó a criarla con impecable consistencia, para compensar la ausencia de María Paulina. Si ella volvía algún día, así fuera por casualidad, tendría que aceptar que Joha era el milagro del brillante agrónomo, que hizo brotar la flor más exótica en medio del desierto.

El amor de su padre le infundió a Joha la confianza necesaria para sobrevivir en un ambiente hostil. Tan decidido estaba a sacarla adelante, que hasta se convirtió a la fe *prístina*, convencido de que una base espiritual sólida le ayudaría a alcanzar cualquier meta.

Al igual que María Paulina, los padres de familia del Saint Johnas, menospreciaron a Harvey. Sus hijos se la pasaban criticando la musicalidad de su acento y las expresiones autóctonas del campo Cucurunabo que a Joha se le escapaban a veces, o su falta de etiqueta al comer. ¿Por qué tenía que darles gusto, si a fin de cuentas estaba prácticamente sola?

Le importaba solo a Kat, y ella no la juzgaba por esas minucias. Joha había crecido un poco *"salvaje"* en medio de la "flor y nata" de la civilización *prístina*, incubando su rebeldía en la herida abierta que, unida a los elementos de su compleja fórmula química, recién agitada con la pubertad, hacía cada vez más inestable aquella combinación emocional. Una letal arma biológica cuyo detonador solo presentía Kat. Nunca se habían separado por mucho tiempo, con excepción de los días en que a Kat le dio apendicitis.

A pesar de los esfuerzos de Harvey por sacar adelante una empresa de fertilizantes- lo cual significaba menos tiempo con su hija-, carecía de la voz y consejos maternales que Kat sí disfrutaba. Jenkins se refería a ellos con naturalidad, orgánicamente, igual que los ciclos de los cultivos, sin darse cuenta de que a Joha se le iban los ojos escuchando hasta las más insignificantes historias madre-hija, imaginando cómo sería su vida si María Paulina se hubiera quedado en casa. Aunque su padre siempre le habló bien de ella y nunca la culpó por haberse marchado, tampoco le ayudó a entender sus verdaderos motivos. Joha vivía para encontrarlos. Y la única explicación que encontraba, era que se había ido por su culpa.

Desde que llegó a esa conclusión, cada aspecto de su físico comenzó a fastidiarle. *"Demasiado alta, demasiado gruesa"* comparada con sus compañeras. Razón tenían por haberla apodado así. La ocurrencia surgió en primaria, mientras formaban dos equipos para una prueba que exigía fuerza. *"Me pido al Yeti"* gritó una de las chistosas, que para desgracia de Joha, acababa de ver una película sobre la criatura mitológica. Las risotadas quedaron grabadas en su mente. Paradójicamente, el mismo atributo que la convirtió en heroína un día de sol, ahora impedía que chicos y chicas la vieran como una mujer normal.

Ahora su piel blanca y delicada solo era el temido pizarrón que ponía en evidencia la más pequeña erupción y brote de acné. Mientras Sofía y sus amigas habían sido bendecidas con curvas, y un tono de piel de modelos latinas, ella podía pasar inadvertida en los polos. Había intentado ayunar y moldear su cuerpo en el gimnasio, pero solo lo lograba convirtiéndose en personaje de sus poemas y canciones. Ahí era posible sumergirse sin temor en lo profundo de ese océano, dejando que el universo marino la recorriera por dentro y por fuera, entrando y saliendo, igual que los hombres que solo conocería en su imaginación, convirtiéndola en parte del tranquilo paisaje, donde no hay amigos ni enemigos, masculino o femenino, solo el amor, llenando su vacío, dando sentido a todo.

Pero la sacaron de su elemento, expulsaron el agua de sus pulmones sin su consentimiento. Echaron fuera a la muerte, sin advertir que ya no tenía mayor poder sobre Joha.

Se lo contó el médico de a bordo mientras revisaba sus signos vitales. Joha imaginó cómo su historia se convertía en el hazmerreír, no solo del *Nanshi*, sino en las redes sociales de los que le tomaban fotos mientras ella descendía a un abismo aún más profundo.

***

Esperando su turno de entrar al baño Mateo comenzó a desempacar cosas que podía dejar a la vista de Kat, como su loción *Dark Side*. Horas antes se había empapado la cara decidido a poner *"el mundo a sus pies"*. "Qué mal chiste", pensó. La primera vez que Sofía le habló fue para preguntarle qué loción usaba. Nada de raro que fuese su técnica.

Se miró en el espejo de la habitación y vio a un pobre estúpido. "Eres la fantasía de una ilusa que juega a la detective, como si con eso pudiera acercarse a *tu* grupo de estudio. Está feliz, claro: ¡Los próximos tres días *eres su cita*! Si se sale con la suya, hará que te maten".

La imagen de Sofía ofreciendo su cuerpo al mejor postor lo encendía de celos, lo impelía a marcarle a la policía y contar todo. "Ella se lo buscó, que lo arregle su papito el infalible patriarca y que se consiga otro imbécil". Salirse era fácil. Tenía la solución a una llamada.

Por otro lado estaba esa pequeña intrusa (ya no tan pequeña). Para ser justo, no perdió el crucero por su culpa. Lo que más le fastidiaba era que se tomara tantas atribuciones. Que hablara con extraños y que le dolieran. ¿Y eso de que escuchó la voz del Espíritu?

Siempre había respetado que fuera aplicada, y hasta su misteriosa devoción. Cada vez que Kat abría la boca en clase, mencionaba al Gran Autor, como si este fuera lo más real de su cotidianidad, dentro y fuera de ella. No se refería a Él con miedo, sino con una pasión inaudita, prisionera a voluntad de una clase de amor que otros ni sospechaban que existía.

¿Era posible que el Creador le hablara? ¿Qué no fuera uno más de tantos chiflados que desperdiciaban la vida buscando la fecha del fin del mundo para asustar a otros ofreciendo librarlos de la condenación? ¿Qué la hacía tan diferente de esas desagradables sectas?

Kat no pretendía saber más. Se dejaba sorprender por detalles insignificantes de la vida, como si fuesen regalos exclusivos para ella. ¿No sería más bien que él dejó de ser niño y que ansiaba las migajas que caían de su mesa? ¿Por qué entre más la escuchaba, más se dejaba arrastrar por la marea de esa mujer en que se estaba convirtiendo? ¿Por qué no podía sacarse de la cabeza su bendito pudor, su vestido naranja hecho para acalorar, que solo a él había logrado quitarle el aliento, o sus rodillas, tan puras y honestas como su corazón?

Y ese era apenas el cofre de un gran tesoro, protegido por quien lo enterró; para encontrarlo, primero era necesario hallar el mapa. Kat estaba reservada para alguien con el talento de buscar tesoros, dispuesto a invertir su vida, si fuere preciso, en encontrarla.

Como fuera, su delirio místico religioso no iba a manejarle la vida. Pensaba en eso y en obligarla a exponer de manera concreta cuáles eran sus planes antes de acompañarla a cualquier lado, cuando sonó su teléfono. Revisó la pantalla: No era Sofía. Tampoco sus padres. Ahora lo llamaban menos, todo por darle gusto a su necia "independencia".

- ¿Se puede saber dónde se metió, "papacito"? -preguntó Guillo. En ordinariez superaba de lejos al intelectual Chepe. Habían activado el altavoz y aguardaban expectantes.

-En Puerto Idilio. No pude abordar por…papeleo. Estoy arreglando eso.

- Sí, ¡cómo no!-. Una carcajada de burla y asombro se oyó atrás. "¿Coronó" entonces a su princesita vikinga? ¡Cuente bien! ¡Aquí los quedados somos otros!

Por primera vez pensó en lo fácil que podía resultar hacerle daño a la indefensa intrusa del baño contiguo si se lo propusiera. Aunque sabía que nunca haría algo así, tendría que pensar en una buena coartada para justificar lo que estaba pasando. Contar que a su cotizada novia la estaba extorsionando un hacker con imágenes íntimas no era una opción.

- Como ustedes entenderán, a una dama no se le hace esperar.

Sin decir más, colgó. Eso. Dejarlos chorreando la baba y con el estómago ardiendo de la envidia podía salvar su reputación mientras se resolvía la situación de Sofía. Ni siquiera les dio tiempo de contarle que habían asistido a uno de los espectáculos más divertidos y memorables del viaje, cuando una pobre idiota que no sabía nadar por poco se ahoga.

***

Últimamente Kat se conectaba mejor con el Gran Autor debajo de la regadera. El agua fría era una bendición en el calor de Puerto Idilio. Una extraña y placentera sensación la recorría de sólo pensar que al otro lado de la puerta, de su indefensa desnudez, estaba él, esperando algo bueno de ella. No hablaban tanto desde aquellas vacaciones recreativas que compartieron en primaria, cuando los llevaron a conocer las fábricas de la salsa de tomate, los jugos y las galletas con que atiborraban su lonchera. Ahora le había llegado la hora de salir a escena junto a él, de impresionarlo, y no tenía idea ni de por dónde empezar.

Se acordó del día en que pidió a sus padres que la llevaran a una exposición de Magnolia, la madre de Mateo. Kat se mantuvo pendiente de la entrada, por si Mateo se asomaba. Cuando por fin apareció, ni la determinó. Le costó obligarse a olvidarlo. Cuando creyó que lo había logrado, revivió su ilusión oír del crucero y de la convocatoria para actuar en la comedia anual del último grado. Kat, que nunca se había interesado en la actuación, se presentó y ganó uno de los papeles secundarios. Subrayaba y estudiaba con profesional pasión las cuatro líneas de su personaje, excusa que le permitía presentarse a los ensayos. Cuando Mateo llegaba, Kat se cuidaba de no determinarlo. Luego se sumergía en sus parlamentos mientras él les daba vida, sin tener que dar explicaciones por quedarse viéndolo. Imaginaba cómo sería todo si fuera su hermana y comenzaba a representar mentalmente ese papel. Era la más puntual, y de las últimas en irse, presenciando cómo el grupo se desmantelaba alegremente para partir hacia fascinantes planes sociales que nunca la incluían.

La melodía de su teléfono la trajo de vuelta al escenario terrenal. Kat se refregó los ojos y vio brillar la pantalla de su celular a través del vidrio templado de la ducha. Normalmente la llamaban pocas personas. Ahora podía tratarse del Cymarrón, Sofía, o Joha. Rogó mentalmente que no se tratara de los primeros dos mientras se anudaba la toalla. Al ver el nombre que titilaba en la pantalla dejó salir su voz, lo más casual que pudo, tiritando más por la inminente confrontación, que por el agua helada que aún seguía surcándola.

- Hola, mamá.

- ¡Hija! ¡Gracias a Dios! ¿Por qué no me contestabas? ¿Está todo bien?

- Tranquila. No te había llamado porque no quise preocuparlos. Ma: no estoy en el barco.

- ¡Cómo! ¡Kat, cómo pudo pasar eso!

- Mamá, siempre me has pedido que confíe en ti. Ahora te ruego que me devuelvas el favor.

- ¡Pero, por favor explícame! ¿Por qué hablas tan bajo? ¿Dónde estás?

- En el hotel, mamá, cálmate. Estoy bien, pero ahora debo ayudar a alguien. Cuando nos despedimos y papá se encerró para orar por mi viaje, me recordó dos palabras. " Sube acá".

- ¿"Sube acá"? No entiendo.

- Fue lo que *Abba* le dijo al *profeta amado* antes de mostrarle las cosas que iban a suceder: "Para poder ver esas cosas que los ojos no ven y los oídos no oyen-me dijo papá- debes subir con Él, contemplarlo en la hermosura de su Majestad, ver desde Su perspectiva".

- Hijita, si estás en problemas, puedes decírmelo. Tu padre lo va a entender. En cuanto a eso que te dijo, ya sé que él es un hombre de oración, nadie puede negarlo, pero…

- Mamá, si quieres hacer algo por mí, manda a mi hermano a casa de mi abuela, no sé, invéntate algo y sal con papá. ¿No sería genial que volvieran a divertirse un poco? *Juntos.*

Nunca le habló así a su madre. Iba a disculparse cuando notó que su voz temblaba.

- ¡Mi niña! No ha sido fácil, lo sé, sobre todo desde que le sugirieron ver a un siquiatra.

- ¿Por qué hay que escucharlos, si esos ni nos quieren? Ma… prométeme que lo intentarás.

- ¿Y si tu padre me pregunta cómo va el concurso y qué has hecho en el crucero?

- Dile que sigo compitiendo, paciente, *apasionadamente*, con la vista fija en el galardón. Que compongo una canción de la que se sentirá orgulloso, poniendo mi vida en ello.

Entendió que no podría tranquilizarla a menos que le diera alguna garantía de su seguridad.

- Mateo Sarracino está aquí conmigo. Tampoco pudo abordar el *crucero*. Me va a ayudar.

Silencio. Constanza prefirió no especular. También había pasado por esa edad, conocía los arrebatos de la juventud y los estragos que deja la falta de confianza de los padres.

- Bueno, hay un hombre cuidándote. Pásamelo, necesito hacerle algunas recomendaciones.

- Mamá, en este momento no se puede.

- Kat, estoy pidiéndote algo razonable. Debe enterarse de tus bajas de azúcar, saber qué hacer ante una emergencia. Pásamelo, por favor.

¡Ahora!

Como se habían puesto las cosas una negativa más podía levantar sospechas, así que Kat tuvo que ceñirse bien la toalla y salir tal cual estaba, extendiéndole el teléfono a Mateo. Era lo último que se le hubiera pasado por la cabeza. A ella *y a Mateo*. Y ahí estaba. La exuberante señorita a quien toda la vida había ignorado, envuelta en una toalla de hotel, temblando de pudor y vergüenza mientras gesticulaba exageradamente, a modo de súplica.

- Es mamá. Ya le conté. Quiere darte recomendaciones médicas, por mi salud. *Nada más.*

Mateo tomó el teléfono y Kat, abochornada, volvió a encerrarse en el baño. Mientras terminaba de vestirse, trató de oír la conversación a través de la puerta. Él casi no hablaba. Respondía con monosílabos y una amabilidad que nunca demostró hacia su hija.

Apenas Kat salió del baño, él entró sin cruzar palabra. Supo que estaba molesto porque casi se la lleva por delante antes de tirar la puerta. Resistió la tentación de preguntarle qué le había dicho su madre y se puso a navegar por internet desde su teléfono. En pocos minutos, además del olor de su champú, Kat había llenado la habitación de notas y dibujos de la geografía e historia de Puerto Idilio. Tenía que volverse una experta, considerando que se enfrentaban a mucho más que un ensayo escolar. Mateo esperaba que le dijera qué hacer. Si ni ella lo tenía claro, ¿de qué servía inmiscuirse en su vida y en la de Sofía? ¿Solo para que él también terminara odiándola? Era una maldición, indescifrable, aún para Nancy Drew.

Barrió con el brazo todas sus notas. ¿Se estaba volviendo loca? Alguna vez leyó sobre el síndrome de ensoñación diurna y no distaba mucho de la esquizofrenia. ¿Estaba el Espíritu en esto, o solo su sed protagonismo, largamente disfrazada? ¿Era posible que *Abba* le permitiera despeñarse así, arrastrando consigo a otros a un festival de juegos pirotécnicos que solo estaba en su mente? ¿Y qué pasaría cuando aquella exhibición terminara y el confuso silencio y nostálgico olor a pólvora y muerte quedara flotando en el ambiente? ¿De qué serviría entonces haber quemado las naves de su propio conocimiento? Si obraba por su cuenta, el fracaso era predecible. Se puso de rodillas, balbuceando entre lágrimas.

- ¿Serás para mí como esos fuegos artificiales, como una corta ilusión, como el agua inestable que desdibuja mi imagen con solo tocar la superficie con un dedo?

El sonido de la ducha cesó y Kat levantó la cabeza temiendo que Mateo saliera del baño. Llamó su atención un libro. No abría la *Fuente de Gracia* desde la madrugada, cuando, perturbada por su sueño, se había sumergido en la lectura del *profeta melancólico*, tanto que sus palabras parecían apoderarse de sus pensamientos, convirtiéndose en *sus* palabras: *"Si te vuelves a mí, yo te restauraré...".*

De nuevo aquel desafío. ¿Por qué las palabras del *profeta melancólico* la escudriñaban, como si su vida, que ni molestaba ni ofendía a nadie, fuera la que más cambios necesitaba?

- No puedo levantarme de aquí hasta que lo entienda, así me achicharre los sesos. Lo cual sucederá si insistes en ocultarme lo que te propones-dijo en voz alta. Entonces un instante de gloriosa lucidez la hizo gatear hasta su móvil para escribir, en el buscador de la *Fuente.*

 "...El rastro del águila en el aire, el rastro de la culebra sobre la peña, el rastro de la nave en medio del mar y el rastro del hombre en la doncella..."."¡Por eso me resultaban tan familiares! ¡El Cymarrón las sacó de la *Fuente de Gracia*!".

"No pienses tanto-le había dicho-. *Apaga el interruptor del dedo acusador que instalaron en tu mente, quítate la* **máscara prístina***... deja de sentirte culpable y entenderás".*

"Me está poniendo a prueba". "*¡Quiere que lo encuentre!".*

Ansiosa por ahondar en esa nueva perspectiva, empezó a caminar de un lado a otro llamando eufórica a Mateo, quien salió a toda prisa, liberando vapor del baño.

- ¡Ahora qué pasa!

Kat le dio la espalda cubriéndose la vista. Le alivió comprobar que estaba en camisa y bermudas. No dejaba de verse como turista, pero parecía bastante consciente de que sus vacaciones habían terminado. Para ella, era la mejor versión imaginable de Frank Hardy.

- ¿Volvió a llamar ese hampón?

- ¡Conoce la *Fuente de Gracia*! El acertijo es un mapa para llegar hasta él.

- ¡Pero habla más despacio, que así no puedo entender nada! A ver…

- Nos está dando *información*. Aunque la *Fuente de Gracia* incluye ese proverbio con un significado muy específico, él lo usa para comunicarse con nosotros. Se cree *el águila*.

- ¿Cómo sabes eso?

- Porque es un *salvaje*, Mateo. Bueno, mitad *salvaje*, mitad *ilustrado*. No comparte nuestro credo, pero conoce sus bases. El águila-continuó con entusiasmo, desplegando varias páginas web en su teléfono- está asociada a visiones de seres misteriosos que adoptan formas conocidas por los hombres, como las descritas por el *profeta loco*. La *Fuente* también compara a ciertas naciones con el águila por la rapidez con que ejecutaron el juicio del Gran Autor sobre sus enemigos, como Egipto, (o Babilonia en el caso de Nínive).

- Bueno-disimuló con dignidad-. Pero eso ¿qué tiene que ver con el Cymarrón y con nosotros? Kat redujo la velocidad al notar el evidente rezago de Mateo en la materia.

- Para el *pueblo sagrado*, el águila era un animal impuro, que se alimentaba de carroña. Cymarrón se ve a sí mismo como causa del desastre. Una especie de "látigo de Dios". Una plaga. Es el rey de un imperio de miseria y delincuencia, gobernando desde el barrio más pobre y extenso de Puerto Idilio. Nawal mencionó el nombre del barrio. Adivina: *Nínive*.

- Muy bien-asintió Mateo, con ganas de acabar pronto y empezó a navegar en su teléfono. ¡Destino Nínive! Estoy pidiendo un taxi público. Por *selfis* nos rastrearían. ¿Y cómo vamos a encontrar su dirección? "¿Preguntando se llega a Roma?" "¿Por favor, puede decirme dónde vive el criminal más famoso de este moridero? Queremos llevarle unas galletitas que le traemos de Sabanópolis. Si no nos matan antes, claro".

Kat estaba a punto de claudicar, pero un mapa de Puerto Idilio del hotel atrajo su atención.

- Lo que dices no es tan estúpido.

- ¡Pues muchas gracias! ¡Ilústrame, oh, dechado de sabiduría, profetisa de la lerdería!

- Me refiero a que aciertas. Cymarrón se compara con el águila porque sabe que no es fácil *seguir su rastro*. De la misma forma que a veces resulta difícil identificar la hipocresía, que es lo que enseña la *Fuente de Gracia* cuando dice: *"Tres cosas me son ocultas, ni siquiera sé la cuarta: El rastro del águila en el aire, el rastro de la culebra sobre la peña, el rastro de la nave en medio del mar y el rastro del hombre en la doncella"*. Son ilustraciones de cómo se mueven las almas adúlteras, ocultando sus pasos para luego hacerse las inocentes.

- *"Almas adúlteras"*. Uau. Eso suena a "ligas mayores" –dijo Mateo con sarcasmo-. ¿Dices que se divierte a costa nuestra llamándonos "almas adúlteras"? ¿Nos toma por hipócritas?

- Tal vez –repuso Kat, inquieta por tantos vacíos- A nosotros, o a la comunidad *prístina*. No es de extrañar que nos desprecie. ¿Por qué se toma el trabajo de decirnos todas estas cosas?

 - Déjame ver. Fácil: Igual que el águila, ya nos echó el ojo. Ahora se tirará en picada para sacarnos del agua con sus afiladas garras, como a un par de peces con cara de turistas.

Creyó que con esa verdad de a puño le quitaría las ganas de seguir tejiendo fantasías, pero para su sorpresa los ojos de Kat se iluminaron llenos de gratitud ante tal revelación y en un ataque de espontaneidad le agarró la cabeza como si fuera su hermano. Quiso besarle la frente pero entendió que se vería mal. Lo soltó y se puso a guardar las notas en su carterita de muñeca. Mateo no salía de su desconcierto.

- Ahora puedes pedir el taxi.

- ¿Significa que ya sabes a dónde nos dirigimos?

- Donde pescan las águilas a los turistas. El centro histórico.

Mateo asintió, impresionado con su rapidez para procesar información. La de ambos. ¿Estaba pasando realmente aquella pesadilla donde ambos trababan como equipo?

-¿Qué piensas decirle al Cymarrón cuando estés frente a él-se sinceró con la insólita gitanilla posmoderna que veía el destino en un libro en lugar de los naipes, sin perder la esperanza de despertar-. ¿Eres consciente de que son nuestras vidas lo que está en juego?

Kat entendió su miedo. Tenía una idea general, pero si se lo decía ahora, podía perderlo.

- Me siento igual que tú, Mateo, yo no pedí esto. Con mayor razón necesitamos creer que el que nos permitió llegar hasta aquí, también nos dará las armas para cumplir con la tarea.

*****

5
CAPÍTULO
CONSTANZA

"Kat se quedó en tierra por ayudar a alguien".Constanza no podía dejar de pensarlo mientras se maquillaba, con más cuidado que de costumbre, culpándose por su inexorable cita con los pasillos del supermercado. Se sintió malvada. Perversa. Calificativos que nunca creyó que existiesen para definirla a ella.

La recorrió un escalofrío al recordar a su madre. *Chavita* solía decir con orgullo que su abuelo, un coronel británico, trajo la *Fuente de Gracia* a su país. Era de aquellas damas de un talante extinto. Se casó con Ignacio, poeta y educador que, según las malas lenguas, perdió el juicio a causa de la constante predicación de Chavita. Ella lo aceptaba con humor, sabiendo que lo mató su improductividad. Aunque Constanza le dijo a Kat que su abuelo se arrepintió en su lecho de muerte y pidió perdón a su mujer por ignorarla, a Kat le parecía que siempre le temió al Gran Autor y al escritor que había en él, prefiriendo no conocerlos.

En contraste, el abuelo paterno de Kat, Joseph Jenkins, era un exitoso arquitecto de Boston. Se jactaba de no arrodillársele a nadie, hasta que, como resultado de las fervientes oraciones de su esposa Susy, dejó las sociedades secretas y terminó adoptando la confesión *prístina*. En cuanto a Susy, había intentado desde muy joven la vida de novicia, hasta que su pasión por ayudar a los necesitados la llevó a abandonar el voto de clausura. Estudió teología, filosofía y letras, sociología, y con el apoyo de su esposo creó la Fundación Susy Jenkins, que ayudaba a los niños *salvajes*, recogiéndolos de las calles.

Constanza se enamoró de Michael a tal punto, que se sometió sin protestar al permanente escrutinio y al carácter controlador de Joseph, quien esperaba "algo más" para su hijo. Procuró seguir el ejemplo de Chavita, sin forzar a Kathy a aceptar sus creencias. Tenía 17 años cuando Chavita gastó sus pocos ahorros para enviar a su hija a un campamento *prístino* en Charleston, Carolina del Sur, donde Constanza conoció a un apasionado y excitante joven de inquieto intelecto, que soñaba con abandonar sus comodidades para viajar como misionero a Suramérica. Así se enamoró de Michael Jenkins y él la abrazó como si fuese el más precioso regalo del Gran Autor, el propósito que Él tenía para su vida. Kat creció con esa romántica historia sobre cómo sus padres se casaron y terminaron en Sabanópolis, viviendo de predicar la *Fuente de Gracia*, dar clases de música e inglés.

Desde que Michael quiso hacerse misionero, Joseph fue tajante: solo lo apoyaría económicamente si él aceptaba estudiar una carrera productiva. Michael le explicó que no necesitaba su dinero, convenciendo a Constanza de que su Padre Celestial los sostendría. Pero para Joseph, ese temperamento místico de su hijo solo terminaría por arruinar su vida. Resolvieron pasarle dinero a Constanza sin que lo supiera su hijo y ella justificó el prodigio como "ofrendas" que les llegaban desde comunidades *prístinas* de los Estados Unidos.

Ante la preocupación de Constanza de que Michael descubriera de dónde venía el dinero, Joseph y Susy le propusieron a su hijo fundar una comunidad *prístina*, pero Michael siempre se negó, argumentando que su llamado no era para establecerse en Sabanópolis, sino a predicar por todas partes la *Fuente de Gracia*, dando clases a jóvenes y niños en colegios e institutos *prístinos*. En su tiempo libre, componía himnos y canciones, llenando su pequeño apartamento de una música que Kat fue absorbiendo orgánicamente mientras crecía, deseando vivir en los brazos de *Abba* (como lo llamaba su padre). Más que una religión, a Kat la extasiaba la gloria que llenaba su casa. Sabía que el fenómeno estaba relacionado con lo que pasaba cuando Michael oraba en secreto a su Padre Celestial.

Cuando nació Kat, Michael buscó un nombre en la *Fuente de Gracia* para su hija. Joseph le dijo con frustración acumulada que pensaba con su deseo de misionero y que marcarla como ganado era impedirle desarrollar "otras aspiraciones". Herido hasta lo más hondo, Michael investigó un nombre que significara "mujer llena de pureza", y encontró que eso exactamente significaba Katherine en su raíz irlandesa, de modo que lo adoptó, para notificar a su suegro que su hija tenía un nombre que cualquier mujer de la realeza envidiaría. En últimas, como si una voluntad superior hubiera dicho la última palabra, la niña terminó reflejando el significado de su nombre. Además de ser pura y comprensiva, Katherine se caracterizaba desde niña por defender los derechos de los más débiles. Daba gusto escucharla cuando vencía su timidez y le daba por hablar o leer lo que escribía, liberando el perfume de su corazón, impregnando todo a su alrededor de una misteriosa paz, del germen exótico de la esperanza. Entonces todo era candor, ternura y sensibilidad.

Mientras terminaba de darse un par de brochazos en las mejillas, volvió la indignación. Michael nunca aceptó trabajar en otra cosa o vincularse a la firma de Joseph por su obsesión de no contaminarse con el mundo *ilustrado* y materialista. ¿No se escondía detrás de aquella resolución un orgullo capaz de arriesgar su hogar? ¡Siempre procurando imponer sus inalcanzables estándares espirituales! Pero hasta el mismo Michael reconocía su fracaso. Lo último que le dijo, antes de encerrarse a orar nuevamente, fue que había decidido dejar a su hija libre de su control "en manos del *Fiel y Verdadero*". Constanza se sentía exhausta. Ya no quería orar con su marido. No sabía cómo manejarlo, ni hablarle del vacío que experimentaba su corazón, sin tener un buen problema con él.

Los días de su luna de miel habían quedado lejos. Incluso cuando concibió a Pablo, que a sus escasos nueve años ya se comportaba como si tuviera doce, para agradar a sus amigos y a un mundo que tiraba lejos del Creador. La mayoría de sus compañeros del colegio no contaban en casa con un Michael o una Constanza. Carecían, cada vez en mayor número, de una instrucción consistente de sus padres sobre la *Fuente de Gracia*. Para ellos era más fácil dejar esa labor a sus maestros de escuela dominical, sin preocuparse por estimular conversaciones directas y francas sobre el Gran Autor dentro del hogar. Aunque a Pablo lo aburría la aparición de estos temas en la mesa, le costaba ignorar ciertas actitudes inquietantes en sus padres y en su hermana, que lograban capturar su curiosidad infantil.

Le dolió el pecho acordándose de Kat y de Pablo mientras entraba al supermercado y sintió un sudor frío al asomarse al pasillo de los granos y bebidas. No había nadie. Era la hora perfecta para hacer compras. Se plantó junto a las diferentes variedades del cotizado café de la tierra. Las conocía casi de memoria luego de una vida entera visitando el mismo pasillo cada mes. Una vida compuesta también de aventuras misioneras que la habían llevado a probar desde el café endulzado con panela que le ofrecían con gratitud los campesinos, hasta el más sofisticado, como el de origen indonesio cuya etiqueta leía cuando la mano suave y cálida de un hombre atractivo con un juvenil sweater de cuello alto se posó sobre la suya, y esa voz capaz de detenerle el corazón, le hizo preguntas sobre aquel exótico café.

- No lo llevo, por caro- reaccionó Constanza, como si fuera un extraño, sin olvidar que eran vigilados por cámaras de seguridad. Para no mencionar al que podía verlos desde adentro.

- Siempre hay una primera vez-respondió él-. En diez minutos te espero. Estacioné en el sótano de la biblioteca, a dos cuadras. Es más seguro. A esta hora no va nadie.

- No- dijo Constanza, cuando él ya empezaba a retirarse.

- ¿Pasó algo? ¿Michael descubrió tus mensajes? Podemos dejarlo para otro día…

- No hay *otro día*- contestó ella, con lágrimas en los ojos.

- Hablemos en otra parte. Empieza a llegar gente al supermercado.

- Aquí y en cualquier parte eres el profesor de mi hija. Yo, la esposa de un misionero.

- Lo único que sé es que te amo.

- Yo había abandonado toda esperanza de resistir…hasta que recibí una llamada de Kat.

- ¿Ella está bien?

- Se metió en algo, no sé exactamente qué, pero creo que sería una excelente directora de la Fundación Susy Jenkins. No puede ver a alguien pasando necesidad sin comprometerse.

- No solo lo aprendió de su abuela.

-¡No merezco tu benevolencia! ¡Me avergüenza lo que hacemos! Actúo como una necia. Mientras Kat descubre por sí misma que Él es Soberano sobre todo, yo lo olvido.

- Lo veo de otra forma, simplemente estás recordando que también tienes derecho a ser feliz. También hace parte de Su plan, aunque tu estrecha formación teológica no admita…

- No ha terminado con nosotros-objetó Constanza- y esa esperanza se adentra en dominios desconocidos, pero si cedemos ahora, tal vez nunca sepamos todo lo que nos deparaban.

- Cuando te vi en el pasillo, supe algo: "el cielo nunca me ha recompensado así".

- Entonces déjame seguir siendo esa, no me conviertas en instrumento de la destrucción de dos hombres maravillosos. De un hogar. El cielo no recompensa de esa manera.

Los clientes empezaron a poblar el pasillo. Cualquiera podía estar vinculado al colegio. La mirada de Constanza era infranqueable. Como había llegado, desapareció.

Constanza contuvo el llanto fingiendo leer algunas etiquetas más y volvió a su casa, a encargarse de sus asuntos, lo verdaderamente suyo, lo verdaderamente impredecible.

***

Nassim Tarud, coordinador del grado once enviado para supervisar la excursión, tuvo que buscar a Joha en su camarote porque ella se rehusaba a ser vista públicamente después del incidente de la piscina. Tras abandonar la enfermería, no quería levantarse de su cama. La encontró acostada de espaldas, obligándole a hablar prácticamente desde el pasillo exterior.

- Al menos dime si te sientes mejor. Quedarme aquí es dar ocasión a las malas lenguas.

- No se preocupe, todos los hombres están a salvo conmigo, incluso usted.

- Solo quería saber si necesitabas algo. No sobra tener alguien con quien hablar.

Joha se dio cuenta de que castigaba a la persona equivocada. Nassim era un apuesto nuevo músico del Conservatorio de Sabanópolis. Su baja estatura, lentes de *ilustrado* e incipiente barba bohemia le imprimían un aire ingenuo y encantador que hacía suspirar a más de una alumna. Gracias a que su padre fue un destacado alumno, obtuvo sin dificultad la coordinación de curso. Pesó más la admiración del rector que las voces de los padres de familia, a quienes enfadaba que un profesor tan "inexperto" tuviera esa responsabilidad.

- ¿Dónde están Kathy Jenkins y Mateo Sarracino? -dijo, sin poder ocultar la lástima que le producía aquella larga joven, blanca y pelirroja, recién salvada de las aguas.

Joha se incorporó para no darle la espalda. Total, era gratificante ver a Nassim, aunque solo fuera para recrearse contemplando uno de los últimos y raros seres que la determinaban.

- Tuvieron un problema y no pudieron venir, pero Kat sigue concursando.

- Bueno, esa parte no me corresponde a mí, sino a Tato Alighieri. ¿Se lo dijiste?

- Supongo que tendré que hacerlo-trató de disimular su amargura-. Claro, si el señor "todo lo sé" dispone de un minuto en su agenda para atender a esta humilde vasalla.

- Entiendo que estés molesta por lo que pasó, pero no dejes que el *qué dirán* te detenga. Eres increíblemente talentosa como para permitir que se te envenene el alma tan temprano.

Joha soltó una risita sarcástica "¿Increíblemente talentosa?". "Qué mentira tan descarada". Aunque se escuchara como el Claro de Luna de Beethoven cuando él la pronunciaba.

- Para usted es fácil decirlo. Hasta el *"modo gruñón"* con que se levanta a veces le favorece. Mis "compañeras" deberían saber que solo tiene ojos para María Alejandra Olarte y que el rector permite lo suyo solo porque su opulenta madre es la gran benefactora del colegio.

- Claramente se ha recuperado. Le guste o no voy a llamar a su padre.

- ¡No! Por favor, no se lo diga. Siento lo que dije. Estaba furiosa. Usted no tiene que ver.

- En ese caso voy a llamar a los padres de Katherine y Mateo para que no se preocupen.

- Lo saben. Ellos ya les avisaron. Es decir, Kat lo hizo. Por ese lado, esté tranquilo.

Nassim la miró con desconfianza y continuó su camino entre la algarabía de otras estudiantes que lo sofocaron con preguntas necias. Joha se levantó a cerrar la puerta del camarote. Se escurrió hasta quedar sentada en el piso, bautizada en el silencio de su propio llanto. Allí mismo empezó a concebir escenas fantásticas. Se imaginó a Sofía y a Tato, conversando en tono sombrío sobre una chica anónima "increíblemente talentosa" que nunca debió dejar este mundo, y lo que hubiera pasado de dársele la oportunidad de cantar.

La imagen de Kat interfirió en aquella película de placentera autocompasión. Trataba de decir algo sobre la canción que estaban por componer, que no se diera por vencida, que ella no faltaría a su promesa. Joha prefirió ignorar su recuerdos. Decidir por sí misma. ¿Por qué no escupir el nido de víboras en que se había convertido la religión *prístina*? Eligió dejar de ser la mensajera de una vida que nadie practicaba y convertirse en *el mensaje*. Decidió entregarlo en el rincón de proa donde había estado, "Sí, ¿qué mejor lugar?". En la maravillosa compañía de un mar que tenía todo el tiempo para escucharla, para abrazarla, para oír su canción. Juntos de una vez y para siempre, el mar y ella, en mitad de la noche, se encargarían de convertir la farsa del *Nanshi* en algo realmente memorable.

*****

6

Capítulo

NAWAL

Al caer la noche atravesaron en silencio las románticas calles coloniales de la ciudad histórica hasta encontrar la Plaza de Santo Tomás, convertida ya en un hervidero de actividad. Sus múltiples mesitas al aire libre estaban copadas por turistas ávidos de embriagarse de la ciudad misma, aparentemente inmunes a la competencia de ritmos musicales que disparaban bares y restaurantes. Grupos folclóricos ambulantes representaban enérgicas coreografías de danzas afroamericanas, capaces de transportar en el tiempo a los transeúntes, que trataban de capturar la magia de su arte en fotos y videos.

Era el lugar donde convergían dos ciudades. La primera Puerto Idilio, la efervescente, recibía la inagotable marea de turistas sin importar la época del año. De noche se vestía para ellos, con sus mejores galas, lista para seducir, teniendo de fondo su partitura de tamboras, gaitas y guacharacas y en la sonrisa complaciente de los empleados de hoteles, bares y puestos ambulantes, la narcótica sensación de que el placer no tenía límites. La otra Puerto Idilio comenzaba a latir a pocas calles y se extendía hasta el extremo de la bahía. Allí la cara de vendedores y transeúntes iba mudando, a medida que la pobreza se transformaba en resignación. Lo habían vivido sus ancestros, héroes y mártires que, en un pasado remoto y omnipresente, lucharon por su libertad. La "otra" Puerto Idilio era un arrume de luces titilantes en la lejanía, relegadas al olvido, al igual que sus habitantes *salvajes* y *sobrevivientes*, mientras la Puerto Idilio "de mostrar" los vigilaba desde los palcos coloniales donde se escribía la historia *prístina*.

91

Historia cuyas páginas jamás registrarían que el Maestro fue crucificado para que no se volvieran una cueva de ladrones.

Kat aprovechó que una joven pareja australiana desocupó una mesita y se acomodó en ella con desparpajo, sin pensar en las sillas libres, como en un juego infantil, dejando frustrada a una familia exhausta de vagar en plan turístico por los intestinos de la ciudad amurallada.

- Excelente-dijo Mateo. ¿Aquí es donde vamos a encontrar "el rastro del águila en el aire"? ¿Viendo pasar la vida, sin cruzar palabra, mientras tú te tomas un jugo de zanahoria?

- Eres tú el que no habló en todo el camino. Y sí, no tomo licor. Ni jugo de zanahoria.

- ¿Y de qué podríamos hablar tú y yo?

Ante tales comentarios, Kat no estaba segura de haber avanzado siquiera un paso hacia él. Apoyó la cabeza en las manos y, disimuladamente, se puso a orar. *"Abba, y ahora ¿qué hacemos?".*

- Bien puedes, es el sitio ideal para hacer *eso*–satirizó Mateo. Avergonzado, revisó su teléfono. Ni un chat. Tampoco de sus padres. Era lógico que nadie se acordara de él. Unos porque lo creían en el *Nanshi*. Otros porque se lo imaginaban viviendo la gran aventura en tierra firme. Sofía, porque sabía que él estaba ahí para arreglarle la vida. Mientras ella se divertía. Un mesero se le lanzó, leyendo su sed de desfogarse.

- Una cerveza. Para ella jugo de zanahoria. *De lo que haya*. Total, nos vamos a morir.

Se aseguró de decirlo bien fuerte, pero Kat continuó inmersa en el mundo espiritual. Mateo aprovechó para contemplarla unos segundos. ¡Era cierto que aún existían *prístinos* así! De los que se tomaban absolutamente en serio al *Gran Autor*, haciendo de él un asunto en el que había que ocuparse día tras día, minuto a minuto, como si en realidad le perteneciesen.

Levantó la vista y pudo admirar, por encima del sacrílego estruendo reinante, la imponente plazoleta sitiada por casas antiguas, engalanadas con balcones y gigantescas puertas, cuyos aldabones con figuras de fieras custodiaban, silentes, misterios de otros tiempos. Imaginó a religiosas de clausura deambulando en medio de sus devociones nocturnas por los pasillos de esas joyas coloniales, rogando por el mundo. Kat no era tan distinta, solo que no temía asomarse al mundo. No llevaba hábitos, sino recatados vestidos de veraneo. ¿Podía ser real una mujer para quien ayudar a otros, así fueran sus enemigos, resultaba lo más importante?

Súbitamente Kat abrió los ojos y Mateo, para no delatarse, agarró un periódico local abandonado por los australianos: "Llegaron a Puerto Idilio a morir". La foto de primera plana mostraba los cuerpos de las dos chicas cubiertos con sábanas que Kat había visto en el noticiero. Terminando de orar, se había puesto a escuchar un mensaje de voz de Joha, de antes del mediodía. Tal vez no era consciente del riesgo que corrían.

- ¿Cómo dices que se llamaba el barrio donde se supone que Sofía debía llevar el dinero?

- Nínive.

Mateo desplegó el periódico ante sus ojos a modo de reclamo y Kat exhaló. "Otra batalla".

- No quise preocuparte. Tristemente es muy común aquí. Todos los días llegan a Puerto Idilio jóvenes *sobrevivientes* y *salvajes* de todo el país, no todos migrantes. Algunos creen que pueden cambiar su vida prostituyéndose. Nativos y extranjeros son esclavizados. Lo más triste es que, a los que podrían hacer algo para evitarlo, ni siquiera les importa.

-Te voy a decir lo que a mí me importa: ¡mantenerme con vida! ¡Mataron a dos jóvenes en esa sucursal del lago de fuego y tú quieres meternos en la boca del lobo! ¡Qué tanto oyes!

- Joha me grabó las condiciones del concurso de composición de Tato Alighieri. La canción debe inspirar a un joven a *convertirse en un árbol lleno de fruto.*

- ¿Y todo lo que te importa es esa estúpida canción?

Quiso arrojarse sobre ella y sacudirla, a ver si de ese modo reaccionaba, pero volvió el camarero con el jugo y la cerveza helados. Los puso sobre la mesa y se marchó.

- No sé cómo me dejé convencer de esta locura. Voy a llamar a la policía y les voy a contar todo, ¡con o sin tu ayuda! Sí, podrás ser muy valiente, una madre Teresa que nació en el tiempo equivocado o un Don Quijote con falda, pero no vas a convertirme en el próximo cadáver debajo de una sábana por encubrir los pecados ocultos de una… ¡*falsa*!

- ¿Cómo puedes hablar así? -Kat, más que herida, se veía decepcionada-. ¿Tan rápido se va todo ese amor del que he sido testigo? ¿Por unas fotos y videos de los que aún no sabes casi nada? ¿No te interesa saber lo que hay detrás?

Lo ofuscaba esa entrometida que no se cansaba de confrontarlo. Algunos turistas de las mesas vecinas sonreían mientras los vigilaban de reojo, al hallar en esa "pelea de novios" una inesperada entretención. Hubiera durado más si no se les acerca un hombre con aspecto y acento de la región que bebía una gaseosa, mimetizado entre los clientes. Sin ninguna prisa sacó su billetera y les mostró una identificación.

- Buenas noches. Coronel Lisandro Espósito, policía de Puerto Idilio. Papeles, por favor.

Kat y Mateo obedecieron con nerviosismo. Para los chismosos la escena se tornó más interesante. Mateo lo notó, pero se sintió aliviado. *Un policía real. ¡Por fin!*

- Habrán visto nuestra campaña: "Cero maltrato". ¿El joven aquí la está agrediendo?

- ¿Qué...? No, no, solo estábamos discutiendo-justificó Kat cortésmente-. Somos amigos.

- Claro. ¿De dónde vienen?

- Sabanópolis. Veníamos...*Venimos* en una excursión del colegio. Pero perdimos el crucero.

- ¿Por qué? –insistió Espósito con frialdad profesional, sin dejar de analizarlos.

- Nos distrajimos- confesó Kat avergonzada.

El policía los repasó con una mirada de censura y les devolvió los papeles.

- Veo que se las arreglan, para ser menores de edad. ¿Ya lo notificaron a sus padres?

- Sí señor-dijo Kat, agradeciendo en su interior que su madre la hubiera llamado.

- ¿Y usted, señor Sarracino? Se pronuncia así, ¿verdad?

- Oiga, ya que está aquí, es bueno que sepa lo que está pasando.

Kat bajó la mirada dando todo por perdido. Espósito lo notó y fijó los ojos en Mateo como perro de presa, dispuesto a no soltarlo *"Eso es, pelado, dame algo"*.

Entonces Mateo tropezó con los ojos de Kat. Lejos de pretender tener el control de lo que ocurría, aguardaba el desenlace con una dignidad admirable, sin impedirle que hablara. Era la misma mirada que lo escrutaba durante los ensayos. ¿Quién había demostrado más interés por ayudarlo que Kat Jenkins? ¿Se portaría él como los patanes de Chepe y Guillo? ¿Solo para reírse con ellos de una ingenua cuyo único error fue sacrificar sus anheladas vacaciones por ayudar a su novia, pasando por alto que fue su víctima toda la vida?

- Lo escucho, señor Sarracino. Su colaboración nos van a facilitar la tarea de cuidarlos. ¿Quiere decirme por qué están aquí y no en el crucero?

- Claro… pues… ¡por idiotas!

Kat soltó una risita y Mateo sintió el baño de gratitud de esa mirada en la que revivió la esperanza. El policía, con rutinario aguante, concluyó que al muchacho había que creerle.

- ¿Han notado algo raro desde su llegada? Por un momento creí que quería contármelo. Por insignificante que le parezca, para nosotros podría ser de gran ayuda.

- ¿Qué no es raro y tenebroso en este mundo? - respondió Mateo, mirando a Kat. —Tal vez por eso hemos perdido la capacidad de asombrarnos con los milagros tras las cosas simples.

- Ajá. *Prístinos*, asumo. Gracias por la reflexión. En ese caso, tengan presente que afuera de ese barco no están tan seguros. Por si no se han enterado de lo que pasa por aquí, las viejas murallas también atraen *salvajes*. No acepten invitaciones de extraños ni reciban substancias de los vendedores ambulantes, por el bien de su... *"luna de miel prístina"*.

Mateo ignoró la pulla agarrando con propiedad la mano de Kat. Ella supo, al sentir el eléctrico contacto de sus dedos entrelazándose, que había vuelto el actor. Pero disfrutó del mágico, sublime momento, en que ambos podían compartir una escena.

- Tengo miedo de preguntar qué fue eso-se limitó a decir mientras Lisandro se alejaba.

- Katherine, no empeores esto-Mateo soltó su mano-O haré que me odies el resto de tu vida.

- Pues lo siento, pero con lo que hiciste, lograste todo lo contrario.

- *¿Qué cosa?* -casi se le devuelve la cerveza por la nariz.

- Que no importa lo que hagas, es imposible odiarte. Quiero decir, *por tanto tiempo*. Caramba, ¿qué no tengo derecho a decir un piropo en mi "luna de miel"?

- ¡Y comediante! Tus padres no se reirán cuando nos devuelvan a Sabanópolis en ataúdes.

- ¡Estamos seguros! *Nuestro* Padre nos envió a la policía. La de verdad, para vigilarnos.

- Acaba de irse. Tú y tus dementes ideas acabaron por contagiarme. ¡Estoy fregado!

- Solo tenemos que preocuparnos por escuchar, y seguir instrucciones.

- ¡Ah, menos mal! ¡Esperas que nos movamos por lo sobrenatural como fantasmas! Pues yo todavía soy de carne y hueso, nada angelical, para tu información. Capaz de lo peor.

- Como yo. Pero también de lo mejor.

- ¿Eso crees? Iba a guardarme lo de mi sueño de anoche pero...

- ¿Qué soñaste? ¡Dímelo, por favor!

- Ya que te gusta tanto meterte en lo que no te incumbe: Te acercabas a mí, con cara de psicópata, cubierta de sangre y un cuchillo de carnicero. ¿Qué te dice todo eso, *profetisa*? A mí, que me aleje de ti lo más que pueda. O vas a acabar matándome.

La hiriente fuerza de esa imagen la estremeció. Algo tenía que significar, y más considerando que ella había soñado con ciervos atrapados en una red. Pero como no sabía si Mateo era uno de ellos, prefirió enfocarse en el sueño de él, por macabro que sonase.

- Me asusta, sí. Aparte de eso, ¡qué dulce de tu parte incluirme en tus sueños!

Aunque su intención no era burlarse, él tomó impulso para decirle hasta de qué se iba a morir. Interfirió un vendedor ambulante exhibiendo su catálogo con fotos de excursiones.

- ¡Conozcan la cueva submarina del Barullo! Maravillas naturales en una isla paradisíaca. Un plan imperdible para esta hermosa parejita. Salimos a las siete de la mañana.

- No somos muy puntuales- objetó Kat. El tipo lo tomó como una bienvenida.

- Entendido, amor, pero, ajá, tranquila, que mi catálogo es amplio —bromeó el vendedor mientras su expresión se ensombrecía. —Si lo que buscan es otro tipo de aventuras…

Sin darles tiempo a rechistar, el enérgico vendedor desplegó ante ellos un manoseado fólder que hubieran preferido no ver. El interior estaba lleno de fotos de jovencitas y jovencitos en ropa íntima, de distintas contexturas, color de piel, edad, cabello, ojos. Sus expresiones dejaban claro que estaban a la venta. Mateo y Kat tuvieron que apartar la mirada.

- ¿Qué no entiende que no queremos? -protestó Mateo, ofendido con la turbación de Kat.

Buscaba clientes más prometedores, cuando Kat casi le arranca el fólder de las manos.

- Disculpe, ¿me permite ver? -insistió ella. Mateo no podía creerlo. El vendedor le sonrió triunfal: «Morronga. Tienen carita de no romper un plato y destrozan la vajilla entera».

Kat trató de sobreponerse al dolor que le causaba el siniestro catálogo pasando de prisa las páginas derechas del final, donde su mente había identificado un rostro familiar. No pudo contener sus lágrimas al confirmar lo que intuyó desde que la conoció.

-*Nawal...*

Le mostró su foto a Mateo, recordando que él nunca le vio el rostro, debido a su inesperada fuga. Estaba equivocada.

***

Pao, Lu y Tania reían a carcajadas con los amigos de Mateo a la puerta de una pequeña boutique del *mall* del *Nanshi*. Tania quería curiosear ropa y accesorios, sin notar que Guillo, Chepe y el tímido Nacho las seguían, buscando algún pretexto para entablar conversación. Al encontrárselos a todos, Sofía los envidió. Tato no desvelaba a ninguno. Conocía a Guillo y Chepe casi tan bien como a Mateo y era fácil adivinar lo que realmente querían. No sabía si le molestaba la predisposición de sus amigas a dejarse convencer o que ellos fueran tan obvios. O que gracias al chantaje del que era víctima no pudiera reír igual.

- Creí que teníamos una cita en el *spa* para trabajar en nuestra canción-arremetió de una vez, sin saludar, cortando el buen ambiente que reinaba hasta entonces.

- ¿Eso sigue en pie? -rezongó Pau, con una sonrisita descarada que acabó de encolerizarla.

- Nunca lo cancelamos- precisó. Los muchachos supieron que estaban sobrando.

- Bueno, por si se animan vamos a la bolera -dijo Guillo, mirando a Pau con malicia.

- Vamos a pensarlo. De pronto les caemos.

Apenas se habían alejado cuando las chicas clavaron en Sofía una mirada de reproche.

- No me digan que arruiné sus planes. ¿Así de desesperadas están?

- Qué amable de tu parte preguntar- protestó Tania, con una impaciencia inusual en ella.

- Primero nos dejas tiradas en la piscina-aprovechó Pau-. No nos contestas el celular, y cuando por fin apareces, te estás relajando con Tato Alighieri. ¡Ni tuviste la cortesía de invitarnos! ¿Te preocupa que alguna te lo quite y que tampoco puedas controlar a Mateo?

- Cuida esa lengua tan larga, Pau, no sea que tengas que mordértela.

- Lo que sea, soluciónalo. Falta poco para tu transmisión en vivo. – bajó los ojos Pau, ardida aún por el regaño-. Tus seguidores se darán cuenta. Lo ven todo. ¿Estás enferma?

- Chicas -trató de calmar los ánimos Tania-. ¡Estamos aquí para divertirnos! ¿Por qué te preocupa tanto ese concurso si ya te echaste en el bolsillo a Tato Alighieri? Dentro de poco vas a ser más famosa que él, y será él quien te ruegue para aparecer en tus videos.

- Escuchen, ni Tato resultó tan fácil, ni estoy preocupada…pero voy a necesitar su ayuda.

- Sofía, ¿qué tienes? -se decidió a intervenir la fornida Lu-. Desde que recibiste esa llamada en la piscina no se te quita esa cara larga. ¿Pasó algo con tu blog? ¿Con los *patriarcas*?

- Espera- dijo Tania-. ¿*Y Mateo*? ¿Vas a contarnos o piensas seguir así todo el viaje?

Siguió un silencio que sus amigas no supieron cómo interpretar. Distaba de ser la Sofía que conocían. Esta había perdido el control y parecía vulnerable. La misma Sofía advirtió que si seguía gritándoles perdería su autoridad. Lo que menos necesitaba era quedarse sola.

- Mateo no abordó –confesó finalmente.

- ¿Qué?

- Vamos al *spa,* no quiero hablar de eso aquí.

***

Joha contempló largamente el reflejo de la luna sobre el mar. Habiéndose criado en el campo, le costaba sustraerse del bello espectáculo, de la conversación alegre de las olas, donde resultaban innecesarias las palabras. Quizás porque *"todo provenía de una Palabra"*.

"Por la Palabra del Gran Autor fueron creados los cielos, y por el soplo de su boca las estrellas. Él recoge en un cántaro el agua de los mares y junta en vasijas los océanos..."-solía citar Víctor, su rozagante profesor de Vida Prístina. *"De modo que lo que se ve, fue hecho de lo que no se veía"*. Tal afirmación de la *Fuente* le daba la razón. Aunque toda forma de existencia terrena desapareciera, la vida debía continuar en alguna parte.

Le dolió separarse de aquel paisaje admirable. Era la creación, sin duda, un regalo de amor de un padre bueno para sus hijos. No le quedaba más que abandonarse en esos brazos paternales, confiando en su promesa de que ni aún la muerte los podría separar. Prefería comprobarlo y no quedarse a sufrir una vida de juicio y soledad en la que, de cualquier manera, iba a terminar lapidada. Parecía ser el destino de los jóvenes *prístinos* que se negaban a encajar en los moldes institucionales. Si uno de sus líderes se enteraba de que su alma sufría encadenada a tan atroces pensamientos, la torturarían hasta hacerla confesar su transgresión. Sería señalada como ciudadana de segunda clase. ¿A eso se quedaba?

Se cercioró de que nadie la observara y puso sus pies en la primera barra de la baranda. Pensó de qué moriría primero, si ahogada o reventada por el totazo. Una barra más. Se trataba de terminar lo que comenzó en la piscina y debió haber concluido ahí. Solo que en un escenario mucho más estimulante y hermoso, con su Padre el Gran Autor como único testigo. Tal vez para eso había sido escrita su vida. Un poema corto. Triste. Fácil de olvidar. Todo estaría bien. Su padre ya no tendría que oír historias de cómo la masacraba la jauría de sus compañeras, así sufriera por un tiempo. En cuanto a Kat, "¡Ay, mi querida Kat!: Siempre pensando en los demás. Aquí te dejo en qué inspirarte, amiga mía: La canción que necesitas para ganar. ¡Qué diera por el gusto de ver cómo le quitas el novio a la insoportable! Pero eso tampoco pasará, es demasiado pedirle a una lerda como tú".

Vio la película de su niñez en la finca, sus hermanos terneros, el sabor de la leche caliente, el vestido de graduación descollante que siempre imaginó lucir, las noches de risas, juegos y confesiones con Kat, el amor de su padre, todo lo hermoso en un último suspiro.

- Gracias por todo…te regalo lo único que tengo, mi canción…

- "El tiempo de la canción ha llegado"- respondió una voz.

La detuvo a punto de arrojarse. Provenía de cubierta. Le mortificó descubrir que no estaba sola, como pensaba. Echarse para atrás ahora era pasar por otra vergüenza. Sin embargo, su ofuscación no pareció importarle al recién llegado, quien se acercó a ella con toda calma.

- Es un alivio saber que lo entiendes. Que el tiempo de la canción ha llegado –dijo Tato.

***

El vendedor los condujo hasta *Sinuosa*, discoteca enquistada en una calle estrecha y olvidada de balcones amantes, a pocas cuadras de la plaza de Santo Tomás. Su aviso luminoso titilante y en mal estado terminaba de darle un aire sórdido y le hacía desentonar con el centro histórico. A la entrada, un tipo fornido de gafas oscuras, reloj dorado, gruesas cadenas y colgandejos se paró de un banco para recibir a la pareja, con cara de prevención.

- Vienen por un "especial"-dijo el vendedor-. El vigilante miró a ambos lados de la calle y se apartó de la puerta para dejarlos pasar. *Sinuosa* liberó un estruendo de música bailable.

- Katherine, este sitio no es para ti-advirtió Mateo, como si supiera lo que les esperaba.

- No entraría si no vinieras conmigo. ¿Es la primera vez que visitas un lugar de estos?

- ¿Y si así fuera qué? ¡Ah, no sé ni por qué me preocupo por ti!

- Vi tu cara cuando te mostré la foto de Nawal. Aclaremos algo: no buscamos venganza.

- Lo que hice en la plaza, más que defenderte, fue por mí. *No quise* contarle nada al policía. Tal vez debí hacerlo. Piénsalo, aún estamos a tiempo. ¡Qué importa Nawal! ¡Ni sé cómo pude recordar su nombre! ¡Tampoco tú la conoces! ¡No tenemos nada que hacer aquí!

- ¿Y si al ayudarla a ella, también se beneficiara Sofía? ¿No prefieres que tu novia se salve de pasar por la vergüenza pública? ¿Hacer por otro *lo que te gustaría que hicieran por ti*?

Siendo sincero, si estuviera ahí con Guillo o Chepe no lo pensaría dos veces antes de entrar a *Sinuosa*. Los tres podrían dedicarse a mirar a su antojo a las meseras y burlarse a placer de Tato Alighieri y de su aburrido crucero. Pero estaba con Kat, que era como comparecer ante un tribunal de ángeles: ¡La misión realmente imposible era burlar su vigilancia!

Como se veía tan resuelta a entrar con o sin él, le pasó el brazo por encima del hombro.

- Es para protegerte. Si se acerca algún pesado, le quedará claro que vienes conmigo.

Kat lo miró enternecida. ¿En realidad creía que con ese truco lograría ahuyentar a un mastodonte como el de la entrada? Aun así, se dejó conducir, fascinada, para no arruinar el momento. Examinó bien la fachada antes de entrar. La estrategia, aprendida de novelas policíacas le hizo notar dos cosas: Una vieja puerta en el balcón del segundo piso, al parecer inutilizada, conectaba el negocio con la casa trasera; y el aviso de neón estaba dañado, solo se leía *Sinuosa*, cuando el nombre completo del bar era: "*La Senda Sinuosa*".

Adentro la atmósfera no era más tranquilizante. Coincidía con la vívida descripción que la rectora les hacía del *lago de fuego*, como si la misma Gertrudis ya hubiera estado ahí. Atravesando el humo, el penetrante olor a ron y circo, iban apareciendo las mesas en la penumbra, sus clientes conversando a gritos por el volumen de la música, ignorando a las bailarinas ligeras de ropa que se contorsionaban para ellos en pequeños escenarios circulares. Para sorpresa de Kat había clientes muy jóvenes, casi de su edad.

- ¿Todavía crees que esto es una buena idea?

El triste espectáculo le causaba tal desasosiego que empezó a dudarlo. Le avergonzaba la forma como aquellas profesionales de la noche se robaban descaradamente la atención de Mateo. Hasta que la mirada de Nawal se encontró con la suya. Fue tan evidente el momento en que la reconoció, que pareció olvidar su rutina de baile y Nawal lució por unos segundos como una novata. La cara de Kat era la última que esperaba ver en ese lugar.

¿Ahora lo entiendes?

Los ojos de Kat se cubrieron de lágrimas. Al verla así, tan expuesta y solitaria, se arrepintió de haberla juzgado, de su falta de compasión. Su corazón saltó de gratitud al reconocer esa dulce voz, hablándole aún en ese horrible lugar, comprobando que no la había abandonado.

Nawal sentía que Kat la miraba diferente, como si pudiera atravesarla, incomodándola de verdad. A las otras miradas lograba acostumbrarse y hasta era posible llegar a no sentir nada más que la música, y la íntima partitura de sus sueños rotos. Trató de recomponer la actitud y olvidarse de la *niñita-bruja* que tanta brega le había dado en la mañana, hasta que un mesero se le acercó y le dijo algo señalando el discreto rincón donde se habían acomodado Kat y Mateo. Ella asintió, sin entusiasmo, terminó abruptamente su show con un gimnástico final y abandonó el diminuto escenario hacia el interior de las instalaciones. Kat intentó seguirla, pero el mismo mesero se les acercó, con inquietante amabilidad.

- Por aquí, por favor, pueden ordenar desde su *reservado*. Ya voy a tomarles el pedido.

- ¿"Reservado"? - dijo Mateo, enfurruñándose de nuevo. —Mire, solo necesitamos…

- *El de Nawal-* le abrió los ojos Kat. – Sí, llévenos con Nawal. Es por ella que estamos aquí.

El camarero asintió con una sonrisa retorcida sin inmutarse con la juventud de sus nuevos "clientes" y los condujo a través de un pasillo oscuro y maloliente, entre compartimientos aislados apenas por burdas cortinas. Kat caminaba mirando hacia el frente, erguida y digna, consciente de lo que ocurría tras las telas, procurando no intimidarse con las risitas ebrias que llegaban desde ahí. Sintiéndose sola miró hacia atrás. Mateo, iluminado por un delgado haz de luz, se había detenido a espiar lo que ocurría en uno de los *reservados*. Lo haló para asegurarse de no perder el paso del mesero, quien subió unas crujientes escaleras a punto de colapsar, hasta dejarlos frente a la puerta de una especie de camerino, sórdido y aciago.

- Es aquí. ¿Qué les traigo?

-Por ahora nada, gracias. Kat empujó la puerta tímidamente-. ¿Nawal...? -. Esperaba que se hubiera cubierto un poco, pero lo que más temía era no encontrarla, como ocurrió una vez.

El camarero se quedó viendo a Mateo para ver si le aflojaba alguna propina, pero descubrió que no eran niños ricos *ilustrados* acostumbrados a derrochar el dinero, sino más bien unos exploradores primerizos, los que por el miedo se olvidan hasta de cómo se llaman. Nawal se había cubierto con una bata, ¡gracias al cielo!, y aguardaba, fumando un cigarrillo.

- Eres peor que una hemorroide, niña. No me voy a deshacer de ti, ¿cierto?

Mateo entró detrás de Kat, como si fuera la respuesta. Nawal pudo examinar mejor su cara, que la tenue luz roja sobre las mesas no le había permitido apreciar. Así que *este* era su "salvador". Y al parecer, uno de esos encuentros destinados a ocurrir. Pudo darse en el edificio de la San Martel, pero ella lo impidió, por estar concentrada en sus artes escapistas.

- ¿Nos conocemos? – Mateo enmudeció. Aún era linda, pero algo en su belleza se había extinguido. Las pecas que una vez la adornaron graciosamente, ahora la hacían ver vieja y su mirada era de sentenciada a muerte. Pero eran los mismos ojos gatunos verde botella que alcanzaron a ver el paraíso, el mismo cuerpo armonioso y la misma actitud despreocupada. En su mente regresó a la playa, dos años atrás. Era la frenética chica del bikini rojo, que luego vio pudriéndose en la calle y por fin consiguió olvidar.

- ¿No te acuerdas de mí? -jugó con él-. Yo tampoco recuerdo tu nombre, pero si hay algo que no olvido son las caras. Haz un esfuerzo, chico *prístino*. Tu primo hablaba, *pero tú…*

Ante el asombro de Kat los ojos de Mateo se humedecieron. Dándose cuenta, se los refregó.

- Debiste decime algo sobre tu Gran Autor esa tarde.

- ¿Cuándo se conocieron? -fue lo único que atinó a preguntar Kat.

- En noveno grado-. Estaba con mi primo- confesó avergonzado Mateo-. Ella me preguntó por qué era tan malo para la bebida y le conté que era *prístino*. Pronto le quedó claro cuál de los dos iba a entretenerla como esperaba, y quién el tonto que pasaría solo la noche.

- *¿Tonto?* Si tan solo hubieras hablado- reclamó Nawal- Necesitaba un poco de esa fe, de la vida "maravillosa" que les da su Gran Autor. Tal vez me hubiera contagiado de esas historias cundidas de milagros, y en lugar de terminar rogando a unos proxenetas que me dieran trabajo, hubiera vuelto a casa (si es que así se le podía llamar), al menos con la curiosidad de abrir la *Fuente de Gracia*. Aunque no entendiera nada. Quizás me hubiera acostado con la esperanza de que al día siguiente algo nuevo podía pasar.

Kat nunca había visto a Mateo tan descompuesto. La estremeció su fragilidad.

- Nunca es tarde-intervino, inspirada-. *Abba* es un padre amoroso. ¡Él no cambia!

- ¿Les parece que estoy vestida pa recibir sermones? -se burló de sí misma Nawal, luchando por evitar que las lágrimas arrasaran con su maquillaje, ya estropeado por el sudor.

- El Maestro habló con varias mujeres que debían sentirse como tú, o peor, sin darle importancia al lugar donde las halló, o cómo estaban vestidas.

- En fin, ya me encontraron-. Nawal quería acabar lo antes posible-. ¿Qué puedo hacer con ustedes antes que el Cymarrón se divierta transformándolos a mi imagen y semejanza?

- Podrá ser astuto, ¡pero no es el Invencible! La prueba es que estamos aquí. Además, antes de deshacerte de nosotros, ¿no crees que por lo menos nos debes una buena explicación? ¿Por qué me abandonaste en ese horrible lugar si sabías que Román no era policía?

- ¿No era? ¿En serio?

- ¡Deja de tratarnos como mocosos! ¿Qué ganabas si Román regresaba y me mataba?

-No seas ridícula, *prístina*. Eso no iba a pasar.

- Me llamo Katherine. Entonces ¿qué se supone que *tenía que pasar*?

- Cymarrón no necesita mensajeros para tratar con Sofía. Es un hacker. *Te quiere a ti.*

- ¿Qué?

- Me alegra que entendieras por qué me fui sin despedirme. Román hubiera vuelto por ustedes para cortarlos en pedazos y meterlos en la cajuela de su carcacha. ¡Mírame! ¿Acaso no ves en lo que quiere convertirte? ¡Cuántos avisos necesitas! ¡Somos esclavas! O le obedecemos o nos hace entrar en razón. No querrás averiguar esa parte, créeme.

Kat sintió desvanecerse. Mateo puso una mano sobre su hombro, esta vez solidaria.

- Si me busca a mí, ¿por qué me pediste que abordara y le entregara el sobre a Sofía?

- Te viene investigando de tiempo atrás- se encogió de hombros y apagó el cigarrillo-.Sabía que no te quedarías cruzada de brazos. Para variar acertó: te bajó del barco. Siempre te dije la verdad, niña: Cymarrón va un paso delante de todos. Espero que aún no sepa que traté de ayudarte. Cuando Román nos siguió hasta ese edificio, entendí que debía llamar tu atención de algún modo para advertirte que no era policía sin ponerme en riesgo. Por eso me escapé por el baño. Con la esperanza de que se alejaran de Román. ¡Huyan mientras puedan!

Era justo lo que Mateo quería oír, pero con Kat, nada resultaba tan fácil.

- Lo siento, Nawal. No supe qué más hacer en ese momento. Quisiera saberlo ahora.

- Ya te disculpaste. Estamos a mano. Váyanse ya, que esto no es pa ustedes. Muévete «primo». Y no vuelvas a lugares así, si quieres que esta mujercita nunca te deje de mirar con ojos de ternero degollado. Tu cara no es la de esos *prístinos* dobles. Lo sé, mi rey, "Mateos" y "Sofías" pasan todo el tiempo por acá. Niños jugando a ser adultos. Todo ha pasado por esta paredes. Por este cuerpo que ya está de vuelta. Ustedes empiezan a vivir.

- Yo no soy esa clase de hombre.

- Es bueno oírlo- sonrió Nawal fingiendo indiferencia. Ahora le dirían algunas frases tipo panfleto sobre el Gran Autor que les enseñaron en su colegio de ricos y se largarían.

- De acuerdo-se lamentó Kat-. Si quieres quedarte aquí, no voy a insistir más. Pero si aún te duelen esos chicos que son explotados, que mueren a diario por estas calles, si aún eres capaz de verte reflejada en ellos, ayúdanos al menos a resolver el segundo enigma.

- Me duelen. No tienes idea cuánto. De lo otro, no entiendo ná.

- Sabes bien de qué hablo. Ya dimos con el primero: *Tú*. El rastro del águila en el aire no puede seguirse, igual que los turistas que buscan agencias para conseguir "servicios" ilegales, como prostituir a menores. Por eso el Cymarrón lo disfraza de catálogo. Una vez obtienen lo que piden, resulta difícil rastrear a todos esos clientes. ¿Es así o no?

Mateo la observaba boquiabierto, sin poder seguirle el paso ni entender dónde había estado esta versión de Kat que consiguió borrarle la sonrisa a Nawal. A regañadientes la bailarina sacó de un gabinete media botella de ron y un pequeño caracol blanco que le extendió a Kat con desgano. Ella lo examinó. En su interior había enrollada una pequeña nota. Al desdoblarla, halló el emblema de un pulpo con anteojos oscuros, sombrero y gabardina que parecía saludarla complacido. Junto al pulpo había un cuadro verde chuleado.

- ¿Qué significa esto? ¿Es de Cymarrón?... ¿Para *mí*?

- Si esperas que te aplauda no lo voy a hacer- advirtió Nawal-. ¿Qué quieres oír? "¿Bravo, ya casi descifras el segundo acertijo?". ¿Entiendes lo que puede pasar en el intento?

- ¡Pasamos su primera prueba! ¡Entonces vamos por buen camino! Ayúdanos con el segundo enigma: ¿Por qué le resulta *oculto* a Cymarrón el rastro de la serpiente en la roca?

Por toda respuesta Nawal se dio un largo trago, intentando aplacarse para no darles alas.

- Déjanos llegar hasta él. ¿Crees que se ha tomado tantas molestias conmigo solo para descuartizarnos? ¡Es un hombre, nada más! ¿Por qué le temes tanto?

- ¡Porque juega con ustedes!

- ¡Podemos ganar, Nawal! Es hora de que te levantes como el águila que eres y te pongas de nuestro lado. Dinos ¿qué entiende el Cymarrón por "el rastro de la serpiente en la roca?" Tenemos que encontrar tres caracoles más y el tiempo corre. ¿Dónde está el segundo?

En los ojos de Nawal emergió una feroz lucha. Un temor que la sobrepasaba.

- ¿Por qué te cuesta tanto? Intentamos ayudar a alguien en problemas. Lo que a Mateo le hubiera gustado hacer contigo hace dos años. Todavía tienes el poder de cambiar tu futuro. El tuyo y el de muchos otros chicos que pueden correr una suerte distinta a la tuya.

- Tú ganas-aceptó Nawal-. Me dijo que si llegaban aquí y me hacían esa pregunta les respondiera con otra: "¿Dónde *está* la roca por la que intentó pasar la se*rpiente*?".

-No entiendo-dijo Kat. ¿Dónde podemos encontrar esa roca? ¿Está en Puerto Idilio?

- Lo siento, el resto corre por su cuenta. Buena suerte.

- ¡Espera! ¡Danos al menos alguna pista! ¡Así nunca vamos a llegar hasta él y…!

No alcanzó a terminar la frase. Desde el primer piso llegó un estruendo de golpes, pasos y gritos. La débil estructura de la *La Senda Sinuosa* comenzó a retumbar y a mecerse.

- ¡Qué está pasando! - exclamó Kat.

- Un allanamiento-dedujo Nawal. ¡Rápido, al balcón! No conviene que los encuentren aquí.

- ¿Al balcón? ¡Nos van a ver desde afuera! -dijo alarmado Mateo.

- Está conectado con la casa vecina-recordó Kat. La bailarina asintió. Aquella guerrera incansable comenzaba a simpatizarle. No era tan ingenua, después de todo. Pudieron ser amigas de conocerse en otras circunstancias. Sin darle tiempo a protestar más, Kat tomó de la mano a Mateo y lo haló hacia el balcón. Ciertamente esa parte de la casa no se podía ver bien desde abajo, mientras ellos sí divisaban a lo policías por entre las grietas de los endebles tablones, tomándose la casa metralleta en mano. Las luces de la camioneta que transportaba a los efectivos, les hizo recordar que estaban en el lugar incorrecto. En su afán por intentar abrir la vieja puerta que conectaba con la casa vecina, Kat no se dio cuenta de que arrastraba a Mateo como si fuera un costal de papas y que su incómoda resistencia no era por terquedad, sino porque su pierna se enganchó en un clavo torcido. Tarde descubrieron que el angosto espacio era una trampa mortal plagada de materiales de construcción abandonados. Mateo maldijo y Kat se devolvió para ayudar a liberarlo.

- Shh, ya, lo siento - susurró.

Él se subió las bermudas para revisar la herida. Sangraba escandalosamente.

- ¡Mateo!

- No hay tiempo-dijo él, presionando la herida con el pantalón- Salgamos de aquí.

- ¡No puedo, esta puerta está trabada!

-Entonces muévete, que me van a ver desde el cuarto de Nawal, déjame a mí.

La puerta, en efecto, no estaba asegurada, pero sí descuadrada por la humedad y la falta de uso. Si trataban de abrirla a la fuerza los escucharían. Mateo tuvo que suspender sus intentos cortos y continuos de despegarla cuando un policía irrumpió en la habitación de Nawal. Kat observó aterrada por un resquicio de la ventana que no cubría la cortina.

- Ni se te ocurra moverte- advirtió, sintiendo que el estómago se le helaba.

- ¿Es un chiste?-. Mateo quería gritar del desespero-. ¿Por qué perdí ese barco?

- ¡Shh!

Abajo habían apagado la música, lo que permitió a Kat y a Mateo escuchar el interrogatorio. El policía no portaba el uniforme. Nawal lo trataba con prudencia y sumisión. Parecía más una recriminación entre conocidos. Solo cuando el hombre caminó hasta el mueble donde Nawal guardaba el ron, como si supiese dónde se encontraba, el policía dejó de darle la espalda a Kat y ella pudo reconocerlo. Se llevó las manos a la boca. Era preciso escuchar lo que decían. Los remotos tambores de la bulliciosa Puerto Idilio no facilitaban la tarea. Hasta que Lisandro Espósito empezó a subir la voz.

- ¿Vas a decirme que no tenías clientes aquí? No fue lo que me dijo el mesero.

- ¡Anda! ¡Revisa debajo de la cama entonces!

El coronel le sonrió despectivo, apuró otro trago y caminó con desconfianza hacia el balcón. Kat haló con fuerza a Mateo hacia la casa vecina. Nunca sintió a nadie tan cerca de su cuerpo, aparte de su madre. Nawal supo que debía actuar rápido.

- ¡Pensé que ibas a decir algo de mi nuevo atuendo, oye! ¡Y tanto que me esforcé!

Espósito volvió sobre sus pasos para estudiarla con mortificante desvergüenza. Ella posó para él, simulando entusiasmo. Una vez logró alejarlo del balcón dejó de sobreactuarse.

- Mientras no vuelvas a meterte con menores de edad... Ya tenemos suficientes problemas por estos días. Por culpa tuya, de tu "gremio" los *cacaos* nos tienen trabajando día y noche.

- Eso está bueno, papaíto. Así vamos a poder dormir más seguros.

El policía la agarró por la nuca arrancándole un quejido.

- Podría ser tu gran aliado, «graciosita», pero como eres una analfabeta, te lo voy a explicar con plastilina, bien clarito: Tú a mí no me engañas, eres una consentida del Cymarrón, además de una malagradecida. ¿De qué lado te conviene estar para no ir a la cárcel?

Espósito empezó a besar su cuello y hablarle al oído. Nawal apartó la cara.

- Tranquila, bonita, no seas arisca. Nadie va a subir. Les dije que podía encargarme yo solo.

- Por favor, Lisandro...si te vas a quedar, al menos págame. Mira que vivo de esto.

Kat no podía creer lo que estaba oyendo. Hasta Mateo se olvidó por un momento de su herida. Había oído hablar mil veces de corrupción policial en tierra de *sobrevivientes* y *salvajes*, pero nunca experimentó semejante crueldad tan de cerca.

- ¿Acaso te trato como una "cualquiera"?-. Espósito se hizo el incomprendido-.¿No entiendes que solo un amor sincero cumple sus promesas? Creí que también me querías.

Nawal bajó la cabeza. Kat sintió su dolor. Lloró por las Nawales que se prestaban al juego y los *sobrevivientes* cuyo papel en la vida era huir. Lloró por sí misma y los que vivían para retirar la paja del ojo ajeno, sin notar la viga que les impedía ver.

-¡Aunque me torturen en el mismísimo potro del diablo, en pleno Palacio de la Inquisición, respondería lo mismo: No tengo nada con Cymarrón!

Al decir esto, Nawal miró en dirección al rinconcito de la ventana, donde sabía que se ocultaban los estudiantes, amalgamados, solo por ayudarla. Gritó esas últimas palabras como si hubiera tratado de darles alguna ventaja sobre el aprovechado policía, quien no le dio importancia a lo que dijo y siguió descendiendo con sus besos cuello abajo por la trajinada anatomía de la estoica *salvaje*, aún digna y con la mirada en alto. Fue demasiado para Kat. Haciendo un esfuerzo sobrehumano, apoyó su espalda contra la vieja puerta consiguiendo abrirla de un fuerte golpe. Espósito se volvió de inmediato hacia el balcón.

- ¿Quieres que lo cierre? - se apresuró Nawal-. Tus hombres hacen demasiado ruido abajo.

Lisandro le sonrió y volvió a concentrarse en ella, creyéndose que así de dispuesta la tenía. Nawal se consoló con la esperanza de que los muchachos escaparan, mientras su cuerpo y su alma, aún presos, le preguntaban cómo podía ser la muerte peor que aquello.

*****

7

CAPÍTULO

JOHA

Se sorprendió de que algo la avergonzara todavía, cuando el viento ya casi se había llevado su alma. Solo que el cuerpo no había alcanzado a descender al mar. Un pequeño detalle, que podía corregirse en otro momento, cuando Tato Alighieri no la estuviera mirando.

Le costó convencerlo de que solo estaba practicando un nuevo ejercicio de voz. Tato se agarró de ahí y se mostró interesado en saber más del supuesto ejercicio mientras se le acercaba con paciencia, envolviéndola con su conversación fluida, sin propósito aparente. Joha lo notó. Se equivocaba si creía que iba a arrojarse por la borda justo en sus narices. Haría lo suyo, pero en compañía de su verdadera familia, es decir, en perfecta soledad.

- Esta clase de ejercicios-destapó su juego- es para los que estamos destinados a hundirnos. Hoy trataron de sacarme viva de una piscina, sin notar que lo que intentaba era tocar fondo.

- Un objetivo de peso. No, no me estoy burlando. Es más, lo encuentro familiar. Conozco esa sensación de que no tendrás el empuje suficiente para emerger a la superficie.

- ¿En qué fábula? - torció la boca Joha-. Tu música está diseñada para el éxito.

- Aunque no lo creas eso no es tan cierto-continuó él, sin prisa, extendiéndole la mano-. De hecho, ahora mismo trabajo en una canción que nada tiene que ver con esas cosas.

113

Infirió que Tato sólo quería alejarla de la baranda. "Tan pronto camine hacia él y le dé la mano, el hechizo se romperá y todo volverá a la normalidad". Aun así, necesitaba averiguar a qué canción se refería, aunque solo se tratara de una táctica, como la del heroico policía de sus noches solitarias de cine y series en las que soñó con ser la protagonista, *la deseada*, hasta que el despertador la traía a la realidad, donde ningún salvador se encontraba trabajando. Si este no le salía con algo importante, era capaz de encarnar a la asesina.

***

- Empiezas a preocuparme-ronroneó perezosamente Tania mientras la masajista de turno deslizaba las manos sobre su espalda, con profesional destreza. Pau y Lu observaban a Sofía en la misma posición, desde las camillas contiguas. El área de spa ya tenía que haber cerrado, pero ninguna de las chicas se inmutaba, a pesar de la cara de fatiga de las empleadas. Lo extraño era que Sofía hubiera desdeñado su terapia antiestrés favorita.

- Discutieron, de acuerdo- simplificó Lu-. Es un poco exagerado en Mateo, una pataleta sin explicación que no haya abordado. Pero tampoco justificaba que dejaras de transmitir. Mañana vas a tener que dar una buena explicación a tus seguidores.

- ¿Explicación?¡Ellos me siguen a mí! ¡Yo decido cuándo comunicarme con quien quiera!

¿Por qué le resultaba tan difícil encontrar un momento de paz con sus amigas de toda la vida? Parecían importarles más sus masajes. Decepcionada al no ver a ninguna de las tres con la más mínima intención de escucharla y permitirle desahogarse, abandonó el spa.

- ¡Sofía!- reaccionó tardíamente Tania, lamentando que se levantara la sesión de chisme.

- Es más que una pelea-aventuró Pau, tan inmutable como sedienta de drama, mientras la observaba alejarse-. Sofía podría tener al tipo que quisiera con solo chasquear los dedos.

- Pues no se ve muy cómoda. Créanme, no puede ser tan malo como ella cree.

- Cuando nos esté mostrando su canción, o lo que sea que lleve hecho, ¡déjenla hablar! Tarde o temprano lo va a escupir. Veremos entonces, Lu, si solo se trataba de una pataleta, como tú dices. Ahora bien, si Mateo quedó disponible, no es culpa nuestra, yo "le caigo".

Tania y Lu se rieron. Pero sabían que Paula era capaz de lo que decía. De eso y más.

***

Tato finalmente persuadió a Joha de acompañarlo al ensayo de su banda. A la joven le sorprendió verlos a todos trabajando con tanta pasión, como si hubiesen perdido la noción del tiempo. ¿Qué no se habían dado cuenta que eran casi las dos de la madrugada?

- Es un precio insignificante comparado con lo que Él ya hizo por nosotros- explicó Tato al ver su cara-. Lo hacemos con gusto, nadie se queja. Bueno, no que yo sepa hasta ahora.

Se sentaron en un rinconcito, cerca de la puerta, mientras los músicos practicaban los arreglos del último hit compuesto por Tato. Trabajaban en una versión tipo concierto, embelesados con la música, como si recién descubrieran lo que ya sabían tocar de memoria.

- Entiendo-repuso Joha, tratando de no pasar por ignorante. Le costaba creer que unos minutos atrás se hubiera despedido de todo. A esa hora lo único que debía estar oyendo eran las liras y coros de ángeles. Ahora tendría que pensar en "otro final".

- Dicen que un músico tiene que ensayar mucho. ¿Cuánto llevan haciéndolo? ¿Seis horas?

- Tres-corrigió él, con la dosis justa de humildad-las otras…se nos pasaron orando.

- *¿Tres horas?* -reaccionó Joha como si le hablaran de las lluvias en Indonesia. -Por supuesto. Me figuro que es lo que se espera de un grupo *prístino* como el tuyo.

- La verdad -se quedó pensando Tato- más que eso, nos interesa «lo que Él espera de nosotros». Sus expectativas se mueven en el ámbito de lo sobrenatural. Simplemente velamos, procuramos estar atentos. Es fácil olvidarse de agradecer cuando se recibe tanto.

Escucharlo era un deleite. Aunque sonara a astrofísica, su vida entera irradiaba luz. Solo encontraba necesario rendir el alma en aquel ensayo para sentirse realizado, completo. De vez en cuando levantaba la voz para corregir al del bajo. *A la del piano.* "¿Por qué le habla diferente a esa presumida?" «Prueba mejor un la mayor». «Te estás adelantando». Pero en cada cosa su voz transmitía la envidiable certeza de que el Gran Autor era el único al control de *su* vida. ¿Qué había de especial en Joha para que la hubiera buscado?

- ¿Cómo...? ¿Cómo supiste que yo estaría...?

- ¿Practicando tus "ejercicios de voz"? No lo sabía, simplemente coincidimos ahí. Con tanto alboroto de jóvenes por todo el barco, necesitaba un tiempo a solas. Lo mismo que tú.

- Alguien te advirtió que me vigilaras, ¿verdad? Debí imaginarlo. Qué inteligente forma de lucirse contigo. Quedar como "la reina de la compasión" ¡Aunque sea todo lo contrario! Se le veía en su cara de actriz cuando hablaba contigo y parecían disfrutarlo tanto. Todo en Sofía es una partitura para hacerla destacar a costa de la desgracia ajena.

- No fue Sofía. Me lo pidió Nassim Tarud, el coordinador que envió el Saint Johnas.

- Ah…bueno, casi lo mismo. En lugar de entenderse conmigo ese metiche te tira la pelota.

Joha prefería que fuera Sofía la delatora y no un profesor. ¿Qué iba a pensar ahora Tato de ella? ¡Que era su obra de caridad de la travesía! Si Kat tenía alguna remota posibilidad de triunfar componiendo una canción a su lado, ahora sí que la había echado a perder.

- También vi lo que pasó en la piscina. Pregunté cómo estabas y Nassim me contó su preocupación. Desde entonces quiero hablar contigo. ¿Eso me convierte en otro "metiche"?

- ¡No! ¡No me malinterpretes, por favor! Lo llamé metiche porque… porque *gracias* al profesor Tarud me interrumpiste cuando… por fin estaba sumergiéndome en los mejores versos de mi canción. Es decir, "nuestra" canción. En realidad somos un equipo: Kat y yo.

- ¿Componen por separado? –no parecía muy convencido.

- Te parecerá un poco raro, Tato, pero…necesitaba pararme en esa baranda para *sentir* lo que sienten otros como yo, o Kat. Le prometí ayudarle a componer. Quiero ganar por ella.

- Ganar el concurso no es lo más importante. Esta banda, yo, no somos nada. Lo sabes, ¿no? Sabes que lo que realmente cuenta, es la verdad en su canción.

- El pequeño problema…-confesó Joha bajando la voz- es que Kat *no está en el barco*.

- ¿Qué?

- Un tonto problema administrativo. Ay, es inútil guardase algo contigo. Si te cuento la verdad sobre mi canción, sobre *nuestra* canción, ¿prometes que no nos vas a eliminar?

- ¿Se trata de eso? Si *vives* de acuerdo con esa verdad, Joha, mi trabajo estará hecho.

Era como un ángel. Insobornable. Infranqueable. Diferente de la imagen que tenía del líder petulante que mira por encima del hombro: "Qué fácil es criticar a las personas antes de conocerlas". Aun así, la paciencia empezaba a desaparecer del rostro de Tato, dejando ver al ser humano, con todos sus defectos y vicisitudes. Si no se explicaba, su amiga ya no tendría otra oportunidad de ganar el concurso.

- Kat se quedó en Puerto Idilio para ayudar a…una *joven x*, extorsionada por un tratante de blancas de Nínive. Amenaza con subir a la red ciertas fotos y videos *no muy prístinos*. Cuando Kat estaba a punto de abordar, alguien de la banda de ese delincuente le enseñó fotos. Resultaron *selfies* que se hizo una de las estudiantes que viaja aquí, con nosotros.

Tato pasó saliva. Creyó que Joha era el único "problema" que tenía entre manos.

- Continúa, por favor. Puedes confiar en mí. Dime el nombre de la joven extorsionada.

A Joha se le hizo agua la boca. Por fin llegaba su dulce y anhelada venganza. Sofía eliminada del concurso y expuesta, "como debía ser". A punto de pagar, por cretina.

- No estamos seguras.

Fue lo único que se le ocurrió responder. No tenía cómo probar que aquella fantástica historia que le relató por teléfono Kat (demasiado buena para ser verdad) en realidad estuviese sucediendo. Y aunque así fuere, ¿qué diría Kat al enterarse de que le soltó la noticia a Tato de buenas a primeras? Echar al agua a Sofía era una cosa, afrontarlo otra. ¿Qué posibilidades tenía una fracasada que ni sabía nadar contra la influyente youtuber, sus poderosos padres, patriarcas de una mega comunidad, y su ejército de seguidores en la red? Ponerla en evidencia así era renunciar a vencerla en franca lid, como tanto había soñado.

- Explícate. ¿Acaso a la víctima no se le ve la cara? ¿Es por eso?

- Sea cual sea la verdad no me corresponde exponerla. Cymarrón es uno de los *salvajes* más buscados por la policía. Responsable de muchos delitos, según Kat. En Nínive lo veneran.

- Para haber desencriptado la *selfish* de una *prístina* tan conocida como ella, tuvo que ser un hacker. De los peores. Ya habrá avisado a la policía, y a sus padres, me figuro.

- ¿Kat?... ¡Obvio! Siempre ha sido muy responsable. De hecho cree que le ocurre algo similar a lo del *profeta náufrago*. Solo que, a diferencia del relato de la *Fuente de Gracia*, ella se abstuvo de abordar el barco, para ir a donde cree que el Gran Autor la envía.

Tato dejó descolgar su cabeza, como si sostuviera una misteriosa batalla interior.

- ¿Dije algo malo? Tato, ¿te sientes bien?

- Algo cansado, nada más. Impresionado con tu historia-. El joven cantante recordó que no podía desprenderse de su investidura de consejero-. Cuando me propusieron venir a este crucero, lo primero que llegó a mi corazón fue la idea del concurso. Pensé que la música sería el centro. Un seminario más, preparar las enseñanzas, promocionar mi nuevo álbum, otro evento en la agenda…pero nunca imaginé que el Gran Autor me reservara algo así.

Por un momento no se vio tan seguro, tan feliz y "alineado con los planetas". Conmovida, Joha se olvidó de su nombre. Lo vio como el hermano, el amigo que nunca había tenido.

- ¿Es por la canción en la que trabajas? ¿La de un árbol lleno de fruto? ¿La que "alegra al Maestro"? ¿A eso te referías con "el tiempo de la canción ha llegado" cuando yo iba a…

La chica del teclado se les acercó y Joha la odió por interrumpirlos. Por hablarle solo a él. Ni siquiera se interesó en escucharlos. Solo inclinó la cabeza fríamente, por obligación.

- ¿Hasta qué hora vamos? Recuerda que mañana tenemos que madrugar.

Le hablaba con un molesto tonito cantaletudo, como si estuvieran casados. Sus rizos rubios y definidos enmarcaban una cara de muñeca fina y una fuerte personalidad.

- Cierto. En quince minutos. Raquel, ella es Johana, hablábamos de su canción.

- La competencia está fuerte-respondió, mirándola por fin y estrechando su mano.

- No tienes idea.

Raquel le concedió una sonrisa protocolaria para luego volver a ignorarla por completo.

- Tato, ¿podemos hablar?

Traducción: "Aquí sobras, ¿por qué no pintas un bosque y te pierdes en él?" Para rematar, Tato se despidió con un: "Recuerda: *el tiempo de la canción ha llegado. Lo nuevo ha llegado. No lo dejes ir. No- te- rin-das*". Había vuelto el predicador. Tras rematar su sermón se dejó llevar de la mano de Raquel a una conferencia íntima. Punto final.

"¿Y ahora?".

No podía simplemente regresar a la proa y consumar el plan que concibió desde la enfermería. Las olas se rehusaban a recibirla, como si *ella* -no Kat- fuese el *profeta náufrago*, arrojado a las playas de una vida incomprensible. "*Lo nuevo ha llegado*".

Recordó que esa frase estaba en la *Fuente*: "*Si estás en Mí, has nacido de nuevo. ¿Qué importa lo que pasó?*". También leyó un día: "*Voy a hacer algo nuevo. Ya está pasando… ¿no lo ves? Estoy abriendo un camino en el desierto, y ríos en lugares desolados*". Siempre que oyó esos versos, le pareció que aplicaban a otros. No a ella. Intentó llamar a Kat, pero tenía el teléfono ocupado. "¿Con quién hablas ahora? Estarías orgullosa de mí y tampoco te lo puedo contar. Supongo que no hay más remedio que tratar de componer. Ay, Kat, prométeme que no vas a cometer tonterías. Como revivir ese viejo y tonto amor platónico. Recuerda, los príncipes azules no existen. En cambio yo… si sigo viva es por ti".

***

Mateo estaba sentado en el viejo mueble de cuero para inyectología de una sofocante farmacia del centro que de milagro atendía 24 horas, con las bermudas recogidas en su pierna herida. Kat intentaba limpiarla con algodoncitos empapados en agua oxigenada, cuando a su teléfono entró una nueva llamada. Todavía tenían el corazón en la boca, sin poder asimilar cómo terminó cediendo la puerta del balcón que comunicaba con la casa abandonada contigua a *La Senda Sinuosa*. No conseguía apartar de su mente la imagen de Nawal, sometiéndose a la lujuria del inescrupuloso policía, mientras la bailarina pronunciaba en voz alta palabras sin sentido, como si aún tratara de comunicarse con ellos. Como pudieron se abrieron paso por las escaleras inciertas y sin baranda, brincando entre piedras, cemento y materiales de construcción. La puerta que daba a la calle se podía abrir desde adentro y la policía aún no acordonaba la manzana. Salieron sin apuro, mimetizándose entre el río de turistas, donde, sintiéndose a salvo, dieron gracias por estar vivos. Kat continuaba repitiéndose las últimas palabras de Nawal, para no olvidarlas.

Ahora quería llevar a Mateo a la sala de urgencias de un hospital, pero él se oponía.

- No creo que vaya a morirme de esto. Si vamos a un hospital, nos harán muchas preguntas, y no vas a poder descifrar el acertijo en el plazo que nos dio ese *salvaje*.

Kat no podía creer lo que oía. Por primera vez en su vida, lo que ella pensaba contaba para Mateo Sarracino. Se preguntó qué le había hecho cambiar de opinión. Mirando su semblante, le pareció adivinarlo. Seguía pensando en Nawal. ¿Era posible que se sintiera culpable de no haberle compartido *las buenas noticias*? Que lo llamaran *prístino* no había servido de mucho entonces. Y ahora, si no hacía cambios, también Sofía podía lamentarlo.

- Espero que fueras tan buena en Primeros Auxilios como lo eres para Trigonometría.

- Una cosa son los simulacros-reconoció Kat, mientras le hacía la curación, procurando no distraerse con el contacto de su piel-. En cuanto a ti, sobrevivirás.

-Por ahora. La pregunta es: ¿sobreviviremos al salir de aquí?

Que él un día hablara de "nosotros" nunca entró ni en sus más osadas fantasías. Una sinfonía de argumentos se atropelló en su garganta. Deseó tener a flor de labios el verso más bello e inspirador de la *Fuente de Gracia*. Finalmente optó por un tímido:

- Claro que vamos a sobrevivir. Y Sofía te agradecerá lo que hiciste, por el resto de su vida.

Kat se preguntó si sería una buena enfermera. Siempre repetía que le faltaba el coraje. Pero al examinar de cerca a Mateo, reconsideró la idea de convertirse en una doctora misionera, semejante a aquellas heroínas legendarias de la literatura *prístina* que contra viento y marea lo dejaban todo y se internaban en selvas, mares y desiertos, con tal de llevar a desconocidos el mensaje de amor y salvación de la *Fuente de Gracia*".

- ¿De verdad crees en todo esto?

Estaba tan absorta en la tarea, que se sobresaltó con la pregunta, temiendo que le hubieran leído la mente sin darse cuenta, mientras él la examinaba en silencio.

- Míranos. ¿Qué hacemos aquí? ¿En realidad crees que Él nos ha enviado a esta locura? ¿Qué podría sacar el Gran Autor aquí? Los días de los *mártires* pasaron. Solo son historias que nos pusieron a leer de niños. Admito que disfrutaba algunas. De hecho, disfruto actuar. Pero es distinto. A menos que seas escritora, no se vive de historias. Y ni aun así.

Sonó el teléfono de Kat. Ambos se miraron con terror, pero la pantalla decía *papá*.

Kat se apartó recatadamente. Hablaba muy bajo, misteriosa. Mateo se preguntó cómo era su vida. ¿Sería tan insulsa y predecible como todos creían? Si Kat era tan buena estudiante y tan obediente, sus padres debían ser *peores*. A lo mejor solo estaba a un simple golpe de autoridad de volver a casa. Un regaño final, una orden terminante y *sanseacabó*.

- Ni yo sé por qué me opuse tanto a que hicieras ese viaje. Pero no soy tan tonto como para ignorar que estás creciendo, que necesitas tu espacio y que sabes cómo defenderte. Aun así, siempre serás "mi niña". Tuve una visión que no puedo explicar. Solo sé que te vi en un gran peligro, pero sonreías, porque tenías una corona gloriosa. ¡Era tan absurda…tan real!

- Siempre corremos peligro en este mundo. Tú me lo enseñaste. También cómo protegerme.

- Te dejo en paz. Esta llamada no fue mi idea. Conque me digas que estás bien, basta.

- Estoy bien-respondió Kat, con voz temblorosa.

- No sabes cuánto me alivia saberlo. Tal vez se me permitió ver algo que podría haber pasado si no oraba en ese momento. ¡Locura para algunos, quizás, pero para nosotros…! En fin, no hay más que decir. Gracias al Gran Autor, no eres como yo. Tienes más de tu mamá.

- ¿De qué hablas? Papá, estoy haciendo un favor a alguien, nada más. ¿Mamá no te contó?

- Sí-dijo Michael con resignación- Antes de salir. A través de la puerta, porque yo estaba en medio de esa visión, sin fuerzas para levantarme. Disculpa, necesitas dormir, no escuchar mis sentimentalismos. Si no quieres darme más detalles, habrá una buena razón.

- ¿Mamá no está contigo?

- Aún no llega. Se fue a una vigilia con las damas de la comunidad. Algo es seguro: hoy son mejor compañía que yo. Tu hermano no quería irse a la cama. Me preguntó mil cosas sobre ti; qué hacías en el barco, si era más divertido que el colegio…

- ¿Estás llorando?

- No, Kathy, es solo… me di cuenta de que hace tiempo no tenía una conversación de verdad con Pablo. Sabes cómo anda desde que cumplió nueve. Pero lo que más me dolió, fue no poder responderle… ¡Ha pedido mucho por ti, de eso puedes estar segura!

- Papá…

- Solo necesitaba decirte…que no sé si tendría vida si algo llegara a pasarle a mi niña…

Kat tuvo que contenerse. Aunque estaba de espaldas, Mateo lo notó. Era más que una pequeña fanática. *También sufría.* Sintió un inexplicable impulso de acercarse a ella y abrazarla, de dejarle saber que no estaba sola. Entonces recordó que solo eran extraños.

-Si me pides que regrese ya, puedo tomar el primer avión. Pero parece que no he terminado aquí, papá. No sabía si contártelo, yo… sentí el impulso del Espíritu, como si me llevara al desierto. Tal vez tenía que perder el barco. Como el *profeta náufrago.* ¡Perdóname!

- Kathy, sé quién eres. Recuperar lo que se pagó es sencillo, no sufras por eso. Escucharlo a Él es el inicio del viaje más importante. Solo ten cuidado. Y recuerda, *"Papá* te ama…

-…y yo también"-volvió a reír ella-. ¡Cómo quisiera que estuvieras aquí para abrazarte!

- Igual yo, preciosa. Pero estamos a pocas horas de vernos, ¿no? Dile a ese muchacho que te cuide como debe ser. Relájate, no voy a pedirte que me lo pases. No soy tu mamá.

La risa y el llanto se juntaron en Kat, haciéndole olvidar que quería ocultar su rostro. Mateo pudo verla mejor, maravillado de asistir al prodigio que desataba tan formidables fuerzas en su interior. ¡Qué diferente era de Sofía! ¿Cómo saber cuándo era la mujer "ideal" y cuándo la que se sacaba fotos y videos a sus espaldas para enviárselas a gente que él ni conocía?

- Una última cosa. Si no lo digo me va a estallar el corazón. Puede tener más sentido para ti.

- Dilo - indagó Kat, con temor y temblor.

- "*Antes de formarte en el vientre de tu madre, de que nacieras, ya te había escogido, te había apartado. Te había nombrado mi mensajera…No digas en tu corazón: Soy muy joven, porque vas a ir a donde yo quiera enviarte, y vas a hacer lo que yo te diga. No tengas miedo, que estoy contigo para librarte*". Bueno, creo que ya lo has oído. ¿Hola?

- Sí, papá, sigo aquí…

Tenía los ojos empapados. Un milagro se abría paso, incontrovertible, como agua brotando de la roca, para llenarla de confianza. *Era real.* ¡No fue su propia voz la que escuchaba mientras Nawal le hablaba! Cuando los orgullosos líderes religiosos le pidieron señales al Maestro este dijo que solo una les sería dada: "*Así como el profeta náufrago estuvo en el vientre del gran pez tres días y tres noches, el Hijo estará en el corazón de la tierra, para después resucitar*". El mismo tiempo que tenían ellos para cumplir con su solitaria misión. Para algunos, tontas leyendas *prístinas* sepultadas entre el polvo de la historia. No para ella.

- Reconozco esas palabras. Fueron dichas a un profeta que experimentó el dolor, pero luego sería portador de las mejores noticias, de un pacto nuevo. El *pacto del retorno. Algo mejor.*

- ¡Me enorgulleces tanto! Siento que podría morir hoy y mi propósito se habría cumplido.

- Nadie va a morir. Ese *nuevo pacto* está vigente para todos. Papá, tengo algo que hacer. Por el amor de ese nuevo pacto, prométeme que te vas a reconciliar con mamá.

Colgó, atravesada por el elocuente silencio de su padre, se limpió las lágrimas con disimulo y regresó con su paciente envuelta en un aire melancólico. "Aquí termina", pensó Mateo.

- ¿Qué dijo? – preguntó, esperanzado-. ¿Te ordenó volver?

- Al contrario. Es hora de reconocer las voces que nos rodean. Como cuando los discípulos tuvieron que elegir entre la del Maestro y las de las multitudes. Como el *rey guerrero*, cuando su esposa lo cuestionó por bailar ante el pueblo y él le respondió: "Bailo delante de Él. Fue el *Gran Autor* quien me eligió, no tu padre". ¿Quién puede atreverse a cuestionarlo?

"De nuevo la delirante mística religiosa". ¿Era solo ella y la demente no le había contado toda la verdad a su padre, o en esa casa todos estaban cortados por la misma tijera?

- Kat, no empeoremos esto. Ya viste: Nawal no va a cambiar. Es uno de ellos. Del Cymarrón. ¡Hasta la policía! ¿Y tú me sales con que "El Gran Autor te eligió"?

- Si estuviera en tus manos cambiar la vida de otra Nawal, o de varias, ¿no lo intentarías? Te vi mientras ella te hablaba, tu cara fue bastante expresiva. Vi cuánto te costó.

- ¡De acuerdo, hubiera preferido que las cosas pasaran de otra forma, pero no soy como tú! Soy inmune, sordo, si quieres, a la voz del *Gran Autor*. ¿Cómo saber cuándo tiene algo que decirle a un microbio con gafas y tenis? Igual, ya no hay forma de arreglarlo.

- Recuerda qué pide el director cuando vamos a salir a escena. La cita de ese famoso actor.

- "Gran Autor, aquieta mi mente"- recitó Mateo. Kat tomaba en serio su pequeño papel.

- Mientras estábamos escondidos en ese balcón, Espósito trató de hacerle confesar a Nawal que era una cómplice de Cymarrón. ¿No recuerdas cuando levantó la voz, como si quisiera advertirnos algo? Dijo: *"Aunque me torturasen en el mismísimo potro del diablo, en pleno Palacio de la Inquisición, respondería lo mismo: no tengo nada con Cymarrón"*.

- Y yo soy el que aspira a ser actor -sonrió Mateo-. Con esa memoria deberías probar tú.

- Pon atención: no dijo lo último por decirlo. El *Palacio de la Inquisición* todavía existe.

- Ah, *ese* palacio. Ya sé que existe, no soy tan inculto. Es… la oficina de los inquisidores.

- Hace siglos -contuvo la risa Kat-. Los "primeros" inquisidores. Luego lo volvieron museo.

- Claro, solo estaba confundido. ¿Y eso qué? ¿A dónde quieres llegar?

- Nawal lo dijo porque sabía que la estábamos escuchando. Sentía tanta rabia contra ese policía que decidió darnos una mano para avanzar con la siguiente clave: *"El rastro de la serpiente en la piedra"*-Kat sacó de su bolsillo el caracol-. Donde espera otro de estos.

Mateo recordó a Nawal, su vida arruinada y cómo pronunciaba casi gritando esas últimas y desesperadas palabras. Estaba tan afectado por volver a verla y el miedo a que los arrestaran, que ni le dio importancia a lo que decía. Pero ahora que Kat lo mencionaba, sí parecía que lo estuviese gritando, como si lanzara una botella al mar.

- Todavía no veo la conexión, lo siento, toda esta locura ya se pasó de la raya.

- ¡La clase de historia! El profesor Guernica dijo que el Sagrado Tribunal funcionaba en el Palacio de la Inquisición. Lo construyeron los reyes de Tarsis, antes de la Épica Travesía.

- Muy bien, sí, creo que ya lo recuerdo. ¿Y…?

- Hablamos de reyes déspotas, movidos por una sed insaciable de conquista y enriquecimiento, obsesionados con someter a su fe a toda la población indígena, negra y mulata de estas costas. Los perseguían, capturaban y torturaban, obligándolos a renegar de sus creencias, de sus tradiciones, en lugar de ganarse su respeto. Muchos fueron esclavizados o asesinados. La religión *prístina* nació, en parte, como reacción a esas acciones brutales en nombre del *Gran Autor* y de la *Nueva Civilización*.

- Lo que no entiendo es qué tiene que ver todo eso con Cymarrón.

- Tampoco yo, pero esa palabra que el extorsionista adoptó como su alias no sólo se aplica a ciertos animales salvajes. ¡Lo vimos en clase! También se dio este nombre a los esclavos que se fugaban, liderando pequeñas comunidades escondidas en la selva, donde pudieran vivir en libertad. Se llamaban *Palinkos*. ¿Te acuerdas ahora? ¿No es mucha coincidencia?

- Apenas puedo contener la emoción. Kat: venir a Puerto Idilio a perseguir delincuentes, escapar de policías corruptos y tomar clases de historia contigo, no es mi idea de felicidad.

- Pues alguna pista deben encerrar esos muros -trató de ignorar el desplante-. No lo vamos a averiguar hasta no visitar el Palacio de la Inquisición.

- ¿Sugieres que vayamos a esta hora de la noche y nos colemos por algún balcón?

- Tendría que ser mañana, cuando abra al público. Volvamos al hotel. Te lo has ganado.

- ¡Pues muchas gracias! ¡Si supieran en mi casa que son tres noches de hotel, pero de castigo! ¡Expulsado del paraíso de un crucero de lujo a un *palíndromo*!

- *Palinko*- corrigió divertida Kat. "Palíndromo" es una palabra o expresión que se lee igual al derecho que al revés". Al menos algo se le había quedado. Y la consideraba Eva de su paraíso perdido. Años más tarde, cuando comenzara a quedarse calvo, quizás ya no solo la recordara como la lerda de la clase cuando se reuniera con sus amigos a jugar al golf.

Casi no hablaron en el taxi. Unas escuetas palabras sobre los nuevos hoteles modernos que invadían la ciudad amurallada, cometiendo un sacrilegio contra la arquitectura colonial. A ninguno le importaba mucho el asunto, pero les sirvió de tratado de distensión para apartar las descarnadas imágenes de *La senda sinuosa*, incluida la triste rutina diaria de Nawal en el temprano ejercicio de su profesión, que, de solo recordarlo, les arrugaba el alma. Mateo se sintió sucio por desear ese cuerpo profanado quién sabe cuántas veces, por turistas como él, arrastrados por su concupiscencia, esposos infieles, *prístinos* con aureola que presumían de impolutos, hombres con escoria en el cerebro como Lisandro Espósito. Tampoco Kat podía apartar sus pensamientos de Nawal. No solía ser blanco fácil de fantasías lujuriosas, pero sí soñaba despierta con ser la protagonista de una épica aventura romántica. Como la campesina oriental del libro de los Poemas del *rey sabio*. Entregarse en cuerpo y alma a una relación tan apasionada que solo pudiera vivir en dos corazones. Recordó el baile de Nawal. Se imaginó a sí misma, bailando igual, únicamente para su esposo. Cuando sintió que la marea la arrastraba demasiado lejos tomó cautiva su propia fantasía y la sometió en obediencia: "Abba, no estoy aquí de vacaciones, no sé qué me pasa, si es el calor, el rumor del mar, la lectura de tantas novelas románticas, o de los poemas del *rey sabio*. Quisiera experimentar algún día ese fuego, no solo físico y emocional sino también espiritual detrás de semejante amor. Tiene que ser por otra razón que no puedo dejar de pensar en Mateo, en las cosas que me ha dicho mirándome a los ojos, en su expresión mientras me defendía, en la forma como exploraba el cuerpo de Nawal cuando aún ignoraba cuán profundamente se alojaba en su memoria. ¿Será una transgresión mortal ante tus ojos lo que sentí cuando estaba en esa pocilga tratando de abrir la puerta con él y lo descubrí mirando mis piernas? Aunque solo lo imaginara, guárdame de fallarle a él, de fallarle a Sofía, a mis padres, a Joha, pero sobre todo, de fallarte *a Ti*. Guárdame del enemigo. El Cymarrón, a fin de cuentas, es solo otro hombre. Recuerda que, vestida de naranja o amarillo, de falda o pantalón, solo soy como la hierba del campo, que un día sale y al otro se marchita. Si por su culpa fueran Mateo o Joha los cubiertos por sábanas blancas, también querría matarlo. Ayúdame a cumplir mi misión, a sentir compasión por los que no son *prístinos*; a no justificarme, como si una religión salvara. De lo contrario, nada habrá tenido sentido. Si me equivoco y muero, lo haré moviéndome en Ti, Él único que me llena y satisface. Amén".

Creyó dormido a Mateo, mientras ella investigaba en internet y él la observaba, sentada en el escritorio de la habitación del hotel, de espaldas a él, cada vez más intrigado con esa adorable figura que ni su infantil pijama podía disimular. Era obvio que no se había preparado para exhibirse durante los días del crucero, como las amigas de Sofi. Tenía personalidad para que no le importara que él la viera así. Simples detalles que revelaban en silencio un corazón auténticamente *prístino*. Niña en cuanto a la malicia, mujer en su madura determinación, aunque aquello no la condujera a ninguna parte. Por la pantalla de su teléfono desfilaban fotos y dibujos de los antiguos guerreros que fundaron los "*Palinkos*". No lograba conciliar el sueño atormentada con la imagen de Sofía siendo expuesta públicamente, como si le sucediera a ella. Una hora, un minuto menos para comprender las últimas tres claves del enigma podían hacer la diferencia al final. "Si utiliza ese seudónimo es porque los cimarrones significan algo para él. A ver…esclavos rebeldes, fugitivos… la mayoría africanos… vivían libres en rincones apartados…".

Algo no encajaba. *Nada* encajaba. ¿Qué relación podía tener con los cimarrones un delincuente que solo pretendía extorsionar? Tal vez la asociación no fuera tan importante. Mientras los aguerridos cimarrones sufrieron persecuciones, éste se divertía a costa de sus peculiares víctimas. Desdeñaba sus creencias, como si *todos* los *prístinos* manipularan a la gente por medio de un frío sistema de control y juicio diseñado para señalar y subyugar a los más débiles. ¿Cómo esperar que alguien así acogiera una argumentación diferente? ¿Se justificaba tratar con un criminal que trataba a los jóvenes como carne de cañón?

Conectó su celular al cargador. Quedarse sin batería no era una opción. En cualquier momento podía entrar esa llamada que, de solo pensarlo, le erizaba la piel. Dejó el teléfono a su lado y se metió bajo las frescas sábanas en la penumbra, observando por el gran ventanal el inquietante mar, nublado y sin estrellas. Su timidez la hacía sentir más segura mirando el cielo que la cama vecina. No quería que Mateo la sorprendiera vigilándolo si abría los ojos, aunque este ya roncara a placer. Se había fundido sin siquiera prender la televisión. Su vida había enloquecido. ¿Qué se iba a imaginar ella 24 horas antes que, en lugar de Joha, iba a tener a Mateo de compañero de cuarto, sin estar soñando?

A lo lejos reventaban los cueros de tambores. Se preguntó si nunca descansaban en esa ciudad. Siempre iban y venían perdiéndose por intervalos, jugueteando entre la brisa y el sonido de las olas entregándose en la playa. Le resultaba difícil imaginar que al compás de esos tambores indomables sucedieran buenas cosas en Puerto idilio. Sonaban cuando amortajaron a los jóvenes asesinados, mientras Nawal bailaba para extraños, mientras Esposito imponía su propia ley sobre su cuerpo, mientras a solo unas millas, mar adentro, sus compañeros reían y componían canciones inspiradas en su afortunada vida.

Trató de orar mientras se quedaba dormida, anhelando la voz que la había llevado hasta allí. No solo quedaría en vergüenza si fallaba. Seguro algo mucho peor. Lo más sensato era planear minuciosamente lo que harían al día siguiente, pero nada tendría sentido si no encontraban la conexión entre Cymarrón y el antiguo Palacio de la Inquisición.

Sus pensamientos se tornaron incoherentes, tanto como su realidad, incluso más, porque había empezado a soñar. Con Mateo. Y esta vez él no era un ciervo en apuros. La miraba con amor, mientras la abrazaba, y no había necesidad de dos camas, ni de preocuparse por el sudor, porque todo era humedad, risa, ternura, y los dos se recuperaban de sus heridas sin darse cuenta.

Y los cueros de los tambores no paraban de sonar: "tarararará... tarararará...

*****

8
CAPÍTULO
CYMARRÓN

—¿Pa´ que soy bueno?

Ceferino Tajoné sintió entrar a Román, pero continuó digitando en el teclado de su computadora a la velocidad incontenible de su mente mientras observaba una de las pantallas de su centro de control. Por medio de cámaras ocultas el hacker monitoreaba la confusión que desataba en la red informática de la policía de turismo de Puerto Idilio haciéndoles pensar que se encontraba operando en el sector hotelero de Boca Cemento. Para cuando se dieran cuenta, los tratantes de personas que protegía ya habrían cerrado otra operación en El Huerto, barrio residencial con mínima presencia de la fuerza pública.

Todavía le funcionaba enviar pistas falsas a la policía, como si lo tuvieran acorralado. Era tal el grado de corrupción y falta de comunicación entre los uniformados que podía darse el lujo de guardarse el resto de su repertorio para cuando apareciera algún genio en tecnología o un investigador a su nivel, capaz de intranquilizarlo y poner en riesgo sus operaciones. Irónicamente la única persona que se había acercado a ese perfil, era una ingenua niñita de quince años recién llegada del interior con una excursión de colegiales *prístinos*.

-Volvieron al hotel-anunció Román. Tajoné no dijo nada. Su mente ya lo había procesado.

Quien no los conociera podía preguntarse qué tenían en común dos personas tan distintas, aparte del color de su piel. Tajoné, con el aspecto de señorito intelectual que le daban sus lentes podía pasar

131

por *ilustrado*, un joven ejecutivo, abogado, o ingeniero. La desteñida indumentaria de pescador y las sandalias de Román desentonaban con los cómodos muebles en cuero, la biblioteca colmada de volúmenes y los modernos dispositivos digitales que daban al aparta estudio de Ceferino un aspecto de sofisticación propio de un hotel de cinco estrellas. Podía tenerlo en Lago Dragado o en Boca Cemento si quería. Pero el bunker de Ceferino Tajoné, alias Cymarrón, estaba camuflado en el sector más deprimido y abandonado de Nínive, donde ni la policía quería acercarse.

Su verdadero nombre poco importaba. Los habitantes de Nínive lo conocían simplemente como Cymarrón y hablaban de él agregando información a la leyenda según les hubiera tocado. Muchos no lo habían visto ni en fotos, pero les encantaba que su nombre creciera ante los ojos del país, obligándolo a mirar hacia su miseria. Traficante, héroe, Robin Hood del trópico, asesino, daba igual. Otros lo consideraban un fantasma desde que se le creyó muerto en un operativo policial pero continuó delinquiendo, al parecer desde el otro mundo. La inmortalidad de Cymarrón solo podía explicarse como la protección de chamanes y santeros. Sus adeptos lo defendían indignados de quienes le atribuían las desapariciones y trata de personas. Unos y otros se enfrascaban en ruidosas batallas de dominó hasta la madrugada, azotando fichas contra la mesa, entre la danza de los insectos.

- ¿Tuviste con Nawal la conversación que te pedí?

- Dice que no les soltó nada. Con ella no se sabe. Yo digo que les avisó a esos dos y por eso se habían ido del apartamento cuando volví con los tailandeses. ¿La meto a "cuarentena"?

- ¿Cuál es la prisa? No con tanto policía por ahí. Espera que baje la marea. Además, hay que darle crédito a la *pristinita*. Otra en su lugar ya hubiera puesto "pies en polvorosa".

Román movió la cabeza. Mientras él ya arrastraba los pies, Ceferino parecía haber encontrado el secreto de la eterna juventud; entre más libros devoraba, menos le afectaba el paso del tiempo. Se había convertido en un "peso pesado" de los negocios que muchos *ilustrados* y *prístinos* envidiarían. Y pensar que diez años atrás ese escuálido muchachito se presentó en su paupérrimo gimnasio de pueblo, famélico y sin saber cómo lanzar un golpe, pero con una mirada asesina que a Román le pareció buen presagio.

Mientras intentó convertirse en boxeador Ceferino permaneció más tiempo en la lona y con la cara reventada que haciendo algo útil para derrotar su miseria. Pero contó con la suerte de encontrar en Román al padre que nunca tuvo. Un entrenador que solo estudió en la escuela de la vida, con la sabiduría suficiente para evitar decirle que nunca sería bueno en esto o aquello. Esa era la única regla que Román conocía y practicaba: nunca, por ningún motivo, obligar a un luchador a vivir lo que él no pudo ser.

Fue suficiente para que ese niño triste de mirada violenta le confiara lo que a nadie más le había dicho. Que, sin necesidad de un diccionario, conoció el significado de palabras más temibles que "besar la lona". Tenía siete años, un hermano de cinco (Yuberley) y otra de tres (Abrianna), cuando sus padres fueron asesinados por oponerse a la venta de su casa, ubicada en un terreno frente al mar donde sus ancestros habían practicado la pesca por generaciones. Amparados por miembros corruptos de las autoridades, los empresarios de una organización hotelera lograron desviar las investigaciones por los homicidios y terminaron convenciendo a los vecinos que aún se resistían a vender sus predios.

Nivis, una tía de Ceferino que se ganaba la vida vendiendo ostras y fruta en las playas de Boca Cemento tuvo que hacerse cargo de él y de sus dos hermanos, pero como era viuda, obesa y se estaba quedando ciega, empezó a contarle su historia a los turistas para conmoverlos y educar a sus hijos con sus limosnas. Fue cuando Salomón Falquez, próspero comerciante de *Lisfado* (al oeste de Tarsis), residente en Puerto Idilio, vino a conocer la situación, ofreciendo a Nivis adoptar a los menores, irregularmente, como todo por allá.

A Ceferino le impresionaba la cantidad de libros que había en casa de Salomón y pasaba mucho tiempo leyendo. La relación con su padre adoptivo empezó con el pie derecho. Regalos de ricos, paseos en carruaje y conversaciones interminables con Salomón sobre otros mundos capturaban su imaginación y le hicieron creer que aún era posible convertirse en médico, para ayudar a los niños de su región. Pero no un médico cualquiera: *un médico prístino*. Tendría las llaves del *apóstol pescador* para poder curar el cuerpo y el alma.

Se dio cuenta de que su sueño no se cumpliría la noche en que Salomón lo entretuvo hasta la madrugada escogiéndole clásicos del laberinto de su biblioteca. Le relataba con vívida precisión y la voz teatral de un narrador que estuvo en el lugar de los hechos, anécdotas fantásticas de cómo habían ganado su lugar en la historia desafiando las reglas de su tiempo grandes caudillos, inventores y artistas. Por un momento le pareció que Falquez era protagonista de la historia de un joven monje acusado de hacer un pacto con el maligno. Aquel monje se convertía en monstruo por las noches y por eso sus superiores lo expulsaron del monasterio *prístino*. Falquez respiró hondo e inició otra historia. Ceferino se iba quedando dormido cuando sintió que Falquez lo acariciaba extrañamente y no como un padre. La vergüenza lo hizo echar a correr. Supo que debía zafarse del monstruo, así que esa misma noche metió en un morral ropa suya y de sus hermanos, agua suficiente y frutas.

Los sacó de la hacienda medio dormidos antes que amaneciera, ocultos entre muebles viejos y ropa de beneficencia que se llevaba un camión, sin que los empleados de Falquez se dieran cuenta. Ceferino sabía que era cuestión de tiempo para que su padrastro volviera a ponerle las manos encima y no le daría al monstruo la oportunidad de encontrarlos.

Los hermanos vivieron en la calle, porque a Ceferino le parecía más seguro y no confiaba en nadie. Su sueño de ser un médico *prístino* lo fue desvaneciendo cada noche a la intemperie. Ni siquiera estaba seguro de si existía un Gran Autor. Pedían limosna, vendían bolsas plásticas, limpiaban parabrisas, revolvían la basura y trabajaban en lo que saliera. No tardaron en asociarse con otros como ellos, que comían mejor y los convencieron de meterse al microtráfico de drogas. Ceferino, que había leído más, trató de obligar a Yuberley y Abrianna a no consumirla, sino a "servirse" de ella como medio de subsistencia, pero no bastó para ponerlos a salvo. Tuvo que verlos degenerarse y prostituirse lentamente. Mientras tanto, aguantó palizas de traficantes mayores y más fuertes que él, esperando, como se volvió su costumbre, el momento de hacerse respetar.

Su vida se convirtió en una lucha por imponer sus condiciones. A falta de músculos, tierra y mar donde pescar, se sumergió en los computadores y dispositivos móviles robados, buscando un negocio más lucrativo. Menos desgaste y más beneficios. Todo lo que debía hacer era conseguir los más poderosos componentes físicos y aprender las fortalezas y debilidades de cualquier programa, hasta convertirse en un fantasma del ciberespacio, capaz de penetrar y abandonar el alma de sus "víctimas" sin ser detectado. El resto era fácil: Proveer a las personas lo que necesitaban. Si algo tenía claro era que vivía en un mundo egoísta, lleno de solitarios, donde la felicidad se pagaba. Sobre todo, cuando se trataba de solicitar o suministrar compañía. Después de todo, era lo que cada hombre y mujer estaba destinado a buscar desde que recibía su *selfish*, sin importar si era *prístino, ilustrado, sobreviviente* o *salvaje*. Aquella necesidad debía ser satisfecha al costo que fuera. Eso era lo que en realidad tenían en común todos los seres humanos.

Antes de cumplir los treinta el aventajado hacker manejaba una de las organizaciones más robustas de redes de *sexting* y trata de personas del mundo. Tan hábil era que en lugar de una foto en el organigrama de la policía, habían puesto la caricatura del caracol que le enviaba a sus víctimas. De un momento a otro y sin que nadie supiera de dónde salió, Cymarrón se había convertido en el dolor de cabeza del alto mando. Cada nuevo comité, cuando lo preguntaba el Ministro de Defensa, reinaba un tenso silencio. Varios uniformados creían que no caía ni dejaba rastro porque el maligno lo protegía.

Así las cosas, la única esperanza de la policía era Espósito. Tanto sus superiores como sus subalternos se hacían los desentendidos al ver en acción sus tácticas brutales en contra de supuestos "soplones" de Nínive. Aunque ni de esa forma había logrado avances en el caso que le permitieran atrapar a su presa, Espósito era el único policía de la región que parecía no intimidarse ante su responsabilidad, sin temor de enfrentar a Cymarrón en su terreno.

Ceferino, por su parte, sabía que para caerse solo faltaba estar de pie. Se había convertido en un ser robótico y taciturno, concentrado en lavar el dinero de su organización desde la silla ejecutiva de su estudio, acondicionado en una casa paupérrima de Nínive y escondido por la gente del barrio, que se jactaba de recibir sus favores a cambio de no delatarlo.

- En la puerta están los padres de los dos chicos muertos-anunció Román- ¿Qué les digo?

- Pues la verdad. Que yo no lo hice -respiró cansado el criminal, sin dejar de trabajar.

- ¿Entonces…fueron los tailandeses?

Cymarrón se volvió hacia Román, con ese gesto que exigía no enredarse en pequeñeces.

- Di lo que les duela menos. Cuando pasa esto es que se vienen a acordar de que entre los clientes de sus hijos hay asesinos; es un riesgo del oficio. La policía quiere tapar el escándalo solo porque los clientes resultaron un par de *ilustrados* hijos de papi.

Por la forma como lo dijo, Román supo hasta qué grado le habían afectado esas muertes.

- Tienes que dejar atrás lo de Abrianna y Yuberley-aconsejó, como solía, en el gimnasio. Ceferino se escondió tras la sonrisa cínica que lo delataba mejor que un gancho al hígado.

- ¿Por qué crees que solo me meto con *ilustrados* y *prístinos*?¿Te parece que puedo equilibrar la balanza acabando a mi propia gente? No soy la porquería que piensan.

Su mente ya estaba en otra parte. Hizo rodar la silla alejándose de su computador.

- ¿Qué le digo a esa pareja entonces?

- Si te hace sentir mejor, que me den un número de cuenta. Les voy a consignar una buena suma con el "patrocinio" del reverendo Aguilar. Diles que se les hará justicia y ya.

- Eso ya es otra cosa. ¿Y si no te pagan?

- Pagarán- aseguró Ceferino-. Si no, convierto a su hija y a esos dos niños que se la quieren dar de listos en *souvenir* para los tailandeses.

Román asintió, sin atreverse a contradecirlo. El que una vez fuera su pupilo ya no contaba para ciertas cuestiones, en las que había que manejarlo "con pinzas". No solo se sentía con el derecho, sino con el deber de sentenciar y ejecutar la pena.

- Ya que tienes despistada a la policía, déjame traerte a esos chicos *prístinos* de una vez, antes que arruinen el negocio de la youtuber. ¿Y si por su culpa pierdes el dinero?

-¡Sé lo que hago! Yo sabía que *ella* buscaría a Nawal. Quiero ver hasta dónde llega.

"Esa obsesión suya con los *prístinos*". ¿O era solo otro vicio raro? ¿Otra desviación con la que aplicaba compresas inútiles sobre su corazón? Dañaba igual que la religión *prístina*.

Abandonó el estudio de Ceferino para ir a reunirse con los adoloridos padres de los últimos jóvenes difuntos. Mientras cerraba la puerta, los ojos cansados de Román repararon por el resquicio en la fina edición de la *Fuente de Gracia*, siempre en la mesita de noche, junto al sofá cama donde dormía su jefe. ¿Qué buscaba en sus páginas? Nunca le había preguntado por qué la tenía ahí, si significaba algo, además de un pasatiempo. Le dejaba las supersticiones a los brujos y chamanes, encargados de elevar su imagen de feroz guerrero africano. Pero él no participaba en esos rituales primitivos. Su mente hallaba más placer en cavilar y descomponer los entuertos hasta encontrar la razón oculta detrás de las cosas.

Posiblemente Ceferino lo leyera solo para demostrar que su contenido era una farsa, igual que el Gran Autor, sin perder la esperanza de toparse con un digno rival capaz de probarle que había algo de divino en el manoseado libro. Cuando descubrió a la joven y exitosa youtuber *prístina* Sofía Aguilar, le pareció arrogante y falsa. Un prospecto con potencial, que terminó convirtiéndose en negocio redondo. Bastó con revisar por encima sus archivos, públicos y privados, para encontrar sus *transgresiones ocultas*. Mojigaterías, comparadas con la cantidad de basura pornográfica en la que Ceferino solía navegar a diario como parte del crecimiento normal de su negocio. Pero para los hipócritas *prístinos*, un secreto de esta clase valía casi lo mismo que la propia vida. Muchos jóvenes llegaban a suicidarse de solo pensar que sus incursiones a ese bajo mundo pudieran quedar al descubierto públicamente. ¡Con mayor razón Sofía Aguilar! No dudaba que su papito, el patriarca Aguilar estaría dispuesto a pagar esta vida y la otra para salvar la honra de su pequeña.

Tras averiguar que la popular niña prodigio se embarcaría en uno de esos costosos cruceros que organizaban los *prístinos*, el hacker entendió que podía tener en sus manos mucho más que el peso en oro de Sofía pagado por los tailandeses. No se equivocó. Encontró de rebote un buen candidato para poner a prueba. Si fracasaba, (lo más seguro, porque no conocía a un *prístino* que tomara en serio su propio libro sagrado), se la entregaría a sus clientes orientales y continuaría extorsionando a los Aguilar indefinidamente, por el simple placer de castigar su hipocresía. Pero ¿y si Kat Jenkins Libreros lograba descifrar el acertijo?

¿Por qué no? Resolvió la primera clave. Pudiendo huir, no quiso abandonar a Sofía a su suerte. Una parte de él deseaba que Kat avanzara. Otra, le advertía no arriesgar todo lo que había construido. Y una tercera voz, la más oscura, que emergía con ímpetu maligno desde su interior, lo incitaba a escupirle en la cara la pura verdad sobre su "Maestro". Lo incitaba a tomar de ella su virtud, y enseñarle lo que se saca de creer en gente como Sofía Aguilar. Resistiéndose a dejarle las cosas demasiado fáciles, se decidió por atizar el fuego. Tan pronto Román abandonó su oficina, escribió un correo a Michael Jenkins desde una cuenta falsa. Un anónimo que el padre de Kat leyó de inmediato al escuchar el sonido de alerta en su buzón y ver el símbolo del caracol detective en el remitente. El mensaje decía:

"Respetabilísimo misionero Jenkins, lamento no poder presentarme por razones que resultaría un tanto difícil explicar en este instante. Baste por ahora con decirle que se dirige a usted un *"buen prístino"* que no puede resistir ver cómo su esposa se encuentra con su amante en el pasillo de un popular supermercado, mientras a la luz del día él se hace pasar por profesor y ella por la abnegada esposa de un misionero, ambos supuestamente enviados del "Maestro". Como sé que no me creerá, adjunto la grabación de la cámara de seguridad del establecimiento. Puede tratar de averiguar cómo la obtuve, quién soy y por qué hago esto. Para ahorrarle tanta molestia le advierto que no conseguirá nada. Tómelo como un "plus" de alguien que no puede tolerar la infidelidad ni la injusticia, o como una respuesta a sus oraciones, si prefiere creer en eso. Considéreme un simple feligrés que no puede soportar ver cómo una tierna hija engaña a su padre, viviendo una aventura *salvaje* con su novio en Puerto Idilio, mientras usted y su esposa están convencidos de que hicieron un excelente trabajo con ella.

Cordialmente,

Un feligrés triste.

Michael sintió que le hervía la sangre. Releyó el correo, buscando algún explicación para aquella monstruosidad. Quiso creer que se trataba de una broma de mal gusto. Pero, ¿quién podía odiarlos tanto? Finalmente se abstuvo de reportarlo. Tenía todo el aspecto de esos correos maliciosos que los delincuentes usaban para robar y extorsionar. Pero *¿y si no?* ¿Por qué era tan específico? ¿Podía ser cierto todo lo que decía? ¿Lo de *su* Constanza?

Con movimientos erráticos dio inicio al video adjuntado por el criminal. Reconoció a su esposa caminando por el pasillo del supermercado y luego la vio conversar con aquel educador del que nunca habría sospechado, muriéndose por leerles los labios. Sintió que su vida entera se vaciaba de propósito, y al maligno escupiéndole en la cara.

Y como si eso fuera poco, *¿también Kat...?*

¿Podía haber estado tan ciego? Su embotamiento llegó a tal punto que ni sabía cómo orar. Hasta la fuerza de voluntad lo había abandonado. La indignación sofocaba toda forma conocida de piedad, transformándose en ira, en un dolor que nunca experimentó.

Cuando Constanza entró al estudio unos minutos después, con los ojos aún hinchados, creyendo que lo peor había pasado, se encontró con la mirada desolada su esposo. Presintió que se avecinaba otra tormenta, pero no que esta tuviera el poder de arrasar un matrimonio.

*****

9
CAPÍTULO
DÍA 2

Antes de abrir los ojos, el sonido del mar y del infatigable estilógrafo de Kat le confirmaron que no había soñado. La herida de su pierna ya no ardía, gracias a su impecable curación. La "delirante mística religiosa" estaba frente a él en pijama, escribiendo con baterías recargadas, como si temiera perder las imágenes que desfilaban por su cabeza.

"Excelente. Mi vida es un cuadro surrealista; entre más intento escapar, me envuelve peor".

Se acordó de los mortificantes videos y fotos de Sofía, que lo excluían de la vida de su novia, mientras él trataba de salvarla de un escándalo. Volvió como ráfaga helada la vergüenza del reencuentro con Nawal, la absurda huida de *La Senda Sinuosa*, el caos de sus sentimientos en ese balcón a punto de derrumbarse, refugiado, literalmente en el pelo de Kat mientras jugaban a ladrones y policías, como un par de niños empapados en sudor. Refugiado en ese corazón infantil donde el Gran Autor llenaba cada espacio.

No hubiese sentido lo mismo de haber despertado en el *Nanshi*. A esa hora Chepe, Guillo y Nacho estarían desperezándose, haciendo osadas conjeturas sobre su gran noche de "soltero" en tierra. ¿Qué historia iba a inventarles? Esta tendría que justificar cómo llegó a compartir una habitación con Kathy Jenkins Libreros. Esa parte nunca debía saberse, o la destrucción de la reputación de Sofía no sería nada comparada con la suya.

- Buenos días.

141

Kat interrumpió lo que hacía y se volvió, dedicándole una cándida sonrisa. ¿Cómo no, si ese impensable amanecer junto a él era la primera actividad de su agenda?

- ¡Buenos días!

Quizá no fuera una reina de belleza, pero se preguntó si las reinas de belleza lucían y sonreían así recién levantadas, antes de comenzar a "producirse". Fingió seguir medio dormido para contemplarla unos segundos más. Ya que todo era tan surrealista cabía imaginar cómo sería la sonrisa de la mujer con la que un día estaría casado (si eso pasaba). Pensó que le gustaría ver una sonrisa así, en un rostro igual de agradable, embellecido desde adentro por amar a otros como a sí misma. Demasiado *surrealismo*.

- ¿Algún avance?

- Aún no. Tampoco encuentro en internet algo que encaje con las últimas palabras de Nawal. Desayunemos y vayamos al Palacio del Sagrado Tribunal, ¿te parece?

- ¿Qué es todo eso que escribes entonces?

Kat no respondió. No solía revelar esa clase de detalles. Mucho menos a él.

- ¿Es una especie de… *diario*?

Caminó hacia ella, con un gesto burlón. Al sentirlo encima Kat cerró su cuaderno.

- Trato de escribir una canción. Prometí a Joha que le enviaría algo.

- Ah, por supuesto-. De nuevo ese tono irónico que la minimizaba-. ¿Quieres que te pase la guitarra? Total, son tres días, apenas vamos en el segundo. ¿Por qué no mejor vamos a la playa y seguimos jugando mañana a los detectives? El asesino y Sofía pueden esperar.

- No quise despertarte.

- *Ella* te importa un bledo. Se ha pasado la vida amargándote. En el fondo *disfrutas* esto.

-¡Te prohíbo que me hables así! ¡Ni siquiera lo insinúes!

Con un rápido movimiento Mateo le arrebató el diario y se puso a leer sus últimas palabras.

- ¡Devuélvemelo!

Nunca la había visto tan furiosa. ¡Eso era ponerse colorado! Y todo por nada. Era verdad: Las páginas tenían las estrofas de una canción. Se estaba portando como un completo patán con una ingenua jovencita que solo trataba de curar su herida, la de la pierna y la del alma.

- Lo siento-cedió, tendiéndole el diario de vuelta.

Kat lo recuperó, se metió al baño con el diario y cerró la puerta. Se sintió una completa porquería. Había muchas formas de maltratar a una mujer, a cualquier ser humano. Así como muchos *salvajes* solían hacerse pasar por *prístinos*, también muchos *prístinos* solo lo eran de nombre, pero con el corazón de *salvaje*.

***

- Hola, ¿podemos hablar un momento? -le dijo Tato Alighieri a Sofía, sonriendo cortésmente a sus compañeras de desayuno. Las miradas de Pau, Tania y Lu se despegaron de sus dispositivos móviles. Levantaron la cabeza al tiempo y devolvieron la sonrisa, encandiladas con el sol que se erguía tras él, engalanando su gloriosa entrada.

- Claro-asintió Sofía sin entusiasmo, como si la hubieran llamado a la oficina del director. Caminó tras él, pero Tato sólo se apartó unos metros de la mesa, suficientes para que sus amigas no oyeran. Aquello hizo que se miraran entre sí, abriendo los ojos como platos.

- ¿Te sientes bien?

- Sí, claro, ¿por qué?-. Su actitud era de prevención y Tato lo advirtió enseguida.

- Anoche estuve pensando. Ese café que nos tomamos me ayudó a ampliar el panorama. Tu trabajo como *youtuber* es muy valioso. Me hizo ver que podemos movernos más en esa dirección. Me refiero a la banda. No sé, grabar algunos clips, frescos, como los tuyos.

- Ah…No sé qué decir. En lo que pueda ayudar…

- En mucho. Como *youtuber*, como *influencer*...Sobra decir que el concurso es independiente. No quiero que los muchachos piensen que tengo favoritismos.

Sintiéndose vigilados, volvieron la vista hacia las amigas de Sofía y estas se pusieron a conversar con Chepe, Guillo y Nacho, que se acercaron a tontear. El primero disimulaba que se moría por Tania. Guillo no se guardaba nada cuando miraba de frente a Paula. En cuanto a Nacho, sabía que le convenía mantener ocultos sus sentimientos. Solo buscaba con la mirada, empezando a confirmar con tristeza que "ella" no había viajado.

- ¿Significa todo eso que mi canción no tiene posibilidades de ganar? ¿O *lo contrario*?

Alarmado ante la sugerencia de esa mirada coqueta, Tato decidió arriesgar más.

- Tienes las mismas posibilidades que todos-aclaró, categórico, para evitar cualquier suspicacia–. Lo que me preocupa, Sofía, es que no te siento al mismo nivel de otros.

- ¿Por qué? -sonrió ella con superioridad, intentando refrenar su arrogancia.

- No lo sé, dímelo tú. Al decir "nivel", no solo me refiero a lo técnico. ¿Hay algo que quieras contarme? Ten presente que estoy aquí para ayudar, para servir, no para ser servido.

"Lo sabe". "Un maldito traidor (*o traidora*) se lo dijo". Recordó la expresión desafiante de Joha. "Seguro la idiota me culpa por haber estado a punto de ahogarse. La delirante mística religiosa ya le contó todo, y ella, para vengarse, se lo soltó a Tato. Katherine: estás muerta".

- Si me sintiera insegura de ganar, el último en saberlo serías tú. Ya lo dijiste, el concurso debe ser transparente. Si es cierto que tengo "las mismas posibilidades que los demás", no tienes que preocuparte por mí. Gracias, pero me siento perfectamente. Lista para grabar esa canción contigo. Espero sorprenderte, más ahora que "se te amplió el panorama".

Con un gesto diplomático le recordó que sus amigas la esperaban y regresó a su mesa. Tato se quedó viéndola, asombrado. ¿Se le acababa de insinuar esa niñita? Tal vez no fuera ella la víctima de la supuesta extorsión, o lo era y se había puesto a la defensiva, lo cual explicaría por qué Johana temió revelar su identidad. ¿Temía posibles represalias? Una situación así, de ser cierta, podía terminar muy mal para ambas. Lo único claro era que no podía desentenderse. Un peligroso virus se propagaba a su alrededor, invisible a los ojos de todos, y no el de la pandemia que azotó al mundo un par de años atrás, sino una clase aún más letal: la soledad. Si él se quedaba cruzado de brazos, su "cura" podía resultar peor que la enfermedad, y aquel crucero "salvavidas", convertirse en el "crucero de la muerte".

Para evitar habladurías se fue a desayunar también, con Raquel Emilia y la banda.

- ¡Pero miren quién llegó! ¡La reina de las redes! -dijo alegremente Guillo, sin levantarse de la silla de Sofía, que había volteado para apoyarse en el espaldar y quedar frente a Paula-. Sofi, dile aquí a Pau que esta cicatriz me la hice contra una rampa en los nacionales. No me quiere creer que casi pierdo el brazo. ¡Invítame *en vivo*, y les cuento bien la historia!

- Sí pasó ahí, pero su brazo nunca corrió peligro-desestimó Chepe, tratando de atraer la atención de Tania, embebida en un desfile de modas. Hasta su ausencia era fascinante.

- Con un brazo menos, a lo mejor sería *menos molesto*-dijo Paula, comiéndose sus huevos. Tania le dio un codazo de suave reproche, sin mover la vista del desfile en su móvil.

- Total, esa no fue la herida más grave de ese día, sino la de la entrepierna- confesó Nacho, con la intención de dejar las cosas claras en favor de su amigo, pero logrando lo contrario.

- ¡Ah! -sonrió Lu sin dejar de untar mantequilla y mermelada, con apetito de fisiculturista- Eso lo explica todo: se salvó tu brazo, pero perdiste "aquello" con lo que piensas.

Las tres soltaron una carcajada. Lu no hablaba mucho, pero tenía esos apuntes capaces de arreglarle el día a sus amigas, incluso luego de su última lesión en la rodilla tras caer mal del caballete. La recuperación había sido difícil y lenta. Se reía, aunque la procesión de sus peores temores marchara por dentro. La única que parecía no disfrutar era Sofía.

- ¡De pie, hombre! -dijo Chepe a Guillo- ¿No ve que le quitó la silla a la niña?

Guillo obedeció a regañadientes.

- ¿Todo bien, Sofía? – Nacho, como siempre, el educado. De los tres, el más perceptivo. También el que menos hablaba de los amigos de Mateo, por lo cual sus comentarios no pasaban inadvertidos. Su pregunta logró que todos se concentraran en la *youtuber.*

- ¿No la ve, bobo? -dijo Guillo por lucirse-. Amaneció fea, horrible. Con razón ni se maquilló hoy. ¡No lo necesita! Lo único que se le ocurre al genio de Mateo es dejarla sola en un crucero con Tato. ¿Se fijan cómo ronda siempre por estos lados? ¡No se pierde una!

- Tiene novia. La del teclado- ilustró Tania, tras lo cual notó que Chepe la miraba con mal disimulado nerviosismo. Su ametralladora de chistes parecía haberse atascado.

- Si no les importa, ¡me gustaría desayunar en paz! -tronó Sofía.

- Bueno, nos vemos en la charla de la mañana-tocó la retirada Chepe con dignidad. La camada de perros cazadores se alejó entre manoteos infantiles esperando tener mejor suerte más tarde, cuando a Sofía se le bajara el estrés de no poder besuquearse con Mateo.

Sofía empezó a remover pedazos de fruta con el tenedor, como si sus amigas no estuvieran.

- ¿Es todo lo que tienes que decir? -reclamó Paula- ¡Tato Alighieri vino a buscarte! *¡Hello!*

- Sofi, ¡a que no sabes de qué me enteré!- trató de cambiar el tema Lu para levantarle el ánimo-. Venía del gimnasio cuando escuché a Nassim conversando por teléfono con nuestra venerable rectora. ¡Adivina quién no pudo subir al barco y se quedó en tierra!

Para sorpresa de las tres, en lugar de interesarse en el chisme, Sofía terminó estallando.

- ¡Ya sé! ¡Kat está en Puerto Idilio! ¡Con Mateo!... ¿Contentas? ¡Valiente información!

Ni siquiera Paula, con lo que disfrutaba ver a Sofía en desgracia, pudo sustraerse de sus lágrimas. Tania sacó de su cartera pañuelos desechables y le pasó uno. La "diva" les confesó todo; por qué Kat había perdido el barco, lo del extorsionista. La mala hora en que decidió lucirse con un supuesto empresario internacional, por un contrato de modelaje que no necesitaba. Creía que Mateo, al enterarse de su problema, había resuelto quedarse en Puerto Idilio para ayudar a resolverlo. Más aún, tenía la esperanza de que tuviera éxito.

- Me vas a perdonar, Sofi- la reconvino Tania-. Pero haces una tormenta en un vaso de agua. ¿Crees que eres la única en este mundo tan complicado a la que le pasa algo así?

Lu y Pau ya veían venir la iracunda reacción de Sofía, pero la tranquilidad de Tania (por más que proviniera de alguien con todos sus problemas resueltos en la vida) le auguró alguna clase de alivio, un remanso de paz en aquella incómoda tormenta.

- Explícate.

- Vete por la clásica. Di a tus padres que se trata de un montaje. Una youtuber ya debería saber que con tecnología digital se puede unir tu cara al cuerpo de cualquier mujer desnuda sin que se note la diferencia. ¡Eres la víctima, Sofi, no la culpable, grábate eso! ¡Un *salvaje* ciberacosador logró violar los códigos de tu *selfish*! ¿Y qué? ¡Pasa todo el tiempo, con gente más famosa que tú, y ya no es noticia! Siéntete halagada, son los "gajes del oficio".

- Soy la hija de un patriarca, líder de música de una de las comunidades *prístinas* más grandes de este país. ¿Te parecen "gajes del oficio"?

- Precisamente. Ellos no dejarán que nada te pase-aseveró Tania, con una seguridad que Sofía envidió-. Conseguirían esos mil millones, y más, con tal de evitar un escándalo.

- ¡Tania! -sonrió Paula, con falso recato, divertida al ver a Sofía presa de la confusión.

- ¿Estoy diciendo alguna mentira? -Tania le quitó una cerecita al *cupcake* de ciruela que Lu se había servido, y se la comió-: Si se meten con nosotros, es porque saben que en nuestras comunidades también defendemos o destruimos sin piedad la imagen de una persona. ¡Tú estás a salvo de esas cosas, así que juega tus cartas, Sofi, no caigas en la trampa del *salvaje*!

* * *

Un tenso silencio se apoderó de la oficina del patriarca Ezequiel Aguilar cuando Constanza Libreros de Jenkins interrumpió su relato, impelida por un espasmo de llanto que se hizo incontrolable. Nunca creyó encontrarse en esa posición y menos ante extraños. Los padres de Sofía no eran desconocidos, pero esta vez fungían como autoridad del *cuerpo prístino*. Ahora su transgresión había quedado expuesta. Abigail, la esposa de Ezequiel la observó sacar su pañuelo con una mirada severa. Michael sintió el impulso de hablar, pero Ezequiel levantó la mano para que la dejara terminar. Después de todo, estaban ahí por su esposa. Ella misma había solicitado esta *confrontación*. Los cánones de consejería de pareja dictaban exponer su posición al *transgreso*r, antes de deliberar y dictar sentencia.

- Nunca pasó nada-insistió Constanza, terminando de secar sus lágrimas con voz apagada. El solo ejercicio de descargarse, de abrir su corazón, le había resultado terapéutico. Su versión sonaba convincente. Su *transgresión*, según se iban dando cuenta los sabios patriarcas, no parecía haber ido más allá de una ingenua fantasía. Un juego de adolescente descarriada totalmente inapropiado y vergonzoso para ella. Igual se trataba de una *transgresión de pensamiento*, que era lo mismo que la de *hecho*, según la *Fuente de Gracia*.

- Pero se citaron en ese supermercado porque iba a pasar algo más-insistió Abigaíl con voz suave y religiosa, asegurándose de meter el dedo en la llaga, como si necesitara escuchar los detalles más escabrosos de aquella historia para sentir que hacía bien su trabajo.

-Acudí a la cita, pero para decirle que aquello no estaba bien, que debía parar. Roberto todavía es joven. Quería evitar que el coordinador de curso de mi hija en el Saint Johnas acabara envuelto en un escándalo. Jamás se lo perdonarían. Iba a contárselo a Michael.

- Sin embargo, si tu esposo no hubiera recibido ese correo…

- ¡Ya dije que no pasó nada más! Fue solo una tontería que Roberto dejó anidar en su cabeza, y que a mí…me hizo sentir importante. Es todo.

Michael bajó la cabeza encajando el golpe en la intimidad.

- *"Un prístino derribado arrastra a muchos"*, querida- citó *la Fuente* Abigaíl-. De lo que se trata es de reconocer tu falta ante quien juraste fidelidad a este hombre: Nuestro Juez Supremo. ¿Qué sentirá Michael al oír que un nombre diferente al suyo ronda por tu mente?

- El ciberacosador no puede entrar ahí. Aun así, vengo por convicción, voluntariamente, porque no quiero que queden dudas. Le imploré a Michael que pidiéramos su ayuda y no en nuestra comunidad. Lo mejor es ser oídos por líderes imparciales.

Abigaíl asintió complacida con aire solemne. Ezequiel miró a Michael sorprendido de que no hubiera interrumpido para fijar su posición, como otros maridos solían hacerlo. Mantenía la calma, esperando que la tormenta terminara de soltar toda su furia. Era evidente que estaba preocupado por Katherine, igual que Constanza. Ezequiel también era padre. Conocía el dolor que era capaz de infligir una hija. Con la diferencia de que Sofía nunca se había escapado con el novio de otra chica para meterse en problemas con un líder *salvaje*. Los Jenkins siempre le habían parecido una familia disfuncional. Agradeció que no fueran su responsabilidad, porque no pertenecían a su congregación.

Ezequiel era bisnieto de Abraham Aguilar, fundador de la comunidad *prístina* más ortodoxa del país: la *Congregación Prístina Universal*. Su mensaje recurrente era que las comunidades auténticamente *prístinas* podían contarse con los dedos de una mano. Fue levantado en la fe por unos padres amargos y severos, como un hombre religioso y celoso de su legado. Aprendió desde joven a intimidar a su comunidad con sermones que condenaban al *lago de fuego* a quienes no donaran tiempo y dinero (más allá de sus fuerzas si era necesario) como requisito para demostrar que eran *"obreros de calidad"*. Este complicado escalafón de servicio y demostración de fidelidad se convirtió en la respuesta para muchos que buscaban sinceramente respuestas espirituales en el Gran Autor.

Abigaíl Contreras, madre de Sofía y esposa de Ezequiel, era respetada y temida dentro de la población femenina *prístina*. Como esposa del patriarca Aguilar, este le delegó la tarea de atender a los necesitados (siempre y cuando pertenecieran a la congregación y observaran una serie de normas, demostrando así la autenticidad de su conversión). Enseñaba que la pobreza era sinónimo de maldición, de alguna transgresión oculta no confesada al Omnisciente. Su doctrina era simple y difícil de refutar: Los "siervos" merecen lo mejor y no les puede faltar nada. Sofía creció en ese "medio controlado" de abundancia ilimitada y sutil engreimiento, sin privaciones, sin tener que enfrentar la violencia ni dar personalmente a otros (porque su ocupación era la música del culto). Tampoco se había cuestionado sobre cuál era su papel como mujer en ese momento de la historia (cada vez más próximo al Gran Conflicto según los profetas y eruditos) ni cómo su liderazgo podía influir para alcanzar a los perdidos. La *Misión Suprema* parecía por momentos reducida a un club de privilegios, el de ciertos escogidos, depositarios de la verdad revelada. Su canal de YouTube era la torre de una princesa, demasiado elevada para poder ver de cerca al resto de la humanidad. Se remontaba a las alturas de las celebridades, vanagloriándose de que sus alas no eran como las de Ícaro, que se desprendieron cuando la cera se derritió al aproximarse al sol. En su caso, ella se daba el lujo de usar la cera solo para depilarse.

- ¿Algo que quieras agregar, Michael?-preguntó Ezequiel, intrigado con su pasividad.

- Sí. La perdono. ¿Hay algo más que agregar?

Los Aguilar se miraron, desconcertados. Michael lucía triste, pero sereno. Constanza le agarró la mano, con los ojos bañados en lágrimas y una mueca de íntima contricción que, al tiempo que sacó a relucir sus arrugas, las adornó con la belleza de un nuevo gozo.

- Parece que no entiendes lo que pasa aquí-dijo Ezequiel, con una sonrisa displicente-. Sí, allá es a donde queremos llegar, pero no será tan sencillo. Ahora atraviesas por una especie de *shock*, por eso guardas las apariencias. Tomará tiempo, es un proceso. En nuestra comunidad lo llamamos: "Los doce pasos de la sanidad del alma". Deberás asistir a un retiro, al ayuno de purificación, luego a unos pequeños cursos, y te aseguró que después…

- ¡Oiga! -interrumpió Constanza- ¿No lo está oyendo? ¿A qué se supone que nos reunimos?

Entre más escuchaba, más le hervía la sangre. Le indignaba que no tomaran en cuenta lo que estaba pasando en Michael. Ya había tenido suficiente para que ahora lo revictimizaran. La necedad que ella cometió no desdibujaba un ápice la imagen del hombre fiel e incólume que tenía a su lado, a quien sintió que amaba más que nunca.

- Querida- llamó al orden Abigaíl -. Entiendo que esto sea muy emocional. Contigo hay que trabajar también. El que hayas mirado a otro hombre ya dice mucho.

- ¡Creo que ya aclaré ese punto! ¡Nunca he estado enamorada más que de *este* hombre! Fui a reunirme con Roberto Morales para aclararle las cosas. ¿Que si me sentí halagada por su cortejo? ¿Que si una llama volvió a arder en mí? ¿Que si volví a experimentar sensaciones que como mujer creía muertas? ¡Sí, sí, sí! ¿Con quién creen que hablan, con una máquina? Es más, ¿quiénes se creen ustedes? ¿Solo porque tienen miles a su cuidado…? ¿Saben lo que siento por ellos? ¡Compasión! ¿Sí tendrán idea de lo que significa ser *prístino*?

- Constanza, cálmate-pidió Michael-. Le hablas a patriarcas. Han dedicado tiempo para ayudarnos. Tienen mucha experiencia como consejeros matrimoniales, saben lo que hacen.

- Da igual. No te conocen. Por eso dudan te tu palabra. Creen que hablas por hablar.

- Michael no es la persona a examinar aquí-.Ezequiel hizo un esfuerzo por dominarse.

- *Dijo que me perdona*. Ustedes no entienden eso, lo comprendo, pero cuando Michael Jenkins lo dice, no hay vuelta al pasado. Créanme, conozco su corazón. Si lo dice, es porque *Abba ya* ha hecho algo en él. No necesita de un doctorado para perdonar.

Michael le tomó las manos, luchando para que el temblor en su mandíbula le permitiera hablar. Constanza, igual, solo vio resplandecer su rostro, como si fuera un ángel.

- *Yo soy* el que te pide perdón por haberte descuidado tanto. No me daba cuenta del daño que te hacía al aislarme como lo hice. ¡A ambos! ¡Expuse a quien más quiero!

Sin dejarlo terminar Constanza se le abalanzó, le agarró la cabeza con ambas manos y lo calló con un beso que los Aguilar envidiaron en silencio. De hecho, ambos se preguntaron si alguna vez besaron o fueron besados así, antes o después de la revelación de los "doce pasos". Pero Abigail reprendió a su esposo con la mirada: "¿Es en serio? ¿Para esto cedimos dos horas de nuestra agenda? ¿Para soportar la montaña rusa emocional de este par de exhibicionistas?". No exageraba Sofía cuando comentaba al referirse a Kathy Jenkins: "Es rara". Ahora entendía un poco mejor el porqué. Ellos vivían una película del absurdo.

- Bueno, dijo Ezequiel a su esposa golpeándose los muslos-. Tal parece que sobramos aquí. Pueden continuar en su casa con el legítimo goce conyugal. ¿Oramos y nos despedimos?

- No, por favor-pidió Michael retirándose el colorete con los nudillos, un poco avergonzado, pero feliz de sentirse caminando sobre las aguas, en lo sobrenatural, donde el hombre no puede pisar-. Hemos hablado de nosotros, pero el que me escribió, también vigila a Kat.

- Me llamarán profetisa del desastre, me odiarán, pero mi deber como esposa de un patriarca es confrontar. ¿Han considerado que Kathy, desde *antes*, ya tuviera *otros planes*?

- ¿Podría ser un poco más específica? -protestó Constanza-. Tenemos comunicación constante con nuestra hija. El que haya un enfermo siguiéndolos no significa que ande en malos pasos. Es una niña sana. Además, sabemos con quién está, un muchacho responsable. O no andaría con Sofía. Si eligieron no abordar fue por ayudar a un *sobreviviente*.

- Eso es bueno, querida -aceptó Abigaíl con deje sufrido, tratando de mostrarse imparcial.

- ¿ "Pero…"?

Los Aguilar parecían haber identificado el problema. El temperamento inflamable y visceral de Constanza permitía inferir que dominaba a Michael. Su espiritualidad, según la *escala Aguilar* dejaba mucho que desear. Era lógico que no aceptaran responsabilidades.

- ¿Cómo sabemos-se arriesgó Ezequiel con aire de erudición-que su hija les dice toda la verdad? ¿Que no está empezando a *reaccionar* ante la situación que viven sus padres?

- No entiendo a dónde quiere llegar-dijo Michael, incómodo con la pregunta.

- Michael, no lo tome a mal. ¿Están seguros de que conocen bien a los amigos de su hija? ¿Que Katherine, al cerrar la puerta de su alcoba… no busca refugio en una *vida oculta*?

***

Desayunaron en el hotel, en silencio, evitando mirarse a los ojos. Mateo no veía como resarcirse. Sabía que se le había ido la mano. Si alguien no tenía velas en ese entierro, era Kat. Pero por alguna razón, continuaba ahí. No abandonaba el barco del infortunio ajeno.

- Oye, si quieres componer un álbum completo, estás en todo tu derecho.

Kat levantó la mirada tratando de adivinar su intención.

- Ya le mandé a Joha un correo con lo que pude adelantar. No sé de dónde salieron la melodía y acordes. Debió pasar mientras oraba, porque escasamente toqué la guitarra.

- Ni te sentí.

- Tampoco te hubieras perdido de mucho. No voy a recuperar la paz hasta que entremos al Palacio de la Inquisición y encontremos la respuesta al siguiente enigma.

Mateo asintió, por respeto, pero con la cabeza en otra parte.

- ¿Cómo amaneció la herida?

- Mejor, gracias.

Ambos sabían que había una herida peor. Que cuando a los hombres los traicionaban, no se hablaba de esas cosas. Menos delante de otra mujer. Así entendían "ellos" la hombría.

- No hay nada en ese Palacio. Los padres de Sofía deberían pagar. Y si no, que el hampón publique de una vez lo que tenga que publicar.

A mí ya no me importa.

- Pensé que la amabas-bajó la mirada Kat-. Siempre se les ve tan felices…a ti se te ve feliz.

Kat se arrepintió de haberlo dicho en voz alta. Demasiada información no solicitada.

A Mateo le sonó anormal. Le hizo regresar a sus viejas teorías sobre ella. Kat podía ser mucho más que una delirante mística religiosa y haber logrado engañarlos a todos. Una de esas manzanas podridas con apariencia de buena persona que se obsesionan con gente inalcanzable. ¿Y si aquel complicado ardid solo hubiera salido de su cabeza? ¿Si el Cymarrón fuera solo un sofisticado invento para acercarse a él y separarlo de Sofía? Pero las fotos, Nawal… no, aquello era real. Kat no pidió que Mateo la persiguiera en una moto cuando creyó que la estaban robando o secuestrando… ¿Podía haber planeado *incluso eso*?

La sondeó de nuevo, intimidado por esos ojos recién descubiertos. "*¿Quién eres?*". Kat evadió su mirada. Si lo que Mateo sospechaba era cierto tenía problemas peores. "Tal vez el sórdido mundo *salvaje* ya la atrapó y valiéndose de su demencia tira de ambos, succionándonos hacia el agujero negro de la *trata de personas*". "Tal vez ni siquiera ocurre como Kat lo planeó, y ellos solo se enteraron de su obsesión por la *Fuente* y la usan".

"¡Imposible!". La conocía desde que eran niños. Conocía a sus padres, dos personas en sus cabales (eso creía). Con menos dinero que otros padres de familia, tal vez, pero eso en sí mismo no podía considerarse *transgresión*. Ellos eran *prístinos*, hasta donde sabía asistían regularmente a una congregación y tenían una buena relación con su hija.

- Háblame de tus padres-. A Mateo ya todo le parecía escalofriante.

- ¿Qué parte te interesa?

- No sé, cómo terminaron juntos, cómo se conocieron, cómo naciste tú…

"Mateo Sarracino haciéndome preguntas personales. ¿No es lo que soñaste algún día, no tan lejano? ¡Responde, tarada! *¡Abba* no va a resolver todo por ti!".

- El tiempo se acorta. Creo que va siendo hora de irnos.

- Total, el Museo no abre tan temprano.

Kat sonrió, halagada. A esa edad sus compañeros se preocupaban más por hablar de sí mismos. Así fuera por matar el tiempo. Qué ironía: matar al *asesino* que esperaba por ellos.

- Mi abuela materna, decía que su abuelo, un coronel británico trajo la *Fuente de Gracia* a este país. Chavita era una mujer de otro talante. Una dama de comienzos del siglo XX.

- No tenías escapatoria. *Prístina*, desde antes de nacer. Apuesto a que tu abuelo era igual. En esa época no se enamoraban. Los padres compartían sus *credenciales prístinas*.

- Dudo que eso hubiera funcionado con Chavita. Se casó por amor, dice mamá, con un poeta que, según algunos, perdió el juicio. Pero mi abuela nunca mencionó algo así.

- ¿Acabó en un manicomio?

- Mamá no habla mucho de eso. Aunque dicen que se arrepintió en su lecho de muerte, nunca tomó en serio esa parte de mi abuela.

-Yo creía que lo *prístino* te había llegado por tu padre, por lo que es misionero.

- Mi abuelo paterno, Joseph Jenkins, es un reconocido arquitecto de Boston. En su juventud se aficionó a las sociedades secretas. Muchos lo tildan de arrogante. Papá se queja de haberle heredado eso y dice que trata de ser diferente, pero solo él ve el parecido. Por las oraciones de su esposa terminó abrazando las ideas reformadoras. Más bien es sincretista.

- Los que llevan a los *ilustrados* a volverse *prístinos* más por el gusto de llevarle la contraria a todo el mundo que porque esas cuestiones de fe los trasnochen-ironizó Mateo.

- La abuela Susy intentó desde muy joven la vida de novicia, pero su llamado la empujaba a salir del claustro y ayudar a los demás. Abandonó el convento, se bautizó en una comunidad reformada, se graduó como socióloga y con el apoyo de su esposo creó la Fundación Susy Jenkins, que acoge y ayuda a rehabilitar a niños de la calle.

- ¿Por qué no me sorprende?

- Me preguntaste sobre mi familia. Mi principal modelo es mamá. Habiendo sido criada por Chavita, nunca intentó presionarme. Mi abuela gastó sus pocos ahorros en enviarla a un campamento *prístino* en Charleston, Carolina del Sur, donde conoció a Michael Jenkins, intelectual de diecisiete años con el sueño de dejar sus comodidades para irse de misionero en Suramérica. Estaba escrito que acabarían en Sabanópolis.

- Si a Joseph le iba tan bien como arquitecto, me imagino que apoyó el sueño de su hijo.

- Por la terquedad de papá y ante la insistencia de sus padres en que estudiara también otras cosas, se negó a recibir dinero del abuelo, convenciendo a mamá de que *Abba* nos sostendría. Nunca aceptó trabajar para su firma, ya sabes, por el mito del *purismo*, para no contaminarse con el mundo *ilustrado* y materialista. No voy a negar que a veces puede ser un poco complicado. Digamos que en su proceso de aprender a confiar en el Gran Autor, hemos aprendido mucho. Aunque los abuelos Joseph y Susy le propusieron iniciar un centro *prístino*, para que la grey les ayude a sostenerse, papá se ha negado. Según él, su llamado no es a establecerse, sino a predicar la *Fuente de Gracia* donde sea enviado.

- ¿Cómo sobreviven entonces si aquí Michael no es reconocido como patriarca?

- De milagro en milagro. Papá dice que sobrevivimos por *Abba*, gracias a "las ofrendas" que recibe por enseñar y dar clases de música. Y es cierto porque siempre tenemos lo necesario y sobra, aún sin el dinero del abuelo Joseph. No sé por qué te cuento esto. Pensarás que somos una familia de locos. Pero papá no lo está. Cualquiera podría comprobarlo si lo viera interpretar himnos y canciones cuando está solo, muchos compuestos por él mismo.

- "Hija de tigre...".

- Yo sé, sería tonto tratar de negar su influencia.

- ¿Y por qué hacerlo? No se oye tan mal-. Mateo se sintió un completo hipócrita

- Papá es genial-una dulce sonrisa afloró en ella mientras lo recordaba-. Cuando nací, buscó un nombre que estuviera en la *Fuente de* Gracia, pero se dio cuenta de que el abuelo se burlaba de él por eso. Se dedicó entonces a investigar nombres que significaran "mujer llena de pureza". Y eso es *Katherine* según cierta tradición irlandesa. Papá le anunció feliz al abuelo: "Kat tiene un nombre que cualquier mujer de la realeza envidiaría".

Mateo asintió. No iba a decir todo lo que pensaba, pero estaba a punto de creer que intereses muy superiores a estas rencillas familiares se encargaron de asegurar que la niña reflejara el significado de su nombre. Si no era una joven pura y comprensiva, empeñada en ayudar a los demás, todo candor, todo ternura, entonces era una actriz asombrosa.

Siguieron socializando en el taxi, camino al Palacio de la Inquisición. Aprovechando sus dotes de actor, Mateo mantuvo su simpatía artificial mientras la sorprendía en alguna inconsistencia. Si Kat era lo que empezaba a creer, se desenmascararía, tarde o temprano.

- Dices que tus padres no te han impuesto sus creencias. Conmigo puedes sincerarte. ¿Cómo es realmente la relación entre ustedes? ¿Saben lo que está pasando aquí?¿*Todo*?

La vio dudar, pensar demasiado en su respuesta. "Ajá".

- Una parte. Es un poco complejo. Prefiero no sumarles más preocupaciones.

Se quedó mirando el mar por la ventanilla del taxi. Una salida limpia. La hija buena y considerada que piensa hasta en ahorrarle dolores de cabeza a sus viejos. Muy conveniente.

- No quise meterme en lo que no me importa.

- ¿Ah? ¡Para nada! Me hiciste pensar porque…quisiera estar con ellos ahora. El punto es que, como familia, no pasamos por el mejor momento. Mejor cambiemos de tema.

- ¿Peleaste con ellos?

La quijada le temblaba. Volvió la vista al mar. "Y la ganadora del Oscar es…".

- Te pareceré una lerda, o la niña solapada que engaña a sus papás. Lo cierto es que llevo por dentro una subversiva peligrosa, inconforme con lo que pasa a su alrededor.

- Nunca se me hubiera ocurrido… ¿Estoy a salvo contigo?

- ¿Te parezco una amenaza? Ya quisiera que por lo menos me vieras así. Se nos vende la idea de que el papel de la mujer en la sociedad ha cambiado. Pero ¿cómo? ¿Elevándola a nuevas y sofisticadas formas de esclavitud disfrazada de liderazgo? ¿Empoderando nuestro ego? ¿Banalizándonos? ¿Manipulándonos con la religión? ¿Crees que ese es el camino?

- Ahora vas a hablar en favor de Nawal y las mujeres maltratadas, que claman justicia.

- Ellas están más cerca del corazón de *Abba*, aunque les cueste aceptarlo, porque la experiencia que tuvieron desde niñas con su padre terrenal fue tan terrible que no pueden concebir el amor y la bondad de Nuestro Padre Celestial. Niñas y niños así piensan que no necesitan Su abrazo, porque el dolor nunca los dejó crecer, mucho menos creer. Mientras tanto, otros que no sufrieron lo mismo se consideran saludables, pero no se dan cuenta de que están enfermos, llámense *prístinos, ilustrados, sobrevivientes* o *salvajes*.

"Lo dicho. Lunática, de pies a cabeza". Una tarde en su casa debía ser una escena de terror.

- Papá sabe que veo las cosas igual que él. Para bien o para mal recibí ese don, tan inusual en este mundo, donde vomitamos hasta las vísceras en las redes sociales antes de permitirnos escuchar. A lo mejor *Abba* ya lo escuchó a él y por eso pasa todo esto.

- Lo último que esperaba de la niña juiciosa del curso era que se sintiera tan inconforme.

- Pablo acaba de cumplir nueve años y ya está siendo arrastrado lejos de cualquier interés hacia el Gran Autor. Es la generación que se cansó de no obtener respuestas, que nunca aceptó en su corazón la *Fuente de Gracia*, porque los padres les delegaron esa labor a los maestros. Mira a tu alrededor y dime si no es así. Pablo aún no pierde su capacidad de asombro, todavía siente curiosidad y le hace algunas preguntas a papá y mamá. Otras veces a mí. ¿Crees que podemos darnos el lujo de relajarnos?

Mateo no respondió. Sus motivos sonaban honorables, distantes de los de una lunática. Se le ocurrió que el sueño en el que Kat se le acercaba ensangrentada sosteniendo un cuchillo podía ser una metáfora. Tal vez ella no había llegado a su vida para hacerle daño, sino para liberarlo de ideas nocivas que lo aprisionaban, de ataduras invisibles de temor y prejuicio. Le produjo lástima. ¿Cómo ayudarla sin conocer su lado más sicótico? Ya había resuelto escapársele, pero ante todo, era un caballero. No iba a fugarse sin hacerla entrar en razón.

- ¿Por qué te empeñas en cambiar el mundo tú sola? ¿Quién te obliga?

- Prefiero preguntar: *¿Quién me lo impide?* Además-sonrió con timidez- no estoy sola.

- Kat, escúchame…agradezco tu interés en mí, y en Sofía, pero no somos tu carga.

El taxi se detuvo frente al museo. El conductor miró el retrovisor. No se había atrevido a interrumpir, pero tampoco hallaba dónde meter la cucharada. Por esos días no era común escuchar jóvenes tan pensantes.

- Tengo claro que ustedes no son *mi* carga-precisó Kat-. Pero eso no significa que deba desentenderme. Si hay un obstáculo aquí es tener que movernos en estos *días de tibieza.*

- ¿Puedes dejar de citar la *Fuente* para que pueda entenderte?

- Debería ser al contrario. ¿Acaso no has leído cómo termina? ¿No te interesa?

- ¡Katherine, los dos somos *prístinos*!, no tienes que hablarme como si no lo fuera.

- *"Prístinos".* Qué lejos quedaron los días en los que *serlo* significaba algo. Hace poco busqué *prístino* en un diccionario. Decía: Antiguos, primeros, primitivos, originales. Pero *primeros ¿en qué?* ¿En autoproclamarse depositarios de la verdad absoluta? Y esa verdad de la que tanto nos jactamos, ¿es realmente la Verdad, o lo que nos conviene que sea?

Como el taxista comenzaba a impacientarse, Kat le pagó y Mateo aprovechó para escabullirse, caminando hacia la entrada del Palacio de la Inquisición, donde un puñado de turistas ya hacía cola esperando que fueran las diez. Kat no dejaba de mirarlo a los ojos, con ese gesto exasperante. Era como el principito, que nunca olvidaba una pregunta una vez hecha.

- Oye, Katherine. ¿Por qué no te quedas aquí cuidando el lugar en la fila mientras busco una farmacia? Me está doliendo un poco la pierna.

- Yo tengo pastillas.

Las sacó de su carterita y se las extendió en su mano abierta. Para infortunio de Mateo, pasó frente a ellos un vendedor ambulante y Kat compró una botella de agua. Se tuvo que tomar las pastillas, aunque no le doliera ni la desvergüenza.

- ¿Cuándo empezamos a darle otro nombre a las cosas?

- ¿Perdón?

- ¿Desde cuándo pronunciar el nombre del Maestro y de sus seguidores, de su *pequeña manada* se convirtió en oprobio y estigma?

- Pasamos a llamarnos *comunidades* porque es un nombre más actual, que infunde respeto. Gracias a eso los *ilustrados* ya no nos cierran las puertas. Incluso nos aceptan, ya no se burlan de nosotros, ni nos tratan como fenómenos. Nos hemos infiltrado con éxito. Es el primer paso si queremos ganar este mundo. En franca lid, sin vivir huyendo de sus reglas.

- ¡Por favor! -sonrió Kat-. ¿En serio crees toda esa basura?

- Creí que tú lo hacías. Si tanto te molesta, ¿por qué estudias en el Saint Johnas?

- Recuerdo que Chavita nos enseñaba cantos para celebrar el nacimiento del *Deseado de las Naciones*. Poco a poco la costumbre de fabricar un pequeño pesebre en cada casa para compartir el humilde nacimiento del Maestro fue desplazada por los árboles de navidad y las compras compulsivas. Como si una extraña confabulación hubiera infiltrado a las nuevas generaciones para persuadirlas de que el Hijo no creció. Gústenos o no, el diseñador de esa ilusión tuvo éxito: Muchos aún ignoran que *en cualquier época* el *Deseado* puede salvar a quienes lo buscan. Cuando veo en qué se convirtió la *fiesta de la natividad*, me pregunto si prevalecieron las noticias de "gran gozo"? ¿Quién ha "infiltrado" a quién?

- ¿No te parece que llevas las cosas demasiado lejos? Hablas como si las plagas del *Gran Conflicto* ya se hubieran desatado: La comunidad *prístina* sigue existiendo. Y avanzando.

- He visto a los que son Suyos. Basta con mirarlos a los ojos. Son *Natanaeles*. Andan por ahí, llenos del Espíritu, sin hacer ruido, reflejando el amor del Padre. Eso es "avanzar". Ojalá muchos más fuésemos como ellos: la verdadera *ecclesia*, llamada afuera del mundo. ¿Dónde están aquellos jóvenes de los que se profetizó desde tiempos antiguos? ¿Lo recuerdas?: "*En los postreros días, los ancianos tendrán sueños, y los jóvenes, visiones*".

Mateo se encogió de hombros.

- Le preguntas al menos indicado. Sabes que soy pésimo para memorizar.

- Ese es solo un paso posterior. De nada sirve si antes no tratas de interiorizar.

- ¿Y como para qué podría servirnos esa profecía en este momento, si se puede saber?

La taquilla se abrió y la fila comenzó a moverse, pero eso no detuvo el ímpetu de Kat.

- Nos ayuda a entender quiénes somos, y a este mundo, que le ha ido quitando el sentido a la *Fuente de Gracia*. Si lo recuperáramos, no le temeríamos ni a los enigmas de Cymarrón.

- ¡Ustedes dos parecen cortados por la misma tijera, son un par de enfermos!

La comparación la hirió hasta lo más hondo. Tratando de no evidenciar su furia, compró dos tiquetes, le tendió uno a su acompañante y entró sola a la edificación colonial. Mateo apretó los dientes, arrepentido de haber delatado de manera tan torpe sus temores.

Era su oportunidad. Podía largarse y dejarla plantada. No arriesgaría la vida por una esquizofrénica que jugaba con fuego y se creía *el profeta náufrago*. Con razón decía que él era el *gran pez.* ¡Todo el tiempo había estado tras él! "Le vino como anillo al dedo el Cymarrón". Le *deleitaba* aquel chantaje, los caracoles, las pistas y los enigmas. Si quería morir, que se muriera, pero sola. "¡Al diablo con Sofía Aguilar!". Algo mejor vendría. Una finlandesa abandonada en algún café esperando que él la rescatara. Una compañera de escena que no se devanara los sesos pensando en el papel de la mujer en los tiempos del *Gran Conflicto*, que no vistiera como la hija obediente de papá y mamá cuando en realidad era una revolucionaria sin miedo a delatar la hipocresía *prístina*. Una mujer que no tuviera que rescatar en moto de un motel asqueroso, que no lo hiciera cruzar los burdeles de su vergüenza, que no escribiera diarios ni compusiera canciones al Gran Autor. Que no lo obligara a pensar tanto, que no lo mirara como si él fuera su última esperanza. Una no tan recatada, que no lo tuviera pensando en sus rodillas y en cómo sería lo demás.

"¡Maldición!".

***

- Le ruego que se tranquilice, Constanza, -insistió Abigail con su voz controladora-. Aquí nadie está sugiriendo que su hija se haya convertido en una *salvaje*, ¡que Él nos libre!

- ¡Pero creen que ella nos miente, solo porque les abrimos el corazón y les mostramos que en nuestro hogar también hay problemas, discusiones y heridas por cerrar! Mi hija casi no tiene dinero en los bolsillos. Apenas alcanzamos a pagarle el crucero y darle algunos pesos para lo básico, para emergencias. ¿Cómo podría una *salvaje* sobrevivir así?

- Constanza- dictaminó Ezequiel-. Los *salvajes* de estos días son astutos. No se ofenda, pero por esta casa han pasado varios chicos que terminaron adictos a alguna clase de sustancia. Las mentiras son la primera señal de alerta, pareciera que todo es normal, luego la dinámica de ese "mercado negro" de vicio y transgresión los va envolviendo, sutilmente, como una boa. Así se alimenta. De ahí empiezan a obtener dinero. Es apenas el comienzo. Luego…

- ¡No pienso escuchar una palabra más! ¡Mi hija me informó con quién está! Sofía ya debió haberles contado. Al parecer, mi hija no es la joven *prístina* que menos se comunica.

- ¿Sabes el nombre del muchacho con el que está ella ahora? -se ruborizó Michael- ¿Por qué no me lo habías dicho?

- Te lo dije a través de la puerta, antes de salir. Creí que me habías oído. Con Mateo Sarracino, el novio de Sofía.

-Tiene que haber una buena explicación- dijo Michael en defensa de su hija, sintiendo encima la mirada severa de los Aguilar, para quienes era difícil encontrar algún rasgo de imperfección en su hija. Según la información disponible las sospechas apuntaban a Kat.

- Creo que lo mejor es llamarla ahora-resolvió Michael, sacando su teléfono. Estaba a punto de marcarle cuando sonó el celular de Ezequiel, quien se apartó para contestar.

- ¡Hija! ¡Cómo va todo! -dirigió una sonrisa victoriosa a su esposa y a los Jenkins. La calma de Sofía confirmaba lo que ya sabían: si había alguien en problemas, no podía ser ella. – ¡Excelente! ¿Y… ya pudiste mostrarle a Tato Alighieri algo de tu talento…?

Vino un silencio más largo. Las reacciones en el rostro del patriarca oscilaron entre la sorpresa y la confusión. Parecía enterarse de algo muy privado. Michael decidió posponer su llamada. Constanza tampoco perdía detalle, como si de ese contacto pendiera su corazón.

- Entiendo…pero… ¡cómo pudo pasar!...

Ezequiel bajó el tono de voz y dejó el estudio. Abigaíl les arrugó la nariz a los Jenkins en un gesto cordial que se le había vuelto tic, asumiendo que su esposo se había retirado por consideración a la pareja. Pareció refregarles: "Todo está bajo control, mi hija no solo está enterada de lo que pasa, sino que llamó a contarnos todo (trágate tus palabras, Constanza)".

Hablaron trivialidades hasta que regresó el consejero, quince minutos después, con la cara roja y un aire distraído, como si algo lo hubiera consternado e intentara reponerse.

- ¿Qué pasó, patriarca? ¿Supo algo de mi hija?

- Parece que no solo Katherine está en problemas.

- ¿Qué le dijo? -exclamó Constanza.

- El que les envió ese correo, trata de extorsionar a nuestra hija. Fotomontajes. Falsearon su cara sobre…otro cuerpo. Riesgos a los que se expone una youtuber exitosa.

- Que todas las maldiciones del Altísimo caigan sobre él-explotó Abigaíl.

- Perdone la pregunta (toda mi solidaridad) pero, ¿qué tiene que ver Kat en esto?

- Me gustaría tener la respuesta, Constanza, pero hasta Sofía tiene dudas. No descarta que el extorsionista se haya aprovechado de la ingenuidad de su hija para engatusarla y…

- Termine-exigió Michael.

- Va a resultar difícil para ustedes. Katheryn, pudiendo avisar a la policía desde que la contactaron los delincuentes, convenció a Mateo de no hacerlo. Díganme por qué una niña de quince años haría algo así. Hasta donde entendí, su hija trata de convencer al *salvaje* de dejar a mi hija en paz, pero Sofía y ella no son amigas. ¿Les parece una conducta normal?

Michael comenzó a marcar.

- Preguntémosle a ella.

- Espere, por favor.

- ¡Patriarca, nuestra hija corre peligro, hay que sacarla de ahí ya mismo, lo mismo que a ese otro muchacho! Sofía al menos está a salvo en el crucero.

- Entiendo su preocupación, Constanza, solo sugiero que piensen muy bien cómo intentarán convencerla, considerando que su vida familiar no es muy armoniosa por estos días.

- ¿Qué insinúa?

- Voy a ser franco: Sofía dice que su hija siempre ha estado enamorada de Mateo, que probablemente se aprovecha de que él solo intenta protegerla para, bueno, para "lavarle el cerebro". Es una adolescente a lo que nos enfrentamos. Una adolescente que trata de hacerse notar, de refugiarse en una fantasía para evadirse de una realidad que la agrede.

- Muy impresionante, patriarca- comenzó a sulfurarse Michael- ¿En alguna parte su "lectura" contempla que mi niña *ama* a nuestro Padre? ¿No le surge al menos la curiosidad de preguntarle usted mismo qué motivó las decisiones que la tienen dónde está?

- Claro, Michael, por favor no me malinterprete, estamos de su lado, pero debemos ser inteligentes si queremos que nuestros hijos salgan bien librados de todo esto.

- Entonces no perdamos el tiempo, oremos y luego déjeme hablar con ella-exigió Michael.

- Señor Jenkins-levantó la voz Abigaíl-. Mi esposo es un patriarca ungido por el Altísimo, tiene la autoridad, el discernimiento y la experiencia para aconsejarnos en esta situación.

- Claro que vamos a orar-concedió Ezequiel, aplacando su orgullo-. Y avisaremos a la policía. Pero tan importante como movernos rápido es hacerlo sabiamente. A Kat, es mejor no contrariarla ni alertarla sobre nuestras intenciones, al menos hasta que la policía se haya hecho cargo de todo y tengamos a nuestros hijos de vuelta, sanos y salvos.

- Habla como si mi hija estuviera loca-protestó Constanza, con ganas de sacudir al "ungido patriarca del Altísimo", conteniéndose más por necesidad que por respeto.

- Nadie ha dicho eso. Pero lo primero es alejar a nuestras hijas de este *salvaje*. Eso implica eliminar todo riesgo, al menos hasta que sepamos qué pasa por la cabeza de Katherine.

Por más que Constanza se trenzara en una acalorada discusión para defender a su hija, los Aguilar lograron convencer a los Jenkins de que evitaran llamarla por unas horas, mientras ellos hablaban con la policía. Les costó persuadirlos de que si ponían a Kat sobre aviso respecto a lo que se proponían hacer, ella podía entorpecer el operativo para encontrarlos. El plan era conseguir el apoyo de la policía local para que hallaran y escoltaran sanos y salvos a Kat y

Mateo hasta Sabanópolis. El asunto de la extorsión, lo dejarían en manos de las autoridades, porque para eso tenían gente especializada. El argumento: No solo se trataba de la seguridad de Kat, sino también la de Mateo y Sofía. Los Aguilar se encargarían de llamar a los padres de Mateo, para que colaboraran con la estrategia, cuyo objetivo central era anticiparse a los movimientos del *salvaje* y a cualquier imprudencia de los chicos, quienes podían resultar manipulados y engañados fácilmente por el criminal.

Luego invitaron a los Jenkins a orar, pidiendo al Gran Autor que respaldara sus planes.

***

Más tardaron los Jenkins en llegar a su casa, hacer la comida, ayudar a Pablo con sus tareas, reanudar sus conversaciones de paz y hacerse nuevos propósitos, que los Aguilar en movilizar todas sus influencias, para asegurarse de llegar al más alto mando militar y de la policía en el país, tal como lo habían calculado. Llamaron a Gustavo Montealegre, general de siete soles y único portador en vida de la Gran Insignia de Sabanópolis, quien se congregaba en su comunidad, y le pidieron ayuda con su caso, uno de los tantos atribuidos a Cymarrón, no solo en Puerto Idilio sino en toda el área costera.

Montealegre, queriendo obedecer a su "autoridad espiritual en la tierra", se comunicó de inmediato con su hombre de confianza en la región. Antes de dos horas, merced al poder de sus influencias que los Aguilar llamaban *"desatar conexiones divinas"*, los dos estaban al teléfono con el jefe de la policía de turismo para el departamento, coronel Lisandro Espósito, encareciéndole que escoltara de vuelta a la capital a un par de jóvenes, quienes, con la mejor intención, pero ignorantes de los riesgos, intentaban lograr algo absurdo.

- Entiendo que ya está tras la pista de ese *salvaje* y que tiene mucho en qué ocuparse, coronel, pero escuche mi propuesta. Como sabemos que la justicia en este país no existe (de lograr atraparlo ese Cymarrón quedaría libre muy pronto), si usted impide que el tipo suba las fotos y videos a internet, le ofrecemos, como muestra de gratitud, la tercera parte del dinero que el delincuente nos pide. Ahora bien, si el tipo muere *trágicamente* en medio del operativo, - *todo puede pasar*- usted tendría una buena comisión adicional.

Espósito se aseguró de mostrar su más profunda indignación para no dejar en esa llamada indicio alguno de aceptación del cohecho, aclarando que la policía estaba para servir a todos por igual. Se cuidó, eso sí, de mantener la comunicación abierta con los dos grandes líderes de la religión *prístina* que gozaban de semejantes influencias. Lo último que necesitaba era que un patriarca con ínfulas de gran señor estorbara la misión que tanto le había costado, solo para salvarle el trasero a una princesita *prístina,* en lugar de enseñarle que quien traspasa la barrera y se interna en el lado oscuro de internet paga el precio.

Ezequiel, por su parte, quedó con la sensación de que no había sido lo bastante convincente. Mientras Abigaíl dormía, activó su *teléfono rojo.* No eran pocos sus feligreses latifundistas que en el pasado contrataron bandas armadas para defender sus propiedades de lo que llamaban "la inoperancia del Estado". Alguno podía conocer un asesino a sueldo, discreto, eficiente. Se trataba de *su hija,* y todo lo que ella representaba. Para la grey. Para el mundo. La mancha de la *transgresión,* así fuera por obra de un infame descrédito, *no debía tocarla.* Si los *ilustrados* hablaban de tener plan b, c, d, él no sería inferior a su responsabilidad.

El Maestro mismo lo había enseñado: "Mansos como corderos, astutos como serpientes".

*****

10

ZAPATILLAS

Un estudiante que trabajaba como guía del Palacio y declamaba su monótono guion museológico a una velocidad imposible de seguir, los condujo por sus malolientes cámaras, más semejantes a una prisión. En medio de la marea de turistas, Mateo trataba de acercarse a Kat buscando restablecer la comunicación, pero no hallaba de qué agarrarse, porque de la historia de Puerto Idilio sabía poco o nada. Kat, entre tanto, miraba a diestra y siniestra, explorando el tétrico baluarte colonial, buscando alguna conexión que explicara por qué Nawal les envió aquel mensaje en clave desde su infernal cuarto de "La Senda Sinuosa".

La duda empezó a atormentarla a medida que recorría aquel museo del terror, cediendo ante la hipótesis de que Nawal no les estaba hablando a ellos, y que, como Mateo sugería cuando la miraba, podía ser víctima de sus propias fantasías. Temió estar ahí por su propia cuenta. La claustrofóbica sensación de ser una rea más, a punto de ser torturada por un Sagrado Tribunal resurgido de sus cenizas, casi la hace gritar y salir corriendo.

Según los historiadores, Puerto Idilio había sido fundado en 1531 por el capitán Lorenzo de Pedralorga, inescrupuloso conquistador al que apodaban el *tungo*, porque una bala le voló la oreja derecha durante un combate naval, llevándose la mitad de su audición y de su cordura. Mientras saqueaba el oro de la región tuvo que fortificar el enclave comercial para defenderlo de los piratas, que asaltaban los navíos de Tarsis para robarse el botín del "nuevo mundo", tesoros que lograban embarcarse hacia Cartagena, Sevilla o Cádiz para financiar la empresas conquistadoras, porque buena parte se la quedaban expedicionarios como Pedralorga, para quien era necesario comprar la lealtad de sus hombres. Resultaba paradójico que el legendario bastión de Puerto Idilio, que resistiera heroicamente los sitios de los enemigos de la Corona, se hubiese erigido sobre el saqueo y el pillaje de sus propios colonizadores. Semejantes contradicciones marcarían el destino de la ciudad.

Kat se preguntaba qué legado cultural y espiritual había quedado en realidad a los habitantes de Puerto Idilio, cuyos ancestros protegieron con su sangre. "Una lengua, y la religión *prístina*, sin duda, dos orgullos que a la mayoría de la población conquistada no le servían para vivir mejor. ¿Y el Camino, el conocimiento del Maestro y su mensaje de Amor? ¿A qué hora se habían convertido en una herramienta de dominación? Turistas de todo el mundo llegaban para emprender otro viaje, más de 500 años en el tiempo, a los espeluznantes días de la Inquisición, ansiosos de conocer las ingeniosas máquinas diseñadas por la perversidad del alma humana para arrancar confesiones de brujería y sacrilegio, a fin de que los *falsos prístinos* de la época pudieran arrojar a los *sobrevivientes* a la hoguera y dormirse en paz tras haber comprado su entrada al reino de los Cielos.

¿En qué se diferenciaban aquellos días de los actuales? ¿No seguía siendo el fortín de Puerto Idilio una *tierra belicosa*, como la llamó alguna vez Pedralorga, para justificar una administración de justicia brutal, que sometiera a nativos y esclavos traídos del África?

- Y este era el patio de las torturas- anunció sin entusiasmo el guía cuando el grupo se compactó en una mazmorra subterránea hedionda, protegida por rejas oxidadas. Al otro lado había un pozo de piedra lleno de cráneos. Otra cámara vecina mostraba un macabro mausoleo de la época, con la tumba de un noble, su esposa y dos hijas, con ropa y accesorios de un pasado remoto sobre sus esqueletos. Aun tenían cabello. Si Chepe o Guillo estuvieran aquí, pensó Mateo, le sacábamos chiste a esto. Pero en soledad era un cuadro tétrico. Faltaba ventilación, el calor era sofocante y había algo opresivo en el ambiente.

- ¿Son víctimas de los inquisidores? - preguntó Kat-. ¿Era una especie de fosa común?

- Los torturados por hechicería, por ser judíos o profesar ideas reformadoras son solo una parte de la historia. Estas cámaras también hacían parte de la antigua Catedral. Los nuevos convertidos a la religión *prístina* en estas tierras querían ser enterrados aquí mismo, como gesto de fe, esperando alcanzar el perdón a sus *transgresiones* y la redención de su alma. Los despojos de los pobres iban al pozo. Un hombre rico pagó esa tumba espaciosa para él y su familia. Murieron al tiempo por una epidemia, durante uno de los sitios a la ciudad.

Esa parte no fue tan difícil de creer para Kat, aunque se notaba que el libreto del guía era obra de los nuevos patriarcas *prístinos*, interesados en borrar historias de un pasado que les convenía que se olvidase. Las atrocidades de la Inquisición llegaron a tal extremo que algunos líderes modernos seguían pidiendo perdón públicamente, cientos de años después. Para su sorpresa, el famoso *potro del diablo* todavía se conservaba en un rincón de la habitación. Como esas curiosidades atraían a tantos turistas, los patriarcas terminaron aceptando a regañadientes que la monstruosa máquina de tortura volviera a exhibirse.

- ¿Cómo funcionaba esto? -preguntó Mateo palpando la alargada estructura de madera.

- Aunque se hizo popular como *el potro del diablo*, no era tal cosa, sino un método de "cordeles" o "garrotes". Se sujetaban a los brazos y muslos del reo y el verdugo daba vueltas a sus extremos. Con cada vuelta las cuerdas mordían la carne, atravesándola. A veces, para agravar el dolor, se rociaban las cuerdas con agua. Como eran de fibra de plantas resistentes conocidas como esparto, se encogían y hacían más profundas las heridas.

"Su uso terminó porque hallamos la forma de causar el mismo daño en el alma"- pensó Kat.

Cuando los turistas se tomaron las fotos, videos y *selfies* que quisieron, incluido el fallido intento de un oriental a quien el guía impidió acostarse en la máquina con la lengua afuera, el grupo comenzó a abandonar la cámara. Mateo aprovechó que Kat se quedó rezagada, atenta a un rústico grabado en la porosa pared de roca.

- ¿Qué significa: NEAPHR? -dijo Kat, justo cuando Mateo iniciaba su acercamiento.

- No sé- admitió el guía, desde el corredor-. Los prisioneros esculpían en la pared, mensajes en clave y conjuros. Para no enloquecer, o para invocar al *Príncipe Oscuro*. ¿Continuamos?

Los visitantes se alejaron detrás del guía. Kat no dejaba de escudriñar la inscripción.

- Kat, fui un poco agresivo hace un rato. Lo siento mucho, no soy un vidente, ni suelo tener sueños, ni revelaciones. Para mí Nawal nunca quiso traernos hasta aquí. No nos hablaba a nosotros, eso te lo imaginaste, claro, en tu afán por ayudar, lo reconozco. Kat, es tiempo de acudir a la policía, entre más tiempo pase esto se va a poner peor. Entiende: ¡nunca vamos a descifrar ese maldito acertijo antes de que se cumplan los tres días, no veo un hilo conductor! Si esperabas encontrar aquí *"el rastro de la serpiente en la roca"* no lo veo.

- No lo entiendo. Sé que ella nos hablaba de este lugar. ¿Ves algo parecido a una serpiente?

- Kat recorrió los húmedos muros, palpándolos como si encerraran la respuesta y ella fuera la arqueóloga elegida. O una *delirante mística religiosa*. No importaba. Mateo sintió pena.

- No está aquí -aceptó su derrota, con frustración-. Tienes razón. *No está aquí.*

- Ven, vamos al hotel. Hiciste lo que pudiste. Dejemos este asunto horrible a los que saben.

- Espera un momento… *NEAPHR….*

- Eso dijo el guía. Son mensajes cifrados de esos condenados. Hechicerías, brujería…

- También dijo que había judíos. Aquí fueron torturados muchos inocentes, incluso *prístinos reformados* a quienes castigaban por compartir copias de la *Fuente de Gracia*. ¿Y si esas letras encerraran algún mensaje oculto? Una especie de *testimonio cifrado*.

- ¿Como qué?

- *"No está aquí"*-repitió.

- Sí, ya dijiste eso. Kat, no estoy para jugar charadas.

- Escúchame: *NEAPHR*... *"No está aquí"*. *"No está aquí porque...
No está aquí para..."*. ¡*No está aquí,* **pues** *ha resucitado*! Sabía que
lo había leído. Son las iniciales.

Parecía haber resuelto el *problema de la muerte de* trigonometría que
ninguno fue capaz.

- Supón, solo supón que el torturado no fuese el malvado brujo o el
ateo inconverso que estos crueles patriarcas pretendían. Que, aunque
ellos no pudieran verlo, en el fondo de su corazón, sí fuera *prístino*.
Si estuvieras en su lugar y no te creyeran, ¿qué harías tú?

- Orar, me imagino. ¿Qué más?

- Exacto. Pedir fortaleza para la prueba que se te viene encima. Sabes
que vas a morir.

- ¡Y de qué manera! Era orar... o enloquecer de dolor, *renegar*...

- Eso pudo pasar por la cabeza del reo que esculpió estas letras.
Figúrate su lucha. O se encomendaba a Aquel que padeció su misma
agonía, o abandonaba todo. Hasta la razón.

- ¿Por eso escribió en la piedra estas iniciales? Alentador. ¿Pero en
qué nos ayuda?

- Si no vemos un caracol es porque la clave del segundo enigma *está*
y *a la vez no está*.

Mateo volvió a respirar hondo, armándose de paciencia. Total, en
unos minutos se largaría.

- ¡El testimonio escrito en esa piedra es la respuesta! -se explicó
Kat. - El segundo acertijo del texto de la *Fuente* que Cymarrón pidió
resolver es *el rastro de la serpiente en la piedra*.

- ¿Y la solución es...? Lo siento, llámame lento, si quieres, pero aún
no veo la conexión.

- El reo que grabó esa declaración de fe sabía que al morir no
terminaba todo, que al final el mal no podría poseer su alma, como
tampoco pudo detener a su Maestro, porque resucitó al tercer día.
La serpiente fracasó. La piedra que guardaba la tumba del Maestro
lo atestigua. Su sepulcro no habla de derrota, ni de muerte, sino de
victoria. ¡*De resurrección*!

- Si lo que dices es cierto, ¿dónde vamos a encontrar ese caracol? ¿Por qué no aceptas que Nawal no estaba hablando con nosotros? No le importas. Mencionó este Palacio solo para describir cómo se sentía con ese policía. ¡Fue una expresión coloquial, nada más!

- Hay una forma de averiguarlo -. Kat navegó en su móvil buscando *templos de la ciudad.*

- ¿Qué haces?

- Si no falla la señal, busco en el mapa un lugar que no celebra la muerte. Teníamos que venir aquí para entender que la muerte es solo una separación temporal.

- ¿Y qué lugar es ese, si se puede saber?

Kat le enseñó su dispositivo, con una expresión más llena de preguntas que de certezas. La pantalla mostraba una capillita modesta, al parecer de un barrio pobre de Puerto Idilio.

- La capilla de La Resurrección.

***

Vicente Cantillo estaba a punto de cumplir sesenta años, pero parecía mucho mayor, destinado a perpetuarse como el teniente experto en trabajos encubiertos de Puerto Idilio bajo las órdenes del coronel Lisandro Espósito. Las ilusiones de ascender se fueron disipando por fuera de los anillos de poder de una policía infestada de corrupción. El "viejo sabueso", contagiado por el desánimo, se inclinaba más por asegurar su pensión.

Cantillo no tuvo mucho que reportar en la primera reunión del día, donde Espósito daba instrucciones generales a su equipo. Había aprendido que cuando su intuición lo arrojaba sobre una pista prometedora, debía contener su entusiasmo. Llevaba un año ya viviendo en el segundo piso del viejo edificio gris de cinco pisos, enquistado en la ciudad moderna, en plena avenida San Martel, en su papel de solitario pensionado ("¡vaya ironía!") solo para vigilar mejor a Nawal, a Román y a cuanto cliente aterrizara en la promiscua pocilga del 503. Su trabajo exigía paciencia, mientras concretaba un operativo contundente que probara que allí funcionaba un tentáculo de la red de trata de personas del Cymarrón.

A pesar del cansancio y la depresión que comenzaban a sitiarlo con los años, Cantillo seguía confiando en su olfato. Sabía que era muy pronto para descubrir su juego y que sus cartas podían mejorar. Solo debía seguir halando del hilito que providencialmente se apareció en su camino cuando, sin querer, le abrió la puerta a uno de esos jóvenes turistas llegado del interior que se desbocaban por conseguir diversión a costa de las lugareñas. Como los proveedores de servicios sexuales sabían que los hoteles estaban muy vigilados por las autoridades a raíz de los últimos hechos de violencia, los maleantes habían optado por sacar a los turistas de sus habitaciones y llevarlos hacia sus reductos. Pero lo que parecía un caso típico, llamó su atención cuando este chico casi se lo lleva por delante.

Mateo ignoraba que el supuesto "anciano" de cachucha desteñida, con manchas como planetas por todo su cuerpo marchito, ojos desorbitados, cara chupada sin afeitar, camisa roja de flores, camiseta interior crema por el uso con una mancha de café o chocolate y blazer arrugado, era Vicente Cantillo. Lo había observado con los ojos del gran paisajista Rodrigo Garay, que escrutaba el alma de todo, pero ni aun así logró penetrar su identidad.

Disculpe -le dijo, antes que Cantillo echara llave a la puerta para irse-. *Vengo de muy lejos, a visitar un par de amigas, pero olvidé el número del apartamento. Una es del interior, como yo, parece que la vistiera su madre (es muy "de su casa"). Muy, muy "blanca". Mejor le hablo de la morena, que es a quien probablemente usted pueda conocer...*

Cantillo supo quién era la segunda chica, pero no la primera. Para averiguarlo debía seguir encubierto. Dos actores de distintas escuelas y métodos coincidían en lo que a muchos *ilustrados* les gustaba definir como las serendipias de un universo impersonal pero con sentido del humor. A Cantillo ya casi nada le hacía gracia. Miró a Mateo de pies a cabeza sintiendo vergüenza por él y por un mundo que hace mucho lo había dejado atrás:

- Pregunte en el 503.

El resto era historia. Sarracino, aprovechando que no había portero en el recibidor, corrió hacia el ascensor, sin darse cuenta de que el anciano lo había dejado entrar a propósito, que solo fingió alejarse y que desde entonces los había estado siguiendo.

A Cantillo le pareció que iba por buen camino hasta el allanamiento de *La Senda Sinuosa,* donde las piezas del rompecabezas habían dejado de encajar. Cuando vio que Nawal se escapaba por la escalera de emergencia del edificio de la San Martel, sabía que era cuestión de tiempo para que Román volviera con refuerzos y se llevara a los dos chicos turistas. Entonces los seguiría. Con suerte, llegaría hasta el Cymarrón. En ese momento avisaría a Espósito y le pediría apoyo. Pero para su sorpresa, los dos chicos abandonaron el edificio. Cantillo dedujo que el encuentro sexual había cambiado de lugar y que les pudieron advertir del peligro, tal vez la misma gente del Cymarrón al sentirse cercada. Solo le quedaba seguir a los jóvenes hasta la nueva sede de su cita clandestina arreglada por los tratantes, aparentemente en *La Senda Sinuosa.* Tenía sentido porque Nawal trabajaba ahí. Con lo que no contaba Cantillo era con un allanamiento de la policía al club nocturno.

Comprendió que no tenía sentido guardarse sus pesquisas por más tiempo. Aprovechó cuando no vio a nadie en la oficina de su jefe y se metió con dos tazas de café.

- Gracias, teniente. ¿Estamos celebrando algo?

- Qué más quisiera. Pero tal vez estemos más cerca de lo que pensamos.

Espósito levantó la vista de los documentos que revisaba, entre ellos, una molesta carta del Alcalde de Puerto Idilio exigiéndole resultados en el caso de los jóvenes asesinados.

- Interrogué al mesero del *Sinuosa.* La noche del operativo atendió a dos menores de edad.

- Había *ocho.* Toda una *chiquiteca.* Así de bien estamos haciendo las cosas -protestó el coronel, levantando la carta-. Los *salvajes* intercambian niños en nuestras narices.

Le importaba poco que Cantillo se hubiera salido de su asignación para investigar en el club. De ese tamaño era su fe en el elemento con más experiencia de la institución.

- Los que sigo eran turistas de Sabanópolis. ¿Registraron el segundo piso?

- Yo estuve ahí, Cantillo, si hubiera visto dos *vasitos de leche* resplandeciendo en la noche usted ya lo sabría. Se jubilará antes que yo, pero no venga a enseñarle al papá a hacer hijos.

- Quería hacerle unas preguntas a Nawal, pero no estaba.

- Será porque no trabaja en horario de oficina. ¿Es todo lo que tiene? ¿Estamos más cerca de Cymarrón gracias a que nuestro policía más curtido salió a hacer preguntas de novato? No me venga ahora con eso, Cantillo, que me tienen con la soga al cuello. Cierre al salir.

- Si, jefe…pero ellos…¿Cómo lograron salir? Y por qué la buscaron justamente a ella.

- Mire, Cantillo, no es el día para venir a fastidiarme. Si tiene algo concreto, suéltelo.

- ¿Y si no buscaban diversión, como pensábamos sino *otra cosa*? ¿Si Nawal, en lugar de entregárselos a Cymarrón en bandeja de plata, los estuviera *ayudando*?

- ¡A qué! ¡Ojo: que no sepa que ha vuelto a beber de servicio o que está consumiendo *algo*. La soledad y la vejez juntas deben ser vaina fregada, pero esa mezcolanza pasa factura.

Cantillo se contuvo aunque la sangre le hirviera. No consumía sustancias, pero sí bebía solo y era humillante que su jefe se diera cuenta. Últimamente rendía el enjuague bucal, como su sueldo, para poder girarle dinero a una ahijada en La Pelanga, con la que ya ni se hablaba. Comía menos y así podía comprarse una botella para ahogar sus penas.

- Como sea-trató de concluir, buscando una salida digna- mi instinto me dice que los siga.

- Allá usted -replicó Espósito-. Los jefes me hablan de recortar personal. Ya sabe cómo es eso. Son políticos con poder de gamonales. Yo en su lugar trataría de ir por el pez gordo, en lugar de perder el tiempo con un par de mocosos. Su puesto no es "en propiedad". Nadie lo garantiza. ¡Y con lo complicado que se pone por acá que a uno le reconozcan su jubilación!

Cantillo leyó sin dificultad la advertencia. Asintió, terminando su café sin perder la calma y abandonó la oficina de su jefe, arrojando el vasito reciclable a la basura. Espósito no le quitó los ojos de encima, indagando si su mensaje había surtido efecto. Sin tener la total certeza, pero confiando en que el viejo Cantillo era buen entendedor, retomó sus asuntos.

Según sus compañeros padecía de depresión. Lo que no sabían era cuánto lo devastaba pensar que sus esfuerzos no contribuían a reducir el crimen en su ciudad. De pronto, era un estorbo. No calificaba para ascensos ni para promociones. Tampoco para pensionarse dignamente, un triunfo más moral que económico. Mientras su fe se derrumbaba, detectives más jóvenes, de la era digital, parecían avanzar años luz, llevándose los laureles. Tal vez estuvieran más cerca del Cymarrón que él. Limitarse a seguir sus instrucciones era asegurar un retiro tranquilo. Lo más sensato. Solo que, con Cantillo, *nunca se sabía*.

* * *

René Barrios estaba muy concentrado, haciendo trabajos de latonería y pintura a un Mercedes deportivo estrellado por un "hijo de papi" en la autopista norte de Sabanópolis. A sus veinticinco años ya trabajaba con tal esmero que parecía que el carro fuera suyo. Quien lo viera dándole vueltas al maltrecho vehículo, pensaría que René trabajaba por placer. Oscar René Barrios Mendoza, su padre, podía jactarse de tener unos cuantos clientes influyentes, suficientes para mantener a tope el modesto taller de piso de tierra. Padre e hijo se le medían a todo tipo de encargos de estos clientes, en su mayoría *ilustrados* y *prístinos*, que querían ahorrarse tiempo y dinero con ciertos trámites cada vez más engorrosos.

Antes que René tuviera edad para trabajar, Oscar lo volvió su tramitador, para que aprendiera a ganarse el pan, como a él mismo le habían enseñado. René supo pronto que los *sobrevivientes* eran meros intermediarios entre el complejo aparato administrativo de un Estado ineficiente y sus clientes, siempre dispuestos a pagar más con tal de no sacrificar su tiempo y comodidad. Esquema laboral muy distinto al de su madre, abnegada costurera amarrada de por vida a las máquinas de una textilera. Al llegar a casa cada noche para preparar la cena, Doris debía soportar además los maltratos y las borracheras de su esposo.

René aprendió a quedarse dormido a pesar de los gritos y golpes. Como no podía darse el lujo de tomar partido, ya que cuando intentó hacerlo se ganó más de una paliza a punta de cinturón, se acostumbró a escapar subiendo el volumen a la música, aislado del mundo por dos audífonos. Aprendió a no meterse en problemas ajenos. Que interponerse "no pagaba".

Creció viendo cómo vivían los *prístinos* y los *ilustrados*, mientras "engallaba" los carros que los "hijos de papi" llevaban a su taller y jugaba los videojuegos que estos le regalaban por obsoletos. Soñaba con el estilo de vida de los personajes indolentes y sanguinarios de la realidad virtual, con hacer lo mismo que algunos muchachitos que se paseaban con ínfulas por el taller, besuqueándose arrogantemente con mujercitas que parecían sacadas del mismo mundo digital. Cada vez más inconforme con su vida, René se fue transformando en un ser retraído y amargado, amante de las armas. Sorprendido con el conocimiento y pasión que mostraba René en el asunto, Wilson, un galancito charlatán, lo invitó a una reunión de matoncitos que practicaban ritos oscuros y a veces eran reclutados como mercenarios para misiones especiales (no sin antes advertirle que violar el secreto se pagaba con la vida). Entre los clientes había líderes *salvajes* o *ilustrados* con una cosa en común: La convicción de que el dinero era una solución necesaria para quitarse de encima a los enemigos.

A Oscar no le sorprendió el día que Wilson entró corriendo al taller y fue directo a buscar a su hijo. Era buena señal que los clientes vieran a su familia como amigos en lugar de espantarse con el ser oscuro y excéntrico en el que se convertía René, con quien tampoco hablaba porque se encerraba a escuchar su música "estridente y diabólica". Pero mientras eso no afectara su desempeño en el trabajo, estaba dispuesto a hacer ciertas concesiones. Convivía con un empleado más (pulido y cumplidor, eso sí), aunque ya no fuera el hijo que creyó conocer. Había pasado mucha agua bajo el puente. Agua mezclada con sangre.

- René, llegó trabajo, mijo -le anunció Wilson con la respiración entrecortada cuando se aseguró de que estaban solos y que ni el dueño del aviso ni sus empleados podían oírlos.

- Suéltela, pues. Pero cálmese, llave, que tengo que entregar este *mercho* en tres horas.

- Pues déjeselo a don Oscar: salió una vuelta VIP. El patrón es *prístino*. Un gallito fino.

- "*¿Prístino?*".

- De los duros. Llegó el billete largo "papi", pero, necesita saber si cuenta con usted.

René dejó de mover el mondadientes con la lengua y se colgó al hombro la gualdrapa con la que pulía el Mercedes. Trabajo era trabajo. Si le daba antes la vida que merecía, mejor.

***

Casi no cruzaron palabra en el taxi camino a la capilla de La Resurrección. Las teorías fantásticas de Kat sobre las letras rasguñadas en el Palacio del Santo Tribunal no le permitían echarla a la hoguera del olvido. Su capacidad de tejer historias parecía inagotable. Eso no la convertía en una loca. Más patético era él por hacerle caso.

Resolvió permitir que Kat buscara el segundo caracol en la dichosa capilla. Al no encontrarlo tendría que rendirse ante la evidencia de su fracaso y entonces podría exigirle que dejara de jugar a la detective con un asesino real. El vehículo se detuvo frente al atrio de una mole ("¿Capilla?") sin mayores atractivos, alejada de la ruta de los turistas. Kat bajó del taxi y contempló la fachada como si fuera la Sagrada Catedral de Tarsis. El único detalle llamativo era una aceptable escultura en mármol del Maestro Resucitado.

Mientras atravesaban el tímpano de la fachada, ornamentado con una modesta arquivolta que imitaba el arco tallado de una portada medieval, Mateo recordó los días en que sus padres lo llevaron de viaje por Italia y le salieron ampollas en los pies de tanto recorrer calles, templos y catedrales. Varios estaban recargados, por dentro y por fuera de asombrosas esculturas, pinturas, vitrales y ornamentos, con lujo de detalles arquitectónicos. Grandes artistas de la época eran contratados para dejar allí el sello de su obra. En el interior se exhibían tumbas de figuras como el *primer apóstol*, Miguel Ángel, Dante, Maquiavelo o Marconi. Pero lo inolvidable ocurrió en Florencia, al entrar a una basílica de sencillez desconcertante. En la sacristía se exhibía una conmovedora escultura de Miguel Ángel que representaba al Maestro en la cruz, vulnerable, en la desolación de su humanidad. Mateo sintió paz, sin saber que el artista la hizo en agradecimiento a sus hospedadores por permitirle, en su calidad de estudiante de anatomía, analizar los cadáveres del hospital del convento. ¿Cómo podía la vida triunfar tan bellamente desde la muerte?

Una Presencia Superior, santa y manifiesta, reclamaba toda su atención, toda la gloria. Comprendió el porqué de la sobriedad de la bóveda y los vitrales. Podía advertir una pequeña paloma pintada en lo más alto, y una llama de fuego por cada vitral. Recordó las clases de Víctor sobre el *apóstol ilustrado*: "Somos templo de Su Espíritu. *Somos* su casa".

A miles de kilómetros de la Basílica del Santo Spirito, en el lado menos visitado de Puerto Idilio, volvió a escuchar en su corazón la misma pregunta: *"Si te preguntara cómo está hoy ese templo por dentro, ¿qué me responderías?"*. Tampoco esta vez supo qué decir. Ni siquiera comprendía lo que significaba la presencia de la paloma en la casa y pretendía ayudar a Kat a resolver un misterio indescifrable. Ninguno de los dos templos era el más impresionante a la vista de los hombres, pero su apariencia externa no necesitaba de grandes lujos si el corazón de quien los traspasara sabía lo que iba a buscar.

La capilla estaba vacía, con excepción de una mujer que oraba en la primera banca con la cabeza inclinada, cubierta por una mantilla negra. "Siempre hay alguien de luto mientras el resto del mundo se divierte"-pensó Kat mientras comenzaba a buscar palmo a palmo el segundo caracol. Un penetrante olor a incienso y pábilos encendidos dejaba en claro que pisaban otros dominios. Mateo prefirió esperar cerca de la entrada, sintiéndose indigno de avanzar. Una costumbre que ni él entendía. Tal vez proviniese de un acuerdo tácito con el Gran Autor: "Yo me mantengo alejado de tus asuntos y tú dejas en paz los míos".

Por unos minutos solo se escuchó el eco de los zapatos de Kat chirriando de un lado a otro, mientras recorría una a una las naves laterales del templo, hurgando con la mirada entre esculturas religiosas lúgubres e inquisidoras, con la esperanza de que alguna le tendiera la anhelada clave. Algunas de ellas, sembradas en sofisticados altares repletos de flores y velas, parecían seguirla con la mirada cuando pasaba a su lado. Pero nada se asemejaba a un caracol. Kat miró a Mateo desde el altar con un gesto de desconcierto y derrota.

"Por fin. Aquí vamos"-pensó él.

Kat dio un último vistazo general al santuario antes de emprender el camino de vuelta hacia el atrio, intentando mirar desde otra perspectiva las esculturas de personajes de la *Fuente*. Recordó un poema: *"Tienen ojos pero no pueden ver, oídos, pero no oyen, pies, pero no pueden andar. Semejantes a ellos son sus artífices, y todos los que confían en ellos"*.

"¿Qué significa, *Abba*?" Sus fabricantes y quienes oran aquí de algún modo creen en Ti.

¿Por qué buscas entre los muertos al que vive?

Se detuvo en seco cuando ya atravesaba el transepto, en dirección a la puerta.

"Ay, no"-pensó Mateo. "¿Ahora qué?"

Kat volvió sobre sus pasos lentamente y dirigió su mirada a la mujer que oraba inclinada en la primera banca, el único ser vivo que había allí además de ellos y el Gran Autor. Con más temor de irse sin descubrir lo que buscaba que de pasar una vergüenza, caminó hacia ella.

"¿Qué está haciendo?".

Cuando la mujer sintió que alguien se había detenido cerca de ella, levantó la mirada. Entonces Kat, pudo reconocer aquel inesperado rostro penitente, cubierto de sombras.

- ¿*Nawal*?

A pesar de su dolor, le sonrió. Lucía más débil que la última vez que la vieron, en *La Senda Sinuosa*, como si estuviera muriendo y Kat fuera la luz al final del túnel.

- Así que es verdad, hermosa. Tienes en esa cabecita todo el poder pa´ enfrentarlo.

Kat soltó una risita despertando la curiosidad de Mateo, quien caminó hacia las mujeres.

- ¿Eso quiere decir que el segundo caracol sí está aquí?

- Tú sabes la respuesta, niña *prístina*. Vamos, ya hiciste lo más difícil.

- *"El rastro de la serpiente en la piedra"*-repitió Kat mirando a su alrededor, como si eso le ayudara. -El único en quien no hay rastro de transgresión, a quien el mal no pudo tocar, el vencedor de la muerte… *¡es el Maestro!*

Nawal guardó silencio, pero su rostro le dio a entender que no estaba mal encaminada. Kat miró hacia el altar buscando una imagen del Maestro. Al detallarlo, reparó en que allí solo había una cruz, vacía, símbolo de su sacrificio. La particularidad de la capilla era destacar la victoria de la resurrección como clímax del *Gran Rescate* y del *Pacto del Retorno*.

- No veo nada alusivo a la resurrección salvo… ¡La estatua de la fachada!

- No sé de dónde saliste, niñita-sonrió Nawal- pero definitivamente estás aquí por algo.

Mateo ni siquiera había podido reaccionar. Se quedó helado al reconocer a Nawal.

- ¿Qué haces *tú* aquí …? ¿Cómo sabías que vendríamos?

- No lo sabía -respondió Nawal- Vengo mucho a esta Capilla. Antes de mediodía casi nadie se aparece por acá. Pa´ ser sincera, no estaba segura si desde ese balcón escuchaban el mensaje que les estaba enviando. Por eso grité. Porque pa´ resolver el segundo acertijo y llegar aquí, primero tenían que ir al Palacio de la Inquisición. Fueron las instrucciones de Cymarrón.

- ¡Pudiste hacer esto más fácil! -protestó Mateo- ¡Solo mencionar esta Capilla y ya!

- ¿No dicen los *prístinos* que sin su muerte no se puede entender su resurrección? Quería decirles más, pero llegó la policía. Hice al pie de la letra lo que Cymarrón me mandó.

- Las letras en la pared…¡las escribió *él*!-comprendió Kat-. Pone a prueba lo que sabemos.

- ¡No vine a presentar examen! ¿Y qué si fallamos en las otras dos, Kat? ¡Casi no lo logras!

- Tampoco creí que lo hicieran -admitió Nawal- Lo cierto es que van a medio camino

- ¿Entonces tú…vienes aquí después de trabajar, en lugar de dormir?-dijo Kat, conmovida.

- Duermo poco, este es el único lugar donde encuentro paz y nadie me juzga-la respiración se le cortó y contuvo de nuevo el llanto. -El desgraciado de Espósito es tan zorro que temí que, si no lo *distraía*, siguiera buscando hasta encontrarlos. Yo…no hago *eso* siempre…

- No tienes que darnos explicaciones -dijo Kat, poniéndole la mano en el brazo.

- Sabemos a qué te dedicas y punto -minimizó Mateo-. Tus razones no son asunto nuestro.

- *"A qué me dedico"*. Gracias por hacerlo sonar tan respetable. Esa filosofía debe evitarles muchos problemas: "No te metas y yo no me meto contigo". Como ese día, en la playa. Pero no soy una máquina expendedora de placer, que entrega un tiquete y pasa al siguiente.

Habían dejado de hablar con susurros porque nadie aparecía por el templo. Ni siquiera el patriarca. Mateo olvidó por qué había entrado y se sentó junto a Nawal, como si el tiempo hubiera retrocedido y encontrara su oportunidad de volver a esa playa para disculparse, con ella, con todas las mujeres, por la vergüenza que sintió en *La Senda Sinuosa* y en otros lugares a los que se dejó arrastrar para no perder su estatus de *prístino* encubierto.

- En ningún momento nos has ocultado la verdad sobre el peligro que corremos. *¿Por qué nos ayudas?* ¿Tanto nos odias que necesitas despejarnos así el camino hacia la muerte?

- Eso sonó muy poético, niño, ¿vas a ser escritor o algo así?

- O actor. Todavía no sé.

- Uau, *actor*...me hubiera gustado que me declamaras algún poema ese día en la playa. No tienes idea de cuánto pudo servirme. ¿Pa´ qué nacieron los artistas entonces?

-Yo pregunté primero -trató de zafarse Mateo-¿Por qué guiaste a Kat hasta aquí?

- Porque cuando la miro, veo la mujer en la que pude convertirme.

Contempló a Kat sin reproches, como si ella siempre hubiera sido su única familia. Ya no pudo contener el llanto, ni por la destreza que le enseñó su oficio. Tampoco Kat.

- Me fui de casa a los trece años. Papá había trabajado toda su vida como estibador en el Puerto solo para que al final le robaran su pensión. Después de eso casi no volvió a hablar. Sabíamos que no era un fantasma, porque bebía. Mamá nos abandonó pa´ irse con un peón del narcotráfico. El monstruo la embrujó: de ella no volví a saber nada. Papá se fue de una cirrosis y yo quedé con mis preguntas atravesadas en la garganta, y el veneno de su olvido.

- No creo que te hayan olvidado -dijo Kat-. Y aunque así fuera, *Abba* nunca lo hará.

La persistente gentileza de Kat le arrebató una débil sonrisa. Había que abonarle ese poder.

- Cuando me hablaste de un Dios que no ha dejado de amarme, sentí rabia de que a estas alturas una tontería así me moviera el piso. Los argumentos con que por años levanté mi propia fortaleza se deshacían como castillo de arena. Incluso cuando conocí a Mateo, yo ya disfrutaba de las mieles de mi propia "libertad", sin ser otra cosa que una fugitiva. Me reía de mí misma. Entre más luchaba tratando de negar la desgracia de mi vida, más me succionaba la sombra de mis padres, probando que siempre es posible hundirse más.

- ¿Y Cymarrón arregló todo eso? -cuestionó Mateo, con rabia y culpa.

- Me entendió. Sin falsas promesas. Había que sobrevivir. Cymarrón me hizo creer que aun podía controlar mi vida, me dio una razón pa´ justificar mi existencia.

- Y de paso cultivó tu odio contra *prístinos* e *ilustrados* -infirió Kat.

- No culpo a los *salvajes*. Son mis hermanos. En una tierra que les dio la espalda a los necesitados, que se adueñó de la religión, del saber, de las letras, y edificó con ellos un muro que mantuviera por fuera al resto de la humanidad.

- De algún modo, también somos responsables por eso -le sonrió Kat con el rostro surcado por las lágrimas-. Te pido perdón en nombre de todos los *prístinos* por mantenernos indiferentes ante tu dolor, teniendo sueños, palabras para consolar, esperanza para dar.

Aunque lo último que Kat pretendía era llamar la atención sobre sí misma, fue como si a Mateo alguien le quitara una venda de los ojos, permitiéndole apreciar por primera vez, en todo su esplendor, la belleza de esa delirante mística religiosa que estaba a punto de arrebatarle la razón. Quiso agarrarla del cuello, acariciar su pelo y decirle, por absurdo que sonara, que quería tener el honor de envejecer a su lado y cuidar de ella hasta la muerte.

- Alguna vez soñé, sí, -admitió Nawal, elevando la mirada hacia un universo ausente donde nada la avergonzaba, volviendo a sonreír como niña-. Soñé...con ser bailarina de *ballet*.

Mateo también lloraba, sin importarle que lo vieran. La verdad llenaba todo.

- Pronto supe que pa´ mí, además de costoso, era imposible. Tenía que haber nacido en otra familia. Pero me gustaba imaginar cómo hubiera sido mi vida con algo de paz, con tiempo p´ aprender a leer, a disfrutar del arte. Habría luchado contra viento y marea, hasta llegar a esas academias elegantes con grandes espejos. Tendría tremenda historia pa ´ contar cuando fuera bailarina famosa, de una compañía de alcurnia, derrochando mi arte por el mundo, poniendo la vara bien alta a cualquier hombre que quisiera acercarse a mí, en lugar de la miseria que hoy pagan pa ´poder robarme el alma en el mundo real.

- Hablas como si tuvieras cien años -bromeó Mateo-. ¡Estás a tiempo!

- Reconozco que las palabras de Kat desenterraron esos sueños, aunque ya no tengan forma de realizarse. ¿No es irónico que estemos hablando de esas tonterías justo aquí?

- Estoy de acuerdo con Mateo -repuso Kat- No escogimos venir.

Alguien más sigue *vivamente* interesado en ti, no se rinde contigo, hace lo imposible con tal de no perderte. El solo hecho de que no hayas logrado olvidar esos sueños grita que no pierdas la esperanza.

- Eso me repetía cuando me pasaban cosas raras, las que ustedes los *prístinos* llaman "señales". A veces recibía propinas, regalos...en fin. Uno de esos días en que el sol parecía haber salido también pa´ mí, pasé frente a la vitrina de esas tiendas *"pupi"* del corralito amurallado. Al otro lado había un libro enorme con fotografías de una compañía de *ballet*. Y unas zapatillas de seda que provocaba tocar pa´ saber si no habían sido hechas en el cielo. Quise sentirlas, ceñirlas a mis tobillos. Me vi usando la malla y el tutú con toda propiedad, en esos videos que mostraban de profesionales. ¿Quién me impedía comprar las zapatillas y el atuendo? Vivía sola, sin rendir cuenta a nadie más a que a mi patrón.

- ¿Lo hiciste?

Nawal movió la cabeza.

- El miedo volvió a paralizarme. ¿Qué diría Cymarrón si se enteraba de que yo codiciaba cosas de *ilustrados*? Y tal vez tuviera razón: había fotos de niñitas bailando, agarradas a barandas, en salones de clase de ensueño, elevando las manos como si fueran aves, como si hubieran *nacido aves*. Yo ya estaba lejos de ese libro de cuentos. Quizás no había nacido ave y ya. Lo mío era bailar con el bajo mundo, con la magia negra, con la muerte, como correspondía a una prostituta de Nínive. Nadie me miró de otra forma mientras fui niña.

- En eso te equivocas -le dijo Kat agarrándole las manos. Allí mismo, le enseñó unos pasos muy sencillos. Nawal no lo impidió. Nunca alguien se había acercado a ella con esa ternura sin buscar otra cosa. Solo se limitó a vigilarla, expectante. Kat sintió en todo su cuerpo el frío de esa mirada acostumbrada a verlo todo desde el inframundo.

- Alguna vez oí que el Maestro de los *prístinos*, el que vino a enseñar la *Fuente de Gracia*, frecuentaba a las prostitutas, pero pa predicarles, que hasta defendió a una adúltera que querían lapidar" Yo pensé: "Sí, claro". Dime tú, Kat, ¿es cierto, o son fábulas de las que mantienen a los manipuladores en el poder, viviendo sueños que no nos están permitidos?

- Es cierto. En lugar de condenarla, como los demás líderes, la trató con amor y la perdonó. Ella abandonó sus transgresiones y desde entonces, lo siguió. Cambió su vida y le dio sentido, Nawal, como puede cambiar la tuya. A partir de hoy, si quieres. Depende de ti.

- ¿Cómo puedes está tan segura de que esa mujer sí existió y que sí cambió su vida?

- Porque lo siguió hasta la muerte. La enorme piedra con la que sellaron la tumba del Maestro había sido removida, y su cuerpo, "desaparecido", según su propio testimonio. Ni los soldados que la custodiaban supieron cómo explicar lo ocurrido. Para los creyentes, señal de que Él se había levantado victorioso sobre la muerte, un hecho espiritual que solo puede recibirse por la fe. Muchos podrán decir que no ocurrió así, pero la mujer había experimentado ese milagro, el poder que eliminó el rastro de la serpiente de su alma.

- ¿Y si tuvieran razón los *ilustrados*, si solo fuera una leyenda, una mentira más de las que recitan desde sus púlpitos los patriarcas que vienen a visitarme disfrazados por las noches?

- El que algunos falsos creyentes hagan eso no significa que la verdad deje de ser verdad. Por más que intente responder tus preguntas, mis respuestas nunca te satisfarán, a menos que aceptes descubrir la verdad por ti misma. Entonces el Espíritu de *Abba* vendrá en tu ayuda. Se encargará. Lo único que no hará es forzarte. Te cambio la pregunta: ¿Y si no fuera una leyenda? Cualquier pérdida y decepción mueren aquí, ante el poder de la resurrección. Esa realidad cambia nuestra perspectiva. Nos da una *esperanza viva*.

Mateo observaba en silencio cómo Nawal se rendía, admirando cada gesto, cada palabra que pronunciaba su compañera de clase, siempre coherente, sosteniendo la bandera como carga un soldado temerario en medio de un campo cubierto de muertos, sin abandonar la fe.

- ¿Qué tengo que hacer, niña?

Kat sonrió victoriosa, radiante, como Mateo y sus amigos poco le permitían hacerlo. Había que admitirlo: iba a dar dolores de cabeza con el tiempo, cuando comenzara a romper corazones. ¡Ay del que intentara ser la inspiración de tal resplandor!

- Solo tienes que invitarlo-continuó-. No es como los hombres que has conocido. Desde antes de crearte, ya te amaba. Abandonó su dignidad celestial, siendo el Creador, para venir a rescatarte. Como te lo dije en el puerto: *"Antes de que nacieras"*. Se hizo hombre por ti y murió en el patíbulo que tienes ante tus ojos, para que no te quedaran dudas de su amor por ti. Es el *Verdadero* Amor. Sana las heridas, resucita los sueños, da sentido y propósito.

- Y cuando me dirija a él… ¿cómo debo llamarlo?

Mateo y Kat se miraron. Nawal notó que había preguntado sobre un asunto delicado. Eso solo alborotó su curiosidad. Anhelaba beber hasta el fondo ese secreto a voces.

- Por supuesto que te voy a decir su nombre -dijo Kat-. Y debemos advertirte algo. Nawal, sabes que vivimos tiempos peligrosos. La Confederación Mundial, para evitar más guerras, ha prohibido que ese nombre se pronuncie en público. Solo a los *prístinos* nos está permitido hacerlo, y en reuniones privadas, pero no podemos pronunciar el nombre del Maestro públicamente, ni mucho menos contar a los demás que es el Hijo del Gran Autor.

- ¿Por qué no? ¡Es absurdo! Si Él puede hacer por una persona todo lo que dices, ¿qué sentido tiene callar que su nombre venció toda enfermedad, que venció a la muerte?

- A eso hemos llegado -admitió Kat con tristeza-. Mucha gente se acostumbró a usar el "Nombre sobre todo nombre" con ligereza, incluso para justificar intereses mezquinos. El resultado fue que los patriarcas *prístinos* fundamentalistas se arrogaron el derecho de administrarlo, para hacer creer a los perdidos que solo se salvan obedeciendo sus reglas. Y aquí estamos, cumpliendo con la Misión Suprema de anunciarlo, casi a escondidas.

- Bueno, pues se equivocan. O yo no estaría aquí preguntándote por Él. Pero no entiendo: si ustedes están obligados a obedecerlos, ¿por qué no lo hacen? ¿Por qué insisten conmigo?

- Porque Él dijo: *"Les dejo mi paz. Como el Padre me envió a mí, así yo los envío a ustedes"*. Luego sopló sobre los suyos y dijo: *"Reciban el Espíritu Santo"*.

Aquella explicación respondía a las preguntas que Mateo se hizo en Florencia. Respondía al misterio de la paloma en el templo. Un escalofrío lo recorrió y sintió que el Maestro se encontraba en medio de los tres. De pronto, todas las piezas encajaban.

- Cuando el Espíritu guiaba a los primeros *prístinos*, antes de que se multiplicaran los mandamientos de hombres, cosas extraordinarias pasaban en la *Manada Pequeña*. Los que renacían eran como el viento: "oyes su sonido, sin saber de dónde viene ni a dónde va".

- Así que estamos aquí *por Él*.

- No hubiera pasado sin Él -reconoció Kat-. ¿Entiendes lo que estás a punto de hacer? Una cosa es pronunciar su nombre. Muchos lo hacen para guardar sus tradiciones o convencionalismos. Pero invitar al Maestro a vivir en ti, significa que le das autoridad sobre tu vida, lo reconoces como tu único Salvador. En adelante confesarás ese nombre sin avergonzarte de él, creyendo con tu corazón lo que pronuncian tus labios.

- Estoy lista -dijo Nawal, con graciosa solemnidad, inusual en ella.

Una vez más la serpiente fracasaba en su intento de dejar una huella indeleble en el corazón de piedra de un ser humano. En la Capilla de la Resurrección todo parecía cobrar sentido. Mientras en altamar un puñado de jóvenes se concentraban en vivir y ganar un premio, dos de ellos recibían otro en su nuevo itinerario: las viejas murallas de Nawal se derrumbaban.

Nadie más estaba ahí para atestiguarlo. Pero si alguien medianamente observador hubiera entrado a la capilla en ese instante, habría notado cómo dos jóvenes abrazaban a una tercera, con los rostros inclinados, acompañándola en una oración. Un simple cuadro de vida, la esencia de la fe, el milagro que un día dio sentido a la *Manada Pequeña* y la hizo propagarse con el poder de un amor incontenible: el milagro de la *salvación*. Aquí era una sola persona la que se entregaba, pero hasta el más insensible hubiera podido percibir el festivo revoloteo angelical que se tomaba los aires en la cambiante atmósfera del santuario.

Nawal se retiró las lágrimas, libre de vergüenza, sin poder explicar la sensación de limpieza que la desbordaba, semejante al revolcón de las olas cuando era niña y ese juego le bastaba para ser feliz. Fijó sus ojos en Kat con un gesto de gratitud que revelaba paz, *otra Nawal*.

- Nunca me había sentido tan…. Lamento decirles que de aquí en adelante no les resultaré de mucha ayuda. Pero al menos ya saben dónde encontrar lo que vinieron a buscar.

- Mejor que eso -Kat la abrazó como a una hermana-. Encontramos el propósito. Creo que ni el Cymarrón con toda su inteligencia lo vio venir. Acompáñame, Mateo, creo que sé dónde puede estar ese caracol. En unos minutos sabremos si *el resto* de nuestra misión tuvo éxito.

- ¿Qué esperas? ¡Ve! -respaldó Nawal, notando que Mateo se debatía indeciso entre dejarla sola y cerciorarse de que Kat en efecto hubiera encontrado la respuesta al segundo acertijo.

- Los espero aquí. Tengo mucho que hablar con mi Salvador. Oíste bien. Entiendo que desconfíes, pero esta vez no hay razón. Créeme, aquí voy a estar cuando regresen.

Subieron por las escaleras en espiral hasta el segundo piso de la capilla. Allí comenzaban unos angostos peldaños de madera rodeados de piedra que conducían al campanario, único camino para acceder a una terracita situada sobre la escultura jerárquica. Las manos extendidas de la enorme estatua del Maestro Resucitado, elevadas hacia el cielo se veían descomunales a tan corta distancia. Desde esa perspectiva podía notarse la burda barra metálica que anclaba la escultura al muro, y mucho más abajo el atrio y la entrada de la capilla, en una visual no apta para acrofóbicos. Al alcance de su mano tenían la cabeza del monumento, deteriorada por el sol, la sal y los nidos de palomas y alcatraces.

- Muy bien. ¿Dónde?

-Sus muñecas y pies fueron traspasados por clavos -repasó Kat, pensando en voz alta-. *"Fue tentado en todo, pero nunca cometió una transgresión"*.

- ¿Puedes traducir para alguien más *terrenal*?

- Digo que su mente y su corazón, a diferencia de los nuestros, siempre se mantuvieron puros. El mal trató de engañarlo, pero no pudo penetrar su mente, porque solo pensó en obedecer a su Padre, y en nosotros, consciente de cuánto necesitábamos de Él.

Mateo examinó la cabeza de la estatua. Por ser una representación comprensiblemente imprecisa del Maestro, no portaba una corona de espinas, sino una de Rey glorificado.

- No veo nada desde aquí -dijo Kat, comenzando a impacientarse-. Creí que estaría a la vista.

El improvisado detective se dio cuenta de que Kat no la estaba pasando bien en aquel estrecho mirador. Sintiendo pena por ella, asumió el liderazgo con gallardía.

- Vamos Kat, ya llegamos aquí, ¡un último esfuerzo! ¿Esperabas que nos dejara ese caracol aquí, a la intemperie, en la cabeza de la estatua? Hubiera acabado picoteado por las palomas o en el estómago de un pelícano. Imagino que el enemigo también lo pensó

Quería animarla, a ver si así se recobraba de la palidez que empezaba a inquietarlo. Sudaba más que de costumbre, pero su malestar no le impidió extender el brazo intentando alcanzar una de las puntas de la corona, que representaba una piedra preciosa. Parecía estar rota.

- Oye, espera, ¿qué haces?

- Esta punta está suelta, ¿ves? Como si la hubieran cortado y acomodado de nuevo.

- Ten cuidado. Déjame hacerlo a mí...no mires abajo...Kat...Kat, ¿estás bien?

Tuvo que exigir sus reflejos al máximo para sostenerla de la cintura antes que se fuera de cabeza al vacío, sin oponer resistencia, como si le hubiera acertado un dardo tranquilizante.

- Perdón...yo...

Fue lo último que atinó a decirle. Su mente se había convertido de nuevo en un sinfín de incoherencias, *"tra-la-lá, tra-la-lá, ahora no, por favor"*. Pero sí, el inoportuno agujero negro succionaba otra vez su habitual lucidez sin darle tiempo para pedir ayuda. Nunca la había hecho perder el conocimiento, pero era suficiente para obligarla a agacharse durante interminables segundos que el vértigo la mantenía enajenada. Las voces de los demás, lejanas y sordas, le hacían preguntas en las que no se podía concentrar. Mateo debió halarla con toda sus fuerzas a fin de evitar que el peso de Kat se los llevara a ambos. Tan grande fue el susto de verse reventados contra el piso, que tiró de ella como si fuera un costal y los dos acabaron apelotonados en el balcón. Ella sobre él, aun víctima del vértigo. Él, totalmente consciente, en parte por haber visto de cerca a la muerte, en parte por la adrenalina que no le dejaba quitársela de encima… Rompió el hechizo el ensordecedor repique de las campanas con su primera convocatoria para el rito del mediodía. Kat, volviendo en sí, se apartó con recato, apoyando la espalda contra el muro.

- No debí comer harinas en el desayuno, lo siento mucho…se transforman en azúcar.

- Buen momento escogiste para tus mareos. Tú quédate ahí, limítate a respirar, que yo me encargo de quitar la punta de la corona, a ver si tiene algo adentro.

No fue necesario. Kat abrió la palma de su mano exhibiendo el preciado tesoro que, a modo de prestidigitadora, había logrado arrebatar al trozo de piedra en la punta de la corona de la estatua del Maestro (¿cortado por Cymarrón?). Su codiciado contenido: ¡Un caracol! Enmudecido de asombro Mateo extrajo de su interior la nota con el característico emblema del hacker: el pulpo, junto a un cuadro verde con un visto bueno.

- ¿Ahora me crees? …Solo nos restan dos enigmas. ¡Podemos lograrlo! Piensa en Sofía, en lo agradecida que estará contigo cuando sepa todo lo que hiciste por ella.

Lo último lo dijo sin emoción, pero con la convicción de que era su deber, asumiendo que Sofía habitaba cada rincón de su mente, cada espacio de la corona de sus pensamientos, los cuales se moría por leer, por escuchar, así fuera vagamente, como el rumor del mar cuando uno se pone un caracol en el oído. "El silencio otorga", rezaba un dicho.

***

Joha temió pasar por una nueva vergüenza por buscar a Tato Alighieri y plantarse frente a él mostrándole su teléfono y unos audífonos. Tato entendió que la joven le pedía revisar un archivo de audio. Junto al mismo había fotos de un cuaderno con notas y acordes de una canción garabateados y grabados por la tímida voz de Kat. Joha no le dio oportunidad de hacer preguntas, para no tener que explicar la ausencia de la autora. Tato ignoraba por qué le compartía los modestos avances de su canción (bueno, la de Kat), si todavía le interesaba ganarse el dichoso concurso o si solo había acudido a él para volver a sentir el vigorizante efecto de sus palabras sobre su alma, con las que era bonito jugar a ilusionarse.

"Al menos logré torcerle la cara a la antipática de Raquel Emilia. Ya se percató de que Tato sigue con el ceño fruncido, muy concentrado en nuestra canción". "Ah, qué bien se siente enfriarle las tripas de celos a otra, aunque no tenga la más mínima opción con alguien así".

Para el asombro de Joha, Tato buscó una silla asoleadora y se sentó al borde la piscina, con la guitarra apoyada en su pierna derecha para tratar de interpretar lo que veía. Antes de comenzar, la miró, sin abandonar su enigmática seriedad. "Ay, Gran Autor, que Kat no haya copiado esto de alguna canción en internet, o Tato me va a masacrar aquí mismo".

- ¿Esto lo compusieron ustedes en dos días…*solas*?

- Supongo. Es decir: sí. Bueno, hubiera salido *mejor* de no tener que trabajar a larga distancia. Ha sido un proceso complejo. Kat y yo somos algo… "impredecibles".

- Entonces sus ojos abismados vieron como Tato Alighieri, artista de talla internacional, comenzó a interpretar aquel borrador, sin reparar en su aspecto embrionario. Si le daba la gana podía destrozarlo con una palabra, pero en lugar de eso, mostrando un respeto profundo por la vida que ya arrojaba señales desde su interior, proyectó su potente voz, arriesgándose a jugar, como si él mismo la hubiese compuesto, *haciéndola brillar.*

Varios jóvenes desprogramados comenzaron a congregarse en torno a Tato y Joha, atraídos por la espontánea presentación de la joven estrella. La canción tenía que ser "suya", por el irresistible atractivo de la composición y la madurez de su letra. En otras circunstancias Joha hubiera presumido de ser el centro de atención pero ni ella misma pudo librarse del efecto que le causó escuchar la canción, supuestamente suya, al menos en parte.

Voy a soltar las amarras

Voy a internarme en el mar

No en el que todos esperan

Tiempo para todo llega

Aunque camine en la tierra

En Sus ojos voy a naufragar.

No me esperen...en sus ojos voy a naufragar...

En lo íntimo me llamas

No quiero esconderme más

Tengo que decir a todos:

¡Se levantó de la muerte!

Lo llamaré por su Nombre

Lo que fui, no existe más.

Una semilla pequeña.

Tal vez, pero crecerá

Tiempo para todo llega

Su amor en mí es el milagro

¿Por qué pides otra señal?

No me esperes...en sus ojos voy a naufragar...

***

Kat corrió escaleras abajo delante de Mateo queriendo ser la primera en mostrarle a Nawal el segundo caracol. A los dos les pareció extraño ver una mano asomándose plácidamente sobre la banca donde estaba Nawal. "¿A quién se le ocurre recostarse ahí?". Habían oído que la gente de la región solía tomar la siesta en los lugares más inusuales pero…

Al acercarse más, descubrieron lo que el estruendo de las campanas había acallado. La mano que sobresalía tras las bancas suplicaba ayuda. Nawal estaba bañada en sangre. Como una fuente macabra brotaba de su vientre el flujo espeso de múltiples heridas que sus manos temblorosas no lograban contener. Vomitando sangre, se esforzaba por decirles algo.

- ¡Nawal! -gritó Kat espantada. Instintivamente tomó un mantel de los altares tratando de recordar sus lecciones de primeros auxilios y trató de contener las hemorragias.

- No hables, tranquila, ya estoy pidiendo una ambulancia desde mi teléfono. ¡Aguanta!

- Niña, ya cumplieron... te dije, estoy lista... ¡Vuélvanse pa´ su casa!

- Ahorra energías. ¡Quien te hizo esto!

- Vuélvanse ya…oye…ahí está Él… ¡con mis zapatillas!...

Un gozo sobrenatural se fue apoderando de sus ojos al momento de exhalar. Sus labios juveniles se relajaron y su cabeza se descolgó sin vida sobre el regazo de Mateo, quien la vio marcharse, sin lograr asimilar lo que pasaba, tratando de hallar una respuesta en Kat. Pero la descifradora de misterios había quedado igual de pasmada, con la cabeza inerte de Nawal entre sus manos, sin saber si estaba soñando o vivía una pesadilla.

*****

11

LA CONFESIÓN

Conteniendo el pánico, Kat intentó reanimarla como lo haría un profesional, hasta que la rítmica presión que ejercía sobre el pecho de la joven provino más de su frustración. Mateo nunca había visto cómo la vida se escapaba, abandonando para siempre un cuerpo mortal.

- Kat...hay que avisar a la policía. Y hacerle caso a Nawal. Este lugar no es para nosotros.

Sin poder aguantar más, Kat estalló en llanto. Mateo la atrajo en un abrazo solidario, como el día en que un *salvaje* detonó una bomba en un colegio *prístino* y todo el país lloró unido para luego volver a atomizarse a los pocos meses. La sintió temblar entre sus manos derramando sus lágrimas sobre él, sintió la fría humedad de su nariz y la sangre aún caliente de Nawal. Todo era real, no un delirio místico religioso al que pudiera ponerle fin.

- Katherine -advirtió, agarrando su cabeza-. Hasta aquí llegamos. Tenemos que irnos.

- No van a ningún lado - anunció la voz tranquila de un hombre mayor cuyo eco llenó el templo mientras avanzaba por el pasillo derecho apuntándoles con una pistola, sin descuidar el objetivo, las rodillas ligeramente flexionadas y una actitud profesional.

- ¡Policía de Puerto Idilio! -dijo, mostrando su placa-. Quiero ver sus manos. ¡De pie!

Mateo recordó haberlo visto, aunque no sabía dónde. La sirena de una patrulla acercándose desconcertó al recién llegado, quien se volvió hacia la entrada con cara de ofuscación.

- Agente -explicó Mateo, con voz temblorosa, recurriendo a su diplomacia natural-. Le juro que ella estaba bien hace unos minutos. Cuando bajamos del campanario...

- ¡Métanse al confesionario! - ordenó Cantillo señalando con el arma hacia el mueble ubicado cerca del altar, en una de las naves, notando que estaba vacío en ese momento.

- Espera -previno Kat a Mateo, quien ya se disponía a obedecer-. La policía llegó, se escucha una sirena afuera. ¿Por qué nos quiere esconder, *agente*? ¿No es *usted*, la policía?

- ¡No hay tiempo, niña! – alzó la voz el veterano detective exhibiendo su identificación-. Me llamo Vicente Cantillo, teniente por más años de los que ustedes han vivido, voy detrás de un criminal, no encierro niños. ¿Quieren terminar igual que esa pobre mujer?

Al decir eso Cantillo señaló el cadáver con la pistola. Ver de nuevo esa imagen desoladora bastó para que los jóvenes retrocedieran atolondradamente y se encerraran en el habitáculo. Si no decía la verdad, acabarían como Nawal, llevándose sus secretos, antes de confesarlos.

***

Constanza irrumpió en el estudio de Michael. Necesitaba desahogarse, no de la forma que venía haciéndolo los últimos días. Con solo traspasar la puerta sintió el cambio en la atmósfera, el peso de la presencia de *Abba* en ese pequeño cuarto. Al ver a su esposo postrado de rodillas, sintió que el iracundo plan de batalla que traía en su mente perdía relevancia. Ya no lo pudo ver como un hombre desentendido, a la deriva. Le pareció en cambio ver a un general que recibe instrucciones, preparándose para la batalla.

Le avergonzó comprobar que mientras ella urdía un meticuloso plan para traer de vuelta a su hija sana y salva, Michael, como todo un *Natanael*, se enfocaba en lo primero que busca un *prístino* auténtico: *A su Padre, Su corazón*. Tal como solía hacerlo el *rey músico*, quien antes de cualquier batalla, le preguntaba todo. "¿Iré tras mis enemigos?". "¿Los rodearé?". Según la *Fuente*, debido a esas actitudes y a pesar de haber fallado mucho, el Altísimo lo llamó: "*Un hombre conforme a mi corazón, que hará lo que yo quiero*".

- Perdón por interrumpir, pero no puedo sola con esto.

- Pasa. Cancelé mi clase de la tarde. Le dije a mi alumna que hay algo de fuerza mayor.

- Katherine no me contesta -confesó Constanza con voz resquebrajada-. Ni siquiera ha visto mis mensajes. Cuando no puede hablar siempre me envía algo dulce, un Emoji o un sticker. ¿Crees que Kat nos engaña? ¿Que sea *otra persona*? ¿Bipolar, o algo así?

- Ambos hablamos con ella. Sentimos la misma paz. Hemos reconstruido cada conversación, diálogo a diálogo. No hay razón para pensar lo peor o para desconfiar de Kat. Los *ciber salvajes* dicen mentiras para confundir a sus víctimas. La del lío aquí es Sofía.

- Sé que los Aguilar nos aconsejaron que no la alertáramos, ¡pero es nuestra hija! ¿Por qué no se ha regresado en el primer vuelo al ver cómo están las cosas?

- Ven -le dijo él. -Ella se refugió en sus brazos-. Estoy igual. Por eso busco la guía del Padre.

- ¿Te ha mostrado algo?

- ¿Por qué no te quedas y lo averiguamos juntos?

- Debería, pero… ¡Me avergüenza tanto haber contemplado la sola idea de traicionarte!

- ¡Pero no lo hiciste! Soy capaz de lo mismo, igual que el *apóstol pescador*. Puedo negar el Amor si me caliento en la fogata equivocada. Y aun así el Maestro nos mira como lo miró a él la noche que fue entregado, y después de resucitar, en la playa, preparando el desayuno.

- ¿Podremos superar este dolor algún día? ¿Será como "aguas que pasaron"?

- Si Él perdonó nuestras transgresiones, si no las recuerda ya, ¿quiénes somos nosotros para volver a dar vida a lo que ya no existe, ni siquiera en el corazón de nuestro Creador?

Constanza lo volvió a besar en un arrebato de pasión, gratitud, locura, admiración, alborozo, un sentimiento de plenitud que le devolvió la convicción de estar en el lugar correcto, bajo la bendición del Todopoderoso, junto a la persona indicada. Michael le correspondió, como en los primeros días de su noviazgo, cuando les costaba gobernar la voluptuosidad de sus impulsos naturales, reservando en obediencia ese placer para el matrimonio, decisión de la que nunca se arrepintieron después, porque por honrar primero a su Padre, dejándolo manifestar Su pureza en toda su manera de vivir, conocieron en el tiempo señalado el gozo de un placer ilimitado, el regalo de un amor comprometido.

Y como en esos dulces días, se contuvieron al mismo tiempo, sin necesidad de un cimbronazo eléctrico en el cuerpo o de ponerse de acuerdo, esta vez por otra razón.

Se pusieron de rodillas y, tomados de la mano, Constanza inició un clamor por Kat.

***

A Joha no le importó ser la primera en la fila del comedor. Se había hecho a la idea de que, en ausencia de Kat, no tendría con quién almorzar. Lo sucedido con la canción la tenía de buen humor y se dispuso a darse un solitario atracón. Inesperadamente, cuatro compañeros que nunca le hablaban, dos hombres y dos mujeres, la interrogaron mientras recorrían el exuberante bifé. Querían saber más sobre la composición que oyeron cantar a Tato, asumiendo que ella tenía que ver. Joha estaba acostumbrada a las bromas. Si no era burla, trataban de sacarle algo. "Cuidado, Joha, no olvides que chapoteas en medio de tiburones".

Pero estos hablaban como si de verdad les interesara, hasta con cierta admiración. Se dio cuenta de que no estaba preparada para responder ese tipo de preguntas y tuvo que improvisar, tratando de internarse en la misteriosa canción de Kat que tanto revuelo estaba provocando. ¡Esa canción la tenía en la misma mesa con ellos! ¡Incluso parecían disfrutarlo! Le preguntaron por el incidente de la piscina y comentaron lo afortunada que era por salir airosa de esa pesadilla. De pronto, el que no supiera nadar era irrelevante.

En lo más animado de la conversación, cuando el ruido de los estudiantes que empezaban a poblar las mesas del comedor se tornaba en un estridente zumbido de risas, bandejas y cubiertos, otro inesperado suceso irrumpió en la monótona vida de Joha. Nacho, *el tímido Nacho* que rara vez se separaba de Mateo, Chepe y Guillo y que parecía no poder articular más de las pocas palabras que usaba, se acercó a la mesa de Joha. Sobreponiéndose a la vergüenza interrumpió la inusual tertulia. Obviamente no pudo evitar ruborizarse.

- Hola Joha… ¿sabes algo de Kat?

Joha recordó que había planeado llamar de nuevo a Kat y contarle lo que ocurrió con Tato, pero mientras almorzaba, para no sentirse tan sola. Ahora todos la miraban expectantes.

- Ella está bien. ¿Por qué?

- Bueno, oí que no embarcó. Y cómo ustedes siempre andan juntas… ¿está enferma?

- No, se quedó en Puerto idilio, *sirviendo*. Nada de qué preocuparse. Está con Mateo.

"Eso es". "Al diablo con Sofía y sus ínfulas de princesa". Si de algo servía esa información inútil era para fastidiar a la *insoportable*. Nacho iría y le soltaría el dato a sus amigotes, quienes muy seguramente ignoraban la insólita historia que se desarrollaba en tierra.

- *¿Con Mateo?* Ah, bueno, siendo así… Lo importante es que esté bien.

Se diría que el reporte le causó tristeza. Como si temiera enredarse si seguía hablando, Nacho se retiró, tan enigmáticamente como vino, olvidando despedirse. "¿Qué le pasa a ese? ¿De pronto somos más que organismo unicelulares, con vida inteligente?". Lo vio alejarse, mortificada ante el hecho de que él se hubiera interesado más en el bienestar de su mejor amiga. Y eso que no sabía la historia completa, que si Kat se había quedado en tierra era arriesgando su seguridad para ayudar a quien le había hecho imposible su corta vida.

- Discúlpenme, por favor -sorprendió a su nuevo "club de fans" levantándose de la mesa, mientras intentaba marcar de nuevo a Kat. "Buzón de mensajes". Desde que le envió la canción no había vuelto a saber de ella. Demasiado silencio para tratarse de Kat. ¿Y si algo andaba mal? Quizás debía estar haciéndose las mismas preguntas que Nacho. Se sintió un monstruo egoísta por dedicar más atención a unos estudiantes que nunca la habían determinado. Tal vez si la bombardeaba con llamadas perdidas lograra llamar su atención.

"¡Contesta!... ¿en qué te metiste ahora?".

Ambas sabían cuando algo le pasaba a la otra. Aunque Joha dijera en burla que solo Kat tenía línea directa con el Gran Autor, supo que era momento de orar. Quizás lo de Kat era así de contagioso. Si tenía que contraer su misma locura, estaba dispuesta. Después de todo, ninguna persona le había demostrado tal lealtad y amor, enseñándole el Camino con su propia vida. Aprovechando que sus compañeras de camarote almorzaban, se encerró a buscar otro tipo de comida. La que alimenta el espíritu y nunca se pierde. Al comienzo sintió que sus oraciones no pasaban del techo. Cayó en cuenta de que no había pedido perdón por intentar suicidarse. Después de confesar su *transgresión*, recuperó la sensación de bienestar, un estado de gratitud a cuya ausencia se había acostumbrado. Con un gozo fuera de este mundo volvió a apreciar la posibilidad de ser instrumento para bendecir a otros. A entender su propia canción…o la de Kat, daba igual.

***

De nuevo apretujados, como si ese fuese su destino, Kat y Mateo trataban de ver por las celosías del confesionario al hombre que interrogaba a Cantillo. Kat reconoció su antipática voz, a pesar del ruido de policías e investigadores forenses que, entre flashes y un complejo protocolo de registros y medidas técnicas, realizaban el levantamiento del cadáver. Habían acordonado la escena del crimen y cerrado el acceso a los fieles. El joven patriarca a cargo de la capilla, hecho un mar de nervios, respondía al bombardeo de preguntas, asegurando con vehemencia no haber visto nada sospechoso, solo a la víctima, la única persona que se encontraba orando desde temprano en las bancas. Era lo último que recordaba antes de haberse retirado a la oficina patriarcal a preparar su mensaje del medio día, de donde fue derecho a tocar las campanas. Espósito lucía desencajado.

- Lo veo relajado, Cantillo. ¿Por qué llegó antes que nosotros? Quiero saber quién le avisó.

- Yo solo seguía a Nawal. Lo que no esperaba era que Cymarrón se deshiciera de ella.

- ¿Entonces qué esperaba? ¿Todavía no aprende de qué es capaz ese asesino?

El coronel no podía dejar de mirar el cadáver de Nawal. Cantillo sabía de tiempo atrás de los flirteos de su superior con las trabajadoras sexuales de Puerto Idilio y dedujo que alguien lo había fastidiado. Era un secreto a voces que servidores públicos inescrupulosos consideraban normales esos abusos, como si fuera parte del pago por su rudo trabajo. Advertían a los turistas que se alejaran de mujeres así para quedárselas ellos mismos.

- Lo escucho, teniente. Ya que va un paso adelante, tendrá algo valioso que contarnos.

-Este homicidio no tiene la marca del Cymarrón, coronel. Traiciona su *modus operandi*. Es cruel con su gente, pero difícilmente se vuelve en su contra. Alguien lo traiciona, por eso la emprendió contra Nawal. Nadie haría eso en pleno templo por robarle unos pesos.

- ¿Crimen pasional?

- Con tantos que pasaban por su alcoba, no puede descartarse. Hasta donde sé no tenía una relación estable. La soledad se había vuelto su cura, su vocación.

- ¡No friegue, Cantillo! Le iría mejor como poeta. Los años lo están reblandeciendo.

- La psicología del crimen no es una ciencia exacta, coronel. Si abordáramos las patologías desde la perspectiva del espíritu, como algunos *prístinos* serios, tal vez lograríamos…

- Ahora no me salga con eso. Dígame más bien si encontró a los chicos de la excursión que tanto buscaba, los que querían contratar los servicios de esta… pobre infeliz.

Cantillo fingió esforzarse por recordarlos. Como actor, después de todo, se había graduado con honores hacía bastante tiempo, sin alfombra roja, sin honores ni reconocimientos.

- Usted me dijo que me olvidara del asunto, y eso hice.

- ¡Pero se lo estoy preguntando otra vez!

- Volvieron a la capital. Eso tengo entendido.

Kat miró a Mateo. ¿Se refería a *ellos*? - ¡Espósito! -susurró-. ¡El de la plaza, el del burdel!

- Salgamos y le contamos todo- musitó él-. ¡Tiene mayor rango! ¡El otro nos oculta!

- ¡Shh! ¡Ni se te ocurra! ¿Qué vas a contarle, si ni siquiera sabemos lo que pasó?

A Kat le bastaba haber visto cómo Espósito ultrajaba a Nawal para saber qué esperar de él.

- Muy bien -aceptó Espósito sin dejar de mirar a Cantillo. El teniente parecía seguro de la inocencia de Cymarrón. O quería demostrar que estaba en control para alejar a su jefe.

- ¡Registren el templo! -gritó Espósito a sus hombres, dirigiéndose al confesionario.

- Eh… ya lo revisé todo. *Exhaustivamente* -justificó Cantillo, procurando sonar natural, cuando se interpuso entre su jefe y el confesionario-. Nawal estaba sola. Acostumbraba orar aquí en las mañanas, para lidiar con su vida. ¡Perdemos el tiempo aquí!

Kat apretó los brazos de Mateo mientras balbuceaba una oración, sin notar que casi le clavaba las uñas. Sarracino atrajo contra su pecho la cabeza de su compañera de infortunio.

- "*¿Exhaustivamente?*". ¿Está seguro?

- Si no me cree, bien pueda -se encogió de hombros Cantillo apartándose. Lisandro analizó lo que decía Cantillo con la mano apoyada en la puerta del sagrado cubículo que solo debía empujar un poco para dejar al descubierto su indefenso contenido.

- ¡Oído! - gritó, volviéndose a sus hombres- ¡Vamos a dejar que Cantillo se haga cargo aquí! ¡No pienso quedarme para atender periodistas mientras ese desgraciado de Cymarrón se burla de nosotros! ¡Prepárense para un operativo sorpresa en Nínive!

- ¿Ya sabe dónde encontrarlo? -titubeó Cantillo. Espósito no solía ser tan visceral. Si no lo conociera de tiempo atrás juraría que el asunto se le volvió personal.

- ¡Tengo un poco más de idea que usted, teniente! ¡Y si me toca levantar cada piedra de ese asqueroso barrio para atrapar al maldito del *Cymarrón*, pues lo haré!

Espósito se alejó del confesionario hacia la puerta del templo, seguido por sus hombres. Los de investigación forense continuaban haciendo su trabajo en torno al cadáver de Nawal.

- Ahora regreso, no salgan de aquí hasta que les diga- susurró con disimulo Cantillo, inclinándose levemente hacia el confesionario. Luego se fue a conversar con los forenses.

- No fue necesario acudir a la policía -respiró Kat, aliviada de que Espósito no los descubriera-. Como ves, Cantillo vino a nosotros. Ahora, a esperar. ¿Más tranquilo?

- ¡Claro que no! Nos pedirán declarar por el homicidio y vamos a tener que contarlo todo. ¡Si es que nos va bien! ¿Cómo sabemos que este teniente no es un depravado peor? Esto es Puerto Idilio, Kat, el corazón de la *transgresión*, no se puede confiar en nadie. ¡Mañana es el último día que te dio ese psicópata! ¡Nunca vas a descifrar todo el acertijo!

- *Vamos*, querrás decir- precisó Kat-. Es por tu novia que estamos aquí. No lo olvides.

- ¡Que se pudra Sofía!

- ¡Mateo!

- Cuando se desnudó ante extraños destruyó lo nuestro, no es la persona que creía conocer. Sí, ya que estamos en un confesionario, voy a decir todo lo que pienso, no me importa.

Kat bajó la cabeza por respeto. Y porque los rezongos de Mateo, algo de razón tenían. Aunque no hubiera un patriarca en el habitáculo ante el cual los penitentes confesaban sus pecados, Kat sintió que *Abba* estaba allí, en medio de ellos, sobre ellos, *en* ellos.

"*...y yo no lo sabía*"- Dijo, como el padre del *joven soñador* al despertar de su sueño.

La envolvía de nuevo Su presencia manifiesta, igual que en el muelle, cuando conoció a Nawal. *Abba* no se había apartado, pese al crimen que alguien cometió allí mismo, ante Sus ojos. Continuaba escoltando, como columna de fuego en la densa oscuridad, a dos de sus hijos, cuyas transgresiones pasadas, presentes y futuras ya habían sido cubiertas y limpiadas por el Maestro con su sangre. La intermediación del patriarca era, en esencia, prescindible. Bastaba al penitente arrodillar su corazón, en la intimidad de su cuarto, para escuchar decir al Maestro: "*Te perdono. Vete y no peques más. Ahora sígueme. Si caes por el camino, búscame, Yo Soy tu Sanador, te doy acceso continuo al trono de la gracia. Un corazón contrito y humillado jamás lo despreciaré. Siempre estaré dispuesto a escucharte*".

Era lo que aprendían Kat y Mateo de sus profesores. A medida que crecían, muchos estudiantes *prístinos* olvidaban estas lecciones de la *Fuente*, como los libros de historia que no volvían a abrir en su vida. Con Kat fue distinto. Desde pequeña intuyó que la verdad detrás de dichas lecciones era su llamado, mientras que Mateo, quien no tenía la culpa de no hacerse las mismas preguntas, se rebelaba contra lo que no podía recibir aún.

- Perdona mi egoísmo. Tienes razón, nada te obliga a acompañarme. Como dije, eres solo el gran pez que *Abba* había preparado para mí. Para recordarme que tiene misericordia de los más débiles que yo, los perdidos, que no lo conocen. Eres libre. Desde aquí, sigo sola.

¿De qué estaba hablando? ¿Existía alguien más dócil que Kat? Los de su salón se burlaban de esa absurda nobleza suya. La apodaron "paloma" sin saber que estaban profetizando, pues eso exactamente significaba el nombre del antiguo *profeta náufrago*. Si Kat, que sentía compasión por los perdidos y por los que sí necesitaban de un médico para su alma, se consideraba una egoísta, ¿qué podía esperarse de él y del resto de sus compañeros?

- Katherine, también me afecta lo de Nawal, pero ya recibió la salvación de su alma. Tu misión aquí terminó. No puedes hacer más. A menos que quieras terminar igual que ella.

- Ya te dije: Mi transgresión es el orgullo, haberme escondido detrás de lo que creía saber.

- Cometes un error. ¿Y si el libro del *profeta náufrago* solo fuera una parábola? ¿Cómo puedes pretender que el Gran Autor te diga qué hacer a partir de una fábula para niños?

- Es un libro histórico -corrigió Kat-. Ocurrió realmente, como lo sustentan fuentes *ilustradas*. A la vez, es mucho más. O el Maestro no habría dicho a sus contemporáneos religiosos: *"Esta es una generación malvada. Pide una señal milagrosa, pero no se le dará más señal que la del profeta náufrago. Así como él fue una señal para los habitantes de aquella gran ciudad transgresora, también lo seré para esta generación [...] Porque así como tres días y tres noches estuvo él en el vientre de un gran pez, también tres días y tres noches estará el Hijo del hombre en las entrañas de la tierra".*

- ¡Eso no significa que tengas que entregarte en bandeja al asesino más buscado de Nínive!

- El otro gran pez *era Nawal* -reflexionó Kat con tranquila lucidez- me vomitó en estas playas, a cuyas espaldas hay miles de *sobrevivientes* y *salvajes* sumidos en las tinieblas. ¿No lo entiendes? ¡Esa es mi revolución! Anunciarles que ya no están huérfanos, que Él los llama a *ser* sus *hijos*. Un día, *el rey músico* oró así al referirse a su pueblo: *"Lo has escogido para dar a conocer Tu Nombre"*. Es el fuego que me consume por dentro. Dar a conocer el único Nombre en el que hay salvación, pero que nosotros mismos nos hemos encargado de esconder mezquinamente del resto del mundo, haciéndoles imposible alcanzar la misma gracia. Aunque no sepa cómo piensa hacerlo, Su amor me desborda.

Si antes tenía sospechas de que Kat estuviera de manicomio, ahora Mateo estaba seguro.

- Suficiente. Me vas a oír, lerda desquiciada. No vas a ir sino a la estación de policía donde Cantillo seguramente nos llevará hasta que entienda que debe soltarnos. ¡Si tratas de hacer otra cosa, yo mismo te voy a esposar de los pies, te voy a tapar esa boca con cinta adhesiva y voy a contar a tus padres que casi te desmayaste para que te hagan internar en un hospital!

- ¡Oye! ¿Quién te crees, mi dueño? ¡Siento desilusionarte!

- ¡Baja la voz, me importa un comino lo que sientas! -atenazó sus hombros, con el estrés de tener que susurrárselo entre dientes y no poder gritarlo a todo pulmón.

Sin darle tiempo a reaccionar la besó con una desesperación largamente contenida, las manos alrededor de su rostro en actitud protectora. Kat se dio cuenta de inmediato que no era la clase de beso con que cualquier galán trata de aprovecharse de su incauta víctima y se dejó llevar por un nuevo movimiento de la sinfonía secreta que recorría su cuerpo. Al compás del glorioso y desenfrenado momento confluían la rabia, la confusión, la frustración del general que contempla las murallas de la ciudad que no pudo tomar, el encandilador reflejo del sol en los escudos sobre la muralla de la mujer deseada, imponente como ejércitos en orden, pequeña y a la vez inalcanzable, de la que necesitaba beber, no solo de sus labios, de su boca, sino de todo su ser, regado por fértiles torrentes de agua viva.

Había encontrado la forma de taparle la boca. Hacerle saber que sí, se consideraba su dueño, que estaba ahí para protegerla. Para respirar del aire que ella respiraba.

*****

12
CAPÍTULO
APOLIÓN

A René nunca se le olvidó la frase de un motivador que daba seminarios en las convenciones de videojuegos: *"Puedes darle la vuelta al mundo con solo conectar a cinco personas que se conozcan"*. Por ese entonces René aún creía que se podía hacer dinero legalmente y buscaba inversionistas *ilustrados* que creyeran en los pequeños emprendedores, estrategia que terminó desechando cansado de que se quedaran en pura palabrería, cuando no terminaban robándose sus ideas, o su dinero (el poco que lograba ahorrar). Resolvió catalizar su mala experiencia diseñando un videojuego en el que masacraba sin piedad a las "sanguijuelas de la industria", incluidos sus conferencistas.

Había llegado el momento de poner en práctica su propia filosofía. Caminó, morral al hombro, desviándose de la playa sucia de escombros donde acababa la ciudad turística hacia la humilde vivienda de los líderes comunales de Nínive 7, primer asentamiento original del descomunal barrio, ahora compuesto por anillos interminables, según le explicó un vendedor de mango biche que pedaleaba en un quiosco tan desteñido y viejo como él.

Había aprovechado para dormir en el bus, despertando al amanecer, con el ruido de las olas. Al llegar a la estación se puso unas chanclas, una camisa limpia con estampados de flores y la gorra del equipo de béisbol local para no desentonar. El sol picaba más, pero no para los niños que dichosos jugaban canicas en el piso de tierra, donde la pobreza y los problemas no existían. Una octogenaria con cara de puño, llena de energía y cubierta por un largo batón indígena, vigilaba a los ruidosos chiquillos desde una mecedora. Pegado a la ventana, un aviso escrito a mano, con letra chueca anunciaba: "Se arrienda cuarto".

- Buenas, mi doña, ¿con quién tengo que hablar para lo del aviso?

Tenía esa capacidad inusual de agregar un poco del acento auténtico de la región a sus propias palabras para ganarse la confianza de los demás, incluso de parecer amable.

- Solo es que pase un par de papeles -respondió la huesuda matrona, ya sin dientes-. El precio lo arregla con mi hijo. Espérese, ya está terminando de almorzar.

Naturalmente no iba a entregar un documento con su verdadero nombre. Se sentía cansado de caminar y prefería no perder el tiempo buscando otro lugar para hospedarse. Observó entonces que los niños jugaban *Ratonera* o *Cucunubá*, como se le llamaba por los pueblos del interior. El juego consistía en embocar las canicas por unos huecos recortados a un tablón de madera. Sobre cada hueco había un número. Ganaba el que lograra el mayor puntaje. Un niño de siete años con Síndrome de Down al que apodaban Rayo se frustraba porque no acertaba a los huecos. Su hermana, un par de años mayor, trataba de animarlo, pidiéndole que ignorara las burlas. René se les acercó. El juego era su terreno, su boleto de entrada, por encima de cualquier papel que los *sobrevivientes* exigieran buscando protegerse de tanto *salvaje* local y migrante que deambulaba por Nínive.

- ¿Puedo ayudarte, *Rayo*? -dijo, recogiendo una de las canicas que fue a rodar a sus pies. Sin esperar su respuesta, midió la distancia al tablón y susurró unas palabras al niño.

-Tiene sangre en las manos -observó su hermana con expresión grave.

-¡Ah!- el forastero sonrió limpiándose las manos en el pantalón-. Un pescador me pidió que le sostuviera un racimo de peces que salió a vender a la playa. Ahora me lavo. - Me llamo Ricardo -siguió hablando al desconcentrado Rayo, como si nada-. De niño era muy bueno en esto, confía en mí. Cuando vayas a lanzar, suelta la muñeca y deja que tu brazo acompañe el lanzamiento hasta el final. Así. Ahora inténtalo tú.

La hermana de Rayo dirigió una mirada de preocupación a su abuela, como si fuera su deber reportar al extraño. Ella ya se había dado cuenta y los observaba en actitud de alerta. "Ricardo" era fuerte. Capaz de cargar un par de niños, correr y desaparecer con ellos. Rayo lanzó de nuevo y en cinco tiros metió las canicas en los huecos de 10, 8 y 9 puntos, ante la mirada envidiosa de los otros niños. Su hermana aplaudió, divirtiéndose a más no poder.

- Bravo, Rayo, ¡qué duro! ¡Sopa y seco a todos con esa tanda! ¿Viste eso, abuela?

Luego de sumar las canicas encajonadas, los niños de las casas vecinas tuvieron que pagar a regañadientes el precioso botín en juego: *más canicas*. Rayo se las guardó dichoso en su bolsita de canguro sintiéndose el más listo, quizás por primera vez en su vida. Nadie más celebró con él. Los pequeños milagros eran tan escasos por allí, que cuando alguno se producía, ya nadie era capaz de reconocerlo. La anciana ni se inmutó con el baile triunfal de Rayo. Sus ojos habían visto tantas cosas que ya ni la emocionaban los logros de sus nietos. Sin embargo, unos minutos después ya le estaba llevando un café a René, mientras este se lavaba las manos y negociaba con su hijo y su nuera Íngrid. Rayo y su hermana Cassandra revoloteaban sacando juguetes de su cuarto, con la clara intención de lucirse ante el extraño de magnetismo inexplicable, que les había mostrado un poco de cortesía.

- Notarán por mi acento que no soy migrante. Acabo de llegar de Santa Magdalena. Como los migrantes son la mano de obra más barata, a muchos nos ha tocado salir a buscar oportunidades. Se dice que por aquí en Nínive nadie se vara. Que hay "camello" pa todos.

- ¿Y en qué trabajaba? -preguntó Genaro dando vueltas a su identificación falsa.

- Soy mecánico. Trabajaba con papá. Murió de un infarto, ahogado en deudas. Mamá está enferma. Le prometí que le enviaba dinero tan pronto consiguiera algo. ¿Ve por qué no tengo más papeles pa mostrarle? No ayudarían mucho. Recíbame el dinero, es la renta por adelantado de una semana. No seré *prístino*, ni *ilustrado*, pero lo que digo, lo cumplo.

- Podría darle una revisada a nuestra carcacha -dijo Íngrid- a ver si esa cafetera tiene salvación-. Los niños empezaron a saltar y rogar, como si se tratara de su propia causa.

- ¡Sí, papá, que se quede!¡Trae videojuegos! ¡Llegó a nivel 10 en Ángel Exterminador!

- Niños -amenazó la abuela- váyanse a jugar adentro, que sus papás están ocupados, o no les hago paletas de coco. ¡Y se me ponen ya el uniforme, o van a llegar tarde a clase!

La advertencia resultó eficaz y los niños, que ahora estudiaban solo en la tarde, porque ya no quedaban maestros en Nínive, regresaron en silencio a su cuarto.

- Si al cumplirse una semana no ha conseguido trabajo, me entrega la habitación- puso punto final Genaro-. Las cosas tampoco es que estén muy fáciles por aquí.

- Trato hecho -dijo René, como si no fuera el arreglo ideal. Íngrid observó que nunca sonreía y cuando parecía que iba a hacerlo un gesto sombrío emergía de su interior.

- Tal vez pueda darle contactos de algunos talleres de Nínive, pero no le garantizo nada.

- Gracias, no busco trabajo como mecánico.

- ¿Entonces?

- Su hija mencionó mi verdadera pasión. Soy diseñador y programador de videojuegos.

- Entonces, señor -sonrió con sarcasmo Genaro- ha llegado usted al lugar equivocado. Las oportunidades están en Puerto Idilio, por Boca Cemento. Aquí, ni se asoman.

- Mi mejor oportunidad vive *aquí*. Quiero trabajar para el gran Cymarrón. Habrá oído de él.

La abuela disimuló seguir en función de los niños, atenta a la respuesta de su hijo, lo mismo que Íngrid. René los miró a todos, tratando de entender. Como si jugase a la *ratonera,* había logrado activar con un lanzamiento perfecto algún código de alarma.

- ¿Dije algo malo?

- Para nada. Estaba pensando si conocíamos algún negocio con ese nombre, pero no, tendrá que buscarlo usted mismo. ¿Quiere ver su cuarto?

Los niños celebraron que el forastero se quedara, como si hubiera llegado Santa Claus.

- ¿Podemos jugar con *Ricardo* antes de irnos al colegio?

- No- respondió tajante Íngrid, provocando en sus hijos rezongos y cajas destempladas.

- No lo tome a mal -dijo Genaro por congraciarse mientras le recibía el dinero del anticipo.

- Lo entiendo, supongo que debo averiguar por mi cuenta. Cuando regrese pedimos permiso, niños. También tengo juegos diseñados por mí. A Rayo le van a encantar.

- Señor -se le acercó Íngrid con discreción para que sus hijos no la oyeran- agradecemos su amabilidad, pero tratamos de mantener a nuestros hijos libres de…*videojuegos* y cosas así.

-Ah. En estos no hay violencia, ni necesitan *selfish* para ingresar, son perfectos para ellos.

- Para los nuestros no. Tendrán acceso a su *selfish* cuando nosotros digamos.

René asintió fingiendo comprensión. En efecto, sus videojuegos salpicaban sangre hasta el espectador de última fila. Invitaban a idealizar a jovencitas asesinas de pinta vulgar y matoncitos con aspecto de rebeldes sin causa y abdominales esculpidos por Miguel Ángel. Un universo diseñado por un genio violento en el que él mismo se sumergió para evadirse de las riñas de sus padres. "Con Genaro y con Ingrid seguro es igual", pensó René. Todos levantan un muro de perfección moral para ocultarse.

Como no tenía tiempo que perder se cambió de camisa sin ducharse. Listo para salir, morral al hombro, buscó a los caseros para preguntarles si le darían una llave o hasta qué hora podía llegar para que le abrieran. Íngrid y Genaro cuchicheaban en la cocina. René alcanzó a ocultarse en el patio vecino, sin perder detalle de la conversación.

- ¡Ya hemos tenido esta discusión varias veces, mujer! Nuestro deber es reportarle al Cymarrón lo que dijo el tipo. Ocultarle información no nos va a llevar a ningún lado.

- No sabe lo que desea, ni a lo que se expone. ¡Es muy joven! Deberíamos advertírselo.

- ¿Vas a tirar a la basura la protección que nos ha beneficiado por años? Si *dagón* lo quiere como siervo o como ofrenda, es *su* decisión. Solo siendo fieles nos destinará a algo grande.

- *¿Algo grande?* -Íngrid estaba a punto de tirar la toalla-. ¿Te parece que lo que pasa en Nínive es *algo grande*? Una epidemia y dos terremotos en menos de tres años (que nos hicieron más pobres a nosotros porque a los corruptos de Puerto Idilio y Sabanópolis ni les hicieron cosquillas). Nuestros jóvenes reducidos a la prostitución, en bandas criminales, contrabando, narcotráfico... Somos noticia todo el tiempo. *La mala noticia.* Mientras en el centro construyen edificios sin parar y se les llena la boca hablando de que son el destino preferido para sus convenciones y negocios, por aquí las desapariciones y asesinatos son el pan de cada día. Y nosotros, ¿qué hacemos? ¿Cómo puedes jugar dominó, mamar ron y acostarte tan tranquilo? ¿Qué futuro le espera a Cassandra y a Rayito? No me mires así, sabes mejor que yo que ni *dagón* ni la *hechicera* los protegen, que a Cymarrón tampoco le importamos. ¡Porque no es nuestra familia, ni él es el Gran Autor.

- ¡Bueno, ya deja de dar lora *prístina*! Si el inquilino o la hechicera te llegan a escuchar...

- Quiero que tú me escuches a mí. ¡No puede ser que en un barrio más grande que una ciudad solo se obedezca la voz de un dios que se complace en la muerte y la destrucción de sus seguidores! No le pertenezco, ni mis hijos, y espero que tú tampoco.

- ¡Si no cuido a mi familia, ¿quién lo va a hacer?! ¡Despierta, mujer! Si ese Gran Autor existiera, si le interesáramos a los poderosos de este país, o a las autoridades, ya lo sabríamos. Todos se corrompieron. Son los mismos esclavistas del pasado. Nosotros, la carne de cañón. Criamos hijos para que otros se enriquezcan explotándolos.

- ¡Y lo seguirán haciendo si dejamos que permanezcan sumidos en la ignorancia de esta guerra espiritual! Tanto brujo y hechicero solo nos han traído desgracias. Lo único que nos somete a su autoridad son nuestros propios temores. Se alimentan de ellos. ¿Alguna vez nos han dado algún mensaje de esperanza? ¡Solo pregonan la destrucción!

-¡Igual que los *prístinos*! Pero ellos pregonan juicio porque les conviene señalarnos como transgresores. *Necesitan* que seamos la escoria. Es su forma de dominarnos.

- Un juicio aún peor es lo que tenemos merecido -suspiró Íngrid apoyándose en el fregadero desconsolada-. Alguna vez oí de ciertos *Nazareos*. Enseñan que el juicio es evitable.

- ¿Y cómo, si se puede saber?

- Con arrepentimiento.

René se retiró buscando la puerta con sigilo. Si ese *dagón* existía, estaba de su lado. Había llegado al lugar correcto. Estaba más cerca de Cymarrón de lo que él mismo imaginaba.

***

Cantillo esperó con paciencia a que los investigadores forenses abandonaran la escena del crimen. Aprovechó entonces para sacar a Kat y a Mateo del confesionario y los condujo a la oficina del patriarca, a quien dijo que se trataba de dos posibles testigos que se encontró en las afueras del templo y que se los llevaría para interrogarlos, no sin antes advertirle que era esencial mantener su existencia en reserva, si querían atrapar al asesino de Nawal.

Estacionó su viejo y corroído sedán azul pavo detrás del templo, frente a la oficina del patriarca. Cuidando que nadie lo viera, los metió sigilosamente al asiento trasero. Unos minutos después Kat y Mateo estaban de vuelta en el maloliente edificio de la San Martel, solo que en un apartamento distinto de aquel donde empezara todo. A unas puertas de distancia vivía Cantillo, el "viejo de cachucha" que Mateo nunca creyó que volvería a ver.

Se les revolvió el estómago al comprobar que habían regresado a aquel horrendo lugar. Al menos Nawal ya nunca tendría que asomarse por ahí. Había escapado, esta vez para siempre. Durante el trayecto, ni ella ni Mateo sabían para dónde mirar. Una vez afuera del confesionario, ninguno quería referirse a lo que pasó cuando

Mateo la besó. Tras unos segundos que primero le parecieron eternos y sublimes, Kat se había apartado abruptamente de él, acusada por su conciencia. ¡Acababan de despedirse de Nawal! Además… ¡todo eso lo estaban haciendo por Sofía!… ¿O no? ¡Qué rayos pensaba Mateo! ¿Acaso se burlaba, o, alborotado por la excitación de los últimos dos días solo buscaba lo que todos los hombres buscan? *¿Era posible que fuese sincero?* Todo eso y mucho más quiso preguntarle, pero solo atinó a distanciarse, con suavidad, a pesar de sí misma, temblando de miedo.

- ¿Qué estás haciendo?

- No sé. Créeme que no sé.

Ahí quedó. Una vergüenza compartida pareció abrirles los ojos, los vistió de cordialidad y los hizo sentirse más extraños que nunca. Un par de transgresores más.

Después de lavarse las manchas de sangre en un baño diminuto y percudido (el único del apartamento), el veterano policía destapó los dos últimos refrescos que le quedaban en la nevera y se los entregó. Las tapas rebotaron sobre el descuidado mesón de la cocina. Mateo observó el cepillo de dientes viejo y floreado de Cantillo. Kat se frotó las manos varias veces con la impresión de que la sangre no caía, atormentada por el recuerdo de Nawal. Las gaseosas eran de color rojo intenso. Las bebieron con avidez, porque estaban bien heladas.

- No tengan miedo. Sé que ustedes no lo hicieron.

- ¿Entonces por qué nos trajo? -se envalentonó Mateo al notar que no quería hacerles daño.

- Si mi jefe hubiera abierto la puerta de ese confesionario, la vida se les habría complicado.

- ¿El coronel Espósito…?

- Sí - dijo Cantillo entrecerrando lo ojos. ¿Lo conocían?

- Mateo- lo frenó Kat-. No sé mucho de estas cosas, pero he leído sobre casos parecidos. Nadie nos ha acusado, ni detenido. Y si así fuera, tenemos derecho a un abogado.

- ¿De dónde sacas eso, Katherine? El señor Cantillo es policía y dice que no lo hicimos.

- Lo leí…en una historia de Nancy Drew.

- *¿Quién?* Por Dios, no puedo creer que seas fanática de esos programas de los ochentas.

- Estaba en la biblioteca de papá y mamá. Caramba, ¿es transgresión leer?

- Oigan -dijo Cantillo-. Llevo años tratando de atrapar y meter a la cárcel al que mató a esa joven. Ya sé, le dije a Espósito que no fue Cymarrón para que me dejara a cargo y así poder sacarlos. Con su ayuda tal vez tenga mi mejor oportunidad.

- ¿Entonces, sí cree que fue él? -Kat sintió un escalofrío. Un asesino tenía su número.

- *Katherine*, ese es tu nombre, ¿cierto? Entiendo que después de lo que acaban de ver no sepan en quién confiar, pero van a tener que creerme. No entiendo por qué no subieron a ese costoso crucero, prefiriendo enredarse con esa… *víctima* de los tratantes de personas que azotan esta región. ¿Tan poco valoran la vida? ¿No enseñan eso los colegios *prístinos*?

- ¡Oiga! -protestó Kat-. ¡No nos conoce! ¡Ni tiene idea de por qué perdimos el crucero!

- Calma, estoy de su lado, para mí sus manos manchadas de sangre no prueban que sean los asesinos de Nawal. Sé que la conocen y que solo intentaron salvarle la vida, pero si alguien en la policía se llega a enterar de que los oculto me voy a meter en un gran problema. Necesito que me digan todo lo que saben, cuál era su relación con la víctima y lo que haya mencionado sobre el Cymarrón. ¿Son conscientes de lo que se proponía hacer con ustedes?

Kat se sintió un poco estúpida y más cuando advirtió la mirada de Mateo interrogándola. Algo había cambiado en él. El Mateo de antes del beso, hubiera aprovechado para lapidarla, pero aquella nueva versión se limitó a esperar en silencio a que ella misma se defendiera.

- Usted dice que nos ha venido siguiendo. Si en realidad hace tan bien su trabajo dígame por qué su jefe juzga a mujeres como Nawal y las usa, en lugar de darles una oportunidad.

- No te entiendo.

- En lugar de protegernos vieron en nosotros carnada fresca para salir a pescar y nos siguieron hasta *La Senda Sinuosa*, - se desahogó Mateo-. Como no nos encontraron en su allanamiento, su jefe se dedicó a degradar a Nawal -¿no había tenido ella suficiente?-, amenazándola con implicarla como enlace de Cymarrón si no cedía a sus pretensiones.

- Ustedes *estaban ahí…* ¡lo sabía!

- Presenciamos *todo* lo que su puerco jefe le hizo -agregó Kat, inspirada por la franqueza de Mateo, en cuya mirada ardía el deseo de reivindicar la memoria de Nawal-. Ahora que sabemos a qué se dedican, supongo que somos las próximas víctimas. Es paradójico, ¿no cree, señor Cantillo? Paradójico y diabólico. ¡Ustedes mismos se encargan de exterminar a esta generación, haciéndose pasar por los héroes que enfrentan a un gran criminal!

- Un momento, lo que dicen…no está muy lejos de la realidad, lo admito, pero tampoco tienen el cuadro tan completo como creen. ¡Yo no apruebo los métodos de Espósito!

- ¿Entonces…? -gimió Kat con desconcierto-: ¡¡Por qué no lo denuncia!!

- No estoy cruzado de brazos -aclaró Cantillo-. Son jóvenes. Todavía no entienden las dimensiones del problema que nos ocupa aquí. Lisandro Espósito ha logrado echarse medio Puerto Idilio al bolsillo. Autoridades, políticos, empresarios. Pero no es eterno. Su brutalidad terminará. Veré ese día, aunque logre destruir mi carrera, pero antes voy a capturar al criminal que se cree leyenda por destruir a toda esta región, a las familias, a las "nuevas generaciones", como dicen. Solo me iré dejando limpio el vecindario.

"Come y bebe. Aún tienes camino por delante".

Mateo iba aprendiendo a detectar cuándo la mujer que hasta hace poco llamaba "delirante mística religiosa" se conectaba con la cordura del cielo. Había un silencio en el pentagrama de su música, una desconexión con lo terrenal. Admitió que le gustaría ser invitado a esa singular conversación, fuera de su alcance, en una "mesa para dos".

- Voy a creerle, pero no porque lo considere un aliado, sino porque el Único en quien está puesta mi confianza puede valerse de cualquier instrumento para enviarnos Su ayuda.

- Me alegra saberlo -respiró Cantillo, aunque no entendiera casi nada de lo que Kat decía. A Mateo le pasaba algo similar. No se sabía quién era más complejo y perseverante, si el Cymarrón o aquella eterna desconocida cuyos labios recién descubiertos se moría por volver a probar. Cantillo tenía un arma en su chaleco. Ella, palabras, pero bastaba la autoridad con que las pronunciaba para comprender quien fijaba las condiciones.

- Ha demostrado que no siempre sigue las reglas cuando no tienen sentido. ¡Es preciso que se mantenga firme! Ahora le pido que me escuche, teniente. Para atrapar a la persona que busca le hará falta algo más que sentido común. Quiero tanto como usted que lo encuentre y encierre, pero si le cuento lo que sabemos, necesito que también me prometa algo.

- Si está en mis manos…

- Necesito entregar un mensaje al Cymarrón tan pronto lo aprese, antes que lo detengan. Personalmente. Es para él, y para toda la gente que lo sigue.

Cantillo y Mateo la miraron con incredulidad.

- ¿Y qué mensaje es ese?

- "Si no se arrepienten, van a morir".

- Kat… -se espantó Mateo, tomándola de un brazo-. Todo esto te tiene muy afectada.

- Esto es serio -insistió ella-. Viene un juicio…para ellos, para todos los que se obstinen en sus transgresiones. Si no se vuelven a Él, de aquí a cuarenta días Nínive será destruida.

***

Hacía mucho tiempo que Román no empujaba la puerta del estudio de Ceferino Tajoné con tanta vacilación. No sabía por dónde empezar.

Tajoné lo sintió llegar, pero continuó digitando códigos, encriptando, descifrando, espiando de reojo sus cámaras.

- ¿Ahora qué?

- La bruja anda con el mismo rollo. Que alguien va a venir del interior a destruirnos.

- Vieja loca, ¡valiente predicción decir lo que *todo el mundo sabe*. Hasta un niño *prístino*.

- Los chamanes siempre te han protegido-. En el regaño de Román había algo del entrenador que lo puso a golpear costales-. ¿Crees que hoy eres invisible solo porque sí?

- Román, he aprendido ciertas cosas desde que dejé el box. La causa de los cimarrones era la libertad, no imponer su religión. Muchos hasta se volvieron *prístinos* cuando se abolió la esclavitud, con tal de obtener sus derechos y ser aceptados en la sociedad. Ya veo que no entiendes, ni te interesa. Si te tranquiliza, organiza tú un aquelarre por mi protección.

- ¿Quieres con vida al que mandaron a matarte o me encargo yo?

- Antes tendría que burlar tres anillos de seguridad. Pero adelante, cáele, es todo tuyo.

Román no se movió de su lugar. Ceferino hizo rodar la gran silla apartándose del escritorio.

- ¿Por qué tienes esa cara? ¿Quién viene por mí, el ejército...*El FBI...*? ¡Háblame, negro!

- Ceferino...- Solo utilizaba su nombre de pila cuando era grave. - Pasó algo con Nawal.

Sus ojos amarillentos fijos en el piso lo dijeron todo. Era la primera vez en mucho tiempo que algo no salía como Ceferino Tajoné lo había planeado. Se puso de pie, respiró y alejó su silla con el pie de un iracundo empujón, derribando los juegos para la mente que apilaba en una mesita. *"Nawal no"*. Era algo suyo, de sus entrañas, al igual que su destino. Caminó hacia sus libros dando la espalda a Román. Ciertas cosas muy íntimas se las guardaba.

- ¿Quién lo hizo?

Román esperaba esa pregunta. Que no supiera responderla agravó el malestar de Tajoné.

- ¡*Tu* trabajo es protegerme! ¡De enemigos reales, no de *espíritus* que se inventan los chamanes para asustar niños! ¿O en serio le crees a esa bruja decrépita con sus inútiles sahumerios? Se metieron conmigo, Román, ¡en mis narices! Y tú ¿*no sabes?*

- Sé que Nawal llegó a ser para ti algo especial. Siempre te he dicho todo de frente. Creo que subestimaste los problemas en que podías meterte con esos chicos de la excursión.

Ceferino se sentó de nuevo, intentando reponerse. Superarlo sería otra cosa.

- Son solo un par de niños. ¿Qué tienen que ver ellos?

- Para ti son mucho más. Tienes esa obsesión con los chicos *prístinos*.

- *Prístinos*, *ilustrados*, da igual, desde que tengan buen "empaque" y sus padres dinero.

-No. Disfrutas hacer sufrir a sus padres. Llevarlos a la desesperación, hasta que renieguen de su dichoso Gran Autor y griten que no existe. ¿Qué importancia tiene eso?

-Alguien tiene que abrirles los ojos.

-¡Tú eres quien tiene que abrirlos! ¡Deja el pasado quieto! ¡Te cortaron, sí, te tiraron a la lona varias veces, pero ganaste la pelea que cuenta! Mírate: ¡Tienes lo que siempre quisiste!

-¿Lo tengo… ?

No era solo lo de Nawal. El retraimiento coincidía con la llegada de los chicos de Sabanópolis. Su mirada tropezó de nuevo con el volumen de la *Fuente de Gracia* que tanto le incomodaba. Nunca estaba en la misma posición: *La leía*. Mal asunto. "El libro que hace perder la cabeza a los que no tienen nada que perder". ¡No era el caso de un genio como él! Pero seguía siendo un hombre, capaz como cualquiera de perder la corona contra sí mismo.

- Por favor…no arriesgues todo por una majadería. Yo me encargo del asesino que te está retando, pero no se lo pongas fácil. Deja de retozar con esos pollos como si fueran un juego de esos p´ achicharrarse la mente. Si te produce placer no es asunto mío, pero protegerte sí. Detrás de la muerte de Nawal solo pueden estar los padres de esos niños que te parecen tan inofensivos. Son "peso pesado", lo sabes. Yo de ti dejaba en paz a la *youtuber.*

Ceferino se levantó y fue hasta su armario. Sacó una gorra y unas gafas. *"Lo que faltaba".*

-¿Pa dónde vas ahora?

- A caminar, avisa a los hombres. Necesito despejar la cabeza.

-¿Por qué no lo haces aquí mismo? Yo te aviso cuando sea más seguro.

Era inútil insistir. Hasta él necesitaba hacer su duelo. ¿Cómo reprochárselo? Ahora tendría, sí o sí, que redoblar la vigilancia. Su nuevo enemigo sabía pegar donde más dolía y eso lo turbaba. Si Ceferino no se enfocaba, cometería un error. En muy mal momento.

- Tal vez Nawal se buscó su suerte, jefe. Andaba muy rara. Lo que necesitas es formar a muchas más como ella, una nueva camada, una generación que solo pase por tus manos.

-¿Tienes a alguien en mente?

- Un cliente, por ejemplo, me pide una niñita. Como la policía vigila tanto a los turistas, pensé: ¿Por qué no Cassandra, la hija del presidente de la Junta de Acción Comunal?

Hablaba el mismo hombre que un día, cuando era un atado de huesos, le tendió la mano.

- Crees que me conoces por haberme rescatado, que me da igual saquear a la gente de Nínive que a los padres de Sofía Aguilar. ¡Cuánto te equivocas, Román! Mis negocios no son el fin, solo un medio de impartir justicia. Cuando gana la injusticia, perdemos todos.

Ceferino salió como si nada pasara. Contradecirlo solo empeoraría las cosas. Román sacó su teléfono para alertar a los hombres. Sabía que lo de Nawal le afectaría, pero no tanto. Su obsesión con esos turistas amenazaba con echar abajo lo que habían construido por años.

***

- Entonces Cymarrón te prometió que si descifrabas el acertijo te dejaría hablar con él -recapituló Cantillo, sin dejar de tomar notas. Era la tercera vez que Kat le relataba la historia, pero el veterano policía había aprendido que a veces el interrogado recordaba más tarde detalles que omitió al comienzo. Mateo empezaba a desesperarse. Anhelaba unos minutos a solas con Kat para poder aclarar lo ocurrido en el confesionario.

- En la Capilla de la Resurrección encontramos el segundo caracol- insistió Kat- pero nos falta resolver dos acertijos: Cuál es *el rastro de la nave en el mar*, y *el rastro del hombre en la doncella*. -Cymarrón era como un boxeador que alardeaba frente a su oponente.

- Hay algo que no entiendo -dijo Cantillo-: Si ustedes lograron descifrar los dos primeros, ¿por qué iba Cymarrón a asesinar a Nawal? ¿No me dicen que ella trabajaba para él y que se comportaba como si estuviera al tanto de la prueba que les puso?

- Insistía en que me limitara a entregar el mensaje y me alejara de su mundo. Quería protegerme. A su modo. Cuando Cymarrón me llamó ya era tarde para eso.

- A lo mejor creyó que ella nos había dado más información de la cuenta y se sintió traicionado -observó Mateo, tratando a su vez de recuperar la atención de Kat.

Ella lo miró fugazmente y apartó la vista. "Se siente culpable". Era *prístina* en todo el sentido del término, una *natanaela,* más que muchos que pregonaban serlo. ¿Culpable de qué? ¿De interponerse entre él y su novia? ¡Qué espera tan atroz e interminable!

Se armó de valor para pedir a Cantillo unos minutos a solas con ella, pero sonó el teléfono de Kat. La joven miró la pantalla y levantó los ojos en actitud de súplica, temiendo lo peor.

- No tengo registrado este número.

Cantillo se apresuró a revisar la pantalla.

- Puede ser de un vendedor callejero. Contesta y ponlo en altavoz. Tranquila, hazlo hablar.

Mateo volvió a la realidad. Estaban ahí por *Sofía*. Kat respiró y contestó la llamada mientras Cantillo activaba el dispositivo de grabación de su teléfono.

- ¿Hola?

- ¡Tal vez me equivoqué respecto a ti, Katiuska -la voz distorsionada revivió en ella los escalofríos de la primera vez que recibió esa llamada. - ¡Estoy muy decepcionado!

Kat miró a Cantillo suplicando instrucciones. El policía hizo girar su índice derecho.

- Pero…no entiendo, encontramos dos caracoles, y aún no vence el plazo.

-¿En serio crees que puedes engañarme? Este juego solo tenía sentido si lo jugábamos tú y yo. Pero lo arruinaste al involucrar a otras personas sin mi consentimiento. Sé que hablaste con tus padres. Y con la policía. No se te olvide: ¡yo lo sé todo!

- Yo…hablé con mis padres, sí, *pero no de usted*. O no estaría aquí-. Siguió un largo silencio. Llegaron a pensar que se había cortado la comunicación. Pero atrás continuaban escuchándose sonidos de tráfico y el cronómetro de la llamada seguía contando.

- ¿Esperas que me crea eso?

- Le doy mi palabra: la policía no nos ayudó con el segundo acertijo. Lo hicimos solos. Bueno, con la guía de Nawal. Pero ella fue leal con usted, sin intervenir, hasta el final. Nunca nos dio las respuestas. Usted no tenía por qué desquitarse así con ella.

- "*Le doy mi palabra*". Ups. Ya ni los *prístinos* se expresan así. No conocen el valor de *guardar la palabra*. Únicamente cierto grupúsculo o remanente sobre el cual he investigado y que parece destinado a convertirse muy pronto en leyenda. Unos tales *natanaeles*.

- No dije que fuera una. Solo que guardo mi palabra. Mis padres me enseñaron. ¿Hola…?

- ¿Con quién estás? Escuchemos entonces la verdad de tu joven y limpia boquita.

- Con Mateo.

- Ajá… Entonces ustedes dos piensan que fui yo. ¡Sí que eres algo especial!

- Cymarrón: después de lo que le hizo a Nawal, no sé si quiero continuar. No deben morir más personas, así que voy a decir de una vez lo que esperaba transmitirle personalmente. Sofía tendrá que arreglar su problema por sí misma. Mi Señor ya no me necesita aquí.

- ¡Vamos, Katiuska, esperaba una jugada con más clase de tu parte! Menos mediocre.

- Lo lamento por usted. Le diré el mensaje ahora y para su tranquilidad, no volverá a verme.

- ¡Yo decido eso! ¿De verdad crees que asesinaría a Nawal? ¡Qué ganaba con hacerlo!

Por primera vez se escuchaba irritado, hasta compungido, como si Nawal le importase.

- No lo sé. Se refería a usted como alguien siniestro. Admite que la ayudó, pero *le temía.*

- ¡Si soy tan *temible,* entonces dime por qué estás tan dispuesta a reunirte conmigo!

- Nunca lo he estado… La idea no fue mía. Aun me resisto a creer que sirva de algo.

- Tiene coraje, señorita Jenkins. Pero si trataba de convencerme de que detrás de la muerte de Nawal no están los poderosos patriarcas del colegio Saint Jonah, ¡no lo logró! Me temo que los dos enigmas resueltos apenas les sirven para pasar "raspando" su examen.

-¡ Oiga! -exclamó Mateo- ¡Cómo nos garantiza que no seremos las próximas víctimas!

Cantillo le agarró el brazo, rogándole silencio, pero era tarde. Habló un macho herido.

- Bueno, bueno, ¡qué interesante evolución la de este jovenzuelo que antes ni se dignaba darte la hora, Katiuska! ¡Y no te atrevas a contradecirme, pelafustanillo, porque así es! Los sigo de tiempo atrás, más de lo que creen, entro y salgo de sus redes sin que se den cuenta.

- ¡Está loco! -exhaló Kat.

- No más que ustedes al pensar que se saldrían con la suya. Así que para nivelar el juego y agregarle interés, vamos a modificar las reglas. Incrementaremos el valor del premio gordo.

- Por favor -intentó apaciguarlo Kat, presagiando que aquello no acarreaba nada bueno.

- Si mañana a las 11:59 p.m. no han descifrado los dos acertijos restantes, no solamente publicaré las fotos y videos de la célebre Sofía Aguilar, sino que la youtuber y sus "intachables" padres y patriarcas morirán. *"Ojo por ojo…".*

- ¡No, Cymarrón, no más! …¡Si perdí el barco fue porque tenía que decirle que…!

Cantillo escribió de prisa en su libreta y lo puso ante los ojos de Kat: "¡No!¡Ahora no!".

-¿Sí, Katiuska? Una vez explicadas las nuevas reglas, ardo en deseos de escucharte.

Tuvo que hacer un esfuerzo para dominarse y no soltarle una cantidad de frases que se habían acumulado en su mente, mientras imaginaba esa llamada. *"En tu tiempo, Abba".*

- Será cuando nos veamos cara a cara, y tenga los cuatro caracoles en mis manos.

- Más te vale. Así voy a saber que no tuviste nada que ver con la muerte de Nawal. Eso sí, al mínimo indicio de que contactaste a la policía, activarás el desastre.

- Ya acepté las nuevas reglas. Yo también quisiera poner una condición -Mateo descolgó su cabeza. ¿A qué horas se había metido en todo esto?

- Sí que tienes agallas, pero eso me gusta. Escucho.

- Luego de que estemos frente a frente y pueda darle mi mensaje, usted se lo transmitirá a su gente, sin importar si está de acuerdo o no con lo que tengo que decirle. Prométalo.

Cymarrón suspiró con displicencia. Era una petición absurda, considerando la situación. Kat había ido demasiado lejos. Cantillo se cubrió los párpados.

- Solo para que sepas que los *prístinos* no son los únicos que tienen palabra.

La llamada se cortó. Cantillo miró a Kat con un gesto de aprobación.

- Lo hiciste bien, Katherine. Por lo menos ganamos algo de tiempo.

- ¿Soy el único aquí que ve que esta porquería solo empeora? ¡Queda un día para el plazo! ¡En tan poco tiempo no vamos a resolver los dos enigmas que faltan! Señor Cantillo, de usted depende que no masacren a la familia de mi…de Sofía. Ya vio de lo que es capaz.

- Cymarrón dice que él no mató a Nawal -recordó Cantillo, tratando de atar cabos.

- ¡Decir, dice muchas cosas! ¡Muy bueno para hablar sí es!

- Mateo, cálmate. Como esto ya está en manos de la policía, es innecesario que me acompañes de aquí en adelante. En cambio yo sí tengo una misión que cumplir.

- ¡Qué estás diciendo!¡Tienes quice años! Deja que se encarguen los que saben.

- Si sus padres lo aprueban -precisó Cantillo-, la señorita Jenkins es nuestra gran oportunidad de capturar a un peligroso criminal. *Muchas* vidas están en juego.

- Pues si el mensaje de Kat viene de arriba, algo habrán hecho los de Nínive para merecer su destrucción. No es asunto nuestro. Kat, ¿en serio crees que podemos cambiar su destino solo con plantártele a ese asesino y decirle que se arrepienta? ¿Cómo sabes que hará caso?

- ¿Y cómo sé que no? Antes de perder el *Nanshi*, pensaba igual que tú. Pero ya no puedo permanecer indiferente. Una llama me consume por dentro. Lo siento, Mateo, pero Él no vino *"por los que no tienen necesidad de médico, sino por los enfermos"*.

Las palabras de Kat eran difíciles de rebatir. Quizás sí fuera una *natanaela*, después de todo. Mateo quería, *necesitaba* decirle una cosa más, demasiado personal para que Cantillo la escuchara. Para rematar, una alerta de videollamada empezó a sonar en su teléfono.

- Son mis padres. Voy a salir para tomar la llamada -dijo, ruborizado.

- Prefiero que no salgas hasta que yo lo autorice. Recuerda que a unas puertas operan los negocios del Cymarrón. Puede haber hombres suyos. Los vigilo desde aquí, todo el tiempo.

- La tomo en el baño entonces -explotó Mateo, de mal humor.

Cantillo no perdía detalle de las reacciones de Kat. Aunque intentara disimularlo, todo lo que el chico hacía o decía le afectaba, apilaba una piedra más en el altar de su admiración.

- ¿Ustedes son…?

- No.

- La decisión, de cualquier forma, es de cada uno y eso lo voy a respetar. Lo prometo.

- Yo ya tomé la mía, señor Cantillo.

Faltaba la de Mateo. Los ecos de su discusión con una mujer sobre un fondo ruidoso, como de fiesta, llegaban desde el baño. Kat llegó a imaginar que la madre de Mateo lo llamaba desde una exposición, pero cayó en cuenta de su ingenuidad. Había más mujeres en su vida.

- Te dije que mis padres le van a pagar a ese desgraciado. Ya no tienes nada que hacer ahí, con esa perdedora. Dile que puede volver a sus asuntos. Aquí muere todo. Está resuelto.

Sonaba tan fría, tan indiferente… Ni siquiera le interesaba si estaban bien o si habían tenido algún problema tratando de salvar su reputación. Entendió que, por más que le contara lo que pasaron las últimas horas, tampoco le importaría. *"Está resuelto"*.

- De acuerdo - Mateó se puso sus audífonos para silenciar la voz de Sofía y que no los escucharan fuera del baño-. Me parece bien que tus padres ya lo sepan y que te respalden. Escúchame, las cosas se han puesto un poco *pesadas* por aquí. No puedo contarte ahora, pero, si todo sale bien, esto no va a pasar de una pesadilla. Lo que me pregunto es cómo nos harán llegar el dinero. Es decir, a Kat, para que lo entregue en el lugar convenido.

- ¿*Kat*? ¿Ahora llamas así a la lerda? ¿Y por qué tendríamos que darle el dinero a ella?

- Pues…porque es nuestro puente con el hampón. La única persona que tiene contacto directo con él, ya te explicamos que tratas con un psicópata.

-Mis padres saben dónde deben entregar el dinero, no necesitamos más a Jenkins.

-¿Por qué usas ese tonito? ¿Me estás diciendo que… el Cymarrón se comunicó *directamente* con ustedes? ¿Entonces a qué juega con nosotros?

-No seas inocente. Si esa pregunta la hiciera Kat, lo entendería, ¿pero tú? Quieren "carne fresca" nada más. La tonta no se da cuenta, o *no quiere*, porque la está pasando de maravilla contigo. Puede que sea la primera *y última* vez que está tan cerca de un hombre.

- No le veo la gracia.

Mateo recordó a Nawal muriendo, el recato de Kat cuando la besó… No se dejó llevar, como él, por un impulso. Sofía agregaba culpa y vergüenza a su confusión.

- Pues a mí tampoco me hace mucha gracia que mi novio me haya dejado sola y esté durmiendo en la misma habitación de un hotel con una tipa en la que no confío.

- ¡Kat perdió el crucero por ayudarte! ¿Cómo puedes seguir hablando de ella de esa forma?

- ¡Hay cosas que no sabes! Mis padres no confían en Kat. Dicen que su padre recibió un correo advirtiéndole que su *pequeña* no es como la pintan, que se le aflojó un tornillo y que el malnacido que nos extorsiona aprovecha eso para llevarlos como corderos al matadero.

- ¿Y ustedes…le creen más al desgraciado que a una *prístina que* conocen desde niña?

- Admito que no la creo tan desquiciada como para ser su cómplice y hacerme esto a propósito. Pero tampoco me gusta que se aproveche de la situación. Sé que lo disfruta.

Mateo, que hasta entonces se creía unido a Sofía, sintió como si una tijera cortara esos incómodos hilos invisibles, pero de resistencia inconcebible que aún atravesaban el océano sujetando su corazón, dejando caer al vacío al trapecista, sin red que lo protegiera.

- "Mati", no me hagas ver como la mala del paseo. Soy la víctima, ¿recuerdas? Obedezco a mis padres, como enseña la *Fuente de Gracia*. Son *patriarcas,* y mi autoridad espiritual. Me dijeron: "Mejor que no estés en tierra, las cosas se pueden poner feas".

- Explícate.

- Ya enviaron un emisario, alguien que dejará el dinero donde el tipo pidió, el tanque ese en la afueras de Puerto Idilio. Bueno, es lo que le harán creer, porque la policía ya está enterada. Más vale que se alejen de allá, no sea que acaben en medio del fuego cruzado.

- ¿Un "emisario"? ¿Acaso creen que esto…? Espera un momento: ¡No pueden hacer eso!

- ¿Por qué no?

- Sofía: las cosas han cambiado por aquí. Por el bien de todos es muy importante que no intenten hacer nada por su cuenta, o las consecuencias serán peores.

- ¿Qué quieres decir con que "las cosas han cambiado"?

- Las exigencias del Cymarrón. Una mujer muy cercana a él fue asesinada. Katherine y yo lo vimos. Ahora piensa que somos los responsables, que abrimos la boca y que la muerte de esa pobre es una retaliación de sus enemigos. Te repito, aquí no se puede confiar en nadie, es necesario que lo que tus padres estén tramando, lo suspendan de inmediato.

- ¡Ellos hicieron lo más sensato: contarle a la policía! ¡Me pides algo imposible!

- Pues haz lo imposible, porque también estamos con la policía. ¡Cuento contigo!

Cortó sin darle tiempo a responder. Sofía y sus padres estarían a salvo, siempre y cuando ella hiciera lo que le pidió. ¡Y que Kat consiguiera lo suyo! Un panorama poco alentador.

Al salir del baño, encontró a Cantillo y Kat, esperándolo, en total silencio. Era evidente que sabían con quién estaba hablando. Lo importante era que no escucharan la conversación.

- ¿Todo en orden con "tus padres"?

- Todo en orden.

Kat lo miró con tristeza, sintiéndose con derecho a hacerlo. Ahora fue él quien rehuyó la mirada, pero solo por un momento, para encararlos nuevamente con un inesperado anuncio:

- Tenemos que ayudar a Cantillo a atrapar al hampón. Ahora más que nunca.

* * *

René Barrios entró a la tienda a medio terminar y sin nombre. El suelo era de arena, con tapas de cerveza incrustadas. La nomenclatura del predio estaba escrita a mano, como para que no se terminaran de perder por esos confines la identidad, los derechos ciudadanos y los servicios públicos. Apenas se sabía que vendían algo por un decolorado letrero de una empresa de licores, como la mayoría de negocios en el laberinto de calles destapadas y polvorientas de Nínive, un espejismo de calor borboteante que a mediodía se transformaba en pueblo fantasma. Eso era la Puerto Idilio olvidada, la que albergaba bajo sus techos de lata una pululante colonia de almas que iban y venían carentes de esperanza, movilizándose como hormigas sin propósito bajo el sol, sin que a nadie pareciera importarle.

En la única mesita que había adentro estaba Román, tomando a pico de botella una cerveza helada. Al ver que René entraba buscando a alguien, extendió la mano invitándolo a sentarse frente a él. René sintió encima esa mirada penetrante que esculcaba hasta el alma.

- Dicen que quiere trabajar con nosotros. ¿Qué busca exactamente, Ricardo?

-Alguien con una pistola bajo el cinturón me dio esta dirección. ¿Cómo supo que yo…?

- Aquí todo se sabe. El que parece no entender con quién se mete es usted.

Román no tenía razones para ser agresivo de entrada, pero solía usar esta estrategia para medirle el aceite a los extraños. Con los últimos sucesos era mejor tomar precauciones.

- Quiero trabajar para el mejor.

- Ah…muchos quieren. Pero no estamos contratando. Igual, tómese una cerveza. Yo invito.

Román sacó un billete del bolsillo, lo puso con fuerza sobre la mesa y se levantó de la silla.

- Oiga, no me hubiera atrevido a buscar al Cymarrón sin tener algo único que ofrecer.

- ¿Y qué es? - indagó Román, como si ya hubiera dado el asunto por concluido.

René sacó de su morral y extendió sobre la mesa un álbum lleno con juegos de video.

- Soy programador. De los buenos. Todos estos, los he diseñado yo, la mayoría sin ayuda. Espere, hay muchas otras cosas que sé hacer. En el mundo virtual, claro. Póngame a prueba. No lo voy a defraudar. *El mejor* necesita gente con talento, y yo lo tengo.

"Otro niño rebelde empeñado en probar fortuna del lado equivocado". Román revisó por encima los juegos. Sin entender mucho, reconoció las gráficas de aquellos que fascinaban a Ceferino desde niño. Todavía lo sorprendía de vez en cuando, trenzado en violentas y ruidosas batallas en las pantallas de su estudio, en las que eliminaba incontables policías desplegados para capturar a un solo hombre. Uno de los juegos del portafolio era precisamente una adaptación moderna de "*Apolión, el Ángel Exterminador*". Su favorito. Se le ocurrió que un buen regalo podía ayudarlo a sobrellevar mejor la muerte de Nawal que tanto libro inútil. Sí, quizás, eso era lo que necesitaba. Desahogar su furia, así fuera matando en el mundo virtual, para poder pensar con más claridad en el real.

Volvió a clavar su mirada desconfiada en el *gamer*. Parecía ser lo que decía. Los infiltrados eran cada vez más talentosos para engatusar. Por eso Ceferino necesitaba tener a su lado alguien como él. También era cierto que su imperio crecía más rápido que la capacidad de su mente para administrarlo. "Le vendría bien contar con alguien como este mocoso, que habla en su mismo idioma". Tal vez necesitaba delegar, disfrutar más la vida, en lugar de desperdiciarla en vengarse del resto de la humanidad. Quizás algún día le diera las gracias por haber pensado en eso. O lo maldeciría. ¿Cómo saberlo? Entrenador y boxeador caminaban juntos hasta que el segundo encontraba cómo reemplazarlo. Y cuando Román no estuviera, ¿qué? ¿Quién iba a cuidar de Ceferino Tajoné como solo él sabía hacerlo? "*Te lo dije, campeón, ese golpe se veía venir*". Solo los años enseñan que el orgullo nos prueba y hace besar la lona. "Así que eso quieres, jovencito, *una prueba*. Pues tendrás la tuya".

- Ven conmigo.

∗∗∗

Buscaron por horas en la *Fuente de Gracia* y en internet a qué podía referirse Cymarrón con la "tercera cosa que le era oculta": *el rastro de la nave en el mar*. La concentración de Mateo perturbaba a Kat. Sabía que tenía que ver con la llamada que atendió en el baño (por supuesto no de sus padres). Debía ser importante para haber cambiado su actitud de manera tan radical. Un inocente beso entre adolescentes no tiene semejante poder.

- ¡Hay cientos de alusiones a las palabras "mar" y "nave" en la *Fuente de Gracia*! Investigar cada una podría tomarnos meses. ¡Si solo Nawal estuviera aquí…!

- ¿Recuerdan algo más que ella dijera sobre estas *pistas*? ¿O sobre los caracoles?

- Trato de hacerlo -gruñó Kat, dando vueltas por el pequeño apartamento a pesar de un desesperante dolor de cabeza - ¿Tiene algo más de tomar que ese menjurje carbonatado?

- Ya preparo café -Cantillo fue a su cocineta-. Nunca oí que describieran así a la gaseosa más popular de la región. Por si acaso no la llames así allá afuera.

- ¡Estamos aquí con semejante problema, y ustedes dos hablando de gaseosas!

- Mateo, baja la voz, ¿sí? No tenemos la culpa de la llamada que recibiste.

- ¿Ah, no? Es cuestión de "perspectiva". A veces estamos *demasiado cerca* para afrontarlo.

- ¿Tratas de decirme algo?

- La verdad… ¡Espera! En el hotel dijiste algo parecido. ¡Sobre la perspectiva! Cuando buscábamos la solución al primer acertijo. Mencionaste que lo importante no era tanto lo que la *Fuente de Gracia* dijera sobre el rastro del águila en el aire, ¡sino *cómo lo estaba interpretando Cymarrón*! ¡*Su* perspectiva! Ese razonamiento terminó llevándonos hasta Nawal. Dijiste, más o menos que, así como la hipocresía no deja rastro, los visitantes que se involucran en el turismo sexual o quienes terminan siendo víctimas de la trata de personas caen en las redes de Cymarrón (quien se considera el águila)…mientras él queda limpio.

- Continúa -se interesó Cantillo, volviendo a anotar-. En tal caso la solución al segundo acertijo (el de la Capilla de la Resurrección) también tendría una alusión a sí mismo, a su ego de exhibicionista intelectual. Pero en el hecho de que no sea posible encontrar *el rastro de la serpiente en la piedra* solo veo el protagonismo del Maestro Resucitado. ¿Qué tiene que ver con alguien que ni cree en Él, como Cymarrón?

- ¿Cómo sabemos que *no cree*? -se cuestionó Kat- Tal vez lo haya considerado en algún momento de su vida, pero algo lo impidió. Quizás nunca lo pudo superar. Mientras lo escuchaba, pensaba en un animal herido que, en lugar de atacar, se estuviera defendiendo.

- Kat -replicó Mateo, intentando ser paciente-. Ese "animal herido" es la cabeza de un imperio criminal, un tipo sin escrúpulos. Tú misma viste cómo dejó a la pobre Nawal.

- Pero le echa la culpa de su asesinato a los padres de Sofía. Si él la mató, ¿por qué no lo reconoce? ¿Por qué nos hizo el reclamo? Se supone que es un criminal. *Sin escrúpulos.*

- Y muy astuto como para dejar una confesión en una llamada -observó Cantillo.

- Supongo que no vas a descansar hasta que se lo preguntes personalmente, ¿cierto, Kat? ¡Pero cómo se puede *seguir el rastro de una nave en el mar*! La estela que deja termina por borrarse.

Cantillo bebió su café, dibujando en su libreta lo que venía a su mente:

- Con la tecnología se puede seguir el rastro de cualquier vehículo, incluidos los barcos.

- Usted lo dijo, "con la tecnología", pero ese acertijo fue escrito hace cientos de años, cuando los barcos se perdían más fácilmente, o eran arrastrados por las tormentas...

-...O los hundían sus enemigos a cañonazos -remató Mateo con su típico humor negro.

Cantillo y Katherine se miraron, ansiando comprobar si sus mentes coincidían. Mateo no pudo ocultar su ofuscación al quedarse por fuera de aquella convergencia.

- ¿Qué? ¿De qué me perdí?

***

"Sofía está transmitiendo en vivo" fue distracción suficiente para que Joha dejara de escribir, se olvidara de la vista que ofrecía el atardecer desde la terraza más alta del *Nanshi* y se concentrara en su teléfono para averiguar lo que hacía la "pesada". "Mujeres reales": el tema del día. ¿Acaso iba a confesar que era toda una "mostrona"?

Le remordía la conciencia que Tato pensara que ella tenía algo que ver con la canción escrita por Kat, así que comenzó a intentar sus propias frases y acordes, además de investigar en la *Fuente* lo que inspiró su amiga para lograr conectarse de tal forma con la estrella *prístina*. ¿Qué tenía Kat que la hacía brillar aunque no estuviera presente y transformar la adversidad en bendiciones? ¿Tanto tiempo siendo amigas y aún no lo sabía?

Volvió a sentirse una perdedora cuando descubrió que el programa se transmitía desde el gimnasio del crucero. Sofía y sus amigas, envidiablemente tonificadas y usando lo último de *Caprice*, saludaban a un despampanante invitado. Ni más ni menos que Tato Alighieri.

"Todo está perdido". Si Sofía lo había convencido de estar en su programa era porque avanzaba con paso firme en sus tramposos esfuerzos por echárselo al bolsillo. Lo que más detestaba Joha era la hipocresía detrás de su carita de "todo lo sé, soy perfecta". ¿Es que no le importaba que su novio y otra compañera se jugaran el pellejo por

ella, o solo disimulaba? ¿Era posible que ya estuviera todo resuelto y Kat no se lo hubiera contado? "*¡Qué pasa, Kat, por qué no me llamas!*". ¿Qué dirían los padres de Sofía al enterarse? ¿Pagarían? Era bastante dinero, incluso para los Aguilar. Algo harían para salir avante.

Pensó que la vida era injusta. Sofía tenía todo lo que quería. Hasta la atención de Tato. A cambio de obtener más publicidad, él le daría el premio a su composición y ella, exhibiendo a placer su privilegiada voz, terminaría grabando esa canción a su lado. *Saliendo con él*, si se lo proponía. Ante la inminencia de un mejor partido echaría a Mateo. Al final, nadie se enteraría de sus fotos y videos. Nunca los necesitó para agarrar el cielo con las manos.

Se preguntó por qué continuaba siguiendo la transmisión. No se consideraba una masoquista, pero, por más que doliera, necesitaba escuchar lo que Tato tuviera que decir para confirmar sus sospechas. Al menos tendría algo que contarle a Kat cuando lograran comunicarse de nuevo. Alguna información útil que les ayudara a vencer a sus rivales. A punto de abandonar la transmisión Joha notó que algo no estaba saliendo bien y eso reavivó su interés. Encendió su deseo de venganza y una perversa alegría ante el mal ajeno.

Minutos antes, Sofía había sorprendido a sus amigas con un giro inesperado. La atlética Lu se había tomado su tiempo para elegir una trusa que resaltara su cuerpo bien trabajado a fin de lucirse mientras enseñaba algunas rutinas de entrenamiento a los seguidores en redes de Sofía y Tato. Sería la protagonista de "Mujeres reales". Era su momento de brillar. Lu esperaba poder decir a las jóvenes que ejercitar sus cuerpos disciplinadamente valía la pena.

- Cambié de opinión -anunció Sofía-. Tania, haz la rutina. Lu, tú grábanos, por favor.

Hasta Paula quedó con la boca abierta. Para ella Lu no podía competir con la belleza de sus amigas, pero su condición física era insuperable. El vitrinazo, además, premiaba su lealtad.

- Pero dijiste que sería Lu la que…

- Sé lo que dije, pero lo pensé mejor. El público responde mejor ante las curvas de Tania. Entrenadoras personales como Lu, aun con ese físico no impresionan sin alguna historia *diferente*. Necesito ser tendencia con este programa en vivo, para que Tato se dé cuenta de mi poder de convocatoria y se sienta más comprometido a devolverme el favor. Entre sus seguidores, los de Tania y los míos lo podemos lograr. El mensaje será el mismo, pero aceptémoslo, todo entra por los ojos. Además, Lu no es un "prototipo" de mujer real. Las mujeres quieren cuidarse, sí, pero verse como tú, Tania, o como tú, Paula. ¿Todo bien, Lu?

"No, no está bien, arpía" quiso responderle Lu. Con cara de película reventada tomó el teléfono de Sofía para grabar. Su valía personal, identidad y sentido de pertenencia estaban ligados a ese *petit comité* de "ganadoras". Probablemente más tarde las cuatro estarían riendo otra vez, bebiendo cocteles, tomándose *selfies* y derrochando su dinero en el casino de a bordo, lugar que le sentaba mejor a la "mujer real" en la que se estaba convirtiendo Sofía Aguilar. Llegó a parecer una persona de carne y hueso mientras tuvo un problema que no sabía cómo resolver. Ahora que sus padres se hicieron cargo, volvía a ser la misma.

Chepe, Guillo y Nacho se habían asegurado de tener una buena vista del espectáculo desde las máquinas vecinas y no perdían detalle de la transmisión en vivo, simulando hacer series para fortalecer espalda, bíceps y tríceps. En realidad esperaban caer sobre las chicas una vez terminaran el latoso programa y el pesado de Tato se fuese con su música a otra parte.

Pudieron ver desde una ubicación privilegiada a la escultural Tania desvaneciéndose, como sueño adolescente, pero de horror, sobre la banda de la máquina caminadora, que la empujó hacia atrás mandándola al suelo, ante el asombro general. Tato prestó los primeros auxilios a la inconsciente heredera del imperio de la moda. En treinta segundos la azorada Lu despedía la transmisión tranquilizando a los seguidores con una confusa explicación.

Lo que al comienzo le había parecido gracioso a Joha, dejaba ahora un raro sabor de boca, una inexplicable necesidad de saber lo que había pasado con la detestable Tania.

Solo mientras esperaban el dictamen médico afuera del salón de urgencias del *Nanshi*, Sofía, Paula y Lu coincidieron en que Tania había estado muy callada durante el viaje, más que de costumbre, y que no le habían dado importancia por andar pendientes de la *youtuber*. Cuando el médico abandonó las instalaciones les dio un parte de tranquilidad y les pidió que la dejaran dormir un poco porque, aunque todo apuntaba a que Tania solo se había insolado y deshidratado, debía permanecer bajo observación. Acordaron posponer el programa, dar un rápido mensaje a los seguidores restando importancia al "divertido incidente" e irse a trabajar en su canción, porque estaban retrasadas con eso. Total, Tania aportaba sus ideas más brillantes a la hora de mercadear los proyectos. Se propusieron recibirla con una canción que se vendiera sola. Por algo se consideraban "el mejor equipo".

Reanimadas con el parte médico, se impusieron una exigente agenda para lo que restaba del día, sin darse cuenta de que Chepe aprovechaba su retirada y la del médico para acercarse a la sala de recuperación. Al verla despierta, dio unos golpecitos a la cama, aislada por una cortina antibacteriana. Tania no esperaba esa visita, pero no podía ser descortés.

- Hola. Solo quería saber si estabas bien.

- Todavía no llega mi hora. Solo tengo que comer un poco más, es todo.

- Si quieres, te traigo algo.

- ¿Escuchaste? Si me dijeron que coma es porque no lo hago. Ahora no quiero. Gracias.

-Pues deberías, no te preocupes por tu figura. Tendrías que comer demasiado para perderla.

- Gracias por la visita. Puedes ir a reírte con tus amigotes de los "memes" de mi desmayo.

- Si me pareciera divertido, no estaría aquí. Y para que sepas, no soy el único pendiente.

- Diles que estoy bien. Si necesitas algún favor, no es buen momento. Quiero dormir.

- Claro. Y no, no necesito nada… *¿Tus padres ya lo saben?*

Esta vez no le respondió, solo se giró, quedando de espaldas a él, para que no viera cómo los ojos se le llenaban de lágrimas. Odiaba que recurrieran a ese tipo de estrategias.

- Entiendo. Ya me voy. Que te mejores.

No podía culparla. De algún modo también era responsable de que Tania reaccionara así. Chepe se la pasaba con Guillo y a ella debía chocarle el estilo machista y ordinario con que este acosaba a Paula. Para Tania, Chepe era una voz más en el coro de admiradores que solo notaban su físico. "Por lo menos Mateo, Guillo y Nacho no presenciaron esta humillación"-pensó Chepe al dejar a Tania, consolándose con la idea de que nadie sabría jamás que estuvo ahí. Pero escuchó, apagada y melancólica, aquella súplica maravillosa.

- Chepe, no te vayas…

- ¿Al fin qué?

- No seas bruto, ya sé que se me fue la mano. No quiero estar sola. Acerca una silla.

- Claro. Y…¿de qué quieres hablar?

- Se trata de eso. Me cuesta hacerlo-. Estiró la mano para alcanzar su bolso y sacó de su interior un sobre timbrado con el logo de la institución de salud más prestigiosa del sector privado en el país, lleno de documentos.

- ¿Por qué quieres que vea esto?

- Si te cuento algo, ¿prometes no decírselo a nadie?

***

La muerte de Nawal disparó los operativos policiales por las calles de Nínive, dirigidos por el mismo coronel Espósito, obligando a Román a poner en máxima alerta y redoblar los anillos de seguridad de Ceferino. No era la primera vez que sucedía; llegaban los camiones con efectivos armados hasta los dientes, recorrían las calles, exigían identificación a cuando transeúnte se les cruzara, detenían a unos cuantos para interrogarlos y se marchaban, sin sospechar que en sus narices el hombre más buscado de Puerto Idilio, el "rey de Nínive", trabajaba tranquilamente en el estudio de una humilde vivienda.

Román era consciente de que las últimas tecnologías en rastreo satelital y drones pronto los pondría en jaque, a menos que adoptaran medidas urgentes. Como rodear a Cymarrón de genios como él, que modernizaran su esquema de seguridad. Se sentía obsoleto y con el olfato deteriorado por los años. De no ser por el mismo Ceferino, Román ya le hubiera fallado más de una vez. Por momentos no se sabía quién protegía a quién. Le ardía que su jefe empezara a verlo como una carga, que corriera el riesgo de perderlo todo por no enviarlo a un asilo.

Tal vez el recién llegado tuviera algo más que ofrecer. Que lo decidiera Ceferino. Tenían mucha gente iletrada en sus filas y pocos con cerebro. Entre más educados, más les remordía la conciencia contribuir a la prostitución y trata de personas. "*Negocio de acompañantes*, se le dice *negocio de acompañantes*" -había que repetirles- para que le vieran futuro y entendieran que era fácilmente excarcelable en el Reino de la Impunidad. Casos como el de *Ricardo*, quien podía ver en Cymarrón a un genio en lugar de un criminal, eran exóticos. Un detalle le intrigaba: que así como había luchado por conservar la ambición, hubiera perdido tan fácilmente el acento materno, ya indescifrable.

- Tengo que atender un asunto -le dijo Román, cargando una subametralladora. Él está en su estudio, arriba. Sube por esta escalera- indicó a René-. Ya le hablé de ti. Te presentas, dejas tus juegos sobre la mesa (eso le va a gustar) y esperas. Si le interesa, lo sabrás.

- No puedo creer que vaya a conocerlo. Estoy un poco nervioso.

- Deberías-. Lo requisó a fondo, sin dejar de verlo a los ojos. No portaba armas. Solo una cuerda de guitarra metida en un sobre, en el bolsillo de la camisa, y sus letales juegos de video. Román movió la cabeza autorizándolo y René desapareció por la escalera.

Empujó suavemente la puerta del estudio. El gran jefe estaba en su silla, de espaldas a la puerta, con la atención repartida en sus pantallas. "¿Así de fácil se gana la vida? ¿Filtrándose en la privacidad ajena? ¿Qué gracia tiene saquear hasta la honra del oponente sin el placer de mirarlo de frente?". Avanzó hasta la silla retirando la cuerda de guitarra del sobre. No por casualidad asignaban a René Barrios los ajustes de cuenta más impensables. En lugar de poner los juegos sobre la mesa, aprisionó con la cuerda el cuello del criminal más perseguido de la costa, cortándole de inmediato el habla y la respiración.

- Los Aguilar te envían este regalito: una cuerda de guitarra de Sofía. Necesitas más que…

Al girar la silla para verlo a los ojos, como acostumbraba con sus víctimas, quedó frente a un joven moreno atado a la silla de pies y manos, amordazado y con señales de una severa golpiza. *¡Una trampa!* Cuando levantó la mirada ya tenía encima a Román, quien atenazó su cabeza, estrangulándolo con sus fornidos brazos. Sintiendo que la vida se le escapaba, René comenzó a patalear y sacudirse, con el cuerpo tenso y la cara enrojecida.

- Gracias por ahorrarme la molestia de hacerte confesar quién te envió, *René Barrios*. También te envían saludos: La vieja hechicera. Jugaste con sus nietos, ¿recuerdas? Asesinando a Nawal diseñaste tu propia muerte. Tranquilo, que después de los Aguilar me encargaré de "fumigar" también a tu papá. *En este nivel te mueres.*

Supo que en cualquier momento el oxígeno dejaría de llegar a su cerebro y perdería el sentido. Lo aprendió con los mercenarios que lo entrenaron. Practicó infinidad de veces para esa situación de combate cuerpo a cuerpo. Su prodigiosa inteligencia por lo general le bastaba para cumplir con sus misiones sin hacer un disparo, como un asesino silencioso, el "ángel exterminador" de sus videojuegos, inspirado en sí mismo. Las palabras de Román invocaron sus últimas fuerzas, la memoria viajó a los crueles días de su entrenamiento y un desesperado codazo se disparó como cohete conectando la barbilla del entrenador, dejándolo grogui. Igual que el temido "gancho" capaz de noquear a cualquiera y cambiar el curso de una pelea. Román se lo advertía a Ceferino y a sus pupilos: "Hay que evitarlo a toda costa". Porque era un golpe inesperado, salido de otra pelea. Mejor darlo que recibirlo.

Este fue aturdidor, lo suficiente para que René despojara sin problema al enorme Román de la subametralladora. Ganas no le faltaron de dispararle, pero su tiquete de salida era dejar aquella casa tan pacíficamente como entró. Además de conservar el factor sorpresa necesitaría cada bala en caso de que Román ya lo hubiera desenmascarado ante sus hombres. Bastaba con asestarle un cachazo letal en la nuca. Román trató de reaccionar, pero el cuerpo no le respondía. No quiso dejar este mundo sin intentar un golpe bajo, un mordisco, un cabezazo, algo que le recordara a su rival que no había sonado la campana.

- Compraste tu propio ataúd -balbuceó, con una sonrisa entre moribunda y desafiante-. Puedes enviar los niños que quieras pa´ tratar de hacer caer a mi muchacho… pero *él* es mejor de lo que crees, *un campeón de verdad*…Su cara va a ser lo último que veas.

El desafío de ultratumba solo enfureció más a René, quien, sin pensarlo dos veces, remató al gigante con varios cachazos en la cabeza. Solo lo detuvo la vergüenza de no saber a quién estaba golpeando, ni para qué. Con la respiración agitada arrastró el cuerpo inerte de Román ocultándolo tras la maraña de cables y reguladores de voltaje.

"Puedes mandar niños". ¿Qué quiso decir? Intentó entrar al ordenador del Cymarrón tratando de encontrar más información sobre él y aquellos supuestos *niños*, pero como era de esperarse, tenía más contraseñas que la inteligencia *yankee*. Sin perder tiempo inspeccionó la habitación. Había cuentas, periódicos, revistas de tecnología; la correspondencia de un ser humano común y corriente. Hasta un ejemplar de la *Fuente de gracia*. Sonrió. Conocía varios matones con altares del tamaño de su sala. Aun así, abrió aquel libro. En la primera página guardaba impresiones de fotos recientes captadas por satélite y las cámaras de vigilancia de la policía en las calles. Parecía ser el seguimiento a un par de chicos. Había más fotos de ella, en diferentes puntos de Puerto Idilio. También un mapa que registraba paso a paso su avance a través de cuatro puntos de la ciudad. Por todas partes aparecía el nombre *Katiuska*. *"Los niños"*. Esos que Román pensaba que él había enviado como carnada al Cymarrón. Si eran compañeros de Sofía, el resto era pan comido.

Salió de la humilde casa, en su papel de Ricardo, como un desempleado más que entregó su solicitud para una vacante, dejando sin vida a la "mano derecha" del hombre que "todo lo veía, todo lo sabía", otro simple mortal. Hábil, sin duda, pero René Barrios, *el ángel exterminador*, también tenía hambre de gloria, y como Cymarrón, había perdido el miedo.

*****

13
CAPÍTULO
KAT

El sol se adormecía sobre el hombro de Puerto Idilio desplegando en el lienzo del cielo su colorido arrebato de magistrales pinceladas, regalo que Kat y Mateo lamentaron no haberse detenido a admirar con más frecuencia. Nacía y moría sobre sus cabezas, día tras día, como un testigo impasible, aunque ellos lo ignoraran. Podía ser el último para ellos y seguían ocupados, pensando el uno en el otro y en si saldrían vivos de aquella aventura que ahora los citaba frente al mar, en el mirador más alto del castillo de San Fernando.

Ni Cantillo pudo sustraerse de la maravilla de aquel espectáculo. Su agobiado corazón, vieja coraza de un cangrejo devorado por las hormigas, había vuelto a preguntarse si el cielo contenía un mensaje personal. Sus ojos habían visto cosas tan horribles que no entendía por qué vacilaba como un principiante desde que esos dos chicos se cruzaron en su camino. Lo desestabilizaba Kat cuando citaba la *Fuente de gracia* como si conociera a su Autor. Sabía lo que tenía que hacer ¡con quince años! La observó mientras hablaba por teléfono con sus padres. ¿Cómo sería el mundo si todos los jóvenes como ella se pusieran de acuerdo? Ante la expresión de Cantillo, Kat activó el altavoz, por las dudas.

- El teniente fue claro, papá, soy menor de edad, no puedo continuar con esto si ustedes no me dan permiso. Siempre hay un riesgo. Sé que la situación es confusa, por eso oramos. Si renuncio ahora, otras personas morirán. Debo seguir los pasos de mi Maestro.

- ¿Te parece una razón aceptable para una madre?-rompió el silencio de la conferencia Constanza sonándose la nariz, notoriamente congestionada, seguro de tanto llorar.

- Mi respuesta, en este caso, es la del *apóstol ilustrado*. Estoy dispuesta no solo a ir, sino a dar mi vida por esas personas que ahora están en peligro (insisto, no me pidan sus nombres, no puedo revelarlo); imaginen que se trata de mí, o de Pablo. ¿No intentarían algo para evitarlo? Ahora yo, por Su gracia, tengo esa oportunidad. Debo beber esa copa.

- Que se haga Su voluntad -dijo finalmente Michael, sin saber de dónde salían sus palabras, solo que no debía imponerse-. Hemos confiado en nuestro Padre en los días más difíciles. Buenos y malos. Si su propio Hijo lo hizo, ¿por qué nosotros estamos exentos?

- ¡Michael, esto es diferente! -insistió su esposa, ya con desesperación.

- ¿Lo es? El padre de la fe, también subió al monte del sacrificio. No para ofrecer a su hijo a dioses paganos, como sabemos que algunos aún practican dentro y fuera de Puerto Idilio. Lo puso en manos de *Abba*. Y de ahí lo recibió de vuelta. Murió, para vivir. Por su oración intercesora el Todopoderoso estuvo dispuesto a perdonar a Sodoma por diez personas que abriesen su corazón a Él, para conocerlo, relacionarse con Él y aceptarlo como Padre. En Nínive hay *cientos de miles*, la cuarta parte niños, que no saben diferenciar la mano derecha de la izquierda, ni hacer algo distinto a lo que han visto en *sus* padres. Quizás sea la cuarta parte en la que sí puede crecer la buena semilla del Reino a la que se refirió el Maestro. Pero en lugar de sentirnos orgullosos de nuestra hija, la cuestionamos haciendo alarde de nuestro "gran sentido de superioridad espiritual". La cuestionamos por buscar el corazón de *Abba* y queremos transformarla a imagen de un modelo de confort en bancarrota.

- ¡No es la única *prístina* en Puerto Idilio, ni en Nínive! ¡*Abba* puede hacerlo sin Kat!

- Tal vez, pero ¿cómo explicas que el corazón de nuestra hija arda con esa pasión que hasta nosotros hemos perdido? Hacemos lo mismo que Amitay, el padre del *profeta náufrago* quien, en lugar de denunciar esa misma hipocresía, profetizó un tiempo de tranquilidad y prosperidad (que no llegó) para el pueblo elegido, mientras este se adormecía en su tibieza y ceguera. Nadie quería llevar el mensaje del Altísimo, ni al pueblo ni a las naciones vecinas. Ni siquiera el mismo hijo del profeta, quien arrastrado por esa misma mentalidad, terminó en el vientre de un gran pez. Allí aceptó el plan de Dios. Fue enviado a Nínive, para vergüenza de su pueblo. Desconocer esa historia hoy sería como repetir la tragedia.

Constanza no pudo oponerse más. Supo que estaba litigando del lado equivocado, contra el adversario equivocado. Si realmente estaba dispuesta a reconocer la autoridad espiritual de su esposo y andar en el perdón, amor y reconciliación que se habían propuesto abrazar, tenía que ser consecuente, por duro que le resultara. *Abba* no había dejado de ser *Abba*. Seguía siendo su Padre, y al tiempo, *El Elyon*, absoluto y soberano Señor de su creación.

Kat desactivó el altavoz. Cantillo desvió la mirada, como si solo contemplara el atardecer. Solo él sabía que no era así, que las palabras de Kat y de sus padres se habían quedado atascadas entre su mente y corazón, amenazando con hacer colapsar la endeble estructura de su apolillado sistema de creencias. Mateo intuyó en qué había acabado la conferencia.

- Tengo la aprobación de mis padres -anunció con tranquilidad-. ¿La necesita por escrito?

- Sería lo mejor -respondió Cantillo-. ¿Y usted, señor Sarracino?

- ¿Yo? Por supuesto que tengo permiso. ¿O con quién creen que hablaba desde el baño? También la tendrá por escrito. *Después*. Se nos viene la noche, nos van a echar del castillo.

- La quiero en mi correo electrónico, a más tardar mañana -subrayó Cantillo-. Por lo demás, tiene razón. No tardan en enviar a los empleados del castillo para hacer salir a los visitantes. Tenemos algo menos de 15 minutos para buscar ese tercer caracol en cerca de 12 cañones que apuntan hacia la bahía. Si nos dividimos, podemos revisar cuatro cañones cada uno.

Los tres se miraron, estresados por la presión. No había lugar para los errores.

- ¿Segura de que lo encontraremos en uno de esos cañones? -quiso cerciorarse Mateo.

- No. Pero es *muy probable*. Varios barcos fueron hundidos desde este fuerte en tiempos de la conquista y la colonia, sin dejar rastro. Es la forma como Cymarrón interpreta el acertijo de la *Fuente de gracia*. Se *identifica* con él. Ve en esos barcos a sus enemigos. Y se jacta de lograr "desaparecerlos" él también. Nos está paseando por toda la historia de Puerto Idilio.

- O nos quiere contar su propia versión de esa historia -reflexionó Cantillo.

- Me conmueve cómo se complementan sus mentes, pero ya perdimos otro minuto.

Se dividieron el mapa y acordaron encontrarse en el mismo lugar, confiando en que alguno de los tres regresara encerrando en su puño el precioso tesoro, más valioso que el oro.

***

Mientras el cielo bendecía el castillo con sus últimos rayos de luz, la creatividad de Sofía en altamar brillaba por su ausencia. Su "grupo" llevaba ya horas en las suntuosas sillas de la terracita del último piso del *Nanshi* tratando de darle ese toque diferencial a su canción. Sofía culpaba de su estancamiento al sofisticado programa de composición que habían bajado de internet y aprendían a manejar. Le incomodó notar el agotamiento en Pau y Lu.

- No tienes que forzarlo, Sofía. Todavía nos queda tiempo de sobra.

- Pues te equivocas. Mañana temprano el crucero atraca en San Nicodemo. Por la mañana la gente -incluidas ustedes- solo tendrá su atención puesta en las cavernas submarinas. La presentación de las canciones es en la tarde y enseguida se anuncia al ganador.

- ¿Crees que alguien tenga una remota posibilidad de ganarnos?- objetó con desgano Lu-. Dispones de la última herramienta, años de experiencia como directora de música de una mega comunidad y estrofas que ni los *patriarcas* lograrían poner juntas. ¿Qué más quieres?

- Ganar. Quiero ganar. El Gran Autor demanda excelencia. Entiendo tu molestia por lo que pasó en el gimnasio. Fue una inspiración de último momento. Sabes a quién servimos, yo solo soy una humilde intermediaria. Ahora mis seguidores tienen que ver que a Tania no le pasó nada. Los percances así son mal vistos. Esas cosas solo vienen, ya saben, sobre los *transgresores*. Un autoexamen no nos vendría mal. De conciencia, quiero decir. De *todas*.

Lu la miró con ganas de comérsela viva. Paula empezaba a hartarse.

- ¡Qué insinúas Sofi! ¿Que lo que pasó en el gimnasio fue culpa de Tania? ¿De nosotras?

- Sólo el Altísimo ve los corazones.

- ¡Qué te molesta tanto! -estalló Lu-. Ya solucionaste tu problema con el malandro que te hacía *sexting*, te dimos ideas, tus padres se hicieron cargo (o eso entendemos). Entonces, ¿por qué nos sigues tratando así? Antes era comprensible, pero ahora…

- ¡Ahora *Sofi* está celosa de la lerda, porque anda de "luna de miel" con su novio! -jugó a adivinar Pau con su tono chillón-. Al "*queso campesino*" de Johana se le salió que los dos andan bien juntitos. Se lo contó a Nacho. El tonto vino a preguntarme si era así, no sé por qué, sin saber que me daba información *de primera mano*. "Si el río suena…".

- ¡No seas estúpida!

- La estúpida eres tú. En lugar de ponerte tan paranoica y armarte esos videos en tu cabeza que nadie más se cree, deberías caerle con toda la artillería a Tato. Es obvio que babea por ti, o no hubiera aceptado participar en tu programa en vivo en víspera del concurso.

- Lo hizo para hacerse publicidad.

- Si prefieres quedarte con la duda, allá tú. Sigue mortificándote. Sé que algo te dijo Mateo cuando le avisaste que ya podía despegarse de la *mística*. Si no nos quieres contar…

- ¡Está viendo cómo se deshace de Katherine! ¡Porque le da lástima!

- Oh, la-la. ¡La compasión! Mortífero y complicado virus. *¡Eso lo aclara todo!*

Conteniendo la ira Sofía se levantó súbitamente.

- Ahora que me lo recuerdas, con el desmayo de Tania olvidé preguntarle algo a Tato.

- ¿Podemos dejar nuestra canción aquí por hoy?

- Ni lo sueñen. Cenamos y continuamos en el camarote.

Sin más palabras dio media vuelta y se dirigió a los ascensores con su aire de patrona. Pau y Lu se miraron con una mueca de fastidio, pero cuando Sofía se alejó, rompieron a reír.

-¿Crees que Mateo se haya metido con esa perdedora? -tanteó Pau, por levantarle el ánimo.

- Sería divertido, pero ambas sabemos que eso es imposible.

- ¿Qué? ¿Qué diablos miras?

- A una mujer que no se considera perdedora. Debe ser interesante estar en tus zapatos.

- Cállate -rio-. ¡Tú tampoco lo eres! Solo estás saliendo de una lesión grave y tu mejor amiga te hizo una trastada. No es la primera, ni será la última. Bienvenida a la humanidad.

- Ella *no es* mi mejor amiga.

- Tampoco yo.

Lu fijó su atención en las manos de Paula. Cada uña era una exposición de arte moderno en miniatura. Vivía para esos detalles. Sin proceder de la realeza, Paula Henao se comportaba como si los demás fueran plebeyos. José Rafael Henao, ingeniero de petróleos de una empresa estatal, de lápices en la camisa, gafas gruesas y más tiempo "en terreno", se comunicaba poco con su hija y le dejaba esa tarea a su esposa. Gloribet descubrió los beneficios de abandonar sus cursos de decoración, quedarse en casa y aprender a justificar los caprichos de su hija para no ganársela de enemiga. Paula disfrutaba proyectar esa imagen de "gánster" en un ambiente *prístino* que le concedía estatus. La urgía a vender la imagen de estar en control, que los chicos, fueran guapos o inútiles como Guillo, se morían por ella. Para Paula, la vida espiritual era un juego más donde todos representaban un papel.

Luisa Mariño hubiera querido ser así de femenina, pero creía que no le tocó en la rifa. Entre sus amigas era solo "el eslabón más débil de la cadena". Sonrió ante su propia ocurrencia. Si clasificó en ese grupito fue porque sus padres, un admirado futbolista en retiro y una reportera gráfica exitosa, tenían el dinero suficiente, los contactos y la habían apoyado desde niña en su sueño de ser gimnasta olímpica. Creyó encontrar su oportunidad de surgir por mérito propio, hasta que vino la lesión. Ahora su confianza fluctuaba, a la par con su lenta recuperación. Mientras se definía su futuro se aficionó al kick-boxing y otras artes marciales. Los hombres le pedían que les enseñara golpes y trucos de combate, pero ninguno se interesaba mucho en la *sensei*. Sabía mucho de golpes devastadores que quitaban el aliento a los hombres, pero no de los que les arrancaban suspiros. Trató de agarrar las manos a Paula para ponderar sus uñas, pero ella las retiró con prevención.

- ¿Qué haces? No te confundas Lu, no soy esa clase de compañía. Búscate una luchadora.

- Solo miraba, no te pongas así, me gustó lo que te hiciste ahí. ¡Es todo!

- Soy directa, me conoces. No me escandalizo con esas cosas. El *libre desarrollo de la personalidad* es la nueva bandera, hasta en el Saint Johnas, y el que viola esa nueva ley se va a la cárcel. Ni te discrimino ni te voy a enviar al *lago de fuego*. Pero conmigo no, ¿*ok*?

Fue como esos *knockout* en el primer asalto. Devastadores con el amor propio. Sofía, Tania y Paula eran iguales. Tres brujas de papel inseparables, cortadas por la misma tijera.

- Solo buscaba tema de conversación. Después del chasco con lo de Tania recibí un correo.

- ¿Apenas uno? -la risa de Pau la fastidió-. ¡A mí me llegaron casi doscientos! No hay mal que por bien no venga, esa "novela" quedó en *continuará*. Cuando Tania se recupere y ganemos ese dichoso premio el impacto va a ser… ¡Uau! ¡Nos van a amar!

- ¿"Nos"…o van a amar a Sofía?

Chepe, Guillo y Nacho no le dieron tiempo a responder. ¡Siempre tan oportunos!

- Bueno, bueno- se frotó las manos Guillo, cual perro de presa, siempre al acecho-. Para las interesadas, mañana en San Nicodemo es día de esquiar, de buceo, de jet-ski… Ofrezco mis calificados servicios como instructor. *Gratis*. Páguenme llevándome de farra al casino.

- No, gracias, tenemos asuntos más importantes. Y Tania está bien, gracias por preguntar.

- Ah, sí, lo sabía. Por sus redes. ¡Pongo el video una y otra vez y no paro de reírme! Tania está tan cadavérica que parecía una calcomanía pegada a la banda de la caminadora

-¡Guillo, por qué no se calla! -estalló Chepe, con ganas de pegarle.

- ¡Era un chiste, ya la va a tener de vuelta, haciéndole desplantes, como tanto le gusta!

 -Eso se imagina usted. Porque no la conoce -murmuró, sombrío.

- ¡Ush ¡Chepe se nos volvió filósofo! ¿Eso va a estudiar? ¿Para *coach*? Imagino que se irá por la línea platónica, porque a Tania no la toca ni con la más remota idea.

Chepe no se defendió. "Pobre tonto", pensó Lu. Sufrir así por alguien que ni conoce, solo para despertar un día y darse cuenta de que ni siquiera le importó, que a ella le daba igual.

Parecía que todo iba a acabar en el mismo galanteo mediocre e improductivo, pero la resucitada Joha llegó desde el otro extremo del pasillo, con una madurez que desconcertó a todos, como si se tratara de completar una extraña cumbre, la de los seres más opuestos de la tierra. Faltaba Kat. Y claro, Sofía, para dirigir la orquesta del acoso a varias voces.

- Éramos pocos y parió la abuela -suspiró Pau, mortificada- ¿Qué se te perdió, lerda? Si necesitas clases de natación, no veo a nadie disponible por aquí para enseñarte.

- Y si las quisiera, serías la última a quien las pediría. Quiero saber cómo sigue Tania.

- Sobrevivirá. Lo anunciamos por redes sociales.

- No las sigo a ustedes. Todavía quedamos mujeres inteligentes en el mundo.

Pau se le plantó, a punto de mechonearla. Joha supo que ella le había puesto la zancadilla.

- Déjala en paz -intervino Lu, desubicando a todos- Solo está teniendo un gesto amable.

- Pues no le creo- porfió Pau-. ¿Saben qué pienso? Que estas dos patéticas de Johana y Katherine se confabularon para hacer que Mateo perdiera el crucero. Así, la *mística* pudo hacerse la víctima y conseguir atención en el paradisíaco Puerto Idilio. ¡Los alcances de la mosquita muerta de Jenkins! Quitarle el novio a una compañera es poco *prístino*.

- ¿Qué cosa? -soltó la carcajada Guillo. ¿Mateo y la tonta? Lees mucha ciencia ficción, Pau.

- Eso parece -comentó Nacho, esperando que Joha lo confirmara.

-¡Y si así fuera qué! Kat tiene lo suyo. Con una diferencia: no necesita *ofrecérsele* a nadie.

-¡Fuera! -se impuso Lu-. Ya averiguaste. No eres bienvenida aquí, por si no te das cuenta.

- Te voy a denunciar con Tato Alighieri -insistió Paula llena de odio-. Ustedes dos están haciendo trampa. Kat no puede componer desde otro lugar. ¡Viola las reglas del concurso!

-¡Pues ya tenemos su autorización, bruja! Y para que te arda más, ¡vamos a ganar!

Les dio la espalda y se marchó, dejando a Pau con la palabra en la boca. La estridente risa de Guillo ayudó a ocultar que algunos de los presentes llevaban la procesión por dentro. Chepe, por su amor platónico, que antes de materializarse desaparecía como burbuja de jabón. Nacho ya no sabía qué pensar de lo que pasaba entre Kat y Mateo. Lu callaba, como si ya viviera su duelo, pero el shock le impedía digerir el tamaño de su pérdida. Acababa de decidir que sus amigas estaban muertas para ella. El sentimiento ahora era recíproco.

***

El cuarto cañón donde debía buscar Kat tampoco tenía el caracol escondido por ninguna parte. "Padre mío, que Mateo y Cantillo hayan contado con mejor suerte". Corrió hacia el punto de encuentro a través de los estrechos y redondeados muros de piedra. Casi se estrella contra otro turista, de escarapela y mochila indígena. Uno de los guías del castillo.

- Señorita, disculpe, ya vamos a cerrar. La acompaño a la salida.

- No se preocupe. Acordé reunirme con mis amigos en el mirador para salir juntos.

- Insisto -le susurró René apartando la mochila para dejar al descubierto la subametralladora que le quitó a Román. Kat notó que el tipo tenía manchas de sangre.

- Sin tonterías, *Katiuska*, o aquí se muere, igual que el jueguito que montó con Cymarrón.

* * *

Sofía encontró a Tato ensayando con su banda una canción nueva. A lo mejor la lanzaría durante el evento de premiación del concurso. Se le revolvía el estómago cada vez que recordaba las especulaciones de Pau, pero le costaba desecharlas. ¿Por qué Mateo le pidió que detuviera el plan de sus padres para sacarla de esa pesadilla? ¡Justo cuando la vida recobraba su curso! ¿Qué podía ser tan grave para que le rogara algo así? ¡Alguna fantasía de la lerda y su mente desquiciada! ¡Quién sabe de qué más lo había convencido con sus infantiles juegos detectivescos en los que ella, claro, era la única heroína y depositaria de la verdad, la única que tenía "línea directa con el enemigo"! Tomar en serio la advertencia de Mateo significaba dejarle el camino libre a la insulsa. ¡Y eso nunca!

Había que dejar las cosas así. *Estaba a salvo*. La extorsión se pagaría con dinero de sus padres y con la bendición del Altísimo alguien se encargaría de atrapar al desgraciado. Mateo estaba nervioso porque le importaba su bienestar. La lerda ni tenía velas en ese entierro. Ni sabía cómo poner celoso a un hombre. Pero a él no le perdonaba que la hubiera dejado sola, por más que solo tratara de ayudar a Katherine. Llevaba días sin orar, aunque fingiera cumplir con la rutina. Había abordado el *Nanshi* como una youtuber exitosa, una estrella en el firmamento digital, esperando recibir más, regalos extraordinarios del Gran Autor en recompensa a su ardua labor como líder *prístina*. En lugar de eso su alma ahora se debatía entre la desesperación y la miseria. Todo por una tonta imprudencia que miles de jóvenes cometían a diario sin que les cayera el mundo encima. No, no iba a morder ese anzuelo que le tendían por pura envidia. Continuaría con su vida. A volar el *qué dirán*.

Terminó la canción. Una verdadera joya. Contuvo las ganas de aplaudir. Por algo los habían subido a ese crucero con Tato. Al notar la presencia de Sofía, cual tiburón que detecta sangre en el agua, Raquel Emilia dejó el teclado y le plantó un largo beso a Tato. Al abrir los ojos el sorprendido compositor vio a Sofía y entendió que su novia marcaba su territorio. No era usual en ninguno durante el ensayo. Por respeto a varios jóvenes solteros de la banda guardaban esa clase de besos para después, por pura misericordia.

- Ah, Sofía. Se supone que no debías escuchar esto. No todavía.

-Despreocúpate -respondió, desinflada por el beso. Tal vez Tato no estaba tan desesperado por conquistarla. "Eso está por verse. *Me buscas* cuando no te ronda esta. Bien, entre más luchado el premio, mejor sabe la victoria". Les sonrió. La canción que componía sería la estocada fulminante. Raquel Emilia quedaría helada. Lástima por ella y por Mateo. No podía dejar de brillar para hacerlos sentir bien. Tato, además era un digno trofeo.

- Solo vine a contarte que Tania está mejor. Una de sus descompensaciones. Hola Raquel.

- Hola -respondió ella con el entusiasmo en mínimo, en lo suyo, pero vigilando de reojo.

- ¡Cuánto me alegra! Gracias por avisarme. Me dices para cuándo se reagenda tu programa.

- Después de la premiación. Que no digan que estoy presionando al jurado. *Puedo esperar*. Aclarado eso, bella canción. ¡Sigo temblando! ¡Literalmente!

- Seguro conoces a las autoras: Kat Jenkins y Johana Redondo. Participan en el concurso. Ahí tienes, quien no pudo esperar fui yo: ¡tenía que montarla! ¿Te pasa algo?

Si no decía pronto algo positivo iba a dar una mala impresión y era lo que menos convenía. Un destello de rabia y resentimiento empañó sus ojos. Aprovechó hasta esas lágrimas.

-Es tan…*inspiradora*, y a la vez tan… *"simple"*…es decir…será difícil vencerlas.

- Mas allá del concurso, esperaba que como líder de música te alegrara oírla.

-¡Por supuesto! Es que…¡sigo sorprendida! ¡Hay tanto talento detrás! Pareciera… que *alguien más* les ayudara. Asombroso que esa canción naciera aquí, en un camarote.

- De hecho aún no sé si puedan competir-. Tato torció la boca y guardó su guitarra-. Por eso no quería que nadie del Saint Johnas la escuchara. Una de esas dos chicas no está en el barco. Como lo oyes, lo perdió, pero ha seguido en contacto con Johana. A pesar de darse una violación de las reglas, siento que hay algo importante que aprender ahí. Podríamos declararlas fuera de concurso. Porque otros equipos, como el tuyo, han trabajado duro.

"Sí, claro, guárdate el cambio". "*Podríamos*". La decisión no estaba tomada. Ahora debían esforzarse el triple. No iban a humillarla esas perdedoras. Presionaría de todas las formas posibles para que las eliminaran. Con mayor razón era clave hacer caso a sus padres y no a Mateo. Ese cuento de que el Cymarrón había cambiado las reglas del juego le sonaba reforzado, ganas de Mateo de hacerla sentir culpable. Cuando el hacker recibiera el dinero se largaría y los dejaría en paz. No dárselo era arriesgarse demasiado. Si sus fotos y videos empezaban a propagarse por las redes, el escándalo, por más que intentara justificarse, sería devastador, y la eliminada sería ella. Perdería mucho más que un concurso.

***

El tercer caracol solo podía estar oculto en la *boca* del cañón, para que no los vieran los turistas. A Mateo le pareció absurdo encaramarse sobre esas reliquias metálicas que asomaban entre las murallas sin llamar la atención ni arriesgar la vida. Palpando en la base de su cuarto cañón, resignando ya toda esperanza, descubrió, con emoción infantil, un caracol igual a los dos anteriores, con el distintivo de

Cymarrón. "*¿Cómo lo haces Kat?* ¿Cómo navegas por la mente de este maldito interpretando con precisión sus misterios, tal como hicieron los patriarcas antiguos para los reyes paganos de Egipto, Babilonia y Persia? ¿Cómo entras y sales tan campante, sin ser hundida por los cañones de mis dudas, para que sea yo el que termina naufragando, igual a los navíos que intentaron tomar esta fortaleza?".

Pero no era momento para poesías. Restaba solo un acertijo por resolver. Un caracol más y Kat tal vez lograra salirse con la suya. Todas las esperanzas pendían de un esfuerzo final. Y, claro, de aquella singular capacidad de negociación, para que Cymarrón mostrara la cara y la escuchara. Entonces Cantillo podría atraparlo y nadie más saldría lastimado. ¡No podía esperar para ver la cara de Kat! Subió corriendo las escaleras que conducían al mirador. Al divisar a Cantillo, levantó triunfal el caracol encerrado en su puño, exhibiéndolo orgulloso.

- Seguimos en carrera -exhaló aliviado Cantillo-.Tu novia te va a agarrar a besos.

- Ya le dije que no somos nada- le pasó el caracol para que lo examinara, fingiendo que no le había hecho caso. Que en el fondo sí ansiaba oír la felicitación de Kat. Pero el cielo se oscureció y ella no aparecía. Mateo se resistió a que los guías los echaran.

- Ha pasado demasiado tiempo -admitió preocupado Cantillo-. ¿No contesta el teléfono?

- Ni mis mensajes. El castillo está bien señalizado. No es tan grande como para perderse.

- Voy a buscarla. Espérame a aquí, por si viene mientras tanto.

La jefe de guías les hizo saber que eran los últimos turistas en la fortaleza y que era hora de cerrar. Ante la obstinación de ambos, verificó por radioteléfono con su equipo. Los empleados fueron respondiendo uno a uno, negativamente. Todos, menos uno. Cantillo cerró los ojos. Mateo se agarró la cabeza. Estaba pasando.

Las luces de las patrullas cubrieron con su baile multicolor los muros del castillo y sus inmediaciones, mientras el guía al que habían descalabrado y dejado inconsciente para robarle su identificación era conducido en ambulancia al hospital más cercano. La noche también había caído sobre Cantillo, quien no dejaba de recriminarse por la desaparición de Kat. Mateo no salía de su estupor. *Kat no estaba.* Ya era una nueva víctima. Un nombre más en la lista. ¿Cómo se lo diría a sus padres?... ¿Y si no volvía a verla?

- La encontraremos - Cantillo descargó la mano sobre su hombro, suponiendo que su padre lo haría. -¿Quieres que yo les dé la noticia a sus padres o prefieres hacerlo tú?

- Esto no puede estar pasando – se cubrió los ojos con las manos, apoyado en una patrulla.

- Cometí un error, pero no todo está perdido. Vamos, es tiempo de que regreses a tu casa. Nosotros nos encargaremos. Cymarrón nos ganó esta, pero lo voy a atrapar. Te lo prometo.

- Hay algo que no le he contado, teniente -susurró Mateo sin atreverse a levantar la cabeza-. La llamada que tomé en el baño de su apartamento…no era de mis padres.

- Sabíamos con quién hablabas. No te tortures más, eso no ayudará.

- Es importante. Porque Sofía (mi novia), la razón por la que hemos accedido a todo esto, me dijo que sus padres enviaron a…*alguien* para que le llevara el dinero al Cymarrón.

- *¿Qué?*

- Le dije que los convenciera de no hacerlo o empeorarían la situación, que Cymarrón ya no se conformaría con el dinero. Que teníamos comunicación con el hampón.

- ¿Qué respondió? ¿Se comprometió a hablar con sus padres para detenerlos?

- Eso creo… ¡no sé! Recuerdo que no le gustó. Sé que debí contarle antes. ¿En qué piensa?

- En lo que dijo Katherine. No creía que Cymarrón hubiese asesinado a Nawal.

-No hable en tiempo pasado, por favor…si llegaran a hacerle algo…

- Ella volverá, sana y salva, pero necesito que te concentres: ¿crees que la familia de Sofía sería capaz de intentar *hacer justicia* por sus propias manos? Tú sabes a qué me refiero.

- Imposible. Su padre es patriarca, de una gran comunidad. ¿De dónde saca eso?

- Puede que nos estemos enfrentando a más de un enemigo.

-¿Alguna vez da una buena noticia?

Sonó el teléfono de Cantillo. En su cara se notó el fastidio, pero contestó sin tardanza.

- *¿Por qué abandonó la escena del crimen sin mi permiso?* ¡Le di instrucciones precisas!

- Tuve una corazonada- se defendió, sin dejar de ver a Mateo-. Y no me equivocaba. Estoy detrás de una pista, coronel. Si alguna vez va a confiar a en mí, necesito que sea ahora.

- Se le va la vida repitiendo lo mismo, teniente. ¡Mientras yo me partía el trasero haciendo un "barrido" de Nínive, usted seguía una *corazonada*! ¿Por qué me huele que oculta algo?

- Deme solo hasta mañana y lo sabrá.

Espósito maldijo a gritos al otro lado de la línea. Cada vez detestaba más a Cantillo.

- ¡Si no sale con nada esta vez, me encargaré de que la institución se deshaga de usted, por incompetencia! En un hogar geriátrico causará menos molestias, ya que ni familia le queda.

Cantillo colgó y Mateo supo que tenía problemas. ¿Podía ser algo más grave que la muerte?

-¿Por qué no le contó lo que pasó con Kat?

- Porque entonces no podría quitármelo de encima. Solo perderíamos un tiempo precioso.

-¡Qué importancia tiene ahora esa estupidez de los enigmas! ¡Kat ya no está!

- Con mayor razón. La cuarta pista puede ser nuestra única oportunidad de encontrarla.

-¡Y cómo espera que avancemos *sin Kat* y sin contarle a su jefe las cosas como son!

- No podremos, si primero no tratamos de entenderlo. Cymarrón les puso una prueba y ustedes le demostraron que eran capaces de descifrar todo el enigma. ¿Por qué iba a secuestrarla *justo ahora?* ¿Qué ganaba con eso si él se considera "hombre de palabra"?

- Se cansó de nosotros. Nos culpa de la muerte de Nawal. Temió que lo venciera una niña y quiso evitarse la vergüenza. *Ahora la tiene.* Solo hizo lo que quería desde el principio.

-¿Y si alguien más la tiene? Sofía te dijo que sus padres estaban decididos a actuar.

- *¿Llevándose a Kat?*

- Quiero pensar positivamente, Mateo. Que no sea un asesino a sueldo.

- Ellos no son esa clase de personas -se ofuscó Mateo-. Y en el remoto caso de que lo fueran, ¿por qué un sicario se metería con Kat si su trabajo es matar al Cymarrón?

-¡Quizás no sabe dónde encontrarlo! De alguna manera averiguó que Kat sí.

- Pero ¿cómo?... ¿Sofía...?

- Eso es algo que no puedo afirmar. Lo cierto es que ya sabe del juego de Cymarrón.

- Kat tiene dos caracoles, nosotros el tercero. Su condición para encontrarse con Kat era hallar los cuatro caracoles. Aunque Kat encontrara el cuarto, no le servirá sin el tercero.

- Pero Cymarrón no sabe eso. Si ella tiene éxito y encuentra el último, seguramente llegará a donde Cymarrón quiere. Quien tenga a Katherine en su poder espera que lo guíe hasta él.

- Está entre dos matones -golpeó la patrulla Mateo -¡Y nosotros sin poder hacer nada!

- Sí podemos. Si le ayudaste a descifrar los tres primeros, puedes con el cuarto.

-¿Yo?

- También creciste en una familia *prístina*, ¿no?, luego eres un hombre de fe. Ya sabes, le pides, Él te oye, *te habla…*lo mismo que a tu novia, o como quieras llamarla.

- ¡Que no lo es! Y no soy como ella… infortunadamente -confesó el joven.

- Algo tienes que haberle aprendido. Un *prístino* me dijo una vez que el Gran Autor nunca se aleja de sus hijos, por más que ellos lo hagan. Mateo, llevo muchos años en este oficio, sé cuándo debo seguir mi instinto. Ayúdame a llegar hasta ella, ¡dame la oportunidad de rescatarla! Eres un chico inteligente. Si mi experiencia no cuenta aquí, al menos no menosprecies la ayuda de tu Creador, en el que profesas creer públicamente.

***

Ceferino se sirvió de una de sus mejores aliadas, la noche, para escabullirse hasta su casa. Había recuperado la calma tras escuchar a Kat. Aunque estuviese rodeada de policías, sonaba razonable. Era posible que ni ella ni el chico hablador con el que andaba supieran que sus padres se habían pasado de la raya, que al atreverse a tocar a Nawal, se habían metido con él. Los hipócritas acostumbraban ese tipo de cosas. *Como Falquez.* Iban destrozando el mundo a su paso, mientras los demás los aplaudían, admirando la belleza invisible del traje del desnudo emperador, real solamente para sus mentes zalameras.

Román le había advertido que no se arriesgara tanto por un estúpido capricho, pero tenía que saber hasta dónde llegaría esa niña fascinante que había escudriñado su mente como ningún policía de Puerto Idilio. Sin ayuda de nadie había resuelto dos acertijos y encontrado los caracoles que escondió en lugares muy precisos. El primero, en manos de Nawal. El segundo, en la corona de la escultura del Maestro Resucitado. Pero el tiempo se agotaba y le faltaban dos. Suponiendo que la chica resolviera el enigma y encontrase el cuarto caracol, la mitad de la policía de Puerto Idilio iba a brotar de la tierra para aprehenderlo. Vio cruzar varias patrullas desde la ventanita sin vidrio de un humilde rancho de pescadores a los que regalaba mercados, donde optó por la prudencia, ocultándose, mientras "bajaba la marea", como amistades influyentes le recomendaron. Al entrar a su estudio encontró el cadáver de Román con una nota: *"Para que se le acaben las ganas de meterse con nosotros, pervertido. ¿Qué se siente ser el acosado?"*.

No lloraba desde que se alejó de sus hermanos. Se había prometido no volver a hacerlo. Pero ver a su entrenador en la lona, vencido por la rigidez de la muerte, lo regresó a su niñez. Por más que su mente le dijera que tenía todo bajo control, sus emociones eran un mar en tempestad. Román fue la estabilidad de su resurgimiento, el domador de su dolor. La sabiduría de su tierra. El afecto extraviado. Lo más cercano que tuvo a un padre.

Se limpió las lágrimas y le juró que el responsable iba a sufrir, prefiriendo haber caído en manos de *dagón*, o en las del Gran Autor, porque en las suyas no encontraría clemencia.

***

René sabía que no podía volver por Nínive y que llamaría la atención si se paseaba por las calles de Puerto Idilio con una muchachita. Tarde o temprano alguien se fijaría en su cara de víctima o los registraría alguna cámara de seguridad. Detuvo un taxi a pocas calles del castillo fingiendo ser un tío de su rehén, de vacaciones en la ciudad. Pasando frente a una playa desierta, sin iluminación y prohibida para los bañistas, pidió al conductor que se detuviera. Caminarían por la playa hasta su hotel. Cerciorándose de que nadie los viera, condujo a Kat hasta un malecón. Las olas reventaban violentamente contra las rocas, salpicándola cada vez más. Los cangrejos que se habían aventurado fuera de sus guaridas parecían sorprendidos con la visita. Kat cerró los ojos. Las posibilidades de escapar corriendo se habían ido. ¿O no? *"Abba, envía tus ángeles guerreros. Hazme invisible, por favor"*. El sicario sacó una botella de su mochila y se la ofreció. Kat movió la cabeza.

- Es solo agua -dijo él, dándose un largo sorbo-. ¿Lo ves?

Ella rechazó la oferta. Tenía más miedo que sed. René se sentó, vigilando el entorno.

- Si quisiera hacerte daño, ya lo habría hecho.

- ¿Qué quiere? -dijo Kat, con voz temblorosa.

- Sé que eres otra víctima del Cymarrón.

Kat lo miró con asombro al comprobar que su hipótesis podía tener sentido, que Cymarrón no asesinó a Nawal. Debía elegir bien sus palabras. El secuestrador parecía tener calculadas cada una de sus acciones y no se mostraba nada dispuesto a perder el tiempo.

- No te preocupes, pastelito. Tú solo llévame al desgraciado. Yo me encargo del resto.

***

Mateo y Vicente recorrieron sin descanso las calles del centro histórico. El policía tenía la teoría de que entre más monumentos emblemáticos de Puerto Idilio pasaran ante los ojos de Mateo, más posibilidades había de que el muchacho diera con la solución al último enigma. Los tres primeros caracoles habían sido puestos en atracciones turísticas reconocidas: un bar de la plaza de Santo Domingo, la Capilla de la Resurrección y el Castillo de San Fernando. ¿Podía existir un patrón que los guiase hasta el cuarto?

- Vamos, *pelao*, tienes que hacer un esfuerzo. Concéntrate. Plantéalo en forma de pregunta: ¿por qué podría estar oculto *el rastro del hombre en la doncella?*

- Descansemos -colapsó Mateo, dejándose caer en la banca de un parque, desde donde podía divisar la torre del reloj. El miedo a fracasar, a fallarle a Kat, lo había bloqueado.

- *No soy como ella* -se rindió por fin-. ¡Me gustaría decirle que tengo una relación con el Gran Autor, que converso con él, que lo escucho y viceversa, pero no soy ese hombre de fe! Lo siento, señor Cantillo. Ha puesto su confianza en la persona equivocada.

Vicente guardó silencio, respetando su angustia. Estaba curtido en este tipo de situaciones, de lidiar con el dolor, la impotencia, el remordimiento ajenos. Desafortunadamente para este caso no bastaba con que Mateo se desahogara. Aún les quedaba una oportunidad.

- Debe haber algo que podamos hacer. Dicen que los prístinos creen en una Deidad omnipotente, misericordiosa, capaz de entender la debilidad de sus hijos. De perdonarlos.

Fue como si sus palabras terminaran de vulnerar las grietas en el muro de una represa. Mateo rompió a llorar como un niño. Las palabras de la *Fuente de gracia* empezaron a fluir por su corazón como si alguna vez las hubiera pronunciado creyendo en ellas.

-*"Si mi pueblo se humilla, y deja atrás sus malos caminos, y me busca en oración, yo lo escucharé, perdonaré sus transgresiones y sanaré su tierra…"*.

Cantillo no podía dejar de observarlo, impresionado con lo que pasaba en él.

-*… Padre eterno, Padre de verdad*, perdóname por burlarme de *ella*, por fingir, cuando mi corazón solo ha vagado lejos de Ti. Merezco que me des la espalda…Me diste tu Nombre y yo me he dedicado a esconderlo, a enterrarlo, con mis palabras, con mi vida. ¡A cambio, en tu amor incontenible me envías un ángel para que pueda verme en el espejo de sus ojos! ¡Tú sí puedes ayudarla! ¡Que regrese a su casa, sana y salva! Que como dice Cantillo, la hayan retenido por corto tiempo, por equivocación…¡No merece que un asesino la…!

- Te dejo solo -dijo el policía respetuosamente-. Termina tu oración en paz.

-¡No, espere!... *Secuestro…Sometimiento…"El rastro del hombre en la doncella"*... Si no estoy mal, existió en Puerto Idilio una líder indígena, amada por unos, considerada villana por otros, porque aceptó convertirse en la traductora de Lorenzo de Pedralorga, fundador de esta ciudad. Kat estaba repasando toda esa historia en el hotel.

- ¿Hablaron de eso?

-No mucho. Le dije que era una lerda por hacerlo. Pero tenía sentido. Con la conquista, llegaron muchos dolores a esta tierra. Mientras Kat estaba en el baño, vi que en su diario había boceteado una indígena de figura armoniosa, en posición altiva, desnuda hasta la cintura. Lo admito, me causó curiosidad. Bajo el dibujo escribió: *india-lengua*, o algo así. Que yo recuerde es la única indígena a la que rinden honores aquí. Es famosa entre ustedes.

- La *india Catalaya* -confirmó Cantillo con orgullo regional-. Aunque para muchos es un mito, si le preguntas a la gente de acá, te dirán que fue la sobrina de un gran cacique cuya tribu se dedicaba a la extracción de sal, como si su propósito hubiese sido darle sabor al resto del mundo, que nos llamaran tierra *bendita* y no *"belicosa"*. Catalaya fue raptada cuando tenía catorce años, por un conquistador que la llevó hasta la isla de *La Tarsisiana*, donde dicen que se convirtió a la religión *prístina*. Si no fue así, al menos aprendió mucho de esa cultura. De ahí la sacó Pedralorga y la trajo de vuelta a su tierra, como esclava. Algunos dicen que solo con el fin de ayudarlo a enriquecerse y mediar ante los indígenas, para luego traicionarlos. Pero ciertos historiadores afirman que se le rebeló, que lo acusó de robarse el oro y que se opuso al maltrato de los nativos, con astucia y valor. Nos guste o no, resultó clave para el surgimiento de la comunidad *prístina*. En las crónicas de la conquista y en las audiencias de los juicios que se hicieron en Tarsis contra Pedralorga aparecen testimonios de ella. Detrás de su fachada afirmó ser una pacificadora, que nunca calló la verdad.

- *"Catalaya"*…secuestrada cuando era casi una niña…traductora y emisaria del mensaje *prístino*… ¿No le parece que tiene cosas en común con Kat?

- ¿Qué más recuerdas de ese diario?

- Bueno…tenía apuntes de varios pasajes de la *Fuente de Gracia*. Normal en Kat.

- ¿Alguno decía por qué a un hombre le es oculto *el rastro del hombre en la doncella?*

Mateo intentó buscar en internet, pero la batería de su teléfono se agotó y maldijo.

- Préstame el suyo-. Cantillo accedió-. ¡No recuerdo los pasajes, lo siento!

- Si Cymarrón solo intenta acomodar la *Fuente de Gracia* a su propia visión del mundo, ¿en qué doncella pudo inspirarse? ¿Existe una en quien no se encuentre el rastro de un hombre?

- *¡La madre del Salvador!* -recordó Mateo. Navegó de inmediato por páginas web de artistas inspirados en la bienaventurada virgen que engendró al Deseado de las Naciones-. Kat la menciona mucho en su diario. Ningún hombre la tocó antes que naciera el Maestro. Concibió al Hijo del Altísimo por obra del Espíritu Santo…. *¡sin rastro de hombre!* Era sabia y humilde, como ninguna otra mujer, por eso halló gracia ante los ojos del Altísimo y fue escogida. Pero… ¿qué relación existe entre ella y la India Catalaya?

- Tal vez Catalaya sea más importante para Cymarrón. ¿Y si la idealizó? ¿Si piensa que ni Pedralorga ni los conquistadores que abusaron de ella pudieron tocarla *en su interior*?

- ¿Sugiere qué es así como Cymarrón ve a Kat? -alucinó Mateo horrorizado.

- Hablamos de un tratante de personas: La pureza solo les sirve para ser sacrificada. Si el que tiene a Kat es un sicario que busca llegar hasta el Cymarrón tenemos que adelantarnos y rescatarla. Hay una estatua de la india Catalaya en un parque que lleva su nombre, en la intersección de la calle Lorenzo de Pedralorga y la Avenida Páez, con carrera 11.

- ¿Qué mejor lugar para ocultar el cuarto caracol? -se dijo Mateo, recobrando el ánimo.

- Vamos en el carro. Si Kat ya resolvió el enigma, más nos vale llegar antes que ella.

Cantillo casi arrolla unos turistas holandeses ebrios que serpenteaban en plena vía. Logró abrirse paso mientras le gritaban insultos a Mateo, propinando palmadas y patadas al auto. El policía continuó su desbocado rally por temerarias contravías, cometiendo cuanta infracción de tránsito era posible. Sin lograr concentrarse por el estrés y el movimiento, Mateo intentó hacer una nueva llamada desde el teléfono del policía.

- A Sofía no -advirtió Cantillo-. Podría alertar a sus padres y estos al "sicario". Es mejor que no sepan dónde estamos mientras confirmamos nuestra teoría.

- No la estoy llamando a ella.

***

Chepe colgó el teléfono, desconcertado. ¿Era todo un sueño? Sentado frente a la bella Tania, en una mesa para dos del exclusivo restaurante *Tritón*, un cuarteto de cuerdas interpretaba bandas sonoras de sus películas favoritas. Amparada por su incapacidad médica, la diva estaba faltando al ensayo citado por Sofía, clara evidencia de que se había tomado en serio su invitación para celebrar que le dieron de alta. Y sin una gota de licor (como dictaba Guillo, si quería pasar a segunda, tercera base y "anotar"). Había llegado a ese dichoso momento siendo él mismo, sin más estrategia que observar y escuchar. Ahora sabía que Tania no podía beber alcohol, aunque quisiera, por los medicamentos que le habían prescrito, y que las flores le encantaban, por lo cual recibió de buena gana la orquídea en un estuche y la cajita de chocolates suizos que le compró en la boutique.

En otras circunstancias el pavor no le hubiera permitido acercarse a Tania para hacerle semejante propuesta. Pero Chepe conservaba algo de esa antigua usanza llamada romanticismo que lo obligaba a portarse como un caballero. No le importaba si sus amigos lo encontraban ahí y le abrían los ojos avergonzados. *Conocía un secreto*. Una simple y sencilla verdad que bastaba para considerarse un poco dueño de Tania Macalister.

- ¿Quién era?

- Mateo.

A Tania le produjo más curiosidad este "nuevo" José David que lo que pudiera pasar con Sofía. Chepe se estaba portando como un príncipe para insultarlo hurgando detalles del intrigante caso que hizo perder el barco a Mateo y a Katherine.

- ¿Qué te dijo? -preguntó, como si no le importara, pinchando un aperitivo de pulpo.

Chepe no salía de su asombro. Quería responderle y no quedar como un maleducado, pero la súplica que nunca creyó escuchar de su mejor amigo, aún resonaba en sus oídos.

- Me pidió…*oración.*

- ¿Pasa algo malo?

- No sé, no me lo explicó, solo dijo eso. Sé que suena raro, *a mí* me suena raro, pero…

- Para nada, es lo más normal, después de todo somos *prístinos*, ¿no?

- Absolutamente. Pero que lo que te dije quede entre nosotros…si no te importa.

Tania sonrió negando con la cabeza. Ni ella se creía lo que estaba diciendo.

- En el fondo sabemos que es absurdo.

- ¿Qué cosa?

- Todo esto -dijo ella mostrando el restaurante -.¿Qué estamos haciendo aquí exactamente? ¿Vinimos de vacaciones o a qué? ¿Crees que alguien se esté tomando en serio las charlas y el concurso de Tato Alighieri? Aparte de Sofía, por supuesto. A ella le interesa por su música y conseguirá lo que quiere al costo que sea. Otros se mueren por decir a los demás: "Grabé una canción con Tato". Bien. ¿Y después? ¿Crees que a nuestros ilustres compañeros les preocupa ser "árbol que dé fruto"? ¿Qué nos mueve a hacer todo esto?

- Bueno, creo que tienes razón, yo…

-No te estoy juzgando. Al contrario. Te preocupaste, me viste como algo más que una cara bonita y un cuerpo delgado. Luego me traes aquí, me compras regalos... *Significa mucho para mí*, sin importar si después te alejas, sobre todo cuando se me empiece a caer el pelo.

Conmovido, Chepe levantó su copa para celebrar el apunte. Le costaba imaginarla así.

- Puedes raparte, llenarte de tatuajes, aros y no comer papas fritas, no pienso alejarme.

¡La hizo reír! Vio por primera vez todos sus dientes, la constelación de aquella hermosa sonrisa en todo su esplendor. Tania le tomó la mano primero. El cielo y el Creador existían.

- Lo dices porque sabes que, aunque me muera, si te ganas a mis padres, vas a poner un pie en *Caprice*. Entonces harás esto mismo con las modelos.

-Me importa un cuero *Caprice* y los trajes de baño, si la modelo no eres tú.

Tania lo besó en los labios. Un beso corto, sin apremio, de una mujer que ya sabía besar y ser besada. Chepe correspondió, con una ansiedad que ella retribuyó encantada, sin poder creer lo distinta que se había vuelto su vida solo por adoptar una actitud más desprendida y empática. De pronto estaba ahí, embriagado, pero de la mujer que consideró inalcanzable.

"Y ahora Mateo me pide oración…". Le costaba asimilar el cambio que sentía en su mejor amigo, "el artista" que logró conquistar a Sofía Aguilar. Se preguntó si Katherine tenía que ver en ese cambio. *"Oración"*. Algo tan simple, tan elemental, y a la vez tan ajeno a su vida. *¿Por qué no?* Comenzaba a amar los "cambios". Además, empezaba a necesitar uno: Era preciso que al regresar del viaje, cuando los médicos volvieran a examinar a Tania, le dijeran que no estaba tan enferma, que se habían equivocado al diagnosticarle Leucemia.

***

La esbelta escultura en bronce de la india Catalaya se erguía, poética, acariciada por las luces de la bahía sobre su columna hexagonal, a la que se llegaba luego de subir los peldaños del monumento en honor a la heroína. Por la hora, ya no tenía visitantes. Kat hubiera preferido llegar hasta ahí en compañía de Mateo. Al menos él estaba a salvo. Necesitaba superarlo y enfocarse. Si su secuestrador lograba matar al Cymarrón antes que ella pudiera hablar con él, no podría cumplir la voluntad del que la envió. Por eso desde que el mercenario la llevó a la playa empezó a rogarle ese favor, antes de que sucediera lo inevitable. *"Abba me falta fe, pero lo imposible no existe para ti. Hágase como quieres"*.

Contempló con nostalgia la figura delgada y envidiable de Catalaya. La juzgaron por muchas cosas, menos por enseñar sus pechos. En cambio, a ella la habían secuestrado porque una reinita posmoderna no quería reconocer que hizo lo mismo ante su cámara web. Algunas transgresiones permanecían ocultas más tiempo. Lo que Kat no podía aceptar era que se masacrara y estigmatizara sin piedad a quienes eran sorprendidos públicamente, excluyéndolos del Camino, como si no tuviesen el mismo derecho de arrepentirse de los que mantenían sus transgresiones en secreto. ¿Acaso eran más respetables por eso?

"¿Quién eres, *India-lengua*?". Kat se preguntó si había sido como el escultor la representó. Ahora se conocía más por la estatuilla a manera de réplica con la que Puerto Idilio premiaba a los artistas del cine y televisión, que por el papel histórico que jugó la sobrina del cacique durante el Descubrimiento y la Conquista, dejando un desafío interesante para las nuevas generaciones de mujeres. Los visitantes admiraban la postura erguida y orgullosa de la india, pero pocos miraban lo que le costó dejar su huella en este mundo "a pie limpio". Kat buscó en el vértice que formaban los pies empinados de la estatua. Allí estaba el caracol, oculto, a salvo de las aves. En su interior una nota mostraba al pulpo junto al chulo verde. Le sorprendió que hallar la cuarta clave fuera tan fácil. Cymarrón hubiera podido hacerlo mucho más complicado. Tal vez a esta altura *quería* ser encontrado.

Levantó la cabeza buscando con la mirada a su tortuoso e invisible adversario. "¿Y ahora?". ¿Cómo avisarle que cumplió? La estresaba pensar que René le pegara un tiro antes de que lograra hablar con él. La voz de un universitario de la región de lentes y contextura frágil la trajo de vuelta. De solo reconocer aquella voz, se le heló la sangre.

- Bien hecho, Katiuska. Eres mucho más linda en persona. Mateo es muy listo. Prefiere lo verdaderamente hermoso a lo *fácil*. Aunque sobrepases su limitada capacidad de apreciarlo.

- ¿Cymarrón…?

- Espero no desilusionarte. No te imaginas cuánto tiempo perdí buscando una aplicación menos "ordinaria" para modificar mi voz por el teléfono. Las opciones son decepcionantes. Terminas volviendo a lo clásico. Al final sacrificas innovación por seguridad.

Kat temía que en cualquier momento cayera abatido. ¿Se acordaría "Ricardo" de que le suplicó hablar con ambos antes de disparar? "*¡Al menos un alma más, Abba!* Todavía me cuesta creer que los padres de Sofía intenten hacer justicia por su propia mano. ¿Quién se va a dormir tranquilo después de ordenar que se acabe con una vida?". ¿No son llamados los *prístinos* a hacer una diferencia en este mundo? "*Aun así, tú puedes evitarlo*".

- ¿Puedo darle mi mensaje, Cymarrón? Creo que cumplí.

- Y yo también lo haré. Acércate, déjame ver los cuatro caracoles.

Kat miró a su alrededor, vacilante. *¿En dónde se ocultaba su captor?*

- ...Porque los traes contigo, ¿verdad?

- Yo...no sé si sea el lugar más seguro - dijo, mientras se le acercaba, llevándose la mano al bolsillo. *"Ahora va a saber que no tengo sino tres". "En Tus manos me encomiendo".*

- Hay hombres protegiéndonos, varias cuadras a la redonda. Si no tuviste que ver con la muerte de Nawal, entonces no debes temer. No voy a dejar que te toquen. Lo prometí.

- No tuve que ver. Solo trató de ayudarnos. Y nosotros a ella. Hasta donde se pudo.

- Ahora que lo mencionas, no veo a tu galán. ¿Finalmente, decidió "abandonar el barco"?

- Algo así -respondió Kat, fingiendo desinterés. Lo extrañaba terriblemente y se preguntaba qué estaría haciendo, pero entre menos se hablara de él, mejor. Su ausencia le ayudaba a protegerlo. Las manos le temblaban y sudaban como nunca al entregarle los tres caracoles.

- Vamos a ver, Katiuska - Candelario, revisó -. Si las matemáticas no me fallan...

- Tuve algunos problemas en el Castillo... *un guía*- se despachó Kat, sintiendo reseca la garganta-. ¡Pero sé que estaba ahí, en un cañón!... ¡Por favor, escúcheme antes que...!

-¿Antes que...? Tengo toda la noche disponible para ti, Katiuska... ¡y más!

Sus ojos chispeantes parecían desorbitarse y escapar de su serena compostura. Mateo se lo dijo de todas las maneras. *"Bueno, Abba, para eso he llegado a esta hora".*

- ¿Se siente bien comprobar que no cumplí sus expectativas? Así es, Cymarrón, no soy perfecta, ningún *prístino,* ninguna *comunidad* lo es. Usted lo sabe, pero necesitaba decírmelo a la cara, gritarle al mundo que el Gran Autor es una decepción. ¿Qué pasaje de la *Fuente de Gracia* citará ahora que justifique arruinar la reputación de Sofía y despojarme de mi dignidad? ¿Me convertirá en otra Nawal? ¿Solo por mostrarle la evidencia de Su amor? Pues ese Amor que ella abrazó, tampoco se cansa de insistir con usted. Sí, hablo del misterio que ni su prodigiosa mente logra armonizar, por más que lo intente.

Ceferino la estudiaba fijamente. Era el combate por el que tanto había esperado. Kat imaginaba a su secuestrador preparando un disparo certero en la oscuridad. Era probable que el ejército del Cymarrón ya lo hubiera neutralizado. Debía enfocarse en lo suyo.

- Tienes un don extraordinario, lo admito. Pero tu aguda percepción no llega a tanto.

- Solo el Altísimo conoce y revela a su tiempo todos los misterios, incluido el dolor que hace que su vida respire a través de una vieja herida abierta, cuya curación no admite.

Con una mueca despectiva, el hacker disimuló el fuerte temblor que lo había sacudido.

- Una niña de quince años hablándome de viejas heridas. ¿Qué sabes del dolor? Solo citas la experiencia particular de cierto *profeta melancólico*, que fue sumergido en una letrina asquerosa por sus enemigos. Interesante *Deidad* la que lo permitió. Interesante *Amor*.

- Por ese mismo amor el profeta nos entregó su mensaje. *Las buenas noticias*. Que el gran amor de esa "*Deidad*" es inextinguible. En lugar de tratarnos conforme a nuestras transgresiones, nos dio El *pacto del retorno*. Estoy aquí para recordarle Su *gracia*.

La brisa nocturna despeinaba a Kat, pero su concentración no menguaba un ápice.

- Qué amable de parte del "*Altísimo*". Lástima que sus buenas noticias lleguen algo *tarde*.

- Esa es su percepción. Incompleta, igual que la mía. Pero si aún puedo convencerlo de que deje en paz a Sofía, me gustaría darle mi interpretación del acertijo. No la que me condujo aquí: La que creo que la *Fuente de Gracia* nos plantea a todos los seres humanos.

- Tendrá que ser convincente -advirtió Ceferino-. Porque perdí a dos personas que me importaban y no estoy de humor. *"Has sido sopesada, y has reprobado"*, Katiuska.

- Correré el riesgo. Todo el acertijo es acerca de la *hipocresía*. Así como resulta imposible hallar el rastro del águila en el aire, de la serpiente por la roca, de la estela de un barco cuando surca el mar, o la evidencia de que un hombre se acostó con una jovencita, es defecto común del género humano pretender ocultar sus transgresiones. Mi Salvador y Maestro reprendió a los líderes religiosos que le pedían una señal. Los llamó generación malvada, adúltera de corazón, y les dijo que la única señal que recibirían era la del *profeta náufrago*; que, así como este pasaría tres días y tres noches en el vientre de un gran pez, así el Deseado de las Naciones permanecería tres días y tres noches en las entrañas de la tierra.

- Solo me estás dando la razón en todo. Es tiempo de que el juicio *comience por casa*.

- Ahí es donde su interpretación se queda corta. Ese diagnóstico del corazón del hombre no solo aplica para algunos *prístinos*, sino a toda la humanidad. De nada nos sirve etiquetarnos como *prístinos, ilustrados, sobrevivientes* o *salvajes*, si no somos capaces de reconocer que *todos* hemos fracasado. *Todos* somos transgresores. Aunque vivamos pretendiendo que podemos ignorarlo, sabemos que el pago de la transgresión es la muerte. Merecemos el juicio por nuestras acciones. Por rechazar a nuestro propio Creador. Pero no termina ahí. O de lo contrario el *Libro Vivo* no se llamaría *Fuente de Gracia,* sino *Fuente de Juicio,* o *Fuente de Castigo.* ¿Qué desapareció las *buenas noticias* de su interpretación?

- Las únicas buenas noticias que pueden recibir las víctimas de la hipocresía, es que sus victimarios paguen por sus crímenes. Que alguien les haga justicia y equilibre las cargas.

- ¿A punta de extorsión, de prostituir niños, de asesinar y disfrutar con el dolor ajeno?

- Mucho cuidado, Katiuska. No sabes nada de mí. Se te olvida que eres tú la que está presentando el examen. Tu vida está en mis manos: ¡el único Juez aquí, soy yo!

En lugar de intimidarse ante la descomposición de Ceferino, una oleada de compasión le arrugó el corazón. Vio en sus ojos cuánto sufría y la fragilidad de su imperio.

- Veo más… (tal vez tenga sentido para usted) A dos jueces que han marcado su vida. Dos tiranos. Ninguno era su padre. Veo niños que sufren lo indecible… usted es uno de ellos.

- ¿Terminaste? - Kat notó que su mirada se empañaba, llena de ira.

Aliviaba su alma *entregar el mensaje.* No era la "delirante mística religiosa" de la que se burlaban a escondidas en el colegio. *Seguía instrucciones.* Respondía al llamado: Llevar Su Palabra, soplar aliento de vida en los huesos secos, sobre la letra muerta.

- Hay algo más. El *viejo pacto,* de "*ojo por ojo, diente por diente*", solo señalaba el camino. Reciba el *pacto del retorno.* ¡Las buenas noticias! ¡Él mismo hizo posible que pasemos de la muerte a la vida! Nos ha hecho retornar a Él, atrayéndonos de vuelta a sus brazos *por medio de su Hijo, cuyo nombre rechaza este mundo y por eso ya ni puede ser pronunciado.

- ¿Encima tienes la osadía de querer convertirme en *prístino*?

- Soy consciente de que las palabras han perdido su valor, por eso vivimos ideando nuevas formas de llamar a las cosas, como si así lográramos una mayor aceptación, pero lo que no puedo cambiar, es la esencia. Sí, usted necesita ser salvo, y, sí, necesita convertirse, no a una religión, sino al *Fiel y Verdadero,* que siempre lo ha amado. Pero para recibir ese regalo de la salvación, que nunca conseguirá por sus propios medios sino por la fe…

- ¡Termina!

- Debe arrepentirse. Es lo primero. Es lo único.

- ¡De qué! -rugió Ceferino-. ¡Si tanto le importo, por qué tu *maravilloso Gran Autor* no se dignó responderme cuando lo necesitaba! ¿Por qué no evita la injusticia, defiende a los niños y aplasta a sus enemigos? Tanta indiferencia solo me grita que no existe.

- Siempre estuvo ahí, aunque usted no lo viera, sufriendo a su lado, cargándolo, invitándolo a refugiarse en su abrazo. Los que sufren serán vindicados. *Por Él*. Pero ahí no termina. Sin importar cuánto mal nos hayan hecho, Él puede transformar ese dolor, darle sentido, escribir una nueva historia. Pero sin fe nunca podrá conocerlo ni entender de qué hablo. Nuestra mente es limitada. *Abba* excede toda nuestra comprensión. Si ahora estoy aquí, frente a usted, ¿no es por otro milagro de Su amor? El misterio que me pidió resolver (y que usted no podía *hasta ahora*), no habla solo de la hipocresía. El misterio *es Él*.

- "¿El?".

- *El Hijo*. El mismo que dijo ser el Camino para llegar al Padre. Su Reflejo. En Él están escondidos todos los tesoros de la sabiduría y el conocimiento. Muchos se jactan de conocer al Padre, pero no aceptan relacionarse con el Hijo, *el misterio que nos ha sido revelado*. Por su gran inteligencia usted quizás siempre lo ha intuido, pero su ego le impide admitirlo. La Cabeza de este Cuerpo imperfecto sigue siendo *el Hijo*. Él nos rescató, nos limpió con su propia sangre y sigue perfeccionando, misterio probablemente más difícil de entender que la maravillas que rigen el universo, atribuidas cada vez por más científicos a la genialidad de un Creador. ¡Y a pesar de las evidencias, a veces nos cuesta tanto ver su rastro que encontramos más cómodo negarlo! Pero El Hijo sigue presente, guiándonos a través de lo sobrenatural, como lo descubrió el *apóstol pescador* al caminar sobre el mar, aunque ni él ni sus compañeros lo entendieran, hasta que regresó con el Padre.

Desde que nos envió el Espíritu y *nacimos de nuevo* somos como el viento bajo las alas de esa gran Águila que, desde las alturas, y ahora en nuestro corazón, lo ve todo. *El misterio es Él*, porque siendo Dios Verdadero y Hombre verdadero, el mal no penetró en su corazón, por más que el enemigo intentara destruirlo. Se mantuvo firme, con la mirada en el Padre, *pensando en nosotros*. Por eso se convirtió en la Roca de nuestra salvación. El Hijo es el arca que puso a salvo la fe cuando comenzó el diluvio y sus tripulantes se salvaron del mar en tempestad. El Hijo es un hombre como ningún otro. A través de su muerte nos dio vida, y el poder de su amor conquistó nuestro corazón. Somos la mujer madura rejuvenecida por ese poder, sin arrugas y sin manchas, y somos, a la vez, la jovencita que no sabe cómo explicar que su corazón ya no le pertenece. Logró expresarlo la madre del

Salvador cuando entendió que daría a luz al Autor de la Vida, que desde entonces, ella era esclava del Amor.

- Serías buena novelista -exhaló el criminal, quedando sin aliento-. A mi lado, *la mejor.*

- Si llegara a serlo, será para exaltar la verdad, solo ella hace libre al que quiere encontrarla.

- En ese caso -repuso Ceferino, como si le doliera despedirse- voy a hacerte un favor, te voy a contar mi historia. Te lo has ganado. Cuando la conozcas, podrás decir que conoces *toda la verdad.* No sé si lo agradezcas, pero estarás mejor preparada para enfrentar tu destino.

*****

14
CAPÍTULO
LOS DOS TIRANOS

A pocos metros del laguito donde se erigía el monumento, Cantillo y Mateo alcanzaban a divisar a dos personas conversando. El acceso a la atracción turística estaba resguardado por camionetas blindadas y varios hombres fuertemente armados, vestidos de civiles.

- ¡Es ella! -confirmó Mateo con impaciencia-. Al otro no lo reconozco.

- Son sus guardaespaldas, *es el Cymarrón* -exclamó Cantillo, quién hubiera preferido no tener que hacer esa llamada. Ya no tenía alternativa-. Hay que pedir refuerzos.

No llegó a marcar el número de Espósito. El frío cañón de un arma presionó su sien.

- ¿Qué hacen aquí? - indagó el del arma. La pregunta era para Cantillo. A pesar de la oscuridad, identificó fácilmente al chico. Era el que acompañaba a "Katiuska" en las fotos.

- Teniente Vicente Cantillo -dijo el policía levantando las manos. Mateo hizo lo propio.

- No me ha respondido -insistió el hombre mientras retiraba el arma del chaleco de Cantillo y revisaba su identificación. El policía lo miró de reojo. Tenía una subametralladora.

- Oiga, solo hacía una ronda de rutina y me llamó la atención ver esas camionetas, pero con que usted me diga que son gente honorable haciendo negocios, me voy por donde vine.

- Lo felicito por su compromiso, *teniente*. ¿Y el chico, también trabaja con usted? -Cantillo intentaba mostrarse tranquilo. René revisó la identificación de Mateo.

- Encontré a este joven turista portándose mal. Íbamos camino a la estación.

El curtido policía supo por la mirada de René que no era guardaespaldas. Mateo miró a Kat quizás por última vez. Seguía hablando con Cymarrón. Le dolía haberle fallado.

- Deje ir al chico, no tiene nada que ver -intentó negociar Cantillo, anticipando lo peor.

- Le diré lo que vamos a hacer, teniente.

Cuando escuchó lo que el asesino se proponía, Mateo lamentó no haber cumplido la exigencia de Cantillo de comunicarse con sus padres para obtener su aprobación por escrito. Hubiera escuchado su voz una vez más, aunque ignoraran que se trataba de una despedida. Ahora Chepe y él eran los que no podían hacer otra cosa: Orar, orar, orar.

***

Nacho buscó a Joha para sentirse más cerca de la gran ausente. Para su asombro, encontró a Joha en compañía de Tato Alighieri, cerca de la proa. Lo escuchaba con respeto, sentada contra la baranda, con la espalda recta y las piernas recogidas, frente a su cuaderno de notas. De repente el músico se puso en cuclillas y la atrajo en un sentido abrazo. Fingió que se dirigía a otro lado, pero Tato se incorporó y se alejó. Tenía que descifrar el misterio.

- Se nota que se han vuelto muy amigos. Felicitaciones.

Joha se volvió sobre su hombro para averiguar de quién era la voz. Nacho era el que menos le fastidiaba de ese grupito de Mateo, pero no estaba de humor para necedades.

- Solo me dijo que pasara lo que pasara, continuáramos con nuestra canción. Sería más fácil con Kat aquí. El genio es ella. Es Don Quijote. Yo, Sancho Panza. Aunque ni panza tengo.

- ¿Podemos charlar un rato?

- Nacho, preferiría estar sola. De Kat, no tengo nada nuevo que contarte. Era cuestión de tiempo para que ella encontrara una mejor compañía y yo saliera del mapa.

- Entonces sabes lo que se siente.

Intrigada, Joha le abrió un espacio y Nacho se sentó a su lado, en un cuadro que oficializaba el descrédito instantáneo para un hombre de su curso. Ni siquiera los "nuevos admiradores" de la canción de Kat se le habían acercado tanto. Pero a Nacho no le importó.

Se quedaron viendo el océano en silencio hasta que, vencida por la curiosidad, Joha le preguntó por qué no estaba con sus amigos. Le asombró descubrir lo mucho que tenían en común, salvo que Nacho parecía sufrir por un amor imposible. Intuyéndolo, Joha encauzó la conversación hacia los casos en aumento de chicos que se deprimían por relaciones sentimentales desbocadas. Colapsaban con el corazón roto a los quince años o menos.

Tratando de tomar distancia de su propia experiencia, por la que ya le había pedido perdón al Autor de la Vida cuando experimentó su abrazo a través de Tato, Joha intentó expresar su gratitud compartiendo su descubrimiento. Le dijo lo afortunados que eran por estudiar en un colegio donde les enseñaban que el verdadero Amor era una Persona. Un Padre como ninguno, dispuesto a suplir todas sus necesidades. Nacho, inexplicablemente, estalló en llanto ahogado, abrazando sus rodillas, con la cabeza hundida entre los muslos.

Fue cuando Joha descubrió que podía abrazar como había sido abrazada. Consolar, como había sido consolada. Que la etiqueta *"prístino"* no solucionaba sus problemas, a menos que vivieran dentro del abrazo de ese Padre que anhelaba relacionarse con sus hijos y que ellos aprendieran a hacerlo como hermanos. Con las cabezas unidas, como dos siameses que nunca supieron vivir separados, lloraron y rieron juntos. Joha le contó lo que pasaba al otro lado del mar, en La Meca del Turismo. Nacho siguió el relato con atención y un inocultable desencanto, mientras el viento secaba sus lágrimas.

- ¿Cómo irá el asunto en Puerto Idilio?, lo ignoro. Solo entiendo que Kat y Mateo se aliaron para ayudar a Sofía. Algo que, de por sí, era impensable, para "la pesada" y para todos. Kat tampoco tiene amigos. ¡Pero ya ves lo que logra su fe! No solo está sirviendo, que es su verdadera pasión. "De rebote", ha pasado estos días con su amor platónico.

Joha se arrepintió de traicionar así a su amiga. Nacho, con tono resignado, le confesó que desde niño estaba enamorado de Kat, pero que la presión de grupo lo obligaba a reprimir sus sentimientos. Así que ahí estaba, tratando de hacerse a la idea de que chicas como Kat estaban destinadas a alguien mejor. Alguien como Mateo. Ni siquiera había podido dormir, pensando en ella. Joha se sintió culpable por no haber orando por Kat. Algo grave debía pasarle, al punto que hasta otros velaban, inquietos por su seguridad.

Decidieron orar por ella ahí mismo, abrazados, elevando su voz sin inhibición, olvidándose del resto del mundo y sus burlas. Confiando en *Quien* habían creído. Con la convicción de que eran oídos. Una compañía de ángeles debió hacerlos invisibles, porque los pasajeros del *Nanshi* circulaban a su alrededor sin prestarles atención, como si se tratase de dos indigentes aferrados a su libreto diario para las horas de frío, en las que se pierde hasta la razón. Dos náufragos sin mar a quienes alguien tendría que rescatar, tarde o temprano. Entre esos transeúntes casuales, estaba Chepe. Había salido del restaurante a vagar sin rumbo, embriagado por las mieles de su conquista, ansioso por contársela a Nacho, porque Guillo no se tomaba nada en serio y porque necesitaba vanagloriarse de su cita con Tania, así como Mateo lo había utilizado a él para alardear de cómo conquistó a Sofía. Pero retrocedió ante el cuadro sobrecogedor de esos dos parias orando. No pudo soportar mucho tiempo esa imagen. Le bastó con oír que el tímido Nacho había vivido enamorado de Kat, sin siquiera decírselo a ella, por no perder a sus "grandes amigos".

Una simple canción inaudita, aún sin estrenar, iba a apoderándose de los corazones, aquí y allá. Un canto nuevo. Muchos se esforzaban por ser sus autores, por poner su nombre en él, sin notar que ese canto iba transformando todo a su paso, soplando vida, sin forzar nada, *como el viento que se oye, pero no se sabe ni de dónde viene, ni a donde va.*

***

Ceferino fue al grano, relatando con fría precisión cómo llegó a convertirse en quien era. Cuando llegaba a los detalles más escabrosos apartaba la mirada para no ver los ojos llenos de lágrimas de Kat, quien lo escuchaba atentamente. Su compasión poco le importaba.

- Como puedes ver, no inventé las reglas de este mundo. Aprendí que todos quieren algo. O se lo das, o alguien más lo hará. Por mucho tiempo busqué un *prístino* con el que pudiera conversar, sin prejuicios, que no necesitara repetir fórmulas religiosas mecánicamente.

- Está reconociendo que lo ha buscado. A Él, no a mí. ¿Entonces por qué ahora que Él sale a su encuentro, no permite que Su Espíritu le revele los misterios que tanto ha querido entender? ¿Y si el más glorioso *Misterio* le diera sentido a lo que parece no tenerlo?¿Si la *Fuente* no fuera esa gran trampa, ese laberinto para incautos, como ha llegado a creer por lo que le hicieron? No, el autor de semejante mal, sin duda, no fue el Gran Autor. Un impostor lo ha suplantado en su mente prometiendo librarlo del dolor. El Padre que conozco nos amó desde antes de crear el mundo y previó que pudiéramos permanecer en Él, no en la calamidad; saciados, libres, con un futuro y una esperanza. *Para eso nos envió a su Hijo*.

- Una teoría muy conveniente para alguien que siempre lo ha tenido todo.

- Usted tampoco me conoce.

- Crees en tu gran Rey que vive en el cielo rodeado de ángeles, que eres su princesa y que la *Fuente de Gracia* es la verdad *porque no conoces otra cosa*. ¿Te das cuenta de lo drásticamente que está a punto de cambiar tu vida si no aceptas que te derroté? Te estoy dando una oportunidad: Reconoce que tu "Maestro" es solo un hombre, y yo me alejaré para siempre de tu vida y te dejaré en paz. A ti, a tu noviecito, a Sofía y a sus padres.

Sin poder soportar más el inclemente estrés al que había sido sometida las últimas horas, Kat se arrodilló, temblando. Ceferino notó que estaba a punto de quebrarse. Tanto se había ensañado contra ella en esa absurda batalla, que olvidó que seguía siendo una niña. Imágenes monstruosas de lo que podía pasar con solo contradecirlo desfilaban por su mente. Kat se vio como Nawal, obligada a bailar al ritmo de este mundo de perdición. Se vio mancillada, reducida a la más indigna condición del ser humano, como zapatilla de ballet rota y arrojada a la basura. Pensó en sus padres, atravesados por el dolor al enterarse de que su hija era una cifra más en las estadísticas de tráfico de personas de Puerto Idilio. Quizás la sacaran del país y nunca volviera a verlos. Deseó no haber escuchado a Nawal, en cuyo caso estaría ahora en el *Nanshi*, junto a Joha, sana y salva. Quizás nada extraordinario le hubiera pasado, pero tendría su vida. Vio a Mateo, mirándola como a la finlandesa, sin saber bien si lo suyo fue uno de esos sueños cortos e intensos que pronto pasan al olvido.

Bastaba una palabra y era libre de aquella desgracia. ¿Quién iba a saberlo? *Abba*. Nadie más. Solo debía negar una vez que su Maestro era el Hijo del Altísimo. *Una vez*. ¡Cuantos se habían apartado de ese fundamento y no pagaban un precio tan alto! Podía arrepentirse después, pedir perdón y evitar una desgracia irreparable. Su mente voló a las historias que había leído sobre los mártires de los primeros *días prístinos*. Relataban los historiadores que muchos fueron torturados hasta morir en las arenas del Coliseo, presas fáciles de gladiadores y de bestias, mientras encomendaban sus vidas al Padre de los espíritus. Anheló la paz que debió mostrar el *discípulo elocuente* mientras era apedreado y sus ojos veían en el cielo al Hijo de Dios, sentado a la derecha del Padre. El humilde servidor atrajo sobre sí tan furiosa lapidación, que el hombre religioso a cuyos pies habían puesto la ropa del mártir nunca lo olvidaría. Su significado le sería revelado al convertirse en el *apóstol ilustrado*.

- No puedo hacerlo -alzó la cabeza Kat. Gotas de sudor rodaban de su sien a sus mejillas.

- ¡Qué tontería! ¡No me convenciste! ¿Aun así estás dispuesta a ofrecer tu vida?

- La habilidad de comprender la verdad espiritual es un don. Si usted no lo ha recibido, no es mi culpa. Cumplí mi misión, le compartí las buenas noticias. Entregué el mensaje para usted y para Nínive. Si la semilla se perderá o no, eso no lo puedo saber.

La actitud de Kat lo asombraba cada vez más, pero no quiso mostrarse débil.

- Pues lamento que ese *Padre* tan "bondadoso" y "soberano" no haya venido en tu rescate.

- Usted lo ha dicho: Es soberano. Y sigue siendo mi Padre, sin importar las circunstancias. En Su soberanía me dio libre albedrío. Decido libremente en Su amor, viva o muera.

Kat cerró los ojos sometiéndose a su Creador, pidiéndole fuerzas para lo que viniera.

- Vete -dijo-. Puedes decirle a Sofía que no la voy a perseguir más. No quiero su dinero. Eso sí, adviérteles: si envían más matones, no tendré la piedad de tu Dios.

Desconcertada, Kat se incorporó y comenzó a alejarse lentamente hacia la calle. No pudo evitar mirarlo por última vez. Cymarrón se había quedado viendo el lago. Kat se preguntó si había logrado algo. Le pareció que hablaba solo, pero descubrió que tenía audífonos y que durante todo el encuentro había estado en contacto con su gente. Era como si le avisaran algo. Cymarrón se volvió hacia Kat con una mirada de sorpresa. De reproche.

- ¡Que me los traigan acá! -ordenó, hablando al micrófono. Su rostro se ensombreció.

Quiso correr, pero se le acercaban Cantillo y Mateo, con las manos en la cabeza, custodiados por uno de los hombres de Cymarrón que les apuntaba con una metralla. Kat reconoció aterrada al que los escoltaba. Miró a Cymarrón queriendo advertirle, pero estaba tan nublado por la rabia y la decepción, que ni se fijó en el que le llevaba a los rehenes.

- ¡Cymarrón, es una trampa!

- No tienes que seguir actuando, Katiuska. Querías hacerte la inocente y entretenerme, solo para ganar tiempo y entregarme a la policía. *Prístina,* al fin y al cabo.

- ¡Le dije la verdad, esto no lo planeamos, tiene que creerme!

No fue el gesto de angustia de Kat lo que le hizo ver que algo andaba mal. Lo realmente extraño era que la niña no rogaba por su vida, ni la del policía capturado por sus hombres, ni la de su amiguito. Confirmó su sospecha al no poder identificar al hombre que custodiaba a los rehenes. Intentó sacar con cuidado un arma que ocultaba en su espalda, bajo el pantalón, pero ya tenía la subametralladora que perteneció a Román apuntándole al pecho y René le había arrancado el micrófono y los audífonos de un jalonazo.

- Bien jugado -admitió, mirando con odio a René y a sus dos capturados-. Utilizó a la perfección los recursos disponibles. Ningún mercenario me había tenido así. El asunto es, si vivirá para contarlo. Porque cometió un grave error. Meterse con Román. Y con Nawal.

- ¿*Nawal*? ¿Quién diablos es *Nawal*?

René no parecía estar jugando. Si *él* no había asesinado a Nawal, ¿entonces *quién*?

- ¡Basta de payasadas! -amenazó Cymarrón-. No sé cómo piensa escapar de aquí, pero le voy a ofrecer un buen trato. Usted me entrega su arma, al policía, a los dos "niños" y yo lo despacho de un solo tiro, para evitarle la muerte lenta y dolorosa que estoy visualizando.

- Yo le tengo uno mejor -interrumpió Cantillo, como si se tratara de una subasta-. Deme su arma y entréguese. Yo me encargo de que Cymarrón pague por todo lo que ha hecho. Él tiene razón; nos rodean sus hombres. No tiene oportunidad. Por una venganza absurda de sus clientes condenará a muerte a estos chicos. No todo en la vida es dinero, muchacho.

- ¡Usted se calla! - René dirigió el arma hacia Cantillo mientras con su mano libre sacaba un aterrador cuchillo de un chaleco antibalas bajo su camisa. Se lo enseñó a Ceferino-. ¿Le gusta? Este regalo es de Sofía Aguilar, un recuerdito por todas las molestias causadas.

- Siento que no pueda cobrar su dinero -replicó Cymarrón- porque tengo a alguien en el *Nanshi* que se encargará de terminar mi trabajo, aunque yo falte. *Yo nunca fallo.*

- ¡Maldito lunático! ¿Y cómo se le dice a esto?

René levantó su brazo derecho para clavarle el puñal en todo el corazón, pero cuando el arma descendía, una constelación de lucecitas rojas guió la trayectoria de una certera sucesión de disparos a su cuerpo. René cayó de rodillas, doblegado ante su objetivo, sin poder impedir que el hacker le arrebatara la metralla y el arma de dotación de Cantillo.

Supieron que aún no estaba vencido por el grito de Kat. Antes que Ceferino pudiera reaccionar y que Cantillo intentara arrojarse al piso para cubrirla a ella y a Mateo de los disparos, el malherido mercenario la atrajo contra su cuerpo convirtiéndola en escudo humano, con la punta del cuchillo apoyada en la yugular de la estudiante.

- Quiero un carro -dijo con dificultad -. ¡Ya! O la mato.

Ceferino se reprochó su falta de reacción. Si sus hombres volvían a disparar ponían en riesgo a la joven. No quería que Kat muriera. Tampoco iba a dejar escapar al mercenario.

- Por favor -suplicó Mateo-. Kat dejó todo *por llegar a usted*. Que no la lastimen.

Ceferino levantó la mano para indicar a los francotiradores que no se arriesgaran. Cantillo observaba cada movimiento del sicario y del hacker, esperando una oportunidad para intervenir. Ambos lo superaban en velocidad y reflejos. Aun malherido, el mercenario exhibía una resistencia física sorprendente. Quizás su plan original tras eliminar a Cymarrón era zambullirse al lago y nadar bajo el agua hasta desaparecer en la noche. Ceferino no era muy diestro manejando armas, pero solo tenía que apretar el gatillo para deshacerse del sicario. *Y de Kat*. Por alguna misteriosa razón, le costaba. "*Cymarrón no lo dudaría tanto*". Para fortuna de ella, el legendario delincuente tenía debilidades.

-Recuerde lo que le dije -enfatizó Kat, presintiendo lo peor-. No es demasiado tarde, ni siquiera para usted. Sin Él, sin su gracia, solo somos dos transgresores más.

Hasta el mercenario sabía que Kat era un punto débil de Cymarrón. Ahora ella era su *seguro*. Si el chaleco antibalas había hecho su parte, tal vez no todo estuviera perdido. Logró erguirse con vigor inconcebible, sin despegarse de Kat ni aflojar el puñal, mientras la arrastraba hacia la calle. Su cuerpo avanzaba despacio, pero su mente, como en *Apolión*, iba varios pasos adelante, previendo que la niña tendría que conducir. Ya alcanzaba a ver su auto cuando un certero disparo en su frente lo privó de pasar al siguiente nivel. *Game over.*

Kat gritó al verse salpicada, esta vez por la sangre de René. El cuchillo se había deslizado quedando en sus manos temblorosas cuando lo soltó el cuerpo sin vida del mercenario. Mateo recordó que así la había visto en su sueño, sosteniendo el cuchillo mientras lo miraba. Se sintió culpable de pensar lo peor. Corrió hacia ella y la abrazó, mientras Kat, conmocionada, dejaba caer el cuchillo y lo estrechaba temblando, hecha un mar de llanto.

- Tranquila -le habló al oído con tierno afecto-. Está muerto. Estás a salvo.

El autor del disparo se acercó a paso resuelto. Había jalado el gatillo sobre la marcha con una confianza escalofriante, que podía provenir de una extraordinaria habilidad, pero dejaba dudas sobre su interés de rescatar ilesa a la joven. Cantillo lo reconoció y experimentó cierto alivio, que se fue diluyendo tras comprobar que al uniformado no le importaba que Cymarrón continuara armado. Lo seguían varios policías. Se le helaron las entrañas, sin poder asimilar lo que resultaba demasiado obvio.

- *¿Coronel Espósito?*

- Así que estaba *"muy cerca"*, Cantillo -le restregó- ¡Pero cerca de que lo mataran!

- Tenga cuidado, coronel -le advirtió Mateo-. El Cymarrón está armado.

- Creo que el coronel ya lo sabe -explicó Cantillo, con profundo dolor.

- Lo tenía controlado -justificó Ceferino, anticipando que la visita no auguraba nada bueno.

- Un "gracias" no estaría de más, grandísimo genio. ¿Dónde quedó su "gran educación"?

Kat se aferró a Mateo y cerró los ojos al descubrir la desgarradora realidad.

- ¿Qué pasa? -reclamó el joven-. ¿Viene a rescatarnos y se pone a hablar con ese monstruo?

- El que acaba de llegar es el mayor de los monstruos -dijo con resentimiento Cantillo-. Les presento al *verdadero* Cymarrón. El hacker que nos ha tenido jugando es solo uno de sus peones: pura fachada. Están viendo la causa de nuestra perdición, de nuestra desesperanza.

- ¡Qué inspirado está, Cantillo! Qué lástima que nunca haya querido ser de los nuestros, porque acaba de firmar su jubilación, sin honores. Pero enviaré gladiolos a su tumba.

- Maldito…

Espósito lo golpeó en el estómago con su arma, arrancándole un gemido de adulto mayor que a Kat le dolió hasta el alma. Luego se acercó a Ceferino, molesto como nunca.

- ¿Tiene el dinero de los Aguilar?

- ¿Le parece que están dispuestos a pagar?-. El hacker le señaló el cadáver de René.

- Lo que me parece es que le ha dado muchas vueltas a este asunto, Tajoné. ¡Con muy pobres resultados! ¿Qué hacen estos niños aquí? ¿No sabe que son turistas del interior?

- ¿Usted qué cree? Son compañeros de curso de Sofía Aguilar. Se pegaron su "escapadita" del crucero y a mí me resultaban útiles para obtener información de Sofía.

- ¿ "Escapadita"? -se envalentonó, Mateo-. ¡Nawal le pidió ayuda a Kat! ¡Y tenía porqué!

- ¡Silencio! -ordenó Espósito-. Nadie les está pidiendo su opinión.

Cantillo, aún adolorido, dirigió una mirada suplicante a Mateo y a Kat, pidiendo prudencia.

- Pero ya que mencionan a Nawal, tiene suerte de que esa callejera estúpida nos haya "dejado" sin despedirse, Tajoné. Está claro que ayudaba a estos retoños. Hasta este anciano incompetente de Cantillo se dio cuenta y los utilizó para encontrarlo.

La sonrisa cruel de Lisandro Espósito fue suficiente para que Ceferino entendiera lo que pasó en la Capilla de la Resurrección. Cada nuevo golpe era más devastador. El hacker deseaba no haberse aliado nunca con él. La conversación con Kat lo había puesto peor.

- Así que a Nawal no la mató ese sicario –quiso confirmar, fingiendo que no le afectaba.

- ¡Por favor, no nos pongamos sentimentales! Siempre hemos sabido las reglas de este juego. Negocios son negocios y se hacen con la razón, nunca con el corazón.

- Usted se comprometió a devolverme los terrenos que robaron a mis padres. Nínive y todas las operaciones que hoy se mueven desde ahí son suyas, gracias a mí. Mientras tanto, los asesinos de mi familia siguen construyendo un *resort* sobre sus tumbas.

- Bueno, bajándole al tonito, Ceferino, que el suyo no es el único caso que atiende la justicia de este maldito país. Esos títulos de propiedad se han enredado un poco, es cierto, ya sabe a qué tipo de abogados y magistrados de la corte nos enfrentamos. Echar atrás un proyecto tan costoso solo se logra con lo mismo -Espósito se frotó el pulgar y el índice-. ¡*M*ás dinero! ¿Cuál es el jueguito aquí? ¿Cuál de estos niños le gusta? Total, ya nos vieron las caras. De aquí solo salen vendidos a los "tratantes" o como alimento de los tiburones.

Kat no pudo reprimir un sollozo. Sintió las pulsaciones como tambores en el pecho de Mateo. Se hacía el fuerte, aunque estuviera temblando. "Encima lo arrastré conmigo. *¿Qué hice?*". "*Abba*, te suplico, si fui orgullosa, por favor perdóname. ¡Háblame! ¿Dónde estás?".

Lisandro Espósito se paseó entre los rehenes para inspeccionar a los menores. Cuando pasó junto a Kat le levantó el mentón con el cañón de su metralla, obligándola a mirarlo.

- Qué desperdicio. Me hubiera gustado pasar un buen rato con esta dulzura.

Kat retiró la cara con rebeldía, sosteniéndole la mirada. De solo pensar que estaba ante el asesino de Nawal, deseó que su Padre le diera el peor de los desenlaces. Si fuera por ella…

- Dulce y altanerita, tranquila, "amor" que no quiero que se me estrese y la carne le llegue como un rejo a los clientes. ¿Lo ve, Tajoné? Es solo eso. Carne y huesos. Bonitos a veces, pero todos envejecen. ¿Se encaprichó con Nawal? Vendrá otra. No me interesa si vienen de afuera o son de acá, si son brutas o sabihondas, ¡son carne y huesos!

Ceferino miró a Kat y a Mateo pensando en el futuro que les esperaba. Poco podía hacer él.

- ¿Qué hacemos con el cadáver del mercenario?

- Yo me encargo. Usted llévese a estos tres. Por hoy escóndase, ¡y ni se le ocurra aparecerse por el tanque abandonado! No vamos a exponernos a que otro de los sicarios enviado por los Aguilar lo esté esperando por allá. En adelante yo me encargo de esa familia. Usted lléveme estos tres "a la playa". Los quiero listos mañana a primera hora y con ellos a otros diez jovencitos. Un yate guardacostas los llevará hasta aguas internacionales.

Ceferino se quedó viéndolo fijamente. Nunca se había tardado tanto en responderle.

- ¿Entendido… *Cymarrón*?

- Entendido.

 - Usted es uno de los dos tiranos -dijo Kat-, como si pudiera ver a través de Espósito.

El coronel se le acercó de nuevo, encontrando divertido que tuviera ganas de hablar.

- ¿Perdón, tesoro? ¿Me decías algo?

- ¡Kat! -la reconvino Mateo en voz baja, apretándole el brazo.

Pero Kat no apartaba la vista de Tajoné, ansiando que entendiera lo que acababa de ver, los entretelones de una conversación privada: *"¿No lo recuerda? Le hablé de dos tiranos"*.

- Por favor, no le haga caso -suplicó Cantillo-. ¿No ve que la niña está en *shock*?

Lisandro encaró a Kat. Lo hizo reír su respiración acelerada y que le volteara la cara. Olía bien. A niña rica. Era linda, por encima del promedio traficado en la región con su beneplácito, pero nada extraordinario. ¿Qué le había visto Tajoné? Ese cuento de que le sirvió de intermediaria con los Aguilar, no se lo creía. Irradiaba una energía extraña, que lo enervaba y exasperaba, manteniéndolo a raya. "Qué buen chiste", pensó. La mejor manera de darle una lección era despertarla a la vida, *a su estilo*. Pero no ahí. Ahora que había eliminado al mercenario que contrataron los Aguilar en caso de que él fallara, podía relajarse un poco. Iría a *La Senda Sinuosa*, cuya clausura le permitía utilizar sus servicios de modo exclusivo, y celebraría con una mujer hecha y derecha, que supiera cooperar.

Cantillo sabía que el pronóstico no podía ser peor. Era claro que Espósito "negociaba" directamente con los Aguilar. Cobraría sus honorarios y seguiría siendo el *Cymarrón*. Su fachada le permitía crear los que fueran necesarios, incluso sin Ceferino Tajoné. Le costaba apartar de su mente lo que este le dijo al mercenario: que en caso de morirse, el éxito de su plan estaba garantizado por alguien a bordo del *Nanshi*. ¿Lo había dicho por distraer al asesino o en realidad contaba con un aliado ahí, dispuesto a ajustar cuentas con Sofía? Ante una expectativa de vida tan corta, Vicente Cantillo se hizo el propósito de no perder la más pequeña oportunidad de cambiar el curso de la historia. Total, casi estaba muerto. Si al menos podía salvarles la vida a esos jóvenes y a los niños que llevarían a la playa, su existencia habría tenido algún sentido. La pasividad de ese Gran Autor que Kat anunciaba, no le dejaba otra alternativa que dejar su propio mensaje. Su regalo de auto jubilación.

***

Lu encontró a Guillo en la zona de videojuegos del casino, ensañado contra sus rivales de artes marciales, en pleno combate de realidad virtual. Ni Chepe ni Nacho estaban con él. *Muy bien*. El problema ahora era quitarle de encima a esos dos amigotes que gritaban como ebrios. Seguro habían apostado algo. Guillo no la tenía fácil.

- ¡Todavía me queda una vida, dejen de fastidiar!

- Estás dando esa patada muy rápido -intervino Lu-. Toma distancia. Aguanta…Ahora.

Guillo le hizo caso. Celebró al final como gorila mientras los otros dos protestaban, culpando a Lu. Pero tuvieron que pagar, porque si se iban a las manos ella podía darles una buena golpiza y sin despeinarse. Resolvieron irse a jugar veintiuna.

- Gracias por los consejos, *sensei*. No los necesitaba, pero hacemos buen equipo. *¿Juegas?*

- Se me ocurre un juego más interesante. La pregunta es *si te animas tú.*

- Soy todo oídos -se le acercó más de la cuenta. Lu sabía de sobra que Guillo pensaba con la mitad que queda de la cintura para abajo, pero ella sabía cuidarse.

- Nos ofreciste un paseo en moto acuática y clases de buceo en las cavernas subterráneas. Lo estuve pensando y, ¿qué mejor lugar para hacer una transmisión en vivo de Sofía?

- Mmm, también has estado tonificando el cerebro. Me gustan los "combos agrandados".

- Asumiré que eso fue un cumplido. Volviendo al programa de Sofía, ¿de qué sirve un escenario paradisíaco sin una buena historia? Sería como una pelea por el título en el Madison Square Garden, sin público. Sale mejor con algo de "picante", de escándalo, ¿no crees?

- No tengo idea de qué pasa por esa cabecita perversa, pero los hoyos que se te forman en las mejillas cuando pones cara de mala te hacen ver increíblemente sexy.

Lu le agarró la cara para obligarlo a mirarla a los ojos.

- Espero que seas mejor en esos deportes que para echar piropos. Necesito al experto, al ganador de títulos de esquí acuático inter-clubes. Esta es la idea: podríamos hacerle pensar al público que (es solo un ejemplo): Sofía tuvo un terrible accidente.

- ¿Qué?

- Algo como lo que le pasó a Tania, pero más "escabroso". Desde luego, todo sería un montaje. Un pequeño truco para aumentar el número de vistas y reproducciones del video. Si el objetivo es ese, necesitamos que Sofía se lleve un buen susto. *Que parezca real.*

- Con amigas con ustedes, ¿para qué enemigas? -sonrió Guillo sin dimensionar aún el alcance de la propuesta. La cara le cambió al darse cuenta de que Lu hablaba muy en serio.

- ¿Qué clase de accidente?

- Por eso consulto al experto. ¿Existe alguna manera, por decir algo, de "sabotear" su moto acuática? Nada extremo, pero que parezca que realmente corrió peligro.

- Se me ocurren algunas cosas -dijo él, para no quedar mal-. Pero ¿sabotear su moto? Suena a película de terror. Es ir demasiado lejos, ¿no crees? ¿Y si algo saliera mal?

- ¡No creí que fueras tan gallina! De nuevo: *por eso consulto al experto.*

Guillo pudo ver que en su mirada brillaba la excitación de un oscuro resentimiento.

- ¿Puedo saber por qué quieres hacerle esto?

- ¿Cuento contigo o no?

- No sé, suena engorroso. Si Sofía hace un escándalo luego y Nassim llega a enterarse de que yo tuve que ver, le va a llegar el reporte a Navas. Ya tengo "amarilla" en Coordinación de Disciplina (por lo del narcótico en el ponche que nunca se me probó). La vieja Gertrudis solo está esperando que yo cometa un error para echarme del Saint Johnas.

- Entiendo. Sobra decir que esta conversación nunca existió, o tendrás problemas de verdad.

- Espera, no he dicho que no. Pero quiero saber qué gano a cambio de tomarme tantas molestias. Porque meter la mano en algo tan riesgoso, solo por la "amistad" que nos une…

- Ahora sí hablas como hombre. Digamos que, a cambio, te envío ciertas fotos y videos de Sofía que dejan muy poco a la imaginación.

- ¿Me tomas del pelo? -se alborotó Guillo- "Es demasiado bueno para ser cierto".

- Aunque no lo creas, *existen.* Las bajó alguien que conocí por internet. Pero entiendo tu reacción. Un amigote de Mateo lo primero que va a hacer es contárselo. Mejor olvida todo.

- Momento, momentito. Como su amigo, me interesa ser el primero en revisar ese material. Para verificar si lo que dices es cierto, por supuesto. Si no nos protegemos entre nosotros…

- Admiro tu sentido de la lealtad. La única condición es que no puedes hablarle a ella sobre ese "precioso material". Yo misma quiero hacerlo. Estoy cocinando una sorpresa.

Se veía dispuesta a todo con tal de fastidiar a Sofía. Si era astuto, podía sacar provecho.

- Interesante recompensa, no lo niego, solo que mis "servicios" cuestan un poquito más.

Lu sintió que los labios de Guillo jugueteaban cerca de su cuello y oído. Fingió disfrutar del cortejo y luego se apartó, dejando claro que el premio mayor no había sido adjudicado.

- Ah, ah, primero veamos qué tan bien sale lo que te pedí. *Sorpréndeme*.

A modo de anticipo lo besó cerca a los labios, poniéndole una mano en la cintura y la otra en la nuca. Después se perdió entre la gente, mientras le enviaba una mirada coqueta. Guillo la vio alejarse, encendido en su lujuria, dispuesto a hacerla feliz a toda costa.

Lu entró al camarote cuando Sofía estaba practicando su canción en el teclado. No la vio a los ojos para ahorrarse la molesta represión de su mirada. Fue a sentarse junto a Pau, que seguía la letra en un cuaderno, moviéndose al ritmo de la música. Fingió hacer lo mismo, como si nada hubiera pasado, feliz de saberse en control, sin saber que el hacker que se hacía pasar por su amigo y admirador en redes sociales, era quien controlaba su mente.

***

Michael y Constanza habían velado en oración toda la noche. El hacker nunca volvió a comunicarse. Estuvieron a punto de responder el correo que recibió Michael para pedir información sobre su hija, algo que ayudara a entender por qué no contestaba sus llamadas.

- Si vamos a hacer algo así, deberíamos avisar antes a los *patriarcas* Aguilar -dijo él-. Son ellos quienes permanecen en contacto con la policía. No queremos estorbar los operativos.

A Constanza no le agradaba la idea. Si sabía que su hija no había hecho nada malo y que *Abba* la protegía, ¿cómo podía mostrarse tan indolente frente a la pesadilla que debían estar viviendo los padres de Sofía en ese momento? Debía ser una tortura no poder compartir su angustia con nadie. Se decidió a marcar el número privado de Abigaíl. Quizás pudieran fortalecerse mutuamente. La llamada repicó varias veces. Contestó su voz, adormecida.

- Perdón por llamar a esta hora, Abigaíl. ¡No volvimos a saber nada de Kat y estamos desesperados! Suponemos que ustedes pasan por lo mismo con Sofía y Mateo.

- Constanza -interrumpió Abigaíl con su sonsonete apaciguador del que se valía para cortar camino y poner a sus ovejas los puntos sobre las íes-. Contesté por tratarse de ti. A los que me llaman a esta hora solo los atiende mi contestador diciendo *"Intenta más tarde"*. Entiendo tu preocupación, pero, es necesario que Michael y tú confíen en el Gran Autor. La verdad, dormía plácidamente ¿Crees que depende solo de la policía? ¿Qué Él ha perdido el control?

- No.

- ¿Lo ves? Entonces, ¡déjalo ser el Gran Autor! ¡Descansen en Él!

- Tienes razón, yo… ¿Podríamos orar por nuestras hijas? Por consideración a esta madre.

- De acuerdo -capituló Abigaíl -incorporándose un poco sobre su cama. Constanza advirtió los ronquidos de Ezequiel. Abigaíl hizo una oración breve, a la que intentó unirse, sin poder evitar la sensación de que la estaban regañando y enviándole indirectas. Michael también cerró los ojos para acompañarlas, creyendo que Ezequiel acompañaba a su esposa en la plegaria, pero cuando apenas se había puesto de rodillas, la oración había terminado.

- Gracias, Abigail. Si sabes algo, por favor avísanos, no importa la hora.

- Claro, querida -se zafó ella, con atropellada cortesía-. Descansa.

- ¿Qué te dijo? -preguntó Michael-. ¿Está todo bien?

- *"Intenta más tarde"* -se repitió en voz alta Constanza- ¡Como si estuviera buscando en la tapa de una gaseosa o en una caja de cereal para ver si gané un premio!

- Ponte en su lugar. ¡Cuántas llamadas recibirán de miembros de su comunidad! Tal vez llevaba tiempo sin conciliar el sueño. ¿Quedas más tranquila con lo que te dijo?

- ¡Para nada! Sé que mi Padre del cielo siempre está en control. Ella, en cambio, me hace sentir una vieja histérica. Como si para ella yo siguiera siendo *la mujer adúltera*.

- Ven aquí, oremos. Estás muy alterada, igual que yo.

Constanza recostó su cabeza sobre el pecho de su esposo, quebrantándose una vez más.

- Es que no la llamé para oír un tratado teológico. Tampoco espero que tengan todas las respuestas. Hasta el *profeta melancólico* tuvo que aprender que muchos misterios sobrepasan nuestro entendimiento. Lo que no entiendo es por qué, si comparten el regalo de la gracia y el perdón, no entran ellos a disfrutarlos y a los que anhelan entrar, se lo impiden.

- ¿Qué esperabas oír de ella entonces?

- Al menos palabras de consuelo, las que brotan del corazón del Hijo, que conoce nuestro dolor porque también veló y oró con gran angustia, como lo hacemos hoy por nuestra hija... Michael, no te contado toda la verdad -Una imagen simple, clara y vívida vino a ella.

El corazón de su esposo por poco se detiene. No necesitaba oír detalles de su transgresión.

- Lo que haya pasado con el profesor, fue perdonado y limpiado.

- Es otra cosa. Algo que te he ocultado por mucho tiempo. De hecho, intenté contártelo, pero me faltó el valor. Te parecerá que no tiene sentido, pero acabo de entender que no puedo seguir orando si no lo confieso ahora. Michael: la gran mayoría de las ofrendas que por años te he dicho que llegaron de comunidades *prístinas* de Estados Unidos... provinieron de la Fundación Susy Jenkins. Tus padres me pidieron que no te lo contara.

Michael se paró de la cama, aturdido y vacilante. Había logrado contener su ira ante los Aguilar cuando su esposa confesó su relación inapropiada con aquel profesor, pero en este caso, algo más fuerte vapuleó su autoestima. Se sintió más traicionado que nunca.

- ¡Cómo pudiste...!

- ¡Eran tus padres, Michael! Al comienzo no le di tanta importancia. Me fui acostumbrando a recibir el dinero. ¡Lo necesitábamos y... estaba ahí: la provisión de nuestro Padre del cielo! Hoy sé que ocultártelo no dejó nada bueno, pero ya no sabía cómo decírtelo.

- ¡Así que papá ha creído todo este tiempo que nuestra misión en Sabanópolis es un juego!¡*Patrocinado por él* ¡Se habrá sentido orgulloso de jugar al titiritero conmigo!

- ¡Cómo puedes saber lo que hay en el corazón de tu padre si llevas años sin hablar con él!

- ¡Se hizo *prístino* por conveniencia, no por convicción!¡Sigue siendo un *ilustrado*, que encontró más rentable la amistad de los *prístinos* de Boston y resolvió unirse a la religión sincretista! - el único lugar donde se acepta la absurda convivencia pacífica de varios dioses y que *"todos los caminos conducen al Autor de la Vida"*-. ¿Estás tú de acuerdo con eso?

- Está en su *proceso*. ¡Gracias a las oraciones de tu madre abandonó el ateísmo!

- ¡El muy zorro lo que encontró fue cómo salirse con la suya! Por supuesto: la Fundación de mamá era la fachada perfecta. ¡Todo este tiempo nos ha sostenido un hereje!

- ¿Acaso no proviene de *Abba* todo lo bueno que recibimos? ¡Tú también has trabajado duro dando clases, volviéndote instrumento para recibir Su provisión! ¡Actúas con la misma religiosidad inclemente que nos ha juzgado!

- ¿Por qué no me dices de una vez todos tus secretos? No creo que aguante un golpe más.

- ¡No tengo más secretos! Michael: "Esperaba sentirme mejor luego de soltar este yugo…".

- ¿Ahora vas a predicarme?

- ¿Por qué no? ¿Qué te hace tan diferente para que no necesites oírme? También estoy a tu lado para ayudarte. Digo lo que veo: A una hija maravillosa que es tu reflejo, el fruto de un árbol plantado en terreno fértil. Prefirió ayudar a alguien en necesidad por encima de su propio bienestar, incluso cuando descubrió que era Sofía. ¡Tiene 15 años, Michael! *Kat es tu discípula amada*, el esfuerzo misionero del que más orgulloso tienes que sentirte, pero, ante todo, *es tu hija*. Si quieres mostrarle el amor del Padre, debes darle ejemplo aceptando con Su amor a tu padre terrenal, perdonándolo. Enseñándole a amar como hijo.

Si *todo* lo que ocurre a nuestro alrededor fuera la voluntad de *Abba* -continuó Constanza- entonces Su Hijo no nos hubiera enseñado a orar como lo hizo. ¿No crees que las oraciones de Joseph y Susy, unidas a las nuestras, podrían hacer una gran diferencia? ¡Es su nieta, mi amor ¡Tal vez nos equivocamos al suponer que no pueden hacer nada desde Boston! ¡Pueden orar! ¿Y si también por ellos y por sus corazones hemos llegado a este momento?

Ambos se dijeron sus verdades. Constanza comprendió mejor el porqué de su comportamiento ermitaño y retraído, de sus esfuerzos por conseguir *también* la aprobación de su Padre del Cielo por medio del ascetismo religioso y su tendencia de evitar otras personas. Terminó organizando una videollamada a Joseph y Susy, sin reparar en la hora. No podía desperdiciar el consentimiento que Michael acababa de darle nerviosamente, para aquella inédita conversación. El motivo era Kat, si bien había aun más de por medio. Michael observó a su esposa mientras preparaba la conexión desde su teléfono. Conservaba intactos el ímpetu y la energía de aquella jovencita de 17 años a quien la fiel Chavita envió a un campamento *prístino* en Charleston, Carolina del Sur, gastando sus pocos ahorros. De no haber actuado Chavita con la misma pasión, tampoco él hubiera conocido a Constanza.

Joseph Jenkins y su esposa se agobiaron con la noticia sobre el incierto paradero de su nieta, pero agradecieron a Michael y a Constanza por avisarles, sorprendidos ante la nueva actitud de su hijo. Aunque los abuelos de Kat no pudiesen hacer otra cosa que unirse a sus oraciones, sus padres percibieron que un tremendo obstáculo espiritual había sido removido. *Abba* conseguía lo imposible hasta para los padres de Michael con todo su dinero, sus influencias en el congreso, la sociedad y el gobierno de los Estados Unidos.

*****

15

Capítulo

Día 3. La canción del Rey

Habían pasado la noche en la parte trasera de un viejo camión de la policía con techo de lona que, luego de dejar el monumento a la india Catalaya, los transportó durante un par de horas bajo la estricta vigilancia de los hombres de Ceferino Tajoné, amarrados y con los ojos vendados. Al notar que Ceferino hablaba mucho con Kat, acosándola con densas preguntas religiosas que nunca se le ocurrirían a él, Cantillo comenzó a dudar si la acción heroica y desesperada por la que aguardaba con paciencia, era la única oportunidad de salvar a los chicos y escapar del que solo resultó un alfil más en el tablero de Espósito.

Antes que amaneciera les quitaron las vendas, los sacaron del camión y los condujeron a una playa de arenas inmaculadas cercadas por rocas gigantes que ni Cantillo logró identificar. Ceferino ordenó a sus hombres desatar a Kat. Tres tipos bien armados de aspecto profesional. Los rehenes habían aprendido a diferenciar sus voces en la oscuridad.

- Si piensan vendernos a tratantes de personas, ¿qué harán con usted? -preguntó Mateo.

- Ya escuchaste -respondió Cantillo-. Lo que no le sirve, se lo echará a los tiburones.

- Si consigue escapar -un gallo distorsionó la voz de Mateo- agarre a ese desgraciado. Y por favor, diga a mis padres que los amo, que no me arrepiento de haber apoyado a Kat, que estos tres días valen por toda una vida. Que antes de que me mataran ya había muerto, pero también había resucitado. Con solo ayudar a Nawal a llegar a casa, nuestra vida tuvo sentido.

- Yo no perdería la esperanza tan rápido, muchacho -observó el policía haciéndole notar a Mateo que Tajoné y Kat caminaban a unos metros de distancia, debatiendo en privado, mientras las olas se rendían mansamente a sus pies. Parecía que Kat ganara terreno.

- ¡Silencio!, ordenó uno de los hombres de Cymarrón, presionando con el cañón de su arma la espalda de Cantillo. La advertencia coincidió con la llegada de un segundo grupo de matones, que emergió de la espesa vegetación rodeada de palmeras, dirigiéndose hacia ellos. Los cuatro hombres armados escoltaban, con cara de disgusto, a una docena de jovencitos de ambos sexos con algo en común: excepto un par de señoritas, eran niños.

A Kat le partió el corazón contemplar a esos pequeños cautivos avanzando penosamente por las arenas profundas, con la cara sucia de llorar. Su casa no podía quedar lejos. Era irónico que detrás de aquel santuario tropical, aún virgen, en la enorme y miserable Nínive, con la complicidad de autoridades corruptas y una sociedad indiferente, estos *salvajes* les hubieran arrebatado a sus familias. La seguridad del hogar había sido una ilusión. El más pequeño de los secuestrados presentaba el síndrome de Down. Una niña le hablaba para tranquilizarlo y lo abrazaba maternalmente, a pesar de no llevarle muchos años.

- ¿Qué les pasa? -dijo Tajoné a los hombres que llegaban, señalando a Rayito y a Cassandra-. Estos dos son hijos de líderes de Nínive. Gente leal. ¿Cómo no lo saben?

- Fueron instrucciones de Román antes de morir. Dijo que lo había consultado con usted.

- ¡Pero él ya no está!-. Ceferino les dio la espalda. Cada minuto que pasaba con Kat, lo descomponía. Al ver a Cassandra y a Rayito no pudo evitar pensar en sus hermanos. *"¿Tenían que traer a esos?".* -¡Pidieron jóvenes, no niños!¡Y eso vamos a entregar!

- Ya no quedan en Nínive -explicó el hombre, sudando a chorros-. Casi todos están trabajando en la calle para algún jíbaro, pidiendo dinero en semáforos o burdeles. A esos niños los sacamos de su casa.

La abuela dijo que sus padres los habían dejado a su cuidado mientras viajaban a Santa Magdalena. Por impedir que nos los lleváramos, la vieja histérica se fue de espaldas contra el altar lleno de velas y sahumerios que le había levantado a *dagón* y otros dioses. Solo así dejó de maldecirnos. El incendio nos ahorró esa bala.

- *La hechicera*. En teoría trabajaba para mí -informó Tajoné a la conmocionada Kat, con aire sombrío-. Total, más maldito no puedo estar. Lo que cae en mis manos, lo destruyo.

- Cymarrón, yo descifré el enigma, y usted me dijo que cumpliría su palabra. Antes de que llegue el barco a recogernos, ¿puedo hablar unas palabras a usted y a sus hombres?

- Si eso de orar funciona - susurró Cantillo a Mateo- no nos vendría mal un poco de ayuda.

Tajoné asintió autorizándola, ante el desconcierto de sus hombres. Prefirió aclarar las cosas.

- Ella descifró uno de mis acertijos. Antes de partir, se ha ganado que la escuchen.

Los hombres de Cymarrón se dispusieron a oírla, a regañadientes. Kat buscó nuevas fuerzas en los ojos de Mateo. Este le sonrió, con un gesto lleno de admiración, esperando infundirle los ánimos que a él le faltaban. No le sorprendió que Kat aún tuviera de donde cobrar aliento. La había escuchado balbucear oraciones toda la noche, medio dormida, entre lágrimas y risas. ¡Cuánto se habían equivocado él y sus compañeros respecto a ella!

- Los bendigo a todos. Se preguntarán ¿qué tiene que decirnos una prisionera que viene del interior, que no sabe aun lo que es la vida, y menos la vida *por aquí*? Soy apenas una emisaria. Así como ustedes adoran a sus dioses, yo adoro al Creador del Universo, de los cielos, el mar, la tierra y todo lo que hay en ellos. Algunos lo llaman el Gran Autor. Para mí, por encima de todo, es un Padre que nos ama. ¡Sí, pueden reírse, a todos! A pesar de que solo seamos unos *transgresores* de sus caminos y en lugar de agradecer la Vida, le diéramos la espalda. Me encuentro aquí, porque puso en mi corazón ayudar a una compañera en desgracia. Yo le propuse al Cymarrón que si mi *Papá Celestial* lograba convencerlo, dejara en paz a mi compañera. En el camino fui descubriendo que mi propósito iba mucho más allá, que era darle a él y a todos ustedes este mensaje. Por eso les ruego, si han tenido fe para escuchar a chamanes y hechiceros cuyo trabajo supuestamente es protegerlos, abran sus oídos a esta niña-emisaria que, como el *profeta náufrago*, fue sacada de un barco, sobreviviendo tres días en lo profundo de una pesadilla. Desde ahí clamé a mi Padre, ¡y volví a oír su voz! Si he vivido fue para contarles lo que oí, ahora que, por su misericordia, termino siendo vomitada en estas playas para cumplir Su voluntad. La gran tragedia de mi generación, de muchos *prístinos*, ha sido creernos superiores a los *ilustrados, sobrevivientes y salvajes*, olvidando que la misericordia del Padre Celestial también ha sido destinada a ellos. ¡A ustedes! Por eso… ¡les pido perdón!

Kat hundió su rostro en la arena, en un gesto de humildad conmovedor. Mateo examinó a sus captores. Reinaba un silencio absoluto, interrumpido solo por las olas que reventaban majestuosas. Algunos se habían sentado en la arena, sin quitarle los ojos de encima. Cantillo se preparaba para lo peor, cuando uno de los matones recién llegados alzó su voz.

- ¡Es *la niña blanca*! ¡La de la profecía, la que "vendrá para enseñarnos muchas cosas"!

La afirmación desató un debate entre los hombres. Algunos apoyaban la hipótesis, otros no.

- ¿Terminaste? -dijo Cymarrón a Kat, incómodo con todo lo que ocurría.

- No, y no sé si sea *esa niña* de la que hablan sus profecías. Tampoco lo puedo negar, porque mi Padre es Soberano para hacerse oír, donde y como quiere. ¡Escúchenme! No he venido a condenar sus tradiciones, sino a anunciarles que ese Gran Autor *vive* y se ha acercado enviando a su Hijo para salvarnos. Pero deben arrepentirse. Ya han tenido avisos. Miren esos niños, -el futuro de esta región-, condenados a la muerte en vida. Una muerte que no se compara con la que a ustedes les espera. Olviden la mensajera, oigan el mensaje: *"Te crean o no, diles, o en 40 días averiguarán si les hablaste por tu propia cuenta o no"*.

La seguridad de Kat propagó el nerviosismo en las filas de Cymarrón. Sus hombres lo miraron expectantes en espera de su respuesta, que tenía en vilo a siete hombres armados hasta los dientes. Tajoné, que casi no perdía la tranquilidad, no lucía tan confiado esta vez.

- ¿Qué quiere decir exactamente *arrepentirse?* ¿Esperas que todo nos volvamos *prístinos*?

- No se trata de un título o de "matricularse" en una religión. Eso no sirve. Las palabras han perdido su esencia porque borramos su significado con nuestras vidas. Se trata de aceptar que nuestro rescate es obra del Padre, un obsequio que no se compra, solo se recibe. Si aceptan a su Hijo, lo aceptan a Él. Porque el Hijo, siendo Dios, se hizo hombre, para hacer posible lo que nos resultaba imposible: alcanzar la justicia, el perdón por nuestras *transgresiones*. Vino porque no podía quedarse cruzado de brazos, habitó entre nosotros y sufrió con nosotros, para que podamos llamarlo hermano. Venció la muerte por nosotros, para que podamos llamarlo *Señor*. Venció la religiosidad de los hombres, para que podamos llamarlo *amigo*. Está aquí, dispuesto a abrazarlos y salvarlos. Arrepentirse significa cambiar de rumbo. Regresen esos niños a sus hogares y entréguense a una autoridad real, no a Espósito. Acepten al Hijo y su alma recibirá perdón, y vida eterna.

"¿Vida eterna? ¿Esos asesinos que tanto dolor han causado?"- pensó Mateo.

- Katheryn -dijo Cymarrón- no tienes idea de lo que un *salvaje* ha hecho, lo que nos harán si nos entregamos. Eres valiente, pero estás demente si pretendes cambiarlos. He visto la "misericordia" de tus *patriarcas*. Prefiero mi lago de fuego a su cielo.

- ¡No todos son como ellos! Es fácil generalizar, ver en otros rostros a los que tanto te hirieron y decepcionaron. Ellos no te van a devolver a tus hermanos, y menos Espósito.

Ahora era ella quien lo tuteaba. El hacker mantuvo la mirada clavada en el piso. Kat presenció el milagro de unas lágrimas. Desenterró un caracol cuya punta se asomaba en la arena, idéntico a los que la guiaron. Vio en su espíritu, otra playa, llena de esos caracoles.

- *La playa donde quedaba tu casa… de donde los echaron…tenía muchos así-*.

- El coronel me prometió que me la devolvería. Con las amistades que tiene en el gobierno no era difícil creerlo. De niños, estos caracoles eran nuestros juguetes. Papá nos enseñó que si nos los poníamos en el oído, podíamos escuchar el mar. Con el tiempo, los caracoles grandes desaparecieron. Quedaron estos. Le envié uno a cada familia rica que nos robó, *prístina* o *ilustrada*, para que me oyeran en el silencio, en sus conciencias, recordándoles que, como fuera, recuperaría nuestras tierras. El castigo debía ser tan inclemente como el avance del resort que se levanta sobre la tumba de mis padres. Le prometí a Nawal que cuando recuperara mis tierras, le construiría allí una casa con un estudio de ballet y vista al mar. Pero ella presintió que nada de eso pasaría, que era tarde para alimentarse de ilusiones. Se la tragó la vida. Como a mis hermanos. Ya ves, Katiuska, no soy precisamente un hombre de palabra. No le cumplí a ellos. ¿Por qué habría de cumplirte a ti?

- Ceferino, (¿puedo llamarte por tu nombre?). Seguramente has leído en la *Fuente de Gracia* que el Maestro no se acercaba a quienes se consideraban justos o creían que lo tenían todo. Un día tuvo sed y le pidió de beber a una mujer de un pueblo vecino que fue al pozo a sacar agua. Ella se sorprendió, no solo por la enemistad que existía entre las comunidades de ambos, sino por el hecho de que conversara con una mujer, lo cual era mal visto en esa época. Pero a Él no le importó, porque vino a romper todo prejuicio. Se le reveló a *ella*, no a los orgullosos líderes de ese tiempo. Al mirarla a los ojos vio su corazón, la historia de sus fracasos, el rastro de cinco maridos y de un sexto hombre que no lo era, sin juzgarla por eso. Ella creyó entonces que podía estar hablando con un profeta, pero Él le declaró sin rodeos quién era. El *Mashiach* (o Ungido). Uno distinto a todos, que no llegaba a su vida para ilusionarla con promesas que no podía cumplir. Uno que la conocía desde antes de nacer y sabía lo que realmente necesitaba: el agua que quien bebe no vuelve a tener sed.

- Necesito más que una linda metáfora, así te parezca que con esa "agua" basta.

- Nunca sabrán de qué hablo a menos que *beban*. Beber de su Espíritu, es nacer de nuevo.

- Es tarde para eso.

- No lo fue para esa mujer, ni para el *apóstol ilustrado*, ni para el criminal que murió junto al Maestro. ¿Por qué deberías ser la excepción si es Él quien sale a buscarte al final del día?

- Ya te lo dije -respondió Tajoné tratando de recobrar la compostura. -He caído demasiado bajo. En mi caso, empezar de nuevo sería la empresa más desastrosa del mundo.

- Si dependiera de ti. No me has preguntado lo que hizo la mujer luego de ese encuentro.

- "Comenzó a asistir con más frecuencia a los servicios religiosos, y todos fueron felices".

- No, salió corriendo de alegría. ¡Corrió como loca para buscar a otros a quienes pudiera contarles lo que le había pasado! Porque después de ese encuentro, *ya era otra*. La había cubierto la gracia que se derramó de los labios del Hijo, y en su interior corrían ríos de agua viva. Esa gracia, solo se recibe a través de una persona, y esa persona está aquí. Te vuelve su *hijo*. Está profetizado: "Después de esto *derramaré de mi Espíritu sobre toda carne*". Eso te incluye a ti. Cuando Él da algo, lo da sin reservas, sin medida, en toda su plenitud. No está buscando *prístinos*. Lo dio todo por ti. Quiere ser tu todo. Que lo adores.

- Nunca fui bueno cantando. Eso te lo dejo a ti, y a la "angelical" Sofía Aguilar.

- Adorar va mucho más allá de cantar canciones bonitas. Es lo que pasa cuando se hace de la vida una canción de obediencia. Intento componer esa canción. Quiero que se llame: *La canción del rey*. Está dirigida al más hermoso de los hijos de los hombres. Como él hace rebosar mi corazón con palabras de admiración y gratitud, mis manos no pueden ir a la velocidad de mi lengua. *Ése es el misterio*: *Él*. Si no lo encuentras es porque *Abba* ha escondido estas cosas de los sabios y entendidos y las ha revelado a los niños.

Tajoné miró a los niños que había separado de sus hogares, aterrorizados y exhaustos de llorar. Llevaba tiempo deseando que algo cambiara, pero dudaba que ocurriese de la forma que decía Kat.

Sus hombres esperaban instrucciones. Bastaba con ver sus rostros para saber que varios seguían meditando en las palabras de la joven. En cualquier momento llegaría el yate guardacostas. Se llevarían a los niños mar adentro, rumbo a aguas internacionales, donde los orientales aguardaban por ellos, por Kat y su "noviecito". Entonces él podría volver a su estudio, conseguiría un reemplazo para Román y algún día echaría a los ladrones de cuello blanco que transformaron su casa en un *resort* de lujo. Estaba claro que Espósito no iba a ayudarlo. Tampoco quería trabajar más para el asesino de Nawal.

- ¿Puedo orar por ustedes? -interrumpió Kat sus pensamientos.

Lo consintió, con un gesto displicente. Orar era costumbre entre los condenados a muerte. Justificable. Pero, ¿orar *por ellos*? *¿Una niña de quince años?* ¿Qué clase de prodigiosa y extraña fuerza podía llevarla a tal cosa? ¿Podía provenir de una fuerza "impersonal"?

- Si alguien aquí quiere recibir mi mensaje y arrepentirse, sepa que la voluntad del Padre es que rindan su vida a su Hijo, para obtener perdón, salvación y ser verdaderamente libres. Si solo conoce la canción de la tristeza, arrodíllese conmigo y empezará a cantar una *nueva*. Voy a guiarlo nada más, ¡porque Él quiere oír esa declaración en sus propias palabras!

"Ya está" -pensó Cantillo-. Había que abonarle a esa corajuda que lo intentó, sin importarle que nadie hiciera caso. Esa humillación no era nada comparada con lo que le esperaba.

Cantillo maquinaba cómo poner a Tajoné de su lado (y en contra de Espósito), aprovechando que el hacker se había mostrado vulnerable. Tenía que ser antes de que llegaran los "guardacostas". Diseñaba el plan cuando el mercenario que dijo que en Kat se cumplía una profecía se puso de rodillas devotamente, quitándose su gorra. Otros dos, movidos por el acto de su compañero, se atrevieron a imitarlo. Para asombro de Cantillo, de Mateo y del mismo Tajoné, la mitad de los hombres del hacker se había arrodillado. Las lágrimas corrían por las mejillas de Kat. El criminal era demasiado listo como para seguir ignorándola. Comprendió que era la respuesta a una vieja oración suya, ya olvidada.

- Supongo que el Hijo tiene *nombre*. Si voy a arrodillarme quiero saber ante quién lo hago.

- Y*eshúa*. El nombre lo escogió su Padre. Significa: *Salvador*. Muchos han oído sobre él, pero ese nombre permanece sepultado en su memoria, porque su afán en los asuntos pasajeros de esta vida no ha permitido que se les revele lo que significa. *Yeshúa* es su nombre humano. *El Mashiach* es su título divino. Las dos naturalezas coexisten en el *Verbo* del Gran Autor. Mateo observaba extasiado: "Y aún dicen que no ocurren los milagros".

Kat expuso a viva voz que no se trataba de un nombre cualquiera, sino un nombre sobre todo nombre, el único ante el cual se doblaría toda rodilla, en la tierra y en el cielo. Por eso *los hombres* se lo habían querido robar, para suplantarlo, ridiculizarlo o vulgarizarlo, de modo que nadie interesado en buscar los tesoros disponibles en Él, pudiera hallarlos.

- Dos "tiranos" marcaron tu vida, Ceferino, pero esa nunca fue la voluntad de mi Padre. Cuando digo que si no se arrepienten Nínive y ustedes serán destruidos no deben pensar que mi Padre sea otro tirano como los que abundan en la tierra, una deidad mitológica intemperante que necesita ser apaciguada. Así lo aprendieron nuestros padres y quizás también nosotros. Pero cuando venimos a Su encuentro, descubrimos a un Padre que anhela abrazarnos y que nuestra relación con Él y con su creación sea restaurada. Que tomó la iniciativa cuando no podíamos hacer nada y envió a su propio Hijo. Permitió que Él, siendo Dios, se hiciera hombre. *"No vino para perder a las personas, sino para salvarlas"*.

Si Él fue capaz de tal cosa, ¿cómo podemos pensar que las cosas malas provienen de Él? Por el contrario, nos abrazó con su *gracia*. Hoy, ustedes también pueden ser limpiados, restaurados, y empezar a cooperar con el Padre, para traer Su perfecta voluntad a la tierra, como se hace en el cielo. Hoy son un ejército de muertos, tendido en el campo, pero si el Espíritu de *Abba* sopla sobre el valle de huesos secos de sus corazones, vivirán. Planto en ellos mi bandera. Tómenla; aún quedan muchos muertos en ese valle, que necesitan oír al que dijo: *"Yo soy la resurrección y la vida. El que cree en mí, aunque esté muerto, vivirá"*.

Ceferino Tajoné se puso de rodillas e inclinó la cabeza. Al ver lo que hacía el legendario Cymarrón, los hombres de su guardia personal que aún se encontraban de pie, se inclinaron también, algunos por convicción, otros para no desentonar. "¡Es el momento!" -gritó a Cantillo su instinto policial. Pero el cuerpo le pesaba. Las palabras de Kat hacían lo suyo. Obligándose a hacer una tregua en su propia guerra, dobló sus rodillas ante el Hijo, reconociendo que también lo necesitaba, invitándolo a reparar su descompuesto corazón.

Mateo era el último que quedaba en pie. Los niños secuestrados lo observaron con curiosidad, sin alcanzar a entender lo que ocurría. Los ojos de Kat le sonrieron. "¿Lo ves?". "¿Ves que no estamos solos?" Su rostro resplandecía con una alegría fuera de este mundo. Mateo recordó las rondas infantiles de su colegio. "Hay *gozo* y fiesta en el cielo, *cuando te vuelves al Padre Eterno*". Kat ya estaba *gozando* en esa fiesta, danzando con Nawal, como si presintiera que pronto iban a reunirse. A su cabeza comenzaron a llegar toda clase de ideas para suicidarse y decirle a Kat que hiciera lo mismo antes que los traficantes le echaran mano, pero optó por creerle a los bellos ojos recién descubiertos de esa, cuya preocupación era terminar la canción de su vida, adorando a *Abba* "*en espíritu y verdad*".

Una luz de esperanza se asomó cuando Kat terminó de orar. Ceferino miró a sus hombres. Algunos tenían los ojos cubiertos de lágrimas. Un sunami espiritual había pasado por la playa, pero en lugar de dejar destrozos, había repartido, como quiso, alivio y libertad.

- Hasta aquí llego yo. Como pueden ver, no soy más que un hombre de carne y hueso, utilizado por el coronel Espósito para llenar sus bolsillos. Seguramente ya ha escogido mi reemplazo. Si les parece que junto a él está su futuro, no me voy a interponer. Lo último que les pido es que piensen lo que van a hacer. Estamos acabando con nuestra propia gente, corriendo el mayor riesgo, para enriquecer al coronel. ¿Es esa la vida que quieren?

Uno de los hombres de aspecto más fiero y visible liderazgo, rompió el silencio.

- ¡Al diablo el coronel! ¡Viva el verdadero Cymarrón!

La espontánea reacción desencadenó furiosas consignas de respaldo a Tajoné, que se quedó viendo a los hombres mientras disparaban al aire sin saber bien qué hacer con tanta lealtad. Ni Cantillo comprendía lo que acababa de pasar, pero sí que había llegado su oportunidad.

- Supongo que ganaste, Katiuska -admitió Ceferino -¿Y ahora? Estos hombres solo oraron, pero no sé si estén dispuestos a ir a la cárcel, o a conseguir dinero de otra forma.

- *Nuestro Salvador* tendrá algo dispuesto, no hay situación que lo tome por sorpresa.

- Me alegra, porque ahora nuestras cabezas tienen precio. Necesitan una dirección precisa. ¿Qué hicieron los de Nínive cuando se arrepintieron ante el mensaje del *profeta náufrago*?

- Si no recuerdo mal, decretaron unos días de ayuno. Se vistieron de luto como símbolo de que dejaban atrás su extrema crueldad. El Maestro, años más tarde, elogió su actitud, por *"demostrar con acciones un arrepentimiento genuino"*. De hecho afirmó que se levantarían en el día del *Gran Juicio* y condenarían a la generación de los religiosos de su tiempo.

- ¿Y cómo podríamos nosotros *"demostrarlo"*?

- Es un asunto de conciencia, pero por alguna razón está aquí el teniente Vicente Cantillo. Lleva una vida entera de fiel servicio a la comunidad. ¿No deberíamos preguntarle a él?

Las miradas se posaron en el desconcertado Cantillo, quien todo lo esperó, menos que su oportunidad de entrar en acción le fuera servida en bandeja, sin disparar un solo tiro. Se disponía a responder cuando el bramido creciente de los motores del yate guardacostas avisó que la embarcación se aproximaba. Al frente de su tripulación de policías corruptos, liderando la operación, distinguieron a Espósito, lo que desató el nerviosismo general.

- ¿No habrá tenido algo más importante que hacer? -rezongó desesperado Mateo.

- Me chateó pidiéndome que hiciera esta entrega personalmente -explicó Tajoné-. Dice que quiere presentarme a los orientales para que exploremos nuevas oportunidades de negocio.

- Usted no pensará caer en esa trampa -advirtió Cantillo-. Ya sabe lo que él tiene en mente.

- Aún tengo mucha información encriptada y protegida que lo compromete. Me necesita.

- También lo conozco. Escuche la voz de la experiencia. Así como no le importó asesinar a Nawal, lo torturará a usted hasta que le dé lo que necesita. Luego…

Tajoné sabía que Espósito era capaz de eso y más. Notando que sus hombres estaban cada vez más ansiosos, miró a Kat, como si le importara conocer su opinión.

- *"En la multitud de consejo está la sabiduría"* -citó ella la *Fuente,* en respaldo a Cantillo.

- Cymarrón -propuso Cantillo-: Si usted y sus hombres cooperan hay una salida.

- ¿Hasta ahora descubre que su peor enemigo ha estado todo el tiempo frente a sus narices, y tiene la osadía de pedirnos que sigamos su consejo?

- Enfrentarse a tiros con su gente no solucionará nada. Por el contrario, esos niños y este par de jóvenes por los que debo responder podrían resultar heridos, o muertos.

- Hable.

- Estos hombres, leales a usted, han dado un paso de fe. Igual que yo. Póngalos a salvo. Ordéneles que busquen a los padres de estos niños. Que les digan que sus hijos volverán a casa y que nos hemos unido con ese propósito ¡*Que oren*! Al ver Espósito que ellos se retiran de la playa, creerá que usted mordió el anzuelo y que se reunirá con los orientales.

Los hombres de Ceferino lo rodearon intentando persuadirlo de que los dejara combatir, pero su líder levantó la mano para que no se le acercaran más y asintió.

- Ya oyeron. Hagan lo que dice el teniente. Luego escóndanse y esperen mis instrucciones.

- Una última cosa, necesito su teléfono -urgió Cantillo-. Y que vuelva a amarrar a Kat. ¡Por favor, Tajoné, no hay tiempo que perder!

- ¿Pretende que nos dejemos meter a ese yate, como si nada hubiera pasado? -protestó Mateo. -¡Cymarrón dijo que somos libres! ¡Subamos los niños al camión y larguémonos!

- *Esa* es precisamente nuestra ventaja ahora: Espósito *no sabe lo que paso aquí*. Le haremos creer que su ficha clave todavía le obedece fielmente, que se salió con la suya.

- Ojalá sepa lo que hace, Cantillo -desconfió Tajoné-. Si se equivoca lamentará no haberles dado un tiro a estos niños. Entregárselos a Espósito es peor que arrojarlos a los tiburones.

***

La moto acuática de Sofía se dirigió a gran velocidad hacia las formaciones rocosas, en cuyo corazón aguardaban por ella las cuevas subterráneas de San Nicodemo. Sentados en sus motos, a una distancia prudente, Lu y Guillo registraban la hazaña en video desde sus teléfonos. No fue difícil convencerla de que la locación era inmejorable para lanzar su reto como deportista extrema. "Justo lo que necesito", pensó la youtuber. "Recuperar mi confianza. Mente positiva: soy una ganadora y ni una lunática ni mis padres con su actitud sobreprotectora van a cambiar eso. Con o sin Mateo, vine aquí a dejar mi huella".

- ¿Ya estás transmitiendo? -preguntó preocupado Guillo mirando por encima de su hombro. No tanto porque le interesara mucho la perfecta postal del *Nanshi* anclado en el puerto, sino porque se le habían escapado a los recreadores del crucero, internándose en un área donde estaba prohibida cualquier disciplina náutica sin la autorización de un instructor.

- Paciencia. Le dije a Sofía que solo empezaría a transmitir cuando llegue bien cerca de las rocas y se devuelva. ¿Seguro que hiciste bien tu parte? Veo esa moto en perfecto estado.

- Ya te expliqué que meterle la mano al motor no es tan sencillo. Tuve que sobornar al isleño de las motos para que le dejara a Sofía casi el *olor* del combustible. El idiota me miró como si fuera un bicho raro. Entonces le conté *la verdad*, que yo era experto, que estábamos haciendo una película y que necesitábamos que el efecto se viera real. La otra opción era descargar la batería, pero ¿cómo calcular el momento y lugar exactos? Agradece que aquí no hay motos eléctricas con diseño ecológico. Hubiera sido mucho más difícil.

Sintiendo que la corriente la succionaba hacia las rocas, Sofía dio la vuelta para regresar, en dirección a Lu y Guillo. La hélice interna propulsada por la turbina dejó de funcionar.

- Ay, no puede ser, ahora no.

Intentó reiniciar la moto varias veces, como Guillo le había explicado, pero parecía ahogada. Sofía agitó los brazos para que sus amigos la vieran, gritando con desespero.

- Hora del espectáculo -sonrió Lu-. ¡Estamos listos! -gritó-. ¡Actúa natural, bruja! ¡Así!

- ¡Hey! -advirtió un recreacionista del *Nanshi*, desde otra moto- ¡No pueden estar ahí!

- ¡Desgraciado de Nassim, ya nos "sapeó" -gruñó Guillo! ¡Es peor que Navas, no se pierde ni un bautismo de muñeca! ¿Por qué no se va con su novia a la isla en lugar de fastidiarnos?

- ¡Hola! -saludó Lu al recreacionista, con cara de pastel, haciéndose la inocente-. Tranquilo, solo estamos haciendo unos videítos. Todo bajo control. Ya vamos por nuestra amiga.

- ¡Está en una zona de corrientes de resaca, prohibida para los bañistas!

- ¿Resaca? ¿Y eso qué es? - preguntó Lu, abriendo la boca. Guillo contuvo la risa.

- El agua regresa con mucha fuerza hacia el mar por las aberturas que comunican con las cuevas submarinas. Aun para nadadores expertos son traicioneras. Esta zona es propicia para la formación de remolinos. Pueden volcar una moto y arrojarla contra las rocas.

Sin perder tiempo el recreacionista sopló su silbato e hizo señas a Sofía para que regresara con ellos. No tardó en comprender lo que ocurría:-. Su amiga tiene problemas.

- ¿Sofía? ¡Ella no tiene problemas! Y los que se le asoman, los desaparece. Es parte de su...

Cuando Lu se volvió para seguir disfrutando la escena, el recreacionista ya había acelerado su moto en dirección a la turista en peligro. Solo entonces reparó en lo picado que estaba el mar. ¿Y si Sofía se reventaba? ¿Si terminaba desfigurada? ¿Cómo explicaría todo aquello?

- ¿Tú sabías lo de esas corrientes marinas? -la emprendió contra Guillo.

- ¡Por supuesto que no! ¡Soy esquiador, no un maldito oceanógrafo!

- ¡Se trataba solo de asustarla! ¡No de que se la tragara una corriente! ¡No la veo! ¿Se cayó?

- No hagas tanto drama, Sofía tenía puesto el chaleco.

- ¡Cómo vas a justificar que el tanque no tenga combustible!

- ¡ Voy para allá! Ahora me toca hacerme la víctima y el que no sabía nada! ¡Ve alistando más dinero por si toca darle algo a ese!-. Guillo aceleró, siguiendo al recreacionista.

Lu golpeó el manubrio. Hasta para darle un buen susto a Sofía había que sufrir. No había llegado al extremo de quererla atornillada al fondo del mar, pero entre más pensaba en las fotos, los videos y los comentarios que le envió su nuevo amigo por internet tratando de abrirle los ojos, más la convencía Cymarrón de que alguien tenía que hacer justicia.

***

Tajoné comenzó a reaccionar lentamente. Lo último que recordaba era que algo lo había golpeado mientras los policías de Espósito los ayudaban a abordar el yate guardacostas. Las voces de Cantillo y Mateo le llegaban remotamente. La cabeza le estallaba.

- Está despertando -anunció Kat. Ceferino sintió sus manos sanadoras sobre su cráneo. Se vio salpicado por su propia sangre y la memoria volvió por chispazos. Los cuatro estaban en el piso, atados y custodiados por hombres del coronel. El yate se internaba en el mar.

- ¿Qué me pasó?

- Lo que tenía que pasar -dijo Cantillo con un dejo de culpa-. Ánimo. Esto no ha terminado.

- Necesito hablar con él- Tajoné intentó incorporarse. Kat agarró su brazo. Seguía grogui.

- Recupere las fuerzas. Vamos a necesitarlo entero cuando llegue el momento. Si algo ha quedado claro por ahora es que a Espósito no le interesa hablar con usted. Pero alguna información debe esperar de usted. De lo contrario lo hubiera liquidado en esa playa.

- Quiere deshacerse de mi cadáver- concluyó Tajoné, con una frialdad que los desconcertó.

- Ni siquiera aprecia la vida del que le ayudó a levantar su maldito imperio -dedujo Mateo-. ¿Quiénes lo habrán traído al mundo? ¿Un par de hienas? Estoy insultado a las hienas.

Mateo hablaba sin parar cuando tenía miedo. Se sentía responsable por ella y no quería dejarles ver que temblaba. ¿Cómo culparlo si Kat estaba aterrorizada? Cantillo, en cambio, continuaba imperturbable, cuando en cualquier momento podían darle el tiro de gracia, arrojarlo al mar, y entregarlos a ellos a unos tratantes. ¿Qué pasaba por su cabeza? ¿A quién había llamado cuando Tajoné le pasó su teléfono y por qué les dio la espalda para hablar? "Abba, si es posible, aparta esta copa, pero no se haga nuestra voluntad, sino la Tuya".

- El padre de Espósito fue juez - rompió el silencio Cantillo, como si pudiera escuchar los pensamientos de Kat-. Alguna vez lo entrevistaron para un diario de acá. Confesó haber sido de esos padres "a la antigua", de castigos severos y sin afecto. Buscando su aprobación (pero odiándolo), Lisandro siguió la carrera militar y se hizo policía. Ese rencor debió crecer cuando se enteró, siendo ya viejo su padre, que había recibido una alta suma de dinero como coima para beneficiar a un influyente político del centro del país. Al destaparse el escándalo, se supo que el dinero lo despilfarraba su joven amante.

- Alejandro Arias -musitó Tajoné, con la amargura que supura una herida abierta.

- ¿Dijo algo, Ceferino?

- Es el nombre del político. Su familia pertenecía al grupo económico que nos desalojó de nuestras tierras. El caso por el que el padre de Espósito absolvió al político de toda responsabilidad, fue una acusación de los desalojados de las playas de Nínive.

- Cantillo entrecerró los ojos-. Sí…Los propietarios originales presentaron pruebas de que, por intimidarlos para que abandonaran sus tierras, en un hecho confuso, murió una niña.

- *Aynara* -confirmó Tajoné, con la mirada perdida, como si hubiera sido ayer-. Tenía doce años. Era algo mayor que yo. Muchos esperamos justicia contra esos *ilustrados*, pero Espósito solo actuó como una réplica del padre que tanto llegó a odiar. Es *el otro tirano*.

- La falta de fe no es patrimonio exclusivo de *sobrevivientes* y *salvajes* -reconoció Mateo-.

- Mateo tiene razón, Tajoné. La fe puede darnos *otras* respuestas, pero si de verdad las queremos, es necesario deponer los odios. Cuando estábamos en el monumento de la india usted mencionó que, si algo llegaba a pasarle, alguien en el *Nanshi* se encargaría de terminar lo que empezó, como si tuviera allí un aliado contra los Aguilar. ¿A qué se refería?

- A nada que pueda solucionar desde aquí. Míreme, ¿puede creer que algunos dicen que soy *dagón*? Ahora necesito tanta ayuda como ustedes, con la diferencia de que yo pagaré por crímenes-. Kat iba a objetar ese punto cuando Espósito se les acercó desde el puente de mando, revisando unos documentos. Interrumpió la conversación sin mirarlos a la cara.

- ¡Qué bueno que se conozcan!, considerando que será una amistad bastante corta.

- ¿Me permite ir con los niños? -rogó Kat-. Puedo ayudar a calmarlos, para que no lloren.

- Las niñas más grandes ya se están encargando de eso. Ahorra tu instinto maternal, que vas a necesitarlo antes de lo que crees. Tú vas a hacer *lo que yo diga, cuando yo lo diga*.

Kat bajó la mirada mientras el coronel la examinaba con lascivia y avanzaba hacia Mateo.

- Bonitos juguetes -dijo a Tajoné, mirando unas hojas que contenían el perfil de los jóvenes.

- Una hija de misioneros y el hijo de una artista. Pésima idea para ampliar tu círculo social. Así que son los chicos cuya inteligencia logró lo impensable. ¡Se te metieron al rancho!

Cantillo miró las hojas con preocupación. Espósito no era estúpido. La única esperanza de atraparlo podía desvanecerse. Si descubría su última carta, la mano estaba sentenciada.

- Empecemos contigo, príncipe azul -leyó el coronel-: "Mateo Sarracino, nieto del maestro Rodrigo Garay. La madre, pintora...ta-ta-ta... Respóndeme esto: ¿cómo fue que un hijo de dos *ilustrados* así terminó volviéndose *prístino*?

El coronel se dio cuenta de que Kat sufría a la par con Mateo, impotente por no saber cómo ayudarlo. Disfrutaba aquel interrogatorio. Sabía del pavor que inspiraba en sus rehenes.

- ¡Te hice una pregunta!

- Papá se casó siendo muy joven. Él...cometió errores...

- ¡Dilo como un hombre! - gritó Espósito -¡Se metió con una modelo! ¿O más de una? No me mires así: ¡Debió ser noticia! ¡Imagino cómo le rompió el corazón a la pobre Magnolia!

Kat no podía creer que existiera tanta maldad. Se sintió miserable por no haber tenido el valor de excavar lo suficiente en la intimidad de Mateo y obtener de otra forma ese tipo de confesiones, antes de tener que desnudar así su corazón ante extraños. Temiendo que el coronel se pusiera violento si no saciaba su enfermiza curiosidad, Mateo continuó su relato.

- Mis abuelos intervinieron para ayudarlos a reconciliarse y salvar su matrimonio. Mamá se volvió...introvertida. Buscando recuperar su confianza papá indagó en diferentes credos...

-¿ Y tu madre lo perdonó?

- Un día un patriarca les dijo que mi padre estaba genéticamente predispuesto a seguir los pasos de mi abuela Ticiana, cuya reputación puso en tela de juicio. Eso no me gustó. ¿Quién se creía para hablar de alguien a quien ni siquiera había conocido?

"Y aquí estás", pensó Kat sintiendo que se le desgarraba el corazón: "Un hombre en proceso, consecuencia del dolor y el miedo a ser traicionado otra vez, escéptico, prevenido, lleno de humor negro, con una idea distorsionada sobre la dignidad y las cualidades de la mujer.

Con la cabeza llena de fantasías que no le dejan escuchar la voz de *Abba*".

La inesperada confesión arrojaba luces sobre el misterio viviente llamado *Mateo*. Explicaba por qué Magnolia parecía inmune a la religiosidad de Carlo Sarracino. Para Carlo bastaba con pertenecer a lo más selecto de la comunidad *prístina* (como lo intentó Ticiana) y que su hijo se convirtiera en un *buen prístino*, ya fuera pintor, actor o escritor. La *Fuente de Gracia* le servía de fachada, para guardar las apariencias y congraciarse con su esposa, pero esa actitud solo conseguía distanciarlo más de Mateo, a quien aún atormentaban las insepultas aventuras de su padre, y le hacían detestar cualquier creencia que le simpatizara.

- ¡Pero por qué lloras! -se burló Espósito- ¡Si lo mejor está por venir! Estás a punto de conocer un mundo lleno de emociones: Serás amado *todo el tiempo*. ¡Todos te querrán!

- ¡Déjelo en paz! -estalló Kat, profundamente indignada.

- ¡Bueno, pero si la joven detective *prístina* es una verdadera fiera! Sería una lástima entregarte a esos perros sin haberte enseñado un par de cosas sobre el placer de estar viva-. Espósito atenazó la cara de Kat con una mano.-He querido darte esa lección desde que te vi.

El policía abrió la puerta de caoba que comunicaba con un pequeño camarote y empujó a Kat adentro. Mateo intentó liberarse, presa de la ira. Cantillo no podía permitir aquello.

- ¡Espere! ¡Hay algo que no sabe! –"Eso", inventaría algo, así lo echara todo a perder.

Lisandro se agarró del marco de la puerta, haciendo un esfuerzo por contener sus impulsos.

- ¿Sabe lo que puede costarle meterse con una menor, hija de un estadounidense?

Espósito se volvió hacia su ex subordinado mirándolo con rencor.

- Si no me cree, léalo. Lo encontrará en el perfil que tiene sobre la chica.

- Solo voy a entrenarla en "servicio al cliente". Como no la volveremos a ver nunca, dudo que la nacionalidad de sus padres sea un asunto relevante. ¡Caray, contigo! -la miró riendo-. ¡Conquistas a todos! ¡Comprobemos si haces honor a tu reputación!

- ¡No! -gritó Mateo, en una súplica que se debatía desesperadamente entre la amenaza y la sumisión- ¡Haga conmigo lo que quiera…pero a ella déjela tranquila!

El coronel sonrió malignamente, alimentándose del placer que le producía su sufrimiento.

- Tanto alboroto contigo solo excita más mi curiosidad, Katherine. Cuando termine nuestra clase te dejaré ver cómo los tiburones devoran a Cantillo y Tajoné. Te lo has ganado.

Burlándose de Mateo con una sonrisa diabólica, Espósito entró al camarote y de un portazo dio por concluido el asunto. Dos de sus hombres cruzaron una mirada maliciosa. Cantillo cerró los ojos. Mateo dejó escapar un alarido de impotencia.

- ¡Usted dijo que sabía lo que estaba haciendo! -la emprendió contra Cantillo ¡Pudimos escapar! ¡Se lo pedí! ¡Antes que se lo coman los tiburones lo voy a matar yo mismo!.

- Sé cómo te sientes -dijo Tajoné-. Ya he pasado por ahí. Con la diferencia de que, cuando yo lo viví, solo tenía los mismos pensamientos de muerte. Si sabes orar, *hazlo ahora.*

***

Los turistas del *Nanshi,* varios de ellos alumnos del Saint Johnas, disfrutaban si ningún apuro del santuario de aves y otras especies nativas del parque de San Nicodemo. El aviario disponía de instalaciones amplias diseñadas para que los animales se sintieran libres en su hábitat natural. Chepe y Tania se divertían como si fueran niños otra vez. Un tucán de vivos colores encontró imprescindible a Tania y no se le quería despegar, provocándoles un ataque de risa. Chepe aprovechó para tomarles fotos y hacerle un video.

- ¡Cree que me voy a quedar con él! -exclamó enternecida, sin saber cómo desprenderse.

- No lo culpo.

Tania entendió su mirada. Lo dejó tomar su rostro entre sus manos, anticipando el esperado beso, cuando los alcanzó Pau, tan alterada que ni se percató de lo que pasaba entre ellos.

- ¡Por qué no me despertaste, Tania! ¿No se te ocurrió que me gustaría recorrer la isla?

- Pensé que estabas con Lu y Guillo, ayudándole a Sofía a grabar su programa en vivo.

- No, gracias, odio esquiar y más con el acosador de Guillo. Finge que no oíste, Chepe.

- ¿Por qué? No es asunto mío. Si tanto te molesta, dile a él que te deje en paz.

Pau los examinó a ambos con recelo. Debería ser Chepe el que sobraba ahí, no ella.

- ¿Qué se traen? No me digan que piensan perderse el buceo por las cuevas submarinas. Si la lerda de Kat no estuviera en el barco diría que se contagiaron de su aburrimiento.

- O algo me está volviendo inmune a Sofía. Empiezan a hartarme sus órdenes y conversación monotemática, siempre centrada en su historia de intrigas, amor y dolor.

- Es el dichoso concurso, pero esa pantomima termina esta tarde, no te pongas tan sensible.

- ¿Y si lo estoy qué? -desafió Tania-. ¿Te importaría?

Al verse confrontada con tal determinación Pau reculó, insegura, para deleite de Chepe.

- *¡Relájate!* Creo que no te has recuperado del incidente en el gimnasio. Tal vez lo mejor es que descanses y no pienses más en el concurso. Podemos hacernos cargo con Lu.

-Pienso lo mismo. A Lu le sobra la fuerza física y mental que a mí me está haciendo falta.

-…y las "rarezas".

- ¡Pau!

- Solo digo que ella es mejor que nosotras para los deportes extremos… *y esas rarezas.*

- No sé cómo sobrevives entre amigas tan "extremas" -dijo Chepe a Tania sintiendo pena por ella y Lu. Después de tocar su piel, su alma, poco le importaba la aprobación de Pau.

Ella los miró con envidia. "Se repite la historia de Mateo y Sofía: El tonto sensible acaba por encontrar una brecha y confundir. Allá tú, Tania. Me reiré cuando me vean de la mano de un universitario atlético y forrado en oro. Pierdan ustedes su tiempo con perdedores".

- Veo que están muy ocupados -resolvió emprender la retirada Pau, con una sonrisa falsa, sin ver que detrás suyo otra pareja se acercaba. Nacho y Joha. Al detectar a esos tres juntos, Joha trató de llevarse a Nacho por donde habían venido, pero la voz de Chepe los retuvo.

- ¡Ignacio, Joha!

En el gesto de ambos se notó que hubieran preferido ser invisibles.

- ¿A dónde pensaban ir estos tortolitos? -atacó Pau-. ¡Con razón han estado tan "calmados"!

- Fresco, Nacho, los hice venir porque Mateo me llamó anoche. Tengo un mensaje suyo *para todos nosotros.* Pidió… *que oremos por él.*

- ¡Qué espiritual! -se rio Pau abriendo los ojos de forma que Joha quiso darle un puño-. Di la verdad. ¡Que en lugar de quedarse en Puerto Idilio por trámites para recuperar el dinero de sus pasajes, la mosca muerta de Kat (se llevó el dedo a la boca) le quitó el novio a Sofi!

- ¡Más respeto, descerebrada, que estás hablando de mi amiga! ¡Ella no es como tú!

- ¡Pau! ¡Sabes que Kat perdió el barco por ayudar a Sofi y todos los problemas que eso les ha traído! -Tania estaba indignada. Pau le abrió los ojos, como si se guardaran algo.

- *¿Qué saben ustedes?* - Chepe comenzó a desconfiar hasta de su musa. Tania se sintió mal, pensando en lo bien que se había portado con ella. No podía corresponder así.

- A Sofía la vienen extorsionando.

- ¡Tania! ¡No seas sapa!

- "¿Sapa?"… *¿Yo?*

- ¡Nos dijo que sus padres lo estaban solucionando! ¡Era un secreto!

- ¿Acaso no estás oyendo? Si estuviera solucionado, Mateo no hubiese llamado a Chepe.

- ¡Chepe solo quiere…! Ya sabes. No hay que ser un genio para darse cuenta.

- No vale la pena -Chepe tuvo que contener a Tania. Estaba colorada. Decepcionada.

- Lo único que te importa *eres tú misma* -atinó a sentenciar, casi con compasión.

Una avispa le ahorró el trabajo. Por estar tan concentrada en sus acusaciones Paula le dio el tiempo suficiente para clavarle el aguijón en el borde del párpado derecho, arrancándole un grito de dolor. Se sacudió histéricamente dando saltitos que hicieron reír a los turistas.

- ¡Quítenmela! ¡De qué se ríen, estúpidos! ¡Quítenmela!

- Cálmate, que ya se fue -la examinó Chepe-. ¿Te alcanzó a picar?

- No se preocupen -serenó los ánimos Joha-. Con algo de suerte la avispa se salvará.

Fue la cereza del pastel. El comentario terminó de desatar un ataque de risa. Incapaz de ser centro de las burlas, Pau se alejó buscando un baño entre maldiciones. Varios minutos después, las dos parejas seguían riéndose del incidente. Cuando zarparon de Puerto Idilio, ninguno imaginó que estarían recorriendo juntos las bellezas naturales de San Nicodemo. Joha no podía asimilar que Chepe y Tania se tomaran de la mano. "¡Lo logró este testarudo!". Quizás hubiera algo que aprenderle, después de todo. ¿Cómo había amaestrado a esa fiera para que los tratara de otra forma? *"Si tan solo Kat pudiera lograr lo mismo con Mateo"*. ¿Cuándo cambiarían las cosas y ellas podrían caminar así, bajo el sol, con alguien valioso de la mano, comiéndose un helado sin preocuparse por su peso o por el qué dirán? Chepe y

Tania tampoco preguntaron por qué ella y Nacho andaban juntos. ¿Acaso tenía que existir alguna relación sentimental para eso? El mundo se había vuelto un lugar demasiado hostil como para cerrarse al alivio de una amistad inesperada.

El asombro de Joha aumentó mientras pasaban frente a un rústico puesto de refrescos con techo de paja y Chepe encontró una mesa vacía, para cuatro, invitándolos a tomar asiento.

-Más adelante debe haber un lugar mejor donde vendan jugos de frutas. Lo digo por Tania.

-Aquí al menos hay agua -observó Chepe, con aplomo-. Lo siento, pero si Mateo lo pidió es porque lo necesita. Creo que los presentes lo entendemos. Oremos por nuestros amigos.

Inclinaron sus cabezas allí mismo, olvidándose de lo que ocurría a su alrededor. No importaba si los miraban o cuánto tiempo había pasado desde la última vez que lo hicieron, si fue en privado o en público. Allí no había solo cuatro *prístinos* con muy poco en común siguiendo un ritual. Eran cuatro hermanos recordando que tenían un mismo Padre.

Dejando al Espíritu cantar Su canción.

***

"Así que es esto" pensó Kat, sintiendo que se unía a los mártires de los *primeros días prístinos* mientras Espósito, tomándose su tiempo, se bogaba una botella de ron a medio terminar. No dejaba de mirarla, disfrutando el preludio de la tortura tanto como su consumación. Kat estaba sentada sobre un sofá cama disimulado por un mueble de madera del camarote, donde al parecer la tripulación se alternaba para descansar.

- Despliégalo y acuéstate ahí -le ordenó el coronel, fastidiado al darse cuenta de que no tenía ni idea de cómo desvestirse. Lógico. Lo que más placer le producía era aterrorizarla. Haría que recordara ese momento hasta el día de su muerte. Su rostro, su aliento. ¡Que aprendiera de qué se trataba la vida! La *real*, no la que predicaban los *prístinos* arrogantes para salir del templo a hacer las mismas cosas que los *ilustrados, sobrevivientes* y *salvajes*.

Kat no hizo caso. Enfurecido, Espósito la atrajo de un jalonazo, como si fuera de trapo. Ella sintió su tufo en la cara, pero no se dejó amedrentar. "Esta no es tu voluntad, *Abba*. Será más fuerte, pero no tiene el poder que vive en mí. *No se metió conmigo, ¡sino contigo!*

- ¡Dije que te acuestes!

"Si muero, será glorificándote, con la gloria que me diste aquí". Respondió con su canto.

En lo íntimo me llamas

No quiero esconderme más

Tengo que decir a todos,

¡Se levantó de la muerte!

Lo llamaré por su Nombre

Lo que fui, no existe más

- ¡Cállate! ¡No te dije que me cantaras, niñita estúpida! ¡Soy yo el que te hará "cantar"!

Kat no se detuvo. Subió la voz y aceleró el ritmo para darse ánimo, creyendo en lo que decía, mientras el mismo *Lago de Fuego* ardía en la mirada del coronel Lisandro Espósito.

Una semilla pequeña.

Tal vez, pero crecerá

Tiempo para todo llega

Su amor en mí es el milagro

¿Por qué pides otra señal?

No me esperes…en Sus ojos voy a naufragar…

Un sopor desconcertante lo embargó, como si una gran mano invisible lo inmovilizara. Se sacudió agarrándola del cuello. -¡Si quieres a las malas, también está en mi "repertorio"!

Kat cerró los ojos. "Padre, en tus manos me encomiendo". Un gemido escapó de su alma al sentir que las manos del coronel arrancaban su blusa. Golpes en la puerta lo contuvieron.

- ¡El barco, mi coronel! ¡Los orientales! - anunció afuera uno de sus hombres.

- ¡Suban los niños al bote, ya saben qué hacer! *¡Salgo en diez minutos!*

"Diez minutos -pensó Kat, sintiendo morirse". Era el tiempo que duraría su peor pesadilla. La recta final de esos tres días de zozobra. En lugar de los olores intestinos de un gran pez, la invadiría el aliento inmundo de ese policía corrupto, como a Nawal. "Voy, hermana, ya casi termino aquí". "Ay, mami, siempre tuviste razón. Puede que ni sepas lo que pasó aquí. Mejor. Papi…siéntete orgulloso: He terminado mi carrera". "*Abba*, elevo a Ti mi canción. Que digan "No pudo salvarse". Mi corazón grita: "La Salvación viene de Ti".

- ¡Disculpe señor! -insistió la voz afuera del camarote-. Los orientales no responden a nuestro santo y seña. Pensábamos que enviarían a su negociador, pero nos piden que abordemos nosotros. Desconfían de nosotros, señor. Tal vez si lo ven a usted…

- ¡Pero maldición! ¿Todo lo tengo que hacer yo?

Espósito se metió la camisa en el pantalón. Al abandonar el camarote se volvió hacia Kat.

- Ni creas que te salvaste. Si cuando regrese no eres *más complaciente*, no solo voy a arrojar a los tiburones a Cymarrón y a Cantillo. ¡Tu noviecito será el aperitivo!

- ¡Esto no es con él! ¡Fui yo la que insistí en reunirme con Ceferino! - intercedió Kat. Si quería salvarlo, tenía que mantenerlo *vivo*. -Desquítese conmigo -dijo, bajando la mirada.

- ¡Qué ternura! ¡Bueno, nos vamos entendiendo! Mis hombres están echando trozos de pescado al agua, el cebo para atraer a nuestros "hambrientos comensales". Todo dependerá de cómo te portes conmigo. Si quedo satisfecho, salvarás tu vida y la de tu amiguito, y podrán abordar ese barco que vino a recogerlos, para continuar sus vacaciones en el lejano oriente. Entonces me agradecerás por haberte *preparado* para tu nueva vida.

Espósito abrió la puerta del camarote y como si esa fuera la señal que desataba el pandemónium, ráfagas de metralla cruzaron el yate. Uno de los hombres del coronel que disparaba hacia el barco de los orientales casi le cae encima, abatido fulminantemente. Espósito se cubrió con él y sacó su arma, avanzando hacia proa con la cabeza baja.

- ¡Qué está pasando!

- ¡Señor, es una trampa! -gritó una voz escondida- ¡No solo son *ellos*!

En el caos del fuego cruzado salían de todas partes órdenes confusas, intentando organizar a la tripulación para repeler el inesperado ataque. Kat logró distinguir la voz de Cantillo advirtiéndole que se tirara al piso. Tan pronto vio la puerta abierta Mateo se arrojó de cabeza al camarote rodando aparatosamente a los pies de Kat. Su preocupación por ella, no le permitió sentir que uno de los proyectiles se había alojado en su espalda. Kat contuvo un grito al descubrir la escandalosa herida y le ayudó a tenderse con cuidado en el piso

- ¿Te hizo algo? -preguntó, con voz débil y respiración entrecortada a punto de desmayarse.

- No. Estoy bien. No hables, vamos a salir de esto.

El intenso combate se prolongó por minutos que a Kat le parecieron infinitos, con pequeños intervalos en los que se silenciaban las balas. Otra *ráfaga*, un grito y empezaba otra vez.

- Estás loca -dijo Mateo - pero tenías razón: Había que venir. Lo de la playa fue…

No pudo continuar. Resistiéndose a dejarlo ir, Kat le dio el beso con el que hubiera querido responderle en el confesionario, descubriendo con espanto que él ya no podía sentirlo. Intentando dominarse, le acarició las mejillas, maternal, como si siguiera escuchándola.

- Shh. Ahorra fuerzas. Vas a ver que los enemigos de Espósito nos tratan mejor.

Ni ella lo creía. Las lágrimas cubrieron sus ojos. "Primero Javi… ¿y ahora *tú*…?" Prefería morir para reunirse con él que caer en manos de esos orientales. Solo tenía que desobedecer la instrucción de Cantillo, salir de ese hueco y caminar hacia el puente de mando.

Las balas se encargarían del resto.

***

Lu y Guillo le sonrieron a Sofía para no delatarse, con el pulgar levantado, mientras era trasladada en camilla por los paramédicos del *Nanshi*. Ella les respondió igual, débil, pero agradecida de seguir con vida. Aunque parecía estar bien, la llevaron a observación.

- Voy a cambiarme -Lu había recobrado su amargura-. Necesito dar un paseo por la isla.

- Excelente idea. Nos vemos en el puente en… ¿quince minutos?

- Creo que no escuchaste bien, Guillo. Dije *voy* a dar un paseo.

- ¿Qué pasa, Lu? -la encaró con brusquedad. -Hice mi parte. Todo salió como querías. Un susto más grande no se podía llevar Sofía. ¡Pudiste transmitirlo en vivo y no quisiste!

- Te voy a enviar *aquellos* videos y fotos. Los bajas y eliminas mi mensaje.

- Mira, no sé cuándo empezaste a odiarla tanto, pero yo en tu lugar estaría agradecido de que la rescataron con vida. ¿Y si esas corrientes se la hubieran tragado? ¿Me estás escuchando?

- Ya sé, ya sé, no digas *más* estupideces. *¡No sé por qué* no grabé! ¡Debí! Pero no lo hice.

Guillo aprovechó que ella escribía en su teléfono y la tomó por la cintura, con fuerza. Lu lo miró a los ojos sin intimidarse, a pesar de que solo los separaban unos milímetros.

- ¿Creíste que solo hacía esto por unas fotos y videos de Sofía? Me interesan, pero…

- Quítame las manos de encima. *Ahora*.

- ¡Ustedes dos! - los interceptó Nassim, obligándolos a fingir de nuevo-. ¿Por qué se alejaron tanto sin autorización de los recreadores?

¿Tienen idea del peligro que corrieron?

- Gracias al Altísimo Sofi está bien -se defendió Lu haciéndose la víctima, como si aún no se repusiera del susto-. ¡Guillo es campeón de ski! Tiene mucha experiencia en deportes náuticos. Por favor, no nos reporte. Sofi solo se encalambró y tragó un poco de agua.

El profesor de música y coordinador de la excursión enviado por el Saint Johnas los miró con desconfianza. Los grupitos de Sofía y de Mateo no se caracterizaban por seguir las reglas. Para su desgracia, las chicas lo habían sorprendido una tarde manoseándose con María Alejandra Olarte en el baño de mujeres, pensando que no quedaba nadie en el colegio. Las testigos prefirieron guardar ese *comodín* para cuando lo necesitaran. Lu lo miró cobrando su "seguro". Declararles la guerra era echarse la soga al cuello.

- Después de hablar con Sofía tomaré una decisión -firmó el "paz y salvo", y siguió su camino hacia la enfermería. "Así está mejor, sin pisarnos las mangueras".

- Nassim te salvó. Donde tú me toques, acabas haciéndole compañía a Sofía.

- Entonces envíame "el material" que prometiste, no trabajo gratis. ¿Qué harás con eso?

- Eso no te importa -respondió Lu, alejándose. Guillo golpeó al *Nanshi* con la frustración de no haber podido "anotar". Debió adivinarlo. Sofía, Tania, Lu, Pau, eran brujas cortadas por la misma tijera. Chepe le puso la mano en el hombro y reaccionó poniéndose en guardia.

- ¡Eh, tranquilo! Lo vi conversando con Lu. ¡Al menos ya le habla, es un avance! Asumo que su "tour" en moto acuática fue un éxito. ¿Se lució con ellas y ahora lo adoran?

- He tenido días mejores.

- Antes del evento de cierre vamos a reunirnos. Tania, Joha, Nacho y yo. *¿Se une?*

- Un momento, un momento...¿*"Joha"*?

- Vamos a orar. No se ría, Mateo pidió el favor. Parece que está metido en un lío grueso.

- La verdad me importa un soberano…. ¿Quién más dijo que irá? …¿*Tania*?

Chepe asintió. El brillo de sus ojos lo explicaba todo.

- ¡Bien hecho! -levantó el puño para que Chepe lo chocara -. Entiendo que se valga de esas estupideces para "coronar" a la flaquita, pero… ¿qué hacen andando con el *Yeti*?

- Es complicado. De vida o muerte. *Katherine Jenkins* también está involucrada.

- Se le perdona por lo de Tania (¡cosita!) Pues que la "Fuerza" los acompañe. Yo voy a ver si encuentro alguna isleña inteligente y sabrosa que quiera divertirse de verdad.

- ¿Hay algo que usted se tome en serio? – se disgustó Chepe. Después de conocer mejor a Tania y asomarse a lo que vivían Nacho y Joha, la indolencia de Guillo lo insultaba.

-Bájele al tonito, que yo no vivo de cuentos. Mejor avíspese, no sea que Sofía y sus amiguitas le den tres vueltas y después le tengan que recoger el corazón con cucharita.

- ¿De qué está hablando, idiota?

- Aunque no me lo pida, le voy a dar un dato: la peor película de terror que haya visto no le llega ni a los tobillos a lo que pasa en ese combo. ¡Se orinaría en los pantalones!

- Espere. Lo que me tenga que decir, ¡dígalo de frente!

- Como quiera. *Está sacando a bailar a la misma muerte.*

- ¿Y si le digo que ya sabía eso?

- Entonces suerte con ese baile, porque lo harán sufrir. Ellas no tienen compasión. Ni de ellas mismas. Lo van a desollar vivo y luego lo publicarán en sus redes sociales.

Intentando descifrar lo que significaba aquel oráculo fatalista, dejó pasar la oportunidad de preguntárselo a él. Guillo se había ido. *¿Qué le hizo Lu?* En su caso, no tenía secretos ni nada de qué avergonzarse. No que recordara. Cometía *transgresiones* a diario, claro, ¡como todos! Por el contrario, podía sentir que en las últimas horas un cambio esperanzador se había obrado en él. Comenzó a notarlo cuando volvió a orar como no lo hacía en mucho tiempo, tras acercarse a Tania, luego a Joha y a esa nueva versión de Nacho, al que creía conocer como la palma de su mano, pero resultó ser mucho más de lo que mostraba, quizás por miedo a que todos supieran que le gustaba la chica menos popular de la clase.

Ahora lo entendía. Nacho sentía por Kat lo mismo que él por Tania. Con la diferencia de que Tania sí le correspondía. Al menos tuvo el valor de confesárselo a Joha. Con el tiempo su herida sanaría. ¿Pero qué quiso decir Guillo con eso de que *"ellas no tienen compasión"*?

Refiriéndose a Sofía, a Tania se le salió: *"La están extorsionando"*. Pau no la dejó hablar más *¿Qué secreto se traían entre manos?* Como Tania no volvió a mencionar el asunto, Chepe no quiso ser impertinente, pero no podía dejar de pensar en esas frase.

Si *Sofía* era víctima de una película de terror, como advirtió Guillo, era su deber averiguar de qué se trataba. Con mayor razón si afectaba a la novia de su mejor amigo. Pau y Tania no querían hablar. Muy bien. Quizás tuviera mejor suerte con la escudera restante: Lu.

***

Ante la mirada atónita de Cantillo y Tajoné, Kat salió del camarote y caminó hacia el puente de mando entre las balas. Cerró los ojos y avanzó hacia su Primer y Gran Amor, con los brazos extendidos, alcanzando a divisar cómo Él se aproximaba entre las nubes, envuelto en un fulgor celestial, para reunirse con ella. "He terminado mi carrera" le dijo, llena de gozo, aunque el ruido de las ráfagas sepultara su voz. Abrazó la muerte temblando, pero sin doblegarse, con la certeza de que solo sería una breve separación momentánea, esperando esa bala definitiva que en cualquier momento cegaría su vida.

Cantillo intentó arrojarse sobre ella, pero Ceferino tenía mejores reflejos y se le adelantó, rengueando, en fracciones de segundo. Entre el fuego cruzado, pasando por encima de los cuerpos sin vida de los hombres de Espósito, Kat había logrado avanzar lo suficiente para ver cómo el coronel defendía la embarcación solo, disparando contra los invasores, oculto tras un mueble del destrozado puente. Mientras recargaba su arma, vio a Kat y a Ceferino. Sin hacer caso a las heridas que le habían ocasionado una hemorragia interna, haciéndolo vomitar sangre, apuntó su arma contra ellos, con odio y satisfacción.

- *¿Qué hacen? ¿Quieren que esos orientales* traidores los acribillen también? De una forma u otra, tú y yo vamos a nadar hoy en él *Lago de Fuego, pristinita…* ¡juntos! Kat sintió un disparo seco. Se miró el pecho, pero el tiro no estaba ahí. Lo había recibido en su espalda el coronel, quien, por intentar contraatacar, se tambaleó hacia estribor, donde resultó blanco fácil y fue alcanzado por una ráfaga concluyente. Cantillo presenció *cómo* su jefe, el coronel Lisandro Espósito, se plegaba sobre la baranda del yate guardacostas para ser despedido de cabeza al mar por una voltereta gimnástica, entre el cebo de pescado que, por orden suya, había atraído a los tiburones. Paradójicamente fue su cuerpo el arrebatado y fraccionado por los escualos, mientras estos arrancaban sus últimos gritos. Pronto averiguaría si exist*ía* el *Lago de Fuego*, en cuyo caso, tampoco iba a escapar a nado.

Los disparos cesaron. Solo se escuchaba en la popa el llanto incontrolable de los niños secuestrados. Afuera el agua salpicaba por intervalos casi musicales, enviando a la superficie macabras señales del banquete que se daban los tiburones con el coronel.

La voz de Cassandra, tratando de calmar la histeria de Rayito, hizo reaccionar a Kat.

- "¡Qué me pasa, no puedo abandonar a esos niños! *¡Perdóname, Abba, no en mi tiempo*".

Tambaleándose, Mateo alcanzó el puente de mando. Sintiendo que alma le volvía al cuerpo al verla sana y salva, se derrumbó a sus pies. Ceferino le ayudó a Kat a sostenerlo.

- ¡Mateo!-. Estaba pálido, pero ella disimuló. -¡No hables! Voy a conseguir que estos orientales, piratas, o lo que sea, te atiendan. ¡Vamos a salir de esto!

- Antílopes -susurró a su oído-. Somos los antílopes *de tu sueño*. Atrapados en esta red. Eres buena en esto -acarició su mejilla-. Los que te dicen lunática… lerda…no saben nada.

Kat le sonrió, pero no hubo tiempo de más. Pronto estuvieron cercados por soldados que verificaban que no quedaran a bordo más hombres de Espósito. Los rehenes esperaban oír una lengua oriental, pero Kat revivió al reconocer en los uniformes una bandera que la hizo sentir en casa. Aquellos hombres se comunicaban en un idioma hermoso, que la arrullaba desde antes de nacer, y que la hizo deshacerse en un llanto nervioso. Algunos les pusieron cobijas encima, tratándolos con toda consideración. Mientras era liberado Cantillo, sonrió y levantó los ojos al cielo agradeciendo al que lo había oído y aún usaba a los ancianos.

- ¡Easy, easy! -gritaban- ¡Marina de los Estados Unidos: están a salvo! ¡*Yes, you´re free*!

*****

16
CAPÍTULO

TIEMPO PARA MORIR

Sofía cantaba como un ángel. Pareciese que el percance con la moto acuática, en lugar de afectarla, hubiera potenciado su desempeño. *"Brillo para Ti"*. silenció el auditorio principal del *Nanshi,* donde Nassim y los estudiantes de grado once del Saint Johnas presenciaban boquiabiertos la gracia con que interpretaba su composición mientras acariciaba el piano.

Luego de escuchar a más de veinte participantes muy parejos, grupos y solistas esforzados, el jurado, compuesto por el músico juvenil y su banda, por fin veía la luz, ese toque diferencial, auténtico, que Tato les había pedido buscar primero en sus propias vidas, más que pensar en grabar un sencillo. Raquel Emilia tomaba apuntes sin poder evitar a Sofia por más tiempo. Al ver esto desde su mesa, Paula se divertía a más no poder. Levantó su mano derecha discretamente para que Tania la chocara con la suya. Ella accedió con desgano.

-Obviamente la canción es toda de Sofía -le susurró, pero valió la pena invertir todo ese tiempo con tal de ver la cara de ese vomitivo de la novia de Tato. ¡Y no es para menos, mira cómo se muere de celos! Creo que Sofía ya puede ir contando con ese "divorcio".

- ¿Alguna vez piensas cosas buenas de las personas? -dijo Tania mirándola con desconcierto.

- Ay, no te pongas pesada. Si sigues dándole esperanzas al fracasado de Chepe vas a acabar igual de insulsa que esos perdedores. ¡Pero a mí no me amargues! *Para eso está Lu.*

331

- Oye, a propósito, ¿dónde está ella?

- Se metió a ayudar a los que manejan la consola. No sé para qué. Se engoma con las tecnologías por temporadas. Te dije: La "super-fit" anda rara. Quién sabe qué bicho la picó.

Pau se había puesto una plasta de maquillaje bajo el ojo para disimular su picadura. Tania se giró suavemente buscando a Lu entre los operadores de la consola. Estaba ahí, de pie, pero no distinguía su rostro porque habían bajado las luces mientras Sofía cantaba.

Chepe no dejaba de mirar a Tania. Le costaba estar lejos de ella, pero prefería sentarse con Nacho y con Guillo para ver el cierre del concurso. Les daba igual quién ganaba. Menos a Nacho, quien lamentó que a Joha y Kat las descalificaran por ausencia de una de las dos.

- ¡Oiga Chepe, cierre la boca, está dejando un charco de babas en el piso! -payaseó Guillo.

- ¿Por qué Lu no está sentada con ellas? La busco desde que ustedes hablaron. No aparece.

- Yo no me metería donde no me han llamado. Pero si no cree lo que le conté, allá usted.

Guillo volvió a fijar su atención sobre Sofía. En realidad lucía despampanante con su traje largo y vaporoso. *Celestial* o *terrenal*, le daba lo mismo. Su cerebro desechaba ese tipo de detalles y se concentraba en información más útil, por ejemplo, que *Mateo no estaba ahí* y ella podía sentirse sola. ¿Por qué no? Últimamente su novio se comportaba como un tarado, mientras ella, debajo de su angelical apariencia, quizás ardía de pasión, pidiendo a gritos *otra clase de compañía*. O no se hubiera tomado *esas* fotos y videos con las que querían extorsionarla. "¡Él imbécil soy yo, por andar perdiendo el tiempo con Lu!".

- Ahora regreso -le dijo a Guillo al reconocer la silueta de Lu junto a la consola. La atlética escudera miraba a Sofía con total concentración, como si conociera de memoria cada paso de la rutina que ensayó para impresionar al jurado, como si *necesitase* que Sofía alcanzara un puntaje perfecto que eternizara ese momento. No sintió cuando Chepe se le acercó por detrás, tratando de entender lo que se proponía. Así descubrió que Lu, a espaldas de los técnicos del *Nanshi* y miembros del equipo de Tato encargados de la consola, preparaba un video de Sofía en el que parecía estar desnuda. Chepe advirtió sus intenciones. Con solo un *clic* al botón "inicio" las imágenes de paisajes naturales del video casero *"Brillo para ti"*, que en ese momento se proyectaban detrás de Sofía, serían abruptamente reemplazadas por *otro* espectáculo: *Otra* Sofía, tal como Cymarrón *había conseguido que se viera.*

Una gesto de ansiedad se dibujó en el rostro de Lu, la explosión de adrenalina previa a una pelea. Disfrutaba como si fuera la acción misma. Había planeado echarle la culpa al que le envió las imágenes. Sí, no todo junto a Sofía habían sido tan malo. Pero después de ese *clic* no habría vuelta atrás. Sabría lo que era la muerte social. ¡Y también aprendería su lección!

- ¿Qué estás haciendo, Lu?

Ella se paró de espaldas a la consola para esconder el video que se aprestaba a revelar.

- ¡Me asustaste! Eso digo yo. ¿Qué haces *tú* aquí?

- Creo que empiezo a entender el propósito. Y agradezco por haber estado alerta.

- ¡Óyeme! Sofía va a terminar de cantar y yo…tengo trabajo, así que si me permites…

- Vas a proyectarnos el video con el que la están extorsionando, ¿no? ¿Eso quieres?

- ¿Video? ¿Cual? Yo… ¿de qué extorsión me estás hablando?

Intentaba reponerse de la sorpresa y contraatacar, como en el kick-boxing, pero Chepe esta vez no bajó la guardia. Por el contrario. Su mirada incomodaba con el poder de la verdad.

- Luisa, sé que no hablamos mucho, pero este viaje me ha enseñado algunas cosas. ¿Cómo puedes juzgar a las personas cuando ni siquiera sabes con qué lidian? ¡No sé qué te haya hecho Sofía, pero piénsalo dos veces. ¡Se trata de tu amiga! ¡La novia de Mateo!

- ¡Sí, una gran amiga! -explotó Lu, haciendo que algunas cabezas se volvieran hacia ellos con disgusto. Al notarlo, bajó la voz-: ¡Si se puede llamar *amigo* al que te manipula, mientras le sirves! ¡Como un esclavo que nunca pasará de lavar los pies de la realeza!

- ¿No hizo eso el Maestro con sus discípulos?

- ¡Porque ellos le importaban!

- *Aún* le importamos…

- ¡Se vuelve tan difícil creerlo cuando se lo oyes predicar todo el tiempo a personas como Sofía…! Afortunadamente un amigo *de verdad* me abrió los ojos, me ayudó a ver que ella, como los vampiros, chupan la sangre sus víctimas, succiona mis sueños, me seca, asesina mi dignidad, mi autoestima, mis sueños… ¿No se merece ella lo mismo?

- Lu, Uno solo se sentará en el trono para juzgar, pero tú y yo, ¿quiénes somos para hacer justicia por nuestra mano? Déjalo en las Suyas. Tu causa no puede tener mejor abogado.

- Ella misma se condenó a muerte, la muerte de su arrogancia. ¡Alguien tiene que detenerla!

La canción de Sofía llegaba a su fin y la mano de Lu no se alejaba del botón. Si no lograba disuadirla en segundos, el crucero que comenzó como fiesta, acabaría en tragedia.

- ¿Conozco a tu "nuevo amigo"? ¿Al que te convenció de toda esa basura?

Lu se dispuso a presionar el botón cuando el teléfono de Chepe empezó a vibrar.

- ¡Es Mateo! – contestó sin dejar de verla-. Viejo, ¿dónde se había…? En el cierre del concurso. Su novia está cantando. ¿Quiere verla?… ¿Lu? Sí, a mi lado. ¿Por qué?...

La expresión le cambió. Se llenó de desconfianza, recuperando la atención de Luisa.

- Un momento-. Le extendió el teléfono.

- No quiero hablar con Mateo.

- No es Mateo. Es *tu nuevo amigo*. Un tal Cimarrón.

Lu se ruborizó y agarró el teléfono, dando la espalda a Chepe para esconder su confusión.

- *¿Qué juego es este*? -reclamó, indignada. Siguió un monólogo de aquel tipo. Chepe no entendía cuál era su conexión con ese escalofriante circo que antes desfilaba ante sus ojos ciegos y del que ahora, sobrenaturalmente, hacía parte. En el escenario estalló una atronadora ovación a Sofía, que ella dedicó al Altísimo señalando hacia el cielo. Lu estaba llorando. ¡Luisa! ¡La que no lloraba ni cuando era una párvula, ni cuando sufrió esa lesión espantosa que solo les ocurre a los pesistas y deportistas como ella! Era una niña triste, que se fue ocultando detrás de su cuerpo, suplicando atención. Había logrado camuflarse y andar con la manada *prístina*, cuando en realidad era una *sobreviviente*. Tal vez por eso mismo resultó prodigioso verla borrar el video que pretendía exhibir. Le hubiera encantado saber qué le dijo el tipo antes de colgar, pero en ese momento importaba más abrazar su quebranto. Lo confirmó cuando Lu, agradecida, se aferró a él, como a la vida misma.

Al fondo, regresando al centro del escenario, Tato anunció que se tomarían unos minutos para la durísima tarea de elegir la canción de la travesía, al cabo de los cuales anunciaría quién iba a grabar con él y acompañarlo en su gira. Paula aplaudió a rabiar, segura de que Tato solo era diplomático por consideración a los perdedores. Joha la miró y suspiró imaginando lo hermoso que pudo ser ese momento si Kat hubiera estado ahí. Nacho leyó sus pensamientos a la distancia y le picó el ojo para animarla, aprovechando que Guillo estaba distraído. Aunque tarde, Tania también aplaudió. Se había distraído pensando que en pocos días estaría de vuelta en Sabanópolis, donde iniciaba otra travesía: la *suya*.

- Ven, siéntate con nosotros -le dijo Chepe a Lu-. Hey: *aquí no ha pasado nada*. ¿Bueno?

Lu asintió, limpiándose las lágrimas. Chepe le pasó su pañuelo.

- Gracias -le sonrió, más relajada-. ¿A dónde vas?

- Tengo que entregar un mensaje urgente de Mateo. A Tato Alighieri.

***

Fueron transportados en una lancha al buque de guerra. Aseados y con ropa limpia que les suministraron los *marines*, Kat y Cantillo se dejaron conducir a la sala de videoconferencias. El alto mando y otros oficiales la recibieron con un cálido aplauso.

- ¿Qué es todo esto? – Kat les devolvió las sonrisas por cortesía, sin entender nada.

- Una pequeña sorpresa -sonrío Cantillo-. Le conté al capitán que por cuenta de esta odisea te habías perdido el crucero que te obsequiaron tus padres. Se le ocurrió entonces que podían tener, bueno, *un pequeño detalle* para compensarte en algo, todo lo que viviste.

- ¿Se comunicaron con ellos? A Mateo ya le devolvieron su teléfono, pero a mí no-. A Kat alcanzó a irritarle un poco tanto misterio. Cantillo se apresuró a explicar, para no ofenderla.

- Se estropeó *un poco* -le dijo-. Kat, dale gracias al Altísimo por tu abuelo Joseph. No sé cómo lo hizo pero lo escucharon el gobierno, el FBI y la armada de los Estados Unidos. ¿A quién crees que llamé en la playa? Cuando confirmé quién era Espósito, supe que no podíamos confiar en *nuestro* gobierno. Por eso acudí a tus padres. Gracias a sus pacientes gestiones, estos hombres valientes capturaron el barco de los orientales y le hicieron creer al coronel que los "tratantes" seguían al control de su nave. Espósito se lo creyó.

Kat cerró los ojos, descansando al fin. "¡Gracias, *Abba*! ¡Gracias, Papá!".

- Sé que debes estar cansada. Vamos a tener una videollamada con tus padres, pero antes quisiera unirme a un pequeño homenaje en representación de nuestros policías honestos.

- Pero… aquí falta alguien. Sin él no acepto ningún reconocimiento.

- Aún está en la sala de urgencias -la tranquilizó el veterano policía-. Ya le sacaron la bala de la espalda. Milagrosamente no comprometió ningún órgano vital. Un helicóptero de nuestra Armada viene en camino para trasladarlo a Sabanópolis. A ambos.

- ¿Y los niños secuestrados?

- Cassandra y las chicas mayores los mantuvieron en el piso. Ninguno resultó herido.

- ¿Y… Cymarrón? Es decir… *Ceferino*.

- Lo están interrogando, como harán con el hombre de Espósito que sobrevivió y conmigo.

El capitán la invitó a ocupar la cabecera de la mesa con un cortés ademán. Sus asistentes activaron la videoconferencia. Kat se estremeció de solo pensar que en cualquier momento vería a sus padres. ¿Era todo un sueño y estaba a punto de despertar en la habitación del hotel junto a Joha? Si así era, ¡cuánto tendría que anotar en su diario sobre ese sueño!

La primera imagen que vio le provocó un súbito escalofrío. Sí, seguía soñando. Tato Alighieri saludaba a la cámara y pedía al público de un auditorio que hiciera lo mismo.

- ¡Hola, Kat! ¡Esto te podrá parecer raro, pero, "una palomita" nos contó que estabas reunida con ciertos amigos muy especiales, y, como estamos a punto de dar el nombre del ganador del concurso, nos pareció buena idea llamarte, para que nos acompañes!

A Paula se le frunció el ceño y comenzó a sondear por todas partes, buscando una explicación. Su mirada tropezó con Joha, quien levantó una mano para saludarla sardónicamente, disfrutando de lo lindo. Ya no era la indefensa víctima de la piscina.

- ¡Estas tramposas! -chilló Pau-. Con razón Chepe y Nacho se acercaron a Tato a último momento. ¡Algo tramaban! ¡No sé cómo, Sofi, pero los descarados compraron al jurado!

Tania, fascinada, tuvo que contener la risa. Otra que no perdía detalle de la reacción de su grupito era Raquel Emilia, la novia de Tato, pero ella no se reía. Parecía orar. Sofía no le respondió a Pau. Estaba en otra parte. ¿Qué hacía Kat rodeada de Marines? ¿Y Mateo? La cámara no dejaba verlo. La última vez que hablaron, Sofía se había opuesto a su súplica. Nunca dijo a sus padres que no interfirieran más. ¿Seguía a salvo su secreto? Rogó íntimamente que no se descubriera, ignorando lo cerca que había estado segundos antes.

- Hola Tato, hola a todos -saludó Kat, muy nerviosa, con ganas de despescuezar a Cantillo.

- Como esto es una sorpresa -continuó Tato- vamos a pedirle al teniente…-leyó su nombre en un papel- *Vicente Cantillo* que nos cuente por qué esta comunicación y justo ahora.

- Con mucho gusto -dijo el policía-. Llevo más de cuarenta años en esta profesión y deben saber que en todo ese tiempo no había conocido a una jovencita tan valiente como Katherine Jenkins. Ella no debía estar aquí, pero prefirió perder el *Nanshi* con tal de ayudar a…*una compañera en problemas* (no viene ahora al caso decir quién, ella lo sabe).

Sofía pasó saliva. Sus amigas no pudieron evitar mirarla. Salvo Lu, a quien todavía le temblaban las manos pensando lo diferente que pudo ser todo de ceder a sus impulsos.

- Están en la mitad de una premiación, seré puntual -continuó Cantillo-. Estos problemas, ella los vio como la oportunidad de salvar vidas, de salvar *almas*, la mía entre ellas.

Aplausos y silbidos surcaron el auditorio. "¿Dónde estaban antes esos *fans*?" -pensó Joha.

- Pero no termina ahí. Aunque su propia vida estuvo en riesgo, no le importó exponerla, con tal de llevar el mensaje de salvación y arrepentimiento que ustedes, jóvenes *prístinos* del colegio Saint Jonhas se preparan para llevar a este mundo en crisis. Gracias a esa pasión por honrar a nuestro Padre, como ella mismo nos ha enseñado, orando y meditando continuamente en la *Fuente de Gracia*, pudimos capturar a uno de los criminales más peligrosos de la región. Lo más extraordinario es que este ciberdelincuente y varios de sus hombres han decidido dejar el mal camino y volverse al Salvador.

Esta vez la aclamación fue atronadora. Algunos jóvenes coreaban el nombre de Kat. Otros tenían el rostro cubierto de lágrimas. Notándolo, Sofía comenzó a aplaudir con desconcierto. ¡El criminal que se atrevió a atormentarla ya no era una amenaza! Incluso había rendido su corazón. ¿Por qué entonces se sentía así? ¿Por qué no podía celebrar?

- ¡Hoy hay fiesta en el cielo! -exclamó agradecido Tato. Sabía que por más que lo hubiera planeado y ensayado por años, no estarían viviendo un cierre tan glorioso sin el fuego desatado allí. Los músicos regresaron a sus puestos para tocar-. Nuestro Padre no solo responde. ¡Va más allá! Kat, ¿lista para descubrir la otra parte de tu sorpresa?

- ¿Puede acaso haber más? – respondió ella con voz temblorosa por el llanto.

En ese momento entraron a la sala de videoconferencias del buque de guerra sus pequeños compañeros de cautiverio. Dos mujeres *marines* los condujeron gentilmente hasta Kat para que pudieran verlos en el *Nanshi*. Cassandra y Rayito la abrazaron. A bordo del crucero los muchachos no podían dejar de aplaudir, llorar, reír… Y eso que aún no había visto a Mateo. Estaba en una silla de ruedas, empujada por un miembro de la tripulación, que lo acercó y acomodó junto a Kat. Tenía el torso vendado y una hermosa, inédita sonrisa.

- Casi tuvimos que rogarle al médico para que diera de alta a Mateo por unos minutos. Hubiera sido injusto que se perdiera lo que va a pasar. Después de todo, fue *su* idea.

- ¿Qué idea? -preguntó Kat aterrorizada. *"Abba, por favor, que mi corazón ya no resiste"*.

Tato tomó su guitarra e hizo a Joha una seña para que lo acompañara en el escenario.

- Vas a tener que disculpar los errores -dijo con humildad Tato-. Joha terminó esta canción -explicó al auditorio-, para que ambas pudieran participar en el concurso. Le había dicho que no podían, porque estabas ausente y era contra el reglamento, pero como ha quedado claro el porqué, aquí va "La canción del Rey", compuesta por Kat Jenkins y Joha Redondo.

> *En lo íntimo me llamas*
>
> *No quiero esconderme más*
>
> *Tengo que decir a todos:*
>
> *¡Se levantó de la muerte!*
>
> *Lo llamaré por su Nombre*
>
> *Lo que fui, no existe más.*

Una semilla pequeña.
Tal vez, pero crecerá
Tiempo para todo llega
Su amor en mí es el milagro
¿Por qué pides otra señal?

No me esperes, no me esperes,
En Sus ojos voy a naufragar.

Mi corazón se agita
Oigo sus pasos,
es el Rey que viene
directo hacia mí
Me dice: "El tiempo
de la canción ha llegado".
Aunque fui sepultado
He vuelto a vivir.

Mi corazón se agita
¡Levántate, amada!
Cuando más lloraba
Me hizo sonreír
Aunque el sol te azotara
Eres la más hermosa
Dijo: "Si te escondes,
Hazlo solo en Mí.

El invierno ha pasado
Mis versos son tuyos
Aunque se atropellen

Queriendo salir

Solo importas Tú,

El que los inspira

Eres la Canción misma

Que me hizo sonreír

No me esperes, no me esperes,

En Sus ojos voy a naufragar.

El tiempo de la canción ha llegado

Su tiempo es mi tiempo

Mi Rey, la verdad.

Por unos minutos todos se olvidaron del concurso, de sí mismos, de dónde estaban. Todo lo que importaba era el Rey, la alegría de ser hermanos gracias a Él, reunidos en su Presencia, ador*ándolo en espíritu y en verdad.* Cuando la avalancha de aclamación comenzó a decrecer, los ojos de Kat estaban enrojecidos de llorar. Su rostro resplandecía.

- ¿Qué más puedo decir? Tengo que ser franca: *yo no quería ir a Nínive.* Me creía más que sus habitantes. Cuando el Maestro nos rescató, éramos una caña cascada en el camino, pero Él vio más que eso. Nos recogió y con paciencia nos transformó en un bello instrumento musical que infunde vida. Cuando éramos el pábilo de una antorcha con una chispa moribunda, sopló sobre ella, avivando la llama. *¿Por qué hemos* llegado a avergonzarnos del *Él?* Le doy gracias por los de Nínive que se arrepintieron, por sus hijos y los que sabrán a través de ellos que existe un Dios tierno, poderoso y compasivo que los ama con amor eterno. Por ellos ha valido la pena todo esto. *¿Por qué no simplemente presentar a todos al Mashiach,* como hizo la mujer del pozo? ¿A *Yeshua,* el único capaz de salvar?

Mateo no pudo contenerse. Pidió ayuda al *marine* que empujaba su silla y este lo acercó *más* a Kat. La abrazó como podía, advirtiendo que lo necesitaba. Un abrazo largo y protector, de dos hermanos que ahora compartían todo. En el auditorio se produjo un silencio, interrumpido por *tímidas palmas, como gotas que* al final desataron un aguacero.

Pau examinó de reojo a Sofía para ver si compartía su indignación, descubriendo con sorpresa que ni ella, ni Lu, ni Tania veían con disgusto lo que ocurría. Pau sabía que Sofía tenía que estar actuando, por lo cual la imitó, aplaudiendo con moderado entusiasmo.

- ¿Recuerdan nuestro primer día?-retomó Tato el programa, solidario con el emocional momento de Kat y Mateo-. Les pregunté *cómo un joven puede llevar más fruto y alegrar el corazón del Rey.* Gracias a Kat y a Joha por esa canción. Y a Mateo, por su aporte.

Joha correspondió con una sonrisa a las miradas de respeto y afecto de muchos para quienes era invisible al comenzar el viaje, hasta que Nacho se sentó a su lado y se paralizó al sentir que él le agarraba la mano, entrecruzando sus dedos con orgullo y firmeza.

- Bueno -concluyó Tato recibiendo el esperado sobre de sus compañeros de banda-. Terminó el suspenso, muchachos: El ganador a la mejor composición, que será grabada e interpretada conmigo durante mi próxima gira es…¡Sofía Aguilar: *"Brilla en mí"*!

Muchos la aplaudieron, reconociendo su trabajo. Otros no compartían la decisión y murmuraban, sin terminar de entender si Kat y Joha habían sido eliminadas por el reglamento. Algunos abucheaban en son de juego, para manifestarse a favor de los perdedores, pero guardaron silencio cuando Sofía llegó al escenario a recibir el premio.

Pau era quizás la única que aplaudía como loca. Lu y Tania lo hicieron sin resentimiento, porque estaban acostumbradas a ver a Sofía en lo más alto del podio, pero también porque las reconfortaba recordar que ellas también habían obtenido algo a bordo de ese barco: la esperanza de un nuevo comienzo, de una amistad sincera, con nombre propio. *Chepe.*

- Gracias primero al Altísimo, a ti Tato, a tu banda, a mis amigas y…- Su mirada tropezó con la pantalla donde Kat y Mateo la escuchaban, expectantes. *Había ganado*, pero él no celebró con su triunfo. Aun así la miraban como si fueran parte del mismo equipo, como dos buenos perdedores aguardando, sin ninguna prisa, su hora de ganar. Sí, *había ganado*, pero la carcomía la culpa. En ese operativo murió gente. ¡Todo por proteger su secreto! ¿Con qué cara iba a mirarlos ahora? Temía preguntarles cómo fueron rescatados y enterarse de que, en lugar de ayudar, sus padres lo complicaron todo. *Había ganado*, pero le faltaba el gozo. El que experimentó cuando abrazó su salvación siendo apenas una niña. En alguna parte del camino ese gozo se perdió, naufragó, entre tanto activismo, y demanda de perfección humana. No *brillaba,* como pedía al Maestro en su canción. Miró a sus amigas. ¿Por qué la seguían? ¿Por cariño y admiración o por conveniencia? Se había pasado gran parte de su vida señalando las *transgresiones* de otros, sin reparar en las suyas. La venció un ataque de llanto, mudo e incontrolable. El público la aplaudió pensando que estaba emocionada. Solo sus amigas, Kat y Mateo se dieron cuenta de lo que pasaba. Y una persona más, la que hizo algo al respecto. Como si pudiera leer su corazón, Raquel Emilia se retiró del teclado dejando que sus compañeros siguieran tocando. Sacó un pañuelo, se lo dio a Sofía y la sacó abrazada del escenario, para que nadie descubriera lo que ocurría.

La llevó a su camarote y allí la escuchó, la abrazó, lloró con ella y le ofreció su amistad incondicional, olvidando que por momentos había querido arrastrarla del pelo, cada vez que se acercaba a Tato con sus ínfulas de reina y sus patéticas coqueterías.

La respuesta a la súplica en la canción de Sofía estaba en camino. Como si ese abrazo le hubiera devuelto la vista, escuchó a Raquel susurrarle: "La vida de un autor no tiene atajos. Pasa primero por el desierto, donde florecen canciones como la de Kat, en la soledad y el anonimato. Sin más público que Él".

"Dejando al Espíritu infundir su Canción de Vida".

"Esa que nos hace *cantar con inteligencia,* Sofía, *cantar como niños".*

Tra-la-la, tra-la-la.

***

EPÍLOGO

La rectora Gertrudis autorizó que la fiesta de graduación del Saint Johnas se celebrara en la terraza de un elegante hotel de la capital de Sabanópolis. La fiesta resultó coincidir con la noche de Halloween, por lo cual, a pesar del origen pagano de tal celebración, los jóvenes que menos atención le prestaban a su trasfondo y solo pensaban en diseñar una inolvidable "fiesta temática" reservaron la terraza todo el día para trabajar en la decoración.

Habían pasado cuarenta días. Kat sufrió un pequeño esguince y reposaba a la sombra de una "enredadera de calabazas", con la pierna estirada sobre una silla, mientras acompañaba a Joha, Nacho y otros graduandos a decorar la azotea ajardinada. A pesar del sol del mediodía Kat intentaba ver en su teléfono la noticia sobre un huracán que amenazaba con arrasar Puerto Idilio y Nínive. Leía que la alerta roja había bajado a naranja cuando la estructura se descolgó, arrastrando el toldo que le daba sombra. Kat maldijo. Nacho acudió a reacomodar la estructura. Joha se le acercó, notando su malestar.

- Peor que el sol de Nínive no es. ¿Te traigo una bebida? ¿Quieres sentarte en otra parte?

- ¡Yo sólo quiero saber qué está pasando allá -refunfuñó Kat- ¡Pero ni eso puedo!

- Están a salvo -la tranquilizó, viéndose a sí misma cuarenta días atrás-. Dicen que Ceferino lidera una campaña de oración desde la cárcel. Que puso a ayunar a cuanto habitante de Nínive lo sigue. ¡Incluso a sus animales! ¿Puedes creer? ¡La fe sencilla! ¡Esa envidiable pasión de los que recién ven la luz! Claro, muchos cuestionan esa conversión y solo se dedican a atacarlo, entre ellos los criminales que esperaban una oportunidad para ocupar su trono, o el de Espósito. Ahora que les llegó, no quieren desperdiciarla. Ese negocio no va a desparecer en un día. ¡Hiciste tu parte! *Ejemplarmente*. Debes sentirte muy orgullosa.

Kat torció la boca. Joha y Nacho ahora eran pareja. Ya ni siquiera la tenía para ella sola. Le quedaba "Nancy Drew". Y un diario inútil. Mateo había vuelto con Sofía, no acababa de entender por qué. Un espíritu cínico y criticón se había apoderado de ella. El sol le daba de frente y ella no alcanzaba a taparlo con la mano. Para empeorar las cosas Nacho no lograba reparar la estructura de calabazas. Joha se preguntó si no sería bueno que Kat supiera sobre los sentimientos que Nacho abrigó por años. Era una movida peligrosa, *pero Kat era su amiga*. Podría levantar su autoestima. Si alguien sabía lo espantoso de ese mal, era ella.

- Kat…acerca de Nacho…

- ¿No era lo que yo decía? - protestó Kat, sin siquiera escucharla, mostrándole el teléfono. - ¡Mira esto! ¡Mira cómo apartó la tormenta con sus propias manos! ¿Era necesario que yo perdiera ese costoso crucero cuando ellos tienen un padre tan misericordioso y compasivo?

- Pero… ¿no querías acaso evitar su destrucción? ¡Mira cuántos se arrepintieron…!

- ¡Por cuánto tiempo! …¡Debí escucharte cuando me apurabas! ¡Quizás hubiéramos ganado el concurso! ¡Así no le hubiera hecho caso a Nawal, Él es todo bondad! ¡Se las hubiera arreglado muy bien sin mí, de cualquier otra forma! ¡De solo pensarlo, me hierve la sangre!

Joha sabía lo que le ardía, y no era el sol. Prefirió no contrariarla. Malos días, los tenemos todos. Iba a apurar a Nacho, pero este ya había reparado el daño, restaurando la sombra.

- Vamos a almorzar. Aún falta mucho, pero en la tarde terminamos. ¿Vienes con nosotros?

- Prefiero quedarme aquí, con esta vista. Van a actualizar la noticia. ¿Qué decías de Nacho?

- Nada… nada.

Los voluntarios se fueron. A los pocos minutos el toldo volvió a desprenderse, dejándola de nuevo a merced del sol. Kat volvió a vociferar. Sabía bien que sus quejas eran escuchadas.

- ¿Es que no puede salirme nada bien? ¿Por qué no me dejaste morir allá?-. Aprovechando su soledad, lloró, dejando salir su dolor. Al cabo de unos minutos se sentía un poco mejor. Le costaba olvidar a Mateo. Aquel beso en el confesionario. Respiró profundamente.

"¿Tienes razón en ponerte tan furiosa?".

- ¡Estaba feliz! ¡Muy feliz! ¡Hasta que Nacho arruinó esa estructura y me dejó sin sombra!

- *¿Y si no fue él?*

- Si puedes secar tus plantas a placer… ¿por qué no acabas conmigo de una vez?

Horas más tarde, al caer la noche, estaba en la misma posición, con el pie sobre una silla, en un primoroso vestido naranja, el único de la fiesta. Habían resuelto no hacer un baile de disfraces, por la formalidad de la ocasión, sino usar antifaces. La terraza estaba llena de lámparas chinas adecuadas a la ocasión. Kat se quedó viendo los caracteres orientales de las lámparas. *A esa hora podía haberse convertido en otra Nawal.* Una voz la trajo de vuelta.

- "¿Color Halloween?"-puyó Pau volviendo de servirse un refresco, sedienta de criticar su vestido-. ¿Me equivoco o llevabas uno muy parecido cuando zarpó el crucero? Sin ti, claro.

- Aunque lo hubiera escogido por alguna razón en particular, serías la última en saberlo.

Pau movió la cabeza con su acostumbrada displicencia y haciendo volar el tul de su vestido azul turquesa, última colección de *Caprice*, fue a reunirse con Sofía y con Lu. Tania estaba en la clínica, en sesión de quimioterapia. Chepe haría acto de presencia unos minutos y pasaría el resto de la noche junto a ella. Kat tenía que ver a Mateo y Sofía yendo y viniendo de la mano. Según Joha, Sofía no era la misma desde que se reunía con Raquel Emilia, pero eso a Kat ya no le importaba. Se sentía traicionada. Mateo notó su aburrimiento y aprovechó que Sofía le hablaba a su séquito de admiradores de sus planes y de la canción que grabaría con Tato. Caminó hacia Kat con un vaso de ponche en la mano.

- Me gusta ese color.

Ella le sonrió. Ambos tenían presente la historia. Lo encontraba desalmadamente apuesto.

- A mí también.

Mateo se llevó la mano al bolsillo interior de su chaqueta, de donde sacó una cajita alargada envuelta en papel de regalo. Algo tintineaba adentro. Kat lo miró desorientada.

- Ábrelo.

Lo hizo, fingiendo no tener apuro. Un collar de caracoles. De *esos*, pero más pequeños.

- Se lo encargué a Cantillo. Le dije que tenía que dártelo hoy. A propósito, lo ascendieron.

- Me alegra por él. ¿Por qué dices que *tenías* que dármelo?

Quería decirle muchas cosas, pero prefirió cuidarse. Kat era mucho más que una turista y no necesitaba impresionarla. Que eligiera algo naranja para la fiesta ya era complicado. Le ayudó a poner el collar. Kat hubiera querido que Sofía viera eso, pero ni se dio cuenta.

- Tenía que hacerlo, para comprobar que se te vería como imaginé. Además, es adecuado para la delirante que me enseñó a escuchar Su voz en el mar. De hecho, la idea fue Suya.

- *¿Suya?*

- Kat: le tomó tiempo formar estos caracoles. O las plantas, así crezcan una noche y a la siguiente mueran, sin que intervengamos para nada en ello. ¿A ti te importan más esas cosas y Él no tiene derecho a sentir compasión de los miles de Ceferinos que se pierden o de las Cassandras y Rayitos que apenas diferencian su mano derecha de su mano izquierda?

Un escalofrío la recorrió de pies a cabeza. Confirmando el mensaje, su hermano Pablo y un par de amiguitos suyos vestidos como si se graduaran ellos, revoloteaban jugando en la puerta de la terraza. Michael y Constanza bregaban para controlarlos. Saludaron a Mateo levantando la mano al ver que los miraban. A última hora Joha y Nacho les habían pedido ayuda con la decoración viendo que no terminarían a tiempo y que podían aprovechar la experiencia que tenía Michael en hacer artesanías con las calabazas de Carolina del Sur.

- ¿Y tu herida?

- Sanará, como tú dijiste. Dejó una intrigante cicatriz. Como si me hubieran sacado el corazón para luego volverlo a meter. ¿Seguro que no hiciste eso en el camarote de ese horrible yate guardacostas? Eso explicaría el sueño en que te vi con ese cuchillo.

- Tienes mucha imaginación -le sonrió Kat-. Deberías ser actor, o escritor.

- Admite que era una buena hipótesis. Te la dejo para tu diario, "Nancy Drew".

- No es tan buena -repuso-. Si hubiera tenido tu corazón, jamás lo habría devuelto.

Sonó la canción de moda y todos salieron a bailar. Sofía levantó la vista buscando a Mateo.

- Me tengo que ir -se justificó él, con indescifrable melancolía.

- Menos mal que tengo este esguince. Así nadie se preguntará por qué no me sacan a bailar.

- Que te mejores-. Sin ninguna prisa la besó en la mejilla y luego se fue con su novia.

Pablo no la dejó reponerse. Llegó con sus dos amigos, en plan de interrogatorio. Por más que intentaron ocultarle los detalles más escabrosos de lo que ocurrió en Nínive, él se las arreglaba para averiguarlos de primera mano. De ser el niño retraído e inseguro, había pasado en los últimos días a convertirse en presidente del club de fans de su hermana.

- ¡Kat, Kat! ¡Diles que pasaste entre las balas, que descifraste todos los enigmas del asesino de Nínive! ¡No me quieren creer! Dicen que si te doblaste un tobillo eso es imposible.

La hizo reír. Ahí estaban esos tres niños que ya sabían diferenciar su mano izquierda de la derecha, ¡pero aún podían aprender más! Así que les contó la historia como si fuera una parábola, para que ellos la pudieran entender. Cuando esperaban boquiabiertos la continuación de las proezas del Gran Autor, Kat se levantó y los sacó a bailar a los tres.

- ¡Les dije! ¡En realidad a su pie no le pasó nada! ¡Ahí donde la ven, es invencible!

Kat pensó en eso toda la noche. Cuando sus padres se llevaron a los niños, le halagó que compañeros que antes ni la determinaban, se animaran a sacarla a bailar. Entre ellos Guillo.

Bailando entre antifaces, aunque supiera que al día siguiente tendría el tobillo como una de esas calabazas, se alegró de ver, sobre el hombro de sus parejas, a Nacho y Joha, a Sofía y Mateo enamorándose, viviendo. Dio gracias por Tania y Chepe. Por Pau y Lu.

Un día conocerían Nínive.

Una semilla pequeña.

Tal vez, pero crecerá

Tiempo para todo llega

Su amor en mí es el milagro

¿Por qué pides otra señal?

FIN

Nota del Autor

Puede que al terminar de leer esta obra surjan inquietudes en tu corazón. Por ejemplo, ¿sigue siendo relevante el mensaje de Kat Jenkins? ¿Cómo debemos interpretarlo en este tiempo? Varios de los personajes y situaciones de esta historia de ficción están inspirados en hechos reales. Tristemente muchas personas en este mundo están desperdiciando su vida y caminan hacia la perdición, creyendo que con adoptar la fachada de una religión alcanzarán la vida eterna.

Esto mismo pensaban los habitantes de la gran ciudad de Nínive. Tenían su propio sistema de creencias, pero ante los ojos de Dios eran una sociedad depravada, como la de los días de Noé antes del diluvio. Lo asombroso es que, aun así, Dios no se olvidó de ellos. Les envió a un profeta para guiarlos al arrepentimiento y a la salvación, ofrecimiento que, en el caso de Nínive, fue acogido por muchos, empezando por su rey (Jon 3:1-10). Tiempo después el mensaje del profeta cayó en el olvido y el gran imperio asirio que alguna vez se asentó en la actual Irak, desapareció.

Lo que no ha cambiado es el eterno llamado del Salvador. Pablo nos advierte en su carta a los romanos que "la paga del pecado es muerte, más la dádiva de Dios es vida eterna en Cristo Jesús, Señor nuestro" (Romanos 6:23). Así es, hay buenas noticias: "De tal manera amó Dios al mundo, que ha dado a Su Hijo unigénito, para que todo aquel que en él cree, no se pierda, más tenga vida eterna" (Juan 3:16). Para volver a casa con nuestro Padre Celestial solo debemos aceptar que el sacrificio de su Hijo Jesucristo en la cruz es el pago único y suficiente por nuestros pecados, y que quienes lo recibimos por fe, somos hechos hijos de Dios a través del Espíritu Santo. "Porque por gracia sois salvos por medio de la fe; y esto no de vosotros, pues es don de Dios; no por obras, para que nadie se gloríe" (Efesios 2:8-9). Si aún no has recibido a Jesucristo como tu Señor y Salvador te invito a rendirle tu corazón, y a descubrir por ti mismo la vida abundante y maravillosa que tienes en Él. "…Si confesares con tu boca que Jesús es el Señor y creyeres en tu corazón que Dios lo levantó de entre los muertos, serás salvo" (Romanos 10:9).

Si quieres más información sobre esta nueva vida puedes comunicarte con nosotros a través de los correos electrónicos contacto@editorialdesafio.com, o frarengifo@gmail.com. Para nosotros será una gran bendición conocerte, escucharte, orar por ti y compartir el amor del Dios vivo revelado en Su Hijo Jesús, cuya resurrección es la única señal y esperanza de este mundo.

Mi oración continua es por ti y por cada lector sediento de Dios y de crecer en Él, para Su gloria.

Con gratitud y afecto,

El autor